FOLIO SCIENCE-FICTION

Ian R. MacLeod

Les îles du Soleil

Traduit de l'anglais
par Michelle Charrier

Gallimard

Titre original :

THE SUMMER ISLES

Né dans les environs de Birmingham en 1956, Ian R. MacLeod est l'une des figures de proue de la nouvelle génération d'auteurs britanniques. Depuis le début des années quatre-vingt-dix, ses nouvelles paraissent dans les plus prestigieuses revues (*Isaac Asimov's Science Fiction, Interzone, Weird Tales*). La novella dont est tirée le présent roman, *The Summer Isles*, lauréate du World Fantasy Award et nominée au prix Hugo, figurait au sommaire de l'édition 1999 du très célèbre *Year's Best Science Fiction* de Gardner Dozois.

On lui doit également trois romans, dont *The Light Ages*, acclamé par la presse et nominé au World Fantasy Award 2004.

Pour l'historien, il n'y a pas de miracle. Tout ce qui s'est passé, il l'explique, le rendant rétrospectivement inéluctable.

H. R. TREVOR-ROPER

PREMIÈRE PARTIE

I

Ce soir, comme presque tous les dimanches soirs, un message de ma relation m'attend sur le mur du troisième box des toilettes publiques pour hommes de Christ Church Meadow. Il fut un temps où nous testions la craie, mais tout est nettoyé si régulièrement, de nos jours, qu'on nous l'effaçait souvent. Depuis, nous nous débrouillons en plantant l'ongle du pouce dans la peinture moelleuse.

L'édicule est devenu tellement propre et net qu'il ne ressemble plus guère à des toilettes publiques : rouleaux de papier sur tous les dévidoirs, lavabos immaculés, lunettes au bois poli, ancien combattant installé dans une cabine vitrée, à lire *John Bull*[1] en fumant des Capstan Full Strength. Toutefois, il est parti, à présent. Le tintement résonnant des cloches appelant à l'office du soir traverse la minuscule fenêtre en verre givré : huit heures passées, déjà.

Avant d'examiner les marques, je fais ce que cha-

1. Personnage naïf, bourru et querelleur, inventé par John Arbuthnot en 1712 et qui en est venu à représenter l'Angleterre et les Anglais. A notamment donné son nom à un périodique. (Toutes les notes sont de la traductrice.)

cun fait aux toilettes — pour retarder l'instant de la découverte, comme un enfant à qui il ne reste qu'une unique, une précieuse friandise. Deux courbes minuscules : la cabane abandonnée près des jardins ouvriers, derrière le terrain de rugby, dans une heure.

J'ajoute l'empreinte de mon ongle, pour montrer que le message est passé. Une traînée de marques du même genre court à travers le mur du box ; elle représente de nos jours ma vie sexuelle tout entière. Y figure la semaine de février où, terrassé par la grippe qui me tourmente toujours, je me suis relevé en titubant de mon lit de mort — à ce qu'il me semblait — pour venir apposer l'empreinte croisée de mon ongle destinée à informer ma relation qu'il ne se passerait rien. (Il m'eût certes suffi de m'abstenir de laisser le moindre signal puis d'oublier le rendez-vous, mais pour être déviants, nous n'en sommes pas moins hommes. Ma connaissance se fût inquiétée et donné du mal inutilement.) Et voilà — ah, jours heureux, jours dangereux ! — la triple marque particulière qui représente la chambre d'hôtel discrète d'un propriétaire compatissant quoique inquiet, cela va de soi. Ce bon vieux Larry Black, du Crown and Cushion. Il a disparu, le pauvre, bien sûr. Discrètement emmené, une nuit, pour être offert aux électrochocs et aux seringues des centres de soins de Ramsey ou d'Onchan, sur l'île de Man. Il en a tellement disparu, à présent, que les derniers d'entre nous ressemblent à des fantômes, vaquant silencieux et invisibles aux ultimes reliquats de leurs rituels.

Comme tout ce qu'on trouve maintenant dans ce pays autrefois lamentablement municipal, la peinture est impeccable — refaite il y a moins d'un an et lessivée deux fois par semaine. J'examine le box, à la recherche de graffiti ; un unique pénis en érection y lève sa tête solitaire, entouré de quelques svastikas — références au petit Allemand du continent. Toutefois, presque hors de vue dans l'ombre du réservoir d'eau, je découvre aussi une offre de services intimes à une date et une heure précises. Un sourire me monte aux lèvres. Qui pourrait être assez naïf ? Sans doute s'agit-il plutôt d'une plaisanterie en demi-teintes, comme l'usage que ma relation et moi faisons toujours de l'édicule pour échanger discrètement nos messages ; un minuscule monument à une époque de liberté. Même si, me dis-je en tirant sur la chaîne de la chasse, nous en avions en la vivant une vision bien différente.

La targette bruyamment repoussée, le parfum suave du Jeyes Fluid reprend ses droits. Je me lave les mains en m'appliquant à ignorer le jeune homme fredonnant planté devant un urinoir qui se soulage avec force éclaboussures. Sur le mur, au-dessus de lui, est accrochée une photo de John Arthur — un étranger y verrait sans doute une intention ironique. Assis à son bureau, l'air chaleureux, notre grand homme regarde l'appareil bien en face. Malgré ses cheveux gris, il ne fait pas ses quarante-neuf ans. Un dossier est ouvert devant lui. Il tient un stylo à la main. Des papiers à remplir. Des vies à transformer. La photographie est immaculée dans son cadre en cuivre. Elle ne déparerait pas les plus grands salons du pays. Personne n'a osé la défigurer, évidemment. J'ajuste ma cravate et je lisse les revers de ma veste, mon reflet superposé sur le verre à l'image de John Arthur, pour qui je me fends d'un beau sourire.

Il me reste une heure à tuer, pendant que s'épaissit l'obscurité de ce début d'été. Je remonte donc St Giles Street jusqu'au Eagle and Child, où je bois une Burton en fumant du Four Square aggloméré, au coin d'un feu bien agréable quoique inutile. Derrière un encadrement de porte tout de guingois, s'élèvent les exclamations étranglées caractéristiques de la haute société. Williams disparu, Lewis vivant à présent de ses livres pour enfants et Tolkien espérant l'imiter d'ici peu, il reste bien à Oxford quelques universitaires dignes de ce nom, mais les insultes volent toujours dès qu'il est question du *Lai de Beowulf* ou de *La Brume de l'inconnu*. Moi qui ne suis qu'un imposteur, je me contente de parcourir le *New Cross*, auquel ses tendances modernistes permettent une liberté de ton étrangère aux journaux soi-disant plus intellectuels.

La une est tout entière consacrée au discours prononcé par John Arthur devant la foule de patriotes enthousiastes rassemblés à Sackville Street, Dublin, pour l'anniversaire de la Victoire, mais aussi aux célébrations encore conditionnelles de cet automne en l'honneur de Trafalgar Day, qui marquera également le cinquantième anniversaire de notre grand homme. Les deux articles, accompagnés d'une photographie du héros assez semblable à celle des toilettes publiques de Christ Church Meadow, ne me retiennent pas longtemps. Je feuillette les *Suggestions modernistes pour jeunes mariés, Monsieur et Madame,* puis les photos des réjouissances de Hyde Park, avant de gagner les pages centrales où figure l'éditorial du *New Cross*, souvent d'une prescience surnaturelle. Rappelez-vous la manière dont le gouvernement a répondu à son plaidoyer pour la carte d'identité obligatoire. Ou le suicide tellement opportun de De Valera dans sa cellule... À un moment, les critiques en latin et en moyen anglais des professeurs rassemblés dans la pièce voisine se font plus convolutées ; l'impression me saisit d'être le seul véritable historien — de voir grâce aux déclarations maladroites du *New Cross* de quoi l'avenir sera fait, exactement comme le promet la vigie du quotidien.

Aujourd'hui, cependant, l'éditorial n'est qu'une simple charge contre les Français, en raison de leurs tendances expansionnistes au Moyen-Orient. Ces derniers temps, la France et l'Angleterre ont aussi échangé menaces et protestations quant à la sécurité des îles de la Manche et à la propriété des territoires regagnés en Afrique de l'Est par la Grande-Bretagne, mais tout bien considéré, ces querelles ne sont pas très convaincantes. Les Français nous sont étrangers comme jamais ne pourront l'être les Indiens ou les Boers rebelles et, de ce fait, beaucoup plus difficile à détester. Imaginer que nous puissions un jour entrer en guerre avec eux reste quasi impossible.

Je tapote ma pipe au bord de la cheminée en caressant l'idée de commander une deuxième pinte de Burton, mais j'y renonce aussitôt, car la perversité de ma vessie n'est plus à démontrer. Pourtant, lorsque je me lève, la tête me tourne un peu. Des murmures fantômes m'emplissent le crâne, et mes mains tremblent visiblement quand je rapporte au bar mon verre vide.

À l'extérieur, le crépuscule est descendu sur St Giles Street, quoique la chaleur de la journée s'attarde encore. Les bicyclettes passent à toute allure. Les chauves-souris volettent autour des réverbères. Quelques pubs parmi les plus récents ou les plus cossus résonnent déjà de chants patriotiques. Un convoi de camions avance lentement sur les pavés, chargé d'appelés à l'air ahuris en route pour les camps tentaculaires du Sud-Est anglais.

Au niveau de St John College, je m'arrête pour rallumer ma pipe. Après avoir gaspillé plusieurs allumettes, j'aspire enfin une bouffée délicieuse, quand quelque chose d'infect se coince dans ma gorge. Appuyé à un mur, sous les yeux d'une petite gargouille réprobatrice, je crache en toussant une quantité surprenante de mucosités filandreuses. Curieuse et répugnante habitude — graillonner et expectorer. Jusqu'ici, elle me semblait réservée aux vieillards.

Les terrains de sport ne sont pas encore tout à fait déserts. Des étudiants traînent, en groupes, en couples. Des bras s'entrelacent. Des rires s'épanouissent. Parfois, brille l'extrémité d'une cigarette. Je me retourne vers les tours de la cité, déployée dans les ombres d'une brume dorée sur l'arrière-plan des dernières vagues de soleil. Quelle beauté inouïe ! On dirait vraiment un poster de l'Alliance Impériale. LA TRÈS-GRANDE-BRETAGNE SE RÉVEILLE ! La pensée m'arrache un sourire. Je me demande un instant s'il ne reste pas une trace de réalité dans le rêve étrange que vit le pays tout entier. Puis je me retourne, j'enfonce la main dans ma poche pour cajoler l'encourageante fermeté de mon érection anticipée. Pendant que le Vieux Tom[1] entame son long carillon nocturne, je traverse le pont sur la Cherwell.

Malgré la propagande omniprésente célébrant le

1. Énorme cloche très ancienne de Christ Church College.

retour à la nature et les bienfaits du potager, la cabane et les jardins dont elle dépendait autrefois sont toujours à l'abandon, blottis au fond de leur vallon secret, perdus pour ceux qui sont partis à la guerre et n'en sont jamais revenus. Envahie d'orties et de hautes herbes, imprégnée de sève et d'écume printanière, la zone tout entière a un air mal famé des plus satisfaisants. Ce serait le repaire idéal d'une bande de gamins, mais il n'y a dans le quartier ni petits sauvages bronzés ni rituels secrets — hormis, bien sûr, ceux que nous pratiquons, ma relation et moi. La délinquance *per se* est passée de mode, quoique des cérémonies à mon avis bien plus étranges que les nôtres aient été célébrées à Carfax et devant le nouveau palais de Buckingham en plein jour, au vu et au su de tous.

Je soulève légèrement la porte de la cabane, puis je me glisse à l'intérieur. Comme toujours, sa vague odeur me rappelle le vieil appentis paternel. Outils, graines, engrais séché à l'arôme sucré. Pas trace de mon acolyte, pas encore. Le plancher grince sous mes pas. Je me risque à craquer une allumette afin de m'assurer que ma cachette est toujours aussi sûre. Inchangée. L'établi à bouturages, dans l'ombre. Les toiles pendantes d'araignées depuis longtemps disparues.

La flamme me pique les doigts, avant de s'éteindre dans un sifflement. J'attends. Mes yeux ont beau s'accoutumer à la pénombre, l'obscurité devient presque absolue, pendant que la nuit tombe à l'extérieur. Les cloches de Christ Church se sont tues depuis longtemps. Seule une sonnerie étouffée aux naufragés flotte jusqu'ici, très atténuée. Le dernier train pour Londres ferraille au loin, pile à l'heure. La dernière sauterelle lance son ultime trille.

Ma relation est en retard. À vrai dire, ce monsieur aurait dû arriver le premier. Lorsque j'ai refermé la porte, ses bras plus jeunes auraient dû m'étreindre, exploration anticipée de deux chairs réunies. Il tremble plus souvent qu'à son tour lorsque nous nous enlaçons enfin ; oui, il tremble. Après tout, il a tellement plus à perdre.

Malgré l'obscurité et le secret dont nous prétendons voiler nos rencontres, je sais exactement qui il est. Je l'ai suivi jusque chez lui. Posté derrière les troènes qu'il taille si nettement tous les quinze jours, j'ai contemplé les lumières de sa maison. J'ai vu sa femme et ses deux filles l'attendre chaleureusement à la porte.

Jetant de temps à autre un coup d'œil au radium luisant de ma montre, je laisse s'écouler une heure entière, pendant laquelle les restes d'espoir et de peur tournent à la déception puis à une véritable anxiété. Mais en fait, que sais-je des exigences du rôle de père, de mari ? Du travail dans quelque sinistre impasse de la Censure, à la poste de la ville ?

À dix heures, je soulève de nouveau la porte de la cabane pour l'ouvrir, et je ressors dans la nuit estivale, abandonnant derrière moi ma libido depuis longtemps oubliée. Les étoiles brillent, implacables, à travers les H des terrains de rugby, pendant que je dépasse dans les vénérables allées les amants, les ivrognes, les promeneurs de chien. À un moment, le murmure d'un pas derrière moi me fait pivoter. Ne serait-ce pas là une silhouette, dessinée dans la brume lumineuse jaillie d'un encadrement de porte ? Ne serait-ce pas ma relation ? Mais le temps que je batte des paupières, il ne reste rien — que l'imagination d'un homme vieillissant : la paranoïa de l'amour et de la peur.

Vite, longer Holywell Street, où un hibou hulule, passer sous les platanes pour gagner mon collège, ma cour, les draps frais qui m'attendent dans ma chambre, au cœur serein de la noble cité.

Le lendemain matin, j'ouvre les yeux sur mon garçon de service, Christlow, chargé d'un plateau contenant une théière d'assam fumant, un porte-toasts et mon pot personnel de Marmelade Frank Cooper, Oxford. Quoique envahi par la déception de la veille au soir et les douleurs froides qui se sont soudain attaquées à mon corps, je ne peux m'empêcher de sourire en découvrant où je suis.

« Superbe matinée, monsieur. »

Christlow dérive à travers des diamants de soleil pour venir me poser le plateau sur les genoux. L'insigne épinglé à son revers jette dans mes yeux un éclat averti d'émaux bronze et rouge. Le cercle frappé d'une croix est devenu récemment plus imposant, j'en jurerais, mais j'ignore ce que cela signifie au juste. S'agit-il d'un changement de style, ou Christlow s'est-il élevé à une position plus importante encore dans l'antenne du district d'Oxford et d'Aylesbury de l'Alliance Impériale ? Je sirote mon thé, souriant. Lui, une moue sur ses lèvres épaisses, se prépare à dire ce qu'il a en tête ce matin.

« Oh, monsieur. Vous m'avez demandé de vous rappeler votre rendez-vous d'aujourd'hui.

— Un rendez-vous ?

— Je l'ai inscrit au tableau, monsieur. Dans le bureau. Sur votre ordre. À dix heures, vous voyez votre médecin. À moins bien sûr que...

— Non. Si. » Je hoche la tête dans mon pyjama, mes cheveux restants ébouriffés en une auréole grise, le menton chauffé par un filet de thé — tout compte fait, une assez bonne image du professeur distrait. « Merci de me l'avoir rappelé, Christlow. »

Il s'incline presque, à sa manière effroyablement déférente, puis il se retire en refermant la porte. Son chariot repart dans le couloir au plancher de chêne avec un bruit de tonnerre lointain. J'avais bel et bien oublié mon rendez-vous, oui. Le soleil pailleté de poussière qui s'insinue dans ma chambre me semble maintenant plus pâle. Une fois encore, les murmures se glissent sous mon crâne. Les mains froides des fantômes se posent sur moi. Souvenirs d'espoirs déçus, suaves douleurs de l'amour dans des cabanes abandonnées, voix, vies, passions, lèvres au chaume piquant, tremblantes — de désir et de peur, d'abord, dans l'assouvissement, ensuite, alors qu'elles évoquent la crèche de l'école, l'achat de radiateurs à paraffine, le rôti brûlé du dimanche... Tout revient me hanter.

Une heure plus tard, en proie à l'étrange impression de m'avancer vers une destinée inéluctable, je passe devant le Regal, dans High Sreet. C'est le premier jour du *Henri V,* de Laurence Olivier, ce qu m'oblige à me frayer un passage dans une longue file d'attente. Comme Christlow, beaucoup de gens portent l'insigne de l'AI, mais tous les âges, toutes les infirmités, tous les styles et les deux sexes sont représentés : mélange bizarre d'habitants et d'étudiants, de travailleurs et de futurs diplômés — les deux vies bien distinctes qu'Oxford abrite tellement à contrecœur. Le film serait-il aussi bon qu'on le dit, ou les productions plus distrayantes d'Hollywood auraient-elles tant de mal à obtenir une licence d'exploitation que les gens iraient voir n'importe quoi, de nos jours ?

Après le carrefour d'Alfred Street, je pousse la petite porte voisine de la bijouterie, puis je monte l'escalier menant au cabinet. La réceptionniste lève les yeux sans sourire, avant de se remettre à taper à la machine à écrire. La salle d'attente exiguë est ornée des affiches que l'on voit absolument partout. AVEC VOTRE AIDE NOUS VAINCRONS. L'HEURE EST VENUE. REJOIGNEZ L'ALLIANCE IMPÉRIALE — FAITES PARTIE DE LA RÉVOLUTION MODERNISTE. Il y a aussi une peinture très attirante des tours et des aiguilles de la grande cité rêveuse, étincelante au soleil couchant, telle que je l'ai vue hier. CETTE ÎLE COURONNÉE. Je me demande si le barde a jamais été plus populaire.

« Le docteur Parker va vous recevoir, M. Brook.

— Le docteur *Parker* ? »

Mais la secrétaire cherche une lettre sur son clavier, la tête basse. Je franchis la porte intérieure en clignant des yeux. Le docteur Parker représente pour moi une grande nouveauté. À vrai dire, il a presque l'air d'en représenter une pour lui-même. Jeune, poupin, la calvitie rosée, il me regarde m'effondrer de l'autre côté de son bureau dans un fauteuil en osier grinçant. Le dialogue tourne d'abord autour de mon identité, puis de celle de l'homme que j'ai vu lors de ma visite précédente, un certain docteur Cole, si ma mémoire est bonne, aussi vieux et brun que son remplaçant est jeune et rose.

Je n'ai à m'en prendre qu'à moi pour avoir couru le risque de m'adresser au National Health Service[1]. J'eusse pu profiter des services du docteur Reichard, lequel vient tous les mercredis à notre collège rendre visite aux professeurs que nous sommes, ce qui ne l'empêche pas d'être par ailleurs disponible la plupart du temps, car le traitement accordé par George Ier en 1715 le dispense d'autres obligations professionnelles. Toutefois, ce dont je me plains — souffle court, toux, étranges murmures qui s'imposent parfois, douleurs osseuses croissantes — n'évoque que trop les simples ravages du temps. De plus, j'entretiens la crainte superstitieuse que l'œil d'un praticien exercé perce à jour mes inclinations sexuelles.

« Désolé de ce heu... Je viens juste de... » lance le médecin en fourrageant dans les dossiers qui encombrent son bureau, le visage plissé autour d'une moue que je dirais de dégoût efféminé. « Vous êtes le ah... le chroniqueur, c'est ça ?

— Je l'étais. »

Je hausse les épaules, comme d'habitude, pour faire comprendre que le temps a passé — huit ans, maintenant — depuis ma rupture avec le *Daily Sketch*.

« Voyons, qu'est-ce que c'était ? » L'homme de l'art s'immobilise, pendant qu'une fine poussière s'élève autour de lui. « *Les Doigts de l'Histoire* ?

— *Les Rois de l'Histoire*.

— Bien sûr. Ça me rendait vraiment service, au

1. Système public de soins gratuits dont bénéficie toute personne résidant en Grande-Bretagne.

lycée. *La Vie de Cromwell*, vous savez. J'ai découpé votre article en morceaux que j'ai recollés. Métaphoriquement parlant, vous comprenez. Je me suis toujours davantage intéressé à la science. » Nouvelle pause, pendant laquelle une liasse cireuse que je soupçonne d'être mes radios tombe bruyamment à terre. Une autre idée frappe le docteur Parker. « Dites donc, vous l'avez connu, non ? Je veux parler de John Arthur...

— C'était il y a longtemps.

— Mais comment est-il *réellement* ? »

J'ouvre la bouche sur la réponse évasive habituelle, à l'instant précis où le médecin se penche sous son bureau afin de rassembler les feuilles brunes craquantes qui viennent de tomber. Ce n'est même pas la peine.

« Nous y voilà. » Il replace les radios dans l'ordre puis se penche sur mon dossier. « Hem... *Griffin Brooke.* Je croyais que vous vous appeliez Geoffrey, et Brook sans *e* ?

— C'est un genre de nom de plume. »

À vrai dire, le *Calendrier d'Oxford*, la porte de mes appartements et jusqu'aux étiquettes cousues dans mes vêtements par Christlow me présentent également comme Geoffrey Brook. Griffin Brooke n'existe plus que dans des recoins bizarres tels que celui-là — car, malgré les risques de confusion, j'hésite à l'abandonner totalement. Il m'arrive encore d'aimer m'entendre désigner par mon nom de naissance, y compris le *e* supplémentaire. Cela me rappelle que j'ai autrefois été aimé et qui j'étais alors.

Mon esprit se met à tourner autour des curieux hasards de l'existence qui m'ont conduit jusqu'ici —

et du fait que certains processus historiques pourraient bel et bien être qualifiés de *Doigts de l'Histoire*. Pendant ce temps, une autre partie de moi regarde le docteur Parker ôter les coudes de mon dossier, en soulever la couverture de quelques centimètres puis y jeter un coup d'œil en coin, comme s'il écartait des rochers, à la recherche de petits crabes particulièrement vicieux.

Quelque chose se modifie derrière ses yeux. Pourtant, lorsqu'il s'éclaircit la gorge, remet soigneusement les papiers en ordre puis fait enfin l'effort de rencontrer mon regard, je suis toujours persuadé d'être préparé au pire. Après tout, que peut-il y avoir de pire que la vieillesse, l'emphysème, la bronchite, la tuberculose... ?

« Il semblerait, annonce le praticien, qu'une tumeur se soit développée dans vos poumons... »

II

La semaine s'écoule au sein d'une hébétude curieusement euphorique. Je me sens tellement *mieux,* à présent que je sais ce qui ne va pas. On dirait même que mon corps a renoncé à me poursuivre de ses désagréables avertissements ; peut-être a-t-il compris qu'il pouvait me laisser tranquille, maintenant que les médecins avaient pris les choses en main. Après des attentes et des inquiétudes interminables, j'ai enfin l'impression d'avoir un but, puisque me voilà véritable patient, affligé d'une véritable maladie, clairement diagnostiquée. Jusqu'à l'absence de ma relation, à la cabane, qui semble faire partie de ce processus froidement logique.

Lancé sur les fleuves de linoléum immaculé du NHS tout neuf, je suis d'abord si occupé que le temps me manque pour autre chose. On m'envoie passer des radios au Radcliffe Hospital — minces écrans derrière lesquels je m'habille et me déshabille au bénéfice de messieurs sympathiques, malgré leurs doigts froids, portant lunettes en demi-lunes. Les infirmières m'abreuvent de thé trop sucré accompagné de biscuits digestifs McVities, tirés des boîtes destinées aux salles dont elles ont la charge. Les concierges me prêtent leurs journaux et s'enquièrent de mon opinion sur les chances d'Arsenal dans la coupe de la Football Association. La camaraderie est également de mise parmi les inconnus avec qui je partage les interminables attentes le long des corridors ou dans des pièces enfumées, mal proportionnées, à l'ambiance de feu de camp. Les installateurs de gaz hémorroïdaires habitant sur la route d'Abingdon et les femmes aux mains déformées de Jericho qui acceptent toujours les lessives, malgré leur cœur affaibli — personnages à qui je ne devrais absolument pas savoir que dire — deviennent mes pairs dans ce monde nouveau. Mon appartenance à l'université ne les dérange nullement. La maladie est éternelle, universelle. Ici, aux portes de la douleur et de l'incertitude, il n'existe ni ouvriers ni diplômés. *C'est drôlement bien. Ça veut dire que vous êtes un vrai professeur ? Nobby, mon fils, dans le tram...* Entre les cours particuliers, le sommeil et les repas en commun, ma vie n'est plus que trajets en bus, attentes, examens de la gorge et du torse, collecte dans des fioles de mon sang, mes selles, mes mucosités, mon urine. Maintenant que ma santé est bel et bien en danger, dominer ma peur de l'univers médical ne me pose plus aucun problème.

À vrai dire, je me sens presque héroïque. Les malades ne partagent-ils pas une compréhension particulière du monde ? Qui plus est, je suis heureux de l'impulsion que mon état donne à un projet longuement caressé : un livre non pas d'histoire, mais *sur* l'histoire. Un ouvrage examinant la manière dont les événements évoluent et les tentatives humaines pour se colleter avec les forces qui les dirigent, un peu comme un scientifique examine l'évolution d'une culture. *Les Doigts de l'Histoire* ? L'inspiration se présente parfois aux moments où on la cherche le moins : peut-être même ai-je trouvé mon titre, tout à fait par hasard ; un titre sérieux, en rapport avec mon sujet, mais qui joue aussi sur ma brève période de gloire populaire en page huit, au bas de la colonne du milieu, dans le *Daily Sketch* du samedi, de 1928 à 1932.

Après des années de doute et d'incertitude, après m'être débattu presque toute ma vie contre l'impression d'être un imposteur, j'obtiens brusquement des progrès notables dans le chapitre crucial consacré à Napoléon. Ce dernier a-t-il fait ou servi l'Histoire ? Les deux, bien sûr — quoique, vu sous cet angle, ce soient souvent les incidents mineurs qui frappent le plus. Que se serait-il passé si les parents de Bonaparte, Carlo et Maria Letizia, ne s'étaient jamais rencontrés ? Les historiens normaux considèrent ce genre de questions comme ridicules, mais elles jettent une lumière nouvelle sur les événements. L'Histoire en eût-elle été changée, ou un autre homme se fût-il élevé de même — penseur, militaire, administrateur aussi doué que le Corse, mais également condamné à sous-estimer la puissance navale britannique et la cruauté de l'hiver russe ? Toutefois, la seule idée d'un Napoléon plus grand, portant un autre nom, affigé d'un autre accent, privé de Joséphine, évoque Charles Laughton dans un rôle écrit pour David Niven...

De Malborough à Louis XIV, de Charlemagne à Attila, l'Histoire regorge de personnages de ce genre. Il me semble pourtant que leur influence devient de plus en plus importante au fil du temps. Alexandre le Grand, créature quasi mythique, s'appuyait sur une tradition militaire, à une époque où la Macédoine allait forcément affronter l'hostilité de ses voisins thraces et thessaliens. Le monde n'attendait qu'un chef fort, expansionniste — sans oublier qu'à l'origine, l'invasion de l'Empire perse avait été mûrie par le père d'Alexandre. La chose peut paraître étrange, mais il est possible de démontrer — de manière à mon avis convaincante — que si le fils n'avait pas existé, quelqu'un de semblable eût atteint la même position.

Ce type de schéma se reproduit tout au long de l'Histoire ou presque. Colomb n'était pas le seul marin à quêter l'appui de la cour d'Espagne, pour financer un voyage jusqu'aux Indes en partant par l'ouest. Les victoires extraordinaires de Pizarro contre les Incas s'expliquent plus facilement en termes de technologie militaire que par ses certitudes chrétiennes égotistes. Les monarques britanniques n'avaient pas attendu pour se heurter au pape la naissance de Henri VIII, mais en ce qui le concerne, d'autres forces l'ont décidé à rompre avec Rome, d'où des répercussions bien plus étendues. Cromwell lui-même est sorti du rang parmi des hommes d'attitude, de détermination et d'intelligence similaires. Personne ne l'avait remarqué, jusqu'à ce qu'il devienne remarquable.

Bien sûr, l'individu a toujours pesé dans la balance, par opposition à l'évolution économique, sociale et scientifique de l'histoire humaine. Au cœur de mon livre, se trouvera l'argument selon lequel l'équilibre des plateaux s'est lentement modifié ; au point que, avec la dernière oscillation du couteau incarnée par Napoléon, puis encore accentuée par des hommes tels que Bismarck, Lincoln, Mussolini, Lénine, voire John Arthur — là, il faudra être très prudent, j'en suis conscient —, la force qui façonne le plus l'Histoire est à présent l'individu dominant.

Après une matinée satisfaisante de cours particulier avec un de mes meilleurs étudiants de l'année, je me mets au travail sur quelques points saillants de la campagne d'Égypte. Il me semble trouver enfin ma place à Oxford. Sans doute Gibbon se sentait-il ainsi, me dis-je pendant que mon stylo danse sur le papier. Parfois — non pas comme c'est souvent le cas parce que je suis à court d'idées ou d'arguments, mais bien plutôt parce que plusieurs réflexions réclament simultanément mon attention —, je suis même obligé de me lever pour faire les cent pas.

Dans ces moments-là, je me vois de l'extérieur, intellectuel légitime, enfin, parcourant ses appartements oxfordiens traversés de craquements et de grincements. Voilà bel et bien l'endroit dont j'ai rêvé autrefois, lorsque je savais qu'il me serait impossible d'y vivre jamais. La cheminée carrelée dissimule à demi la peinture d'une demeure campagnarde du Warwickshire, depuis longtemps abattue, qui appartenait au collège. Deux fauteuils de cuir à boutons se font face de part et d'autre d'un tapis persan fané, si égratignés, si patinés par des générations d'érudits qu'ils semblent plongés dans une discussion intime passionnante. Les poutres du plafond sont assez basses pour m'obliger par endroits à courber la tête, moi qui suis raisonnablement grand. Dans l'une d'elles est fiché un petit crochet d'acier qui a toute une histoire : il paraît qu'un étudiant s'y pendit après avoir appris qu'il n'aurait jamais plus de la moyenne en logique. L'étudiant n'a pas de nom — après tout, le suicide n'est jamais qu'un élément de notre tradition universitaire —, mais il devait être très déterminé et d'assez petite taille. D'après un conte plus célèbre encore, un professeur d'un autre collège, à qui on apprenait qu'un de ses élèves s'était donné la mort, interrompit son interlocuteur par ces mots : « Non, non, ne me dites pas *qui*. Laissez-moi *deviner...* »

Outre le bureau-salon, mes appartements comprennent la chambre à coucher, où Christlow me salue chaque matin — il s'agissait autrefois d'une pièce indépendante, car son plancher ondulé s'étend derrière un encadrement de porte relativement récent du XVIIIe siècle. Restent une petite cuisinière à gaz et un modeste évier, cachés dans un angle derrière un rideau, ainsi qu'une pièce encore plus exiguë renfermant les toilettes, à l'odeur suave de vénérable pisse universitaire mal dirigée. Pas un des meubles ne m'appartient, et la plupart des livres rangés sur les étagères affaissées s'y trouvaient déjà à mon arrivée ; abandonnés par le précédent occupant des lieux car dépourvus de valeur, quoique — avec la superstition, le respect et la paresse qui me caractérisent — j'aie toujours été incapable de m'en débarrasser.

Si j'en avais envie, le collège me fournirait tous mes vêtements ; si je le demandais à Christlow, sans doute me fournirait-il même mes sous-vêtements. Il me nourrit également : on m'apporte le petit déjeuner sur un plateau, le déjeuner se compose d'un somptueux buffet froid dressé dans la salle Ouest, et le dîner est servi à huit heures parmi les tapisseries victoriennes de la grande salle à manger. Il est possible d'obtenir du thé et des gâteaux secs à n'importe quelle heure décente, en tirant sur un levier fiché dans le mur près de la cheminée. Même chose pour le xérès ou le porto, fort corrects, conservés dans les caves du collège. Jusqu'au champagne — gratuit, les deux semaines avant Carême, à la suite d'un legs historique. On époussette mes étagères, on fait et on change mon lit, on lave, on amidonne, on repasse mes vêtements. Sans les étudiants (que les professeurs les plus académiques préfèrent éviter), je pourrais passer tout mon temps à travailler, penser, écrire, bavarder — à apporter ma contribution à la chaudière de la grande machine intellectuelle qu'Oxford est censé être et était peut-être autrefois.

L'air chaud extérieur s'insinue par ma fenêtre ouverte, soulevant le coin des feuilles que je viens de noircir, m'apportant les slogans et le pas militaire de Christlow et de ses camarades de l'Alliance Impériale, à la parade sur l'herbe vénérable de notre cour universitaire. Un bruit qui m'est à présent familier au point de me sembler aussi apaisant que le tintement des cloches, le roucoulement des colombes, le soupir des arbres, les gammes hésitantes au piano, les voix étouffées et les pas dont déborde le silence essentiel de la grande cité rêveuse, toujours perceptible en arrière-plan. Je regagne mon fauteuil en jetant un coup d'œil aux fidèles de l'AI puis à ma montre, avec la certitude douillette de ne plus disposer ce matin que d'une demi-heure avant de devoir me relever pour me rendre à un rendez-vous médical supplémentaire. Ces derniers temps, la nécessité de me hâter nourrit souvent ce que je produis de meilleur, mon travail le plus précis.

Midi arrive dans un vertige de cloches, fortes ou étouffées, mais je n'ai écrit qu'une phrase de plus — raturée. J'aurais aimé revenir au présent, en partant de Nelson dans la baie d'Aboukir et en ébauchant les multiples liens à venir. Malheureusement, Christlow aboie ses directives tel un organisateur de loto de Butlin's[1], et les mouvements disparates auxquels se livrent en retour ses pupilles — étudiants, jeunes professeurs (évidemment là pour le ménager, assurent-ils), employés de bureau et travailleurs manuels — me distraient de mon manuscrit. Ils sont trop présents, ici et maintenant. Trop *réels*.

Je leste mes papiers d'un caillou poli par la mer, fais craquer mes doigts puis me lève. Partir des marques sur les murs sales des toilettes publiques, de la poussière des vieux abris de jardin déserts, des halètements de satisfaction étouffés, pour en arriver là... Mes quelques affaires personnelles semblent détonner, maintenant que je les regarde bien. Ma veste en tweed, au portemanteau. La vieille valise du voyage de noces maternel, au fermoir cadenassé en permanence, quasi dissimulée par le lit, dans la pièce voisine. La photographie de mes parents, minces et guindés, minuscule cadre en argent accroché au-dessus de la cheminée. Une autre, plus petite encore — un arrière-plan d'une blancheur inanimée sur lequel se détache un jeune homme séduisant, aux cheveux

1. Butlin's Holiday Center (centre de vacances Butlin) : très connu en Grande-Bretagne. Redoutable archétype des camps de vacances.

sombres, que mes visiteurs les plus flatteurs prennent pour moi. Quelques Eric Ambler, perdus, honteux, parmi les poids-lourds reliés cuir ou toile du monument de Tort, *La France et l'Angleterre au Moyen Âge*, et de l'imposante *Histoire constitutionnelle* de Stubbs. Une radio toute neuve, une Dreamland De Luxe, de Baird (mon seul luxe évident), blottie dans une alcôve, son gros visage marqueté grimaçant tel celui d'un Martien. Derrière ses portes coulissantes, se cache ma collection de disques chérie. *Love is the Sweetest Thing*, *Forty-Second Street*, *Blue Moon*, *Whispering Grass*, *A Nightingale Sang in Berkeley Square*... Un jour, j'ai voulu discuter des mérites de la musique populaire moderne avec Bedford-Moles, éminent professeur de théologie d'un collège voisin. À présent, je me contente d'en dissimuler mes spécimens derrière les Beethoven de Furtwangler.

Les exercices de Christlow se sont achevés sans que j'en aie conscience. Lorsque je traverse la cour, seul le cliquetis des ciseaux derrière les murs du jardin aux fines herbes trouble le silence parfait de midi. Dans la rue, je vérifie une fois de plus l'adresse inscrite sur la carte de rendez-vous. Je ne vais pas au Radcliffe, cette fois-ci, mais plus loin que je ne me l'imaginais dans Abingdon Road. Trop tard pour prendre le bus. Il va falloir me dépêcher, si je veux y aller à pied.

12 h 45. P. Wiseman. De l'autre côté du pont, les Bains de plein air m'engloutissent de leurs cris de mouettes humains et de leur puanteur de chlore. Après Vicarage Road, je longe sur ma droite Saint Eustace Row, une rangée de vieilles bâtisses aux façades chaulées, tout en briques rouges et gouttières rouillées, qui dépendent, me semble-t-il, d'un des collèges. J'ai indéniablement lévité jusqu'à l'échelon supérieur où se croisent tous les fils de la médecine. Lorsqu'on est assez gravement malade, on finit par consulter les mêmes spécialistes, qu'on dépende du NHS ou d'un médecin privé ; la seule différence, c'est qu'après le rendez-vous, on ne déjeune pas forcément à son club avec le praticien. Voilà ce que révèle la blanche simplicité de la carte — le fait que, contrairement à un généraliste, un chirurgien ou un anesthésiste banals, P. Wiseman ne se donne même pas du *docteur*, sans parler d'énumérer ses qualifications.

Dès mon arrivée, on m'entraîne dans un corridor étonnamment moderne, puis un escalier ascendant où une harde de cerfs défunts ont passé le chef à travers le mur. Une pancarte ATTENTION À VOTRE TÊTE est apposée près de l'accès à une partie plus ancienne du bâtiment, derrière une armure rouillée de Tête ronde qu'on croirait oubliée là par son propriétaire distrait. Suit une grande porte ouvrant sur une pièce plus grande encore. Les tours et les détours d'Oxford ne me surprennent plus : le terrier de lapin menant à la salle de bal, le taudis adossé au palace. Je traverse le tapis gondolé pour m'installer dans un gros fauteuil inconfortable à oreillettes, les yeux fixés sur un P. Wiseman baigné par le soleil que déverse une haute croisée. Il allume une cigarette tirée d'une boîte en or, avant de déclarer, les lunettes étincelantes :

« Je suis ravi que vous ayez pu venir. » La pendule en or moulu sonne une heure. « J'ai suivi les résultats de vos examens, et je pense qu'il est temps pour nous d'avoir une petite conversation. » Pause souriante. « De discuter.

— Ça m'a causé... » Je hausse les épaules, essoufflé et suant. « Un certain choc.

— Un certain choc ? » Il hoche une tête sage. « Oui, oui. Et vous avez... ? Soixante-cinq ans ?

— Soixante-quatre. Je fêterai mon anniversaire le mois prochain.

— Mmh. »

Il baisse les yeux vers son calendrier, un de ceux dont on arrache une page par jour, OFFERT PAR LES PRODUITS PHARMACEUTIQUES BRIGHTON. Comme s'il ne me croyait pas. JEUDI 13 JUIN 1940. Les lettres semblent briller au soleil, bordées d'une telle irisation que je me demande s'il ne s'agit pas d'un nouveau symptôme à décrire de mon mieux. La devise du jour, *Fata Obstant*, ne signifie rien pour moi qui ne connais pas le latin.

P. Wiseman commence alors à me parler de mon mal. Il m'explique que chacune de mes cellules est une entité à part entière ; que je suis composé d'une immense nation de ces cellules, qui toutes travaillent avec ardeur en étroite collaboration. Elles vivent, elles meurent, elles vaquent à leurs occupations de même que je vaque aux miennes. La moindre d'entre elles possède un dossier détaillé qu'elle transmet à sa descendance, un rapport exposant qui elles sont, à quels cité, usine, entrepôt, égoût, temple, bibliothèque ou bordel de chair elles sont supposées appartenir. Mais il arrive qu'une délinquante, une errante, se croie investie d'un rôle supérieur à celui auquel elle devrait se plier. Et elle en crée d'autres à son image, lesquelles à leur tour répandent son message erroné, croissent et multiplient.

J'opine par intermittence, je pose une ou deux

questions, mais toute cette biologie me paraît extérieure à mon cas. La somnolence ne tarde pas à s'emparer de moi. Je me laisse bercer par le discours de P. Wiseman et l'atmosphère douce de son bureau — cuir et bois, évocateurs d'autres hauts lieux oxfordiens de ma connaissance. En ce qui me concerne, mon hôte pourrait aussi bien étudier le comportement de l'électron ou de l'écureuil sibérien. Pas le moindre paravent derrière lequel se dévêtir, pas d'instrument, de cuvette à pansement, de boule de coton ensanglantée. Les livres alignés contre le mur portent les noms de Carlysle, Boswell, Dante, Euripide. Je remarque aussi une longue photographie de l'équipe de rugby d'un quelconque grand lycée privé — tous les joueurs, bras croisés ; une peinture correcte représentant une femme d'âge moyen, encore superbe, en robe du soir bleue ; une autre photographie, de P. Wiseman en personne, serrant la main du Premier ministre adjoint Arkwright sur le perron d'une bâtisse imposante, au début sans doute d'une conférence. Dehors, encadrée de brique rouge et de vigne vierge, s'étend une pelouse tondue par bandes, comme celle de ma propre cour. Il m'arrive de penser qu'on trouve le même carré vert manucuré au cœur de tous les Anglais...

« ... Alors si j'étais vous, M. Brook, je renoncerais à la pipe.

— Pardon ?

— La pipe. Il en dépasse une de votre poche supérieure. D'où je déduis...

— Bon. »

Ma main se pose sur le fourneau de bois lisse. De toute manière, son contact représente à peu près le seul plaisir que m'ait jamais procuré la pipe, laquelle n'a pas non plus fait grand bien à mon image d'érudit.

« Essayez ça. » P. Wiseman agite la Players Nation qu'il vient d'allumer, laissant dans son sillage une traînée vaporeuse de publicité aérienne. « Ou alors les nouvelles Lambert mentholées.

— De toute manière, ça me faisait tousser.

— Pas étonnant. Au fait, votre collège se trouve bien derrière Brasenose, non ?

— Oui, en effet.

— Je ne connais pas très bien le quartier. Je sors de Magdalene, et j'ai tendance à m'en tenir à nos origines, voyez-vous. »

P. Wiseman veut parler des collèges médiévaux, par opposition aux bons vieux établissements élizabétains comme le mien. Il me contemple d'un œil fixe, hésitant sans doute à me demander si je connais untel ou si j'ai entendu dire que ce sacré Je-Ne-Me-Rapelle-Plus-Son-Nom avait attrapé la chaude-pisse pendant son voyage d'étude au Gujerât. Peut-être pense-t-il que nous pourrions discuter en intellectuels, en égaux. Mais de nos jours, on ne sait jamais, avec ce qu'est devenu Oxford : peuplé de gens tels que moi.

« Enfin, M. Brook, je ne doute pas que vous soyez très occupés, là-bas.

— Je travaille sur un livre, en ce moment, m'entends-je répondre.

— Mmh ?

— Un ouvrage d'historiographie — l'étude de l'Histoire en elle-même. Un sujet toujours aussi négligé.

— Certes. Et sous quel angle envisagez-vous de considérer les choses ?

— En résumé, je veux montrer que l'influence réelle des personnalités historiques majeures — Napoléon, Alexandre le Grand, voire Bouddha — s'est accrue au fil des siècles. Que l'équation n'est pas figée, voyez-vous.

— Intéressant. Je ne suis pas un spécialiste en la matière, mais votre démarche ne s'inscrirait-elle pas dans la droite ligne de l'histoire considérée comme un processus ?

— Eh bien...

— ... Seulement il m'a toujours semblé que l'argument dont vous vous réclamez reposait sur un sophisme. Vos observations signifient juste que nous possédons davantage de données sur les personnalités récentes, lesquelles semblent par conséquent avoir plus de substance. Je veux dire que de nos jours, nous en savons trop peu sur le véritable Siddhartha pour déterminer quelle influence il a réellement exercée sur le bouddhisme. On peut d'ailleurs en dire autant du Christ... »

Je le fixe sans mot dire.

« Mais nous digressons. » P. Wiseman écrase d'une main de chirurgien sa cigarette dans un cendrier en verre taillé IMPERIAL CHEMICALS puis en allume une autre à la flamme — quasi invisible au soleil — d'un briquet en onyx. « Comme je vous le disais, M. Brook, j'ai étudié votre cas, et j'y ai beaucoup réfléchi. Extérieurement, vous êtes toujours en assez bonne santé. Je le vois de mes yeux. Mais, ainsi que je pense vous l'avoir expliqué, la tumeur de votre poumon droit se développe depuis un certain temps. Compte tenu du problème des métastases — je veux parler de la prolifération lymphatique, évidemment —, je ne vois pas l'intérêt d'opérer. »

Une opération n'aurait aucun intérêt ! Une bulle de joie monte bêtement de mon estomac avant de se dissoudre.

« Jusqu'où s'étend la tumeur, alors ?

— Le long de la moelle épinière, j'en ai peur. Dans l'autre poumon. Ailleurs aussi, peut-être... »

Je hoche lentement la tête. Un jour, j'ai trouvé tout au fond du garde-manger maternel une pomme de terre germée, dont les pousses blêmes couraient le long des murs et derrière les étagères...

« Je suis désolé, M. Brook », ajoute P. Wiseman, s'apercevant que je n'avais pas compris immédiatement.

Je me passe la langue sur les lèvres.

« Combien de temps me reste-t-il ? »

Le genre de cliché impossible à éviter dans pareille situation.

« Au mieux, deux ans. Peut-être moins d'un. Je crains que vous n'ayez à prendre vos dispositions dès maintenant... »

À partir de là, cependant, je flotte. Je n'entends rien de ce que P. Wiseman a encore à me dire.

Lorsque enfin je ressors au soleil, je dois bien admettre que je m'en veux beaucoup. Je m'en veux même de m'en vouloir. C'est idiot, tellement idiot. En vieillissant, on s'habitue à l'idée qu'on finira par mourir, un jour, mais ça n'a rien à voir avec la mort, la vraie. Celle qui vous empêchera peut-être d'assister au prochain tournoi de Wimbledon. Qui vous dispense d'acheter une bonne paire de chaussures, faites pour durer jusqu'à la fin de l'hiver prochain.

En réalité, je n'avais pas compris que souffrir d'un cancer du poumon ne signifiait pas seulement être malade, vivre moins longtemps, mais bel et bien mourir.

Je suis furieux.

De retour dans mes appartements, tassé contre mon bureau, je m'efforce de marteler les innombrables mots, lignes, phrases et pages dont il me faut impérativement accoucher pour terminer *Les Doigts de l'Histoire*. Mais la tâche me semble vaine, maigres ratiocinations supplémentaires jetées sur le tas de fumier de tous les autres livres de pacotille jamais écrits. À quoi bon cette analyse ? Napoléon a existé, mais il est mort, et jamais nous ne saurons qui il était réellement. Et quand bien même nous le saurions, quelle importance ? Cela ne changerait rien à la campagne d'Espagne ni à la retraite de Russie, aux horreurs écrites en lettres de sang. Si j'avais été là, oui, peut-être les choses en eussent-elles été changées. Malgré l'intelligence et le charisme du petit Corse, tout le monde devait bien voir qu'il représentait un désastre pour l'édification de l'Europe ? Sachant ce que je sais aujourd'hui — voire étant ce que je suis, après m'être élevé à une position imméritée à la faveur de la terreur et de la révolution survenues en une époque étrangement semblable —, je l'eusse tué le cœur pur, pendant qu'il s'avançait parmi les rangs des petits universitaires affectés, réunis lors de quelque pompeuse cérémonie. Où en serait l'Histoire, dans ce cas ? Différente, pour le meilleur, à cause du sang sur mes mains...

En fin d'après-midi, la tête bourdonnante, j'envoie

promener Christlow lorsqu'il passe la tête par la porte pour me demander si je dînerai à la salle à manger ce soir, ou si je me contenterai de quelques tranches de jambon fumé et d'un petit pain croustillant sur un plateau. Je n'ai pas faim. Le mauvais goût qui s'attarde dans ma bouche et que je mettais sur le compte du Four Square ou de mon rhume estival est devenu plus puissant. S'agit-il d'un des symptômes mentionnés par Wiseman ? Que se passe-t-il *exactement*, quand une corde de chair ligote peu à peu votre moelle épinière ?

J'enfile ma veste, je vais acheter un paquet de Navy Cut sans filtre chez Doson, au coin de la rue, je casse plusieurs allumettes, puis j'aspire de longues bouffées de fumée amère. Englouti par la cité en proie au crépuscule, je mets un moment à vraiment remarquer où je me trouve. Entouré de clochers, bien sûr, de tas de bicyclettes en pleine copulation, de meublés piteux pour étudiants de troisième année, de librairies d'occasion bourrées à craquer ; de choses à contourner ou sur lesquelles tomber. Les gens rentrent chez eux après une journée de travail, sans se laisser distraire de leur tâche compliquée : se sentir contents d'eux-mêmes, ordinaires, bien portants. Vivants.

La futilité des chapitres rédigés m'apparaît clairement, à présent ; quand bien même je terminerais mon supposé livre, quand bien même il franchirait le barrage de la censure — laquelle le jugerait « correct » et accepterait de le laisser vendre — puis serait réellement publié, il n'en resterait pas moins dépourvu de valeur. J'ai tout autant conscience du vide insignifiant, facile à combler, que laissera bientôt ma vie tout entière. Quelques vêtements pendus dans une armoire, une vieille valise derrière un lit, de vagues marques sur les murs des toilettes...

Après m'être repéré au clocher de Tom, je décide de gagner l'édicule de Christ Church Meadow — guère éloigné, car mes errances m'ont fait tourner en rond ou peu s'en faut. Les marches de pierre usées, incrustées d'une mosaïque noir et blanc, le seuil accueillant surmonté de la couronne de la municipalité, l'odeur de l'urine masculine et des toilettes proprement dites m'accueillent tels de vieux amis. L'ancien combattant achève de nettoyer les lieux en sifflotant sur un ton monocorde, après une longue journée passée à se colleter avec les mots croisés de *John Bull*. En le voyant tordre la serpillère au-dessus du seau, je m'aperçois pour la première fois qu'il est manchot.

Mes pieds dessinent une piste sur ses carreaux propres humides. Il me regarde choisir le box du milieu, introduire mon demi-penny dans la fente puis refermer la porte. Je pousse aussitôt la targette en laiton. Près de deux semaines se sont écoulées sans que la moindre marque supplémentaire vienne égratigner la peinture verte. Point, point, trait, trait — puis tout s'est arrêté, quand ma relation a enfoncé l'ongle de son pouce dans le mur pour me lancer son invitation habituelle, il y a de cela deux dimanches.

C'est un mystère, mais à mon âge, on connaît ce genre de choses. Le rituel des rendez-vous ne dure pas. Les gens changent. Ils se dégoûtent. Leur femme découvre le pot aux roses. Ils décident brusquement que la sodomie ne leur *ressemble* pas. Ils se font tabasser, arrêter, ils tombent amoureux d'un cul plus ferme, ils déménagent. Il ne faut pas s'attendre à recevoir des cartes de vœux. D'ailleurs, je suis ravi, vraiment ravi, que nos chemins se soient séparés au moment précis où je découvrais brusquement ma propre mortalité — où j'avais l'ultime révélation de l'absurdité profonde du sexe. Il n'empêche que je m'inquiète pour ma relation.

En ressortant du box, je m'aperçois que je n'y ai rien fait, pas même tirer la chasse. L'ancien combattant me jette un coup d'œil par-dessus son épaule, non sans donner un dernier coup de serpillère à la photo de John Arthur accrochée au-dessus des urinoirs. La main sur l'estomac, je marmonne vaguement quelque chose à propos de nausées qui seraient passées. *Soignez-vous*, murmure-t-il — en gros —, pendant que mes semelles claquent sur les carreaux. Bien après mon retour à l'air libre, je crois toujours sentir son regard sur moi.

Mes errances m'éloignent de la cité, dans l'obscurité de plus en plus épaisse. Par les fenêtres entrouvertes des faubourgs, s'échappent des odeurs de cuisine et des voix. Que de rues. Que de maisons. Là, au milieu d'une pelouse, devant une demeure, quelqu'un a dessiné en joubarbes et saxifrages la croix encerclée de l'Alliance Impériale. Une fillette en chemise de nuit, prête à se coucher, écarte les rideaux pour me regarder. Ses lèvres remuent. *Maman, qui c'est, le drôle de monsieur ?*

Je suis fatigué. Tout entier raidi et glacé, je dépasse les rangées uniformes de Morris Ladybird, « la voiture du peuple », fabriquée en énormes quantités juste au bout de la rue, à Cowley. On dirait des tas de gelée. Me détournant des petites pelouses et des créneaux flambant neufs de la rue Lancelot, avec ses maisons jumelées faussement distinguées, je m'engage dans l'étendue plus vaste de la route de Falstaff, aux prétentions Tudor quasi directoriales. Les réverbères hochent des têtes averties. Un chat miaule. Un bébé pleure. Un couvercle de poubelle claque, au bout d'une allée.

Je suis né à Lichfield — une ville qui, aujourd'hui autant qu'alors, se qualifie de cité —, en l'an de grâce 1880. La moyenne Angleterre dans toute sa splendeur, ni plane ni vallonnée, ni méridionale ni septentrionale, tellement éloignée de la mer qu'un jalon de pierre y affirme que là — et non à Meriden, Banbury ou même Hexham, comme James Ier le prétendit autrefois dans un moment d'ivresse —, se trouve le centre véritable de l'Angleterre. Hormis la naissance de Samuel Johnson et un siège chaotique durant la guerre civile, il ne s'y est jamais rien produit d'important.

Avec le recul, maintenant que j'ai vu évoluer les choses, je qualifierai mes parents de pionniers du devenir anglais. Ils avaient bel et bien acheté la maison que nous occupions, dans un des lotissements les plus récents et les plus cotés qui, à l'époque, poussaient comme des champignons autour de l'étang de Stow et derrière la cathédrale. Toilettes intérieures, eau courante chaude et froide, chauffage intégré, rails moulurés pour accrocher les tableaux. À vrai dire, j'ignore en quelles circonstances ils avaient fait connaissance puis s'étaient mariés, car eux-mêmes n'avaient pas l'air de trop le savoir — c'était le genre de choses qui arrivaient, tout simplement, comme le poste qu'on finissait par occuper, une opération chirurgicale bénigne ou la calvitie. Ils s'accordaient juste à dire que leur première rencontre avait sans doute quelque chose à voir avec un lointain parent commun. Tous deux appartenaient à de bonnes familles du Centre ; mon arbre généalogique ne tarde pas à se perdre en répétitions incohérentes de John et de Mary, de Smith et de Cooper, de charpentiers et de bouviers. On parlait évidemment d'une grande demeure ancienne et de la fortune dissipée par un oncle à scandale. Ainsi en va-t-il toujours. Je me souviens même que ma grand-mère, qui habitait Malvern, affirmait avoir été l'amie d'enfance — ou au moins la camarade d'école — d'Edward Elgar. Non qu'elle sût réellement de qui il s'agissait, lorsqu'on lui posait la question, mais elle pouvait affirmer qu'il « s'était bien débrouillé dans la vie ».

Je me rappelle les arcs-en-ciel lumineux projetés sur les murs par les perles en verre de la lampe du salon. Enfant unique, je me rappelle aussi l'ennui à la maison, l'envie, puis la joie, d'aller à l'école, malgré l'obscur désir que ce ne soit pas « seulement cela ». Je voulais tout savoir des rois et des reines, des volcans et des planètes, des monstres marins... Je n'avais guère de temps à consacrer aux bocaux des leçons de choses — un rayon de miel tronqué, un fémur de singe —, à l'écriture des lettres sur une ardoise, à la lecture laborieuse des exemplaires partagés de *Sambo le petit Noir* et *À la ferme*.

Mon père, qui travaillait pour la Lichfield Corporation, changea de poste à deux ou trois reprises, auréolé de gloire. Mes parents en vinrent alors à envisager des vacances plus ambitieuses, mais il resta toujours ceci-adjoint ou assistant-cela : c'était un de ces hommes très occupés, sans qu'on sache jamais précisément à quoi (« Eh bien, mon travail n'est pas facile à expliquer, à moins bien sûr que vous ne soyez dans la même branche... »), qui de nos jours dominent si bien notre pays. En résumé, il était comptable ; lorsqu'il rentrait à la maison, le soir, il sentait les aisselles, l'encre de Chine et le caoutchouc. Dès que je fus en âge de confectionner moi-même mes sandwichs au fromage, ma mère prit un emploi à la pâtisserie Hindley de Bird Street. Pâte et pains aux raisins — une autre odeur de mes souvenirs. Elle rapportait souvent à la maison des *battenbergs* écrasés évoquant des échiquiers brisés ou les restes rassis, couverts de chiures de mouche, des gâteaux de mariage creux qui avaient passé un ou deux mois en vitrine. Regarde, j'ai quelque chose de bon pour toi... Une spirale de glaçage croustillante. De petits diamants d'angélique, à l'aspect et au goût de morve.

Même alors, bien avant de me faire la moindre idée du sexe, j'avais conscience d'être différent. Je me sentais toujours bizarrement prisonnier des circonstances, à la fois nu et habillé, comme l'empereur du conte, sans que personne d'autre le vît ou y prêtât attention. Chaque fois que j'interrogeais ma mère sur cette impression, elle me rembarrait. Peut-être ma fragilité — pas dans le sens physique du terme ; mais mon manque de *virilité*, ma trop grande *sensibilité* — lui inspirait-elle une inquiétude aussi imprécise que la mienne. Mon père, lui, se contentait de fredonner en travaillant ou en cultivant son jardin, ainsi que les parcelles allouées de plus en plus étendues autour desquelles il poussait sa brouette, jusqu'à ce qu'une crise cardiaque le terrassât sur la petite colline de

Gaia Lane. Chute de pots de fleurs. Enfants ricanant devant le drôle de monsieur aux jambes frissonnantes. Puis un vendeur de journaux qui passait par là jeta les derniers pots pour emmener en brouette le malheureux à l'hôpital Saint John. Il eût gagné du temps en allant droit chez les Maddox, les entrepreneurs de pompes funèbres installés sur la place du marché, car mon père était déjà mort.

Il nous restait, à ma mère et moi, sa pension et son assurance vie ; là aussi, nous étions en avance sur notre époque. Nous avions aussi la maison, bien sûr. La véritable gêne nous fut donc épargnée, d'autant que passer des vacances compliquées au loin, sur la côte anglaise grisaillante, ne m'avait jamais beaucoup amusé. À l'époque — j'avais onze ans —, j'étais déjà décidé à devenir « enseignant ». Avant de passer au collège, en quittant l'école élémentaire de Stowe Street, j'avais toujours été parmi les premiers de la classe. Je m'imaginais avec plaisir que je tiendrais la dragée haute à une compagnie mieux choisie. Mon impression insulaire de supériorité me donnait même à penser que j'obtiendrais peut-être une bourse du comté pour entrer au lycée de Rugby. De là, oui, je rêvais du cerf de Magdalene, des corps minces s'ébattant dans la Cherwell, à Parson's Pleasure, de Jack Marvel dans *The Splendid Spur*[1] de Quiller-Couch, des rires intrépides de mille héros oxfordiens, têtes brûlées et durs à cuire, résonnant dans la cour du vieux Tom.

Toutefois, la suite de mes études se révéla pénible.

1. *L'Éperon magnifique*, roman d'aventures historiques, non traduit en français.

Déjà, je me heurtais à un plafond inamovible — mon existence était prédéterminée, je le sentais, sans que j'eusse vraiment voix au chapitre. Je finis par tomber malade, en partie à cause de mes efforts pour rester à la hauteur des élèves les plus brillants (prototypes de banquiers, d'experts comptables, de cadres des CSG et d'avocats), capables de m'écraser sans difficulté. Peut-être était-ce la scarlatine ; peut-être pas. Pendant ma longue absence scolaire, un certain Martin Dawes, que je n'aimais guère mais qui passait pour mon ami, venait tous les après-midis m'apporter des livres de classe et me tenir compagnie. Assis à mon chevet, il glissait les mains sous mes couvertures et la ceinture de mon pyjama afin de me masturber — comme s'il s'agissait là aussi d'un message du collège. Je lui en étais bien sûr extrêmement reconnaissant.

Plus tard, vers la fin de ma scolarité, alors que je gagnais en robustesse et que je me résignais à ma destinée, je connus les obsessions et le malaise habituels. Je me rappelle qu'un professeur, M. Lockwood, m'aida un jour à enfiler ma tenue de cricket — ce qui me sembla prendre au moins une heure magnifique —, pendant que je m'efforçais de dissimuler une érection croissante. Après coup seulement, la pensée me vint que ses attentions essoufflées étaient un peu surprenantes, mais M. Lockwood avait déjà disparu ; il s'était dissous parmi les brumes de l'enseignement, ne laissant dans son sillage qu'un vague parfum de scandale imprécis. Martin Dawes avait fait de même, lui que, malgré tout, je n'avais jamais réussi à réellement apprécier. Ensuite, pendant que je passais au lycée, que j'obtenais de justesse mon certificat d'enseignant avec mention, que je quittais l'école puis trouvais un travail de maître-assistant au Burntwood Charity, l'établissement voisin, pendant que j'atteignais l'âge tendre de dix-sept ans et devenais « un homme », d'après la mentalité de l'époque, ces premières expériences bizarres restaient le seul aliment de mes fantasmes masturbatoires.

À la maison, lorsque ma mère s'activait à la cuisine, il m'arrivait de m'enfermer dans les toilettes de l'étage au siège glacé, à la fenêtre ouverte en permanence. Là, je m'efforçais respectueusement d'incorporer des femmes à mes rêveries en rose, dans le vague espoir de me sentir ainsi moins coupable de faire ce que je faisais. Toutefois, à l'instant crucial, leurs seins s'aplatissaient, leur entrejambe s'engorgeait ; mes fantasmes s'avançaient vers moi rasés de près, immaculés, serrant dans leurs mains couvertes de poils blonds les sangles et les protubérances toujours plus élaborées de fausses tenues de cricket. Mais aussi, que savais-je des femmes ? Sans les rares statues classiques, j'eusse imaginé leur poitrine comme un seul appendice de chair. Quant à la réalité de la plage de marbre lisse coincée entre leurs jambes... Dans l'innocence que je partageais avec la plupart des gens de l'époque, même le fonctionnement de mon propre corps m'était presque inconnu. Que la peau de mon gland pût coulisser en arrière sur mon pénis, par exemple, m'apparaissait comme une croix à porter, une difformité unique.

Ce fut donc avec bien des hésitations et un immense embarras que je pris la peine de me rendre à Birmingham, un week-end d'été, pour acheter quelques photographies dans l'espoir de m'éclaircir les idées. Je m'étais alors persuadé que, armé d'une meilleure connaissance de l'anatomie féminine, je finirais par comprendre. Mais en ouvrant l'enveloppe dans ma chambre, cette nuit-là, je fus choqué, gêné, égaré. Pour les seins, je savais à quoi m'en tenir — du moins en théorie. Mais c'était donc *ça*, le saint Graal ? Renonçant immédiatement à évoquer le sexe, je me résignai à une vie de célibat généreux.

Une semaine plus tard, je reprenais le train pour Birmingham, suivais les mêmes rues puantes de Digbeth puis, en proie à un tremblement nerveux, pénétrais à nouveau dans la boutique dont la devanture banale proposait à la vente des *Nouveautés artistiques et souvenirs*. En homme averti, je déclarai avoir une amie désireuse d'acquérir un jeu de photographies semblables aux miennes ; mais d'hommes, cette fois. La semaine précédente, j'avais entraperçu la chose, tentatrice, dans un des grands tiroirs tapissés de feutre ouverts par le propriétaire du magasin. Des bras plus épais, des ventres plus lisses — et se pouvait-il vraiment qu'il y eût là, contre une cuisse velue, la masse négligente d'un véritable *pénis* ? Le commerçant aux yeux de reptile, muet hormis pour les questions d'argent, me tendit une enveloppe. Quelques jours plus tard, saisi d'un dégoût aigu de moi-même, j'en détruisis également le contenu. Trop tard. Les choses étaient devenues aussi claires dans mon esprit qu'elles l'avaient été auparavant dans mon corps. À présent que j'avais enfin trouvé le courage de chercher le mot dans un des gros dictionnaires médicaux osant inclure des affections aussi monstrueuses, je savais ce que j'étais : un homosexuel ; un inverti.

Voilà toute l'étendue de mon développement sexuel, dans ce que j'appelle ma vie avant Francis. Il n'y eut pas de maître de chapelle dérangé, pas d'ami plus mûr beau parleur, pas d'embuscade tendue par des vagabonds rapaces, de coup sur la tête pendant une promenade à bicyclette ou de lettre anonyme désespérée à Baden-Powell. Juste moi, avec mon semi-célibat coupable, aidant ma mère soudain fragile à s'occuper de sa maison, regardant mes anciens camarades d'école grandir, quitter leurs parents, se marier, fonder une famille.

Tout comme je m'étais résigné à une déviance perplexe mais inactive, j'en étais arrivé à guère plus de vingt ans à accepter ma position de maître-assistant des Trois Anciens du Burntwood Charity. Une simple promotion au rang de professeur en titre paraissait bien improbable, du moins avant la retraite du tyran, Sa Majesté l'inspecteur M. Rathbate. Mes horizons étaient limités. Le sud du Staffordshire, à l'époque de même qu'aujourd'hui, abritait pour l'essentiel une communauté minière et agricole. Malgré la loi, la plupart des enfants avaient quitté l'école à dix ans pour aider leurs parents en travaillant. Certains tenaient à y venir jusqu'à treize ans, parce que leur intelligence leur permettait d'espérer passer au collège, voire au lycée. D'autres parce qu'ils étaient trop attardés pour se rendre utiles — je me rappelle que Billy Choggin fut tiré de derrière son pupitre, où il restait tassé à tripoter ses verrues, quand on s'aperçut qu'il avait à présent dix-sept ans.

Les articles par lesquels j'entamai ma carrière au *Daily Sketch*, près de trente ans plus tard, donnaient l'impression que John Arthur avait été un de mes élèves les plus brillants, les plus ambitieux, petite comète traversant les cieux de Lichfield empoussiérés par les puits. Les longs ajouts fleuris du correcteur attribuaient aussi à ma plume la description d'un jeune prodige très pâle, très discret, charmant, passionné et doté d'un léger accent de l'Ouest, car à l'époque, sa diction n'avait pas encore évolué vers le rythme chantant du Yorkshire dont nous avons aujourd'hui l'habitude — toutes caractéristiques qui lui eussent valu une bonne volée dans la cour de récréation. « Les soirs d'été, après l'école, lorsque le sifflet de la mine avait retenti et que les hirondelles filaient dans le ciel », le petit garçon et moi grimpions « sur les collines du Staffordshire », d'où nous contemplions « les tours de Lichfield, les roues des mines et les cheminées des usines de Rugeley, jaillissant d'une mer de bruyère pourpre ».

De longues années de pratique ont passé ; ces images charmantes se sont rangées au côté des contes absorbés pendant l'enfance pour devenir de précieux souvenirs colorés. Elles ont défini mon rôle, une partie fondamentale de mon existence, depuis que John Arthur a mentionné mon nom — ou, du moins, celui de Geoffrey Brook — en parlant du mentor de sa jeunesse durant son discours d'intronisation à l'ancienne Chambre des communes. Alors, oui, je me rappelle John Arthur enfant. Il est bel et bien là, au Burntwood Charity, avec les autres élèves, l'odeur de la craie et des corps malpropres, les murmures nerveux, les heures interminables pendant lesquelles que tous ces gamins attendent la cloche du vendredi qui va les libérer dans le superbe après-midi. Il lève la main, au troisième rang ; sa manche glisse, dévoilant un poignet fin ; il pose une question plus pertinente que la moyenne ; je commence à discourir sur un de mes sujets favoris. Voilà comment je me le rappelle.

À vrai dire, j'ai toujours aimé — j'aime toujours — enseigner. Simplement, je préfère, et de loin, parler des échecs du capitaine Franklin ou de la symétrie des forteresses littorales de Henri VIII — qui de fait évoquent des fleurs —, plutôt que construire les énormes blocs d'informations censés constituer de nos jours les bases d'une bonne instruction ; le genre de choses si précisément définies que tous les petits Anglais de dix ans lisent sans doute exactement au même moment la même page de la version expurgée des *Voyages de Gulliver*. Pourtant, je me plais à imaginer que John Arthur était un autre homme, quand sa puissance a fini par me toucher, au moment où il s'est mal rappelé ses enthousiasmes erratiques et le nom de Griffin Brooke. Un homme qui comprenait l'amour et la connaissance.

Trop las pour m'arrêter, j'erre à travers les rues d'une banlieue flambant neuve, laissant dans mon sillage une traînée de fumée de cigarette, de souvenirs, d'abstractions. Malgré tout ce qui a changé dans ma vie extérieure, il me semble au fond être resté le même ou presque, ici, à Oxford. Je suis toujours aussi avide d'intimité et de compréhension. Je joue toujours les intellectuels, malgré ma tête de linotte. Je me sens toujours maladroit, stupide, trop souvent naïf dans trop de situations banales. En fait, j'attends toujours que ma vie commence, alors qu'elle ne va pas tarder à s'achever...

La réflexion glisse de mon esprit, trop énorme encore pour se laisser assimiler. Ma conscience tremble devant elle, à la manière d'un animal piégé qui se débat pour trouver une échappatoire. Mes pensées se rabattent étourdiment sur John Arthur, puis sur mon livre, puis sur le sujet de mes cours particuliers de la semaine prochaine. Tout — *tout* — plutôt que l'énorme, l'écrasante vérité.

Je dépasse des terrains à bâtir clôturés. 8/10£ PAR SEMAINE OU 50£ D'INSCRIPTION. MODERNITÉ GARANTIE. MAISONS AVEC GARAGE. Représentations artistiques illuminées de familles au coin du feu, de baies vitrées, de murs tapissés de chèvrefeuille, de chats endormis sur des perrons. Ensuite, Gladstone Drive, où les affiches deviennent réalité. Peut-être, au coin de la rue, se trouve-t-il aussi une Disraeli Road toute neuve. Peut-être Disraeli est-il accepté de nos jours exactement comme il l'était de son vivant ; à peine juif, puisque assez malin pour transformer notre vieille reine mal fagotée en impératrice flatteuse et pour se convertir au christianisme. Qui sait ? Ce genre de choses change tellement vite.

Je dépasse des porches éclairés, ornés de plaques en fer forgé, faïence ou bois pyrogravé — MAISON DE DIEU. DAWRIC. LES SAULES. Le calme règne, quoiqu'il soit à peine plus de neuf heures et qu'il commence juste à faire vraiment nuit. Les maisons ont l'air endormies, avec leurs rideaux tirés, derrière lesquels se devine faiblement le scintillement de fantômes errants caractéristique des téléviseurs. Le peuple britannique s'est habitué si vite à ces rêves clignotants. Les antennes disposées sur les toits indiquent précisément la direction des nouveaux émetteurs. Les vitrines des magasins d'électroménager qu'on trouve dans la moindre grand-rue sont envahies par des yeux gris-vert de cyclope. Chaque soir, les murs de millions de salons obscurs se couvrent des ombres des fanfares, des danseurs de salon, des comiques du Nord ricanants aux yeux chassieux.

Des pas traînants s'élèvent derrière moi, tellement inattendus que je me retourne. Silence. Le marcheur s'est arrêté. Un instant, la rue semble déserte ; le béton pâle de la chaussée luit à la lumière des réverbères et des étoiles de plus en plus nombreuses. Enfin, je distingue une silhouette bien trop épaisse, bien trop trapue, presque dissimulée par une camionnette de livraison. L'impression glaçante d'être observé me saisit. Un pouls violent se met à me battre aux oreilles, pendant que je m'approche. L'ombre paraît difforme ; ce n'est même pas une silhouette — juste une boîte aux lettres, rien de plus. Autour de moi, tout n'est que silence. Les gens, enfermés chez eux, vivent leur vie.

Je poursuis mon chemin d'un pas plus rapide, incapable de réellement écarter la sensation d'être suivi. OBERON DRIVE. HAZEL OAK ROAD. Tout se ressemble, dans le quartier. Je m'y perdrais, si ces rues ne m'étaient pas familières. Une ou deux fois déjà, je les ai parcourues, d'un pas aussi furtif. Par-delà l'étendue herbeuse où IL EST INTERDIT DE JOUER AU BALLON, derrière les bosquets de chênes qui ont ombragé des générations de bétail, se trouve la demeure de ma relation. À cette heure-ci, ses deux filles doivent être au lit : on est jeudi, il faut qu'elles soient en forme demain, à l'école. J'aimerais croire que mari et femme sont trop cultivés pour se vider l'esprit en regardant Jack Warner — « Attention à mon vélo ! » —, *Les Clarkson*, ITMA[1] ou je ne sais quoi d'autre à la télévision. Jamais nous n'avons discuté de ce genre de choses, mais peut-être préfèrent-ils écouter le Troisième Programme[2] de leur radio-gramophone, avec Malcolm Sargent dirigeant un concert au Albert Hall. L'occasion pour Monsieur de parler de ce qui se passe au bureau de la Censure, maintenant que le vieux Gras-du-Bide prend sa retraite, puis de tirer des plans pour le week-end sur fond de *Cygne de Tuonela*. La famille pourrait prendre le train du dimanche afin de passer la journée à Lambourn Downs. Lui-même renoncerait sans hésiter à son déjeuner au pub, son après-midi au jardin et sa promenade de santé vespérale habituels...

Ma démarche s'est faite plus lente. Mes poumons et ma gorge palpitent douloureusement. Dans les maisons, se devinent quelques lampes de chevet allumées qui s'éteignent une à une. Il est plus tard que je ne pensais. Les télévisions se sont réduites à des points blancs, les salles de concert vidées, tous les Jim et Betty des environs ne vont pas tarder à se mettre au lit ; à forniquer gaiement, sans culpabilité. Pourtant, l'ange de la mort déviant que je suis se sent observé de derrière ces fenêtres aux rideaux bien tirés.

Le pignon noir et blanc du 4, Portia Avenue, apparaît : le troène, la longue bande de l'allée qui mène

1. Émissions et série comiques. Équivalents britanniques de « La Société des loufoques », « Signé Furax », etc.

2. Les émissions de la BBC se répartissent entre le Troisième Programme (artistique et culturel), le Programme Léger (divertissement sans prétention) et le Service Intérieur (informations).

sur le côté de la maison où, en notre époque de prospérité croissante, une Ladybird va sans doute remplacer d'ici peu la solide bicyclette Raleigh sur laquelle part travailler ma relation. *Le vieux Gras-du-Bide ne sera pas éternel. Ensuite, mon amour, c'est* moi *qui aurai son bureau, avec mon nom sur le verre givré...* Là aussi, les fenêtres sont obscures. Quoique, contrairement à ceux des demeures alentour, les rideaux ne soient pas tirés. Dans la nuit estivale de plus en plus épaisse, les vitres me paraissent un peu bizarres. De même que le parterre de fleurs séparant le n° 4 du n° 6. Il y a quelques semaines, j'en suis sûr, ses tulipes s'alignaient en rangées militaires. Aujourd'hui, il paraît désorganisé, aplati.

Quelque chose de plus coupant que le gravier crisse sous mes pieds, qui m'emportent dans l'allée en direction du porche — jamais je n'eusse imaginé faire une chose pareille, hormis en rêve. La plupart des carreaux ont été cassés. Un gros cadenas en fer pend à l'encadrement brisé de la porte. Il règne une odeur chaude, puissante d'urine enfantine.

Enfin, en tout dernier lieu, je distingue l'affiche collée sur le mur par la police d'Oxford. ATTENTION À TOUS... Mais le ciel est incroyablement sombre et profond pour la saison, les lampadaires aussi se sont éteints... Impossible de rien distinguer hormis le chapeau, orné d'une croix repoussée. Je m'effondre sur le perron, dispersant des bouteilles de lait vides, le visage enfoui dans les mains. Après tant et tant d'années, voilà que tout me rattrape. Cela. La mort. La fin.

En relevant la tête, un peu plus tard, je m'aperçois

que quelqu'un me regarde dans la paisible nuit de banlieue.

« Je sais, répète l'ombre. Ça doit vous faire un choc. » J'acquiesce, puis je m'érafle la main en faisant l'effort de me remettre sur mes pieds. « Vous les connaissiez bien ?

— P... Pas exactement. »

La silhouette, plus petite que moi, clairement féminine, fait un pas sur les dalles abîmées. Robe d'intérieur et mules. Luisance de boucles gris fer.

« Venez, alors. Je vais vous préparer du thé. Nous habitons à côté... »

« Je suis Mme Stevens », m'informe ensuite la voisine, qui a la sagesse de garder son prénom pour elle en s'activant avec la théière et la bouilloire, dans sa cuisine d'une propreté aveuglante.

« M. Brook. »

Je ne vois pas l'intérêt de mentir.

« Je jette tous les jours un coup d'œil sur le porche, pour le courrier. » Elle ferme le robinet puis secoue ses doigts tachetés. « Je le donne au policier du quartier, même si je suis sûre et certaine qu'il se demande quoi en faire. Ils devraient pourtant bien savoir que ce n'est plus la peine de leur apporter les *lettres*, non ? Vous comprenez, avec lui qui travaillait autant dire à la Poste. Vous le voulez fort et sucré, je suppose ?

— S'il vous plaît. »

Je regarde Mme Stevens ébouillanter la théière puis y placer le thé. Maintenant que je vois mieux la cuisine, je la trouve étonnamment spacieuse. Deux murs percés de fenêtres, dont une avec aérateur. Une machine blanche émaillée bourdonne doucement dans son coin — sans doute un réfrigérateur. Un cou-

cou tictaque au-dessus de l'évier. Carreaux et plans de travail sont étincelants.

« Quand cela s'est-il produit ?

— Voyons voir... » Mme Stevens penche la tête de côté et plisse ses yeux levés vers le plafond. À près de soixante-dix ans, sans doute, elle a gardé quelque chose d'enfantin. « L'avant-dernier dimanche. Vers les six heures du soir, je dirais. À six heures pile, en fait, parce que Les et moi venions juste de terminer notre salade.

— Ils les ont *tous* emmenés ?

— Tous. Quelle pitié. » Elle remue son thé puis me tend le mien. Porcelaine à motif de saule. « Pauvres petites.

— Personne n'a essayé de les en empêcher ? »

Elle me regarde fixement en léchant la ligne brune dessinée par le thé sur sa petite moustache.

« Je vais vous dire comment ils étaient, M. Brook. Ils avaient l'air d'un couple bien sous tous rapports. La seule chose bizarre dont je me souvienne, maintenant, c'est qu'il leur arrivait d'allumer la lumière sans fermer les rideaux. On voyait en plein chez eux... Mais les petites étaient charmantes. L'an dernier, ils ont nourri notre chat lorsque nous sommes allés à Harrogate, même si, bien sûr, le pauvre s'est fait écraser depuis. Sans doute à cause de la nouvelle route, c'est terrible, en essayant de retourner sur son ancien territoire de chasse. Idiot de chat...

— Vous disiez...

— En fait, il n'y a pas grand-chose à dire. Après ce qui s'est passé. Quelle honte. Et c'est mauvais pour le quartier. Surtout l'état de la maison. Mais vous savez ce que c'est, les jeunes... Vous les connaissiez bien ?

— Lui était une relation. Je n'ai eu presque aucun contact avec le reste de la famille.

— Comme je vous le disais à l'instant, ils paraissaient aussi respectables que vous et moi. Ils n'ont pas fait d'histoires quand Les a construit le pavillon, derrière, et qu'il a mis du sable sur leurs roses. Ils ont même pris ça à la plaisanterie. Je me rappelle que lui, il m'a dit, ça n'a aucune importance, Mme Stevens. Mais ça a abîmé le dos de Les, ça, c'est sûr. Il est à l'étage, en ce moment. Il dort, j'imagine. Chambre à part, vous comprenez, depuis qu'il a eu ce problème.

— Je suis navré de l'apprendre, Mme Stevens. Mais quand ils sont venus les chercher, c'étaient les CSG ou...

— On n'aurait jamais cru, à la voir, hein ?

— À *la* voir ? Vous voulez dire...

— Ah ! » Mme Stevens abat la main à plat sur la table et se penche en avant, ses yeux bruns étincelants, presque enfantine dans son excitation. « Alors en fait, vous ne savez toujours pas ce qu'il en est ? Ma foi, c'est sans doute bien normal. Ça ne se voit jamais vraiment, hein. Je veux dire, même vous... Je serai franche, M. Brook... J'y ai pensé jusqu'à ce que vous arriviez à la lumière. On n'est jamais trop prudent, vous comprenez ?

— Non, en effet, sans doute. Excusez-moi, Mme Stevens, mais je suis un peu perdu.

— Apparemment, elle portait un nom polonais avant son mariage. Tout en x, y et z. Ses parents sont arrivés ici après la guerre, et ils en ont pris un plus convenable. » Petit grognement. « Hood, je crois. Mais ce n'est pas une raison, hein ?

— Ils pensaient sans doute à Robin.

— *Robin* ?

— Ne faites pas attention.

— Ce n'est pas que j'aie quoi que ce soit contre les Serbes, tant qu'ils restent chez eux.

— Vous voulez dire les Polonais ?

— Oui. Ni contre le fait d'en avoir quelques-uns ici — on comprend bien qu'ils aient envie de venir, hein —, du moment qu'ils ne dérangent personne, qu'ils gagnent leur vie, qu'ils parlent comme tout le monde, qu'ils n'embêtent pas nos enfants, qu'ils se tiennent tranquilles et qu'ils font l'effort de s'adapter.

— Alors où était le problème ?

— Elle était juive, figurez-vous. Pendant des années, ils ont habité juste à côté, ils se sont conduits normalement, et ils nous l'ont caché. C'est la *tromperie* que je ne supporte pas, vous comprenez. *Lui*, il devait bien le savoir. Il devait être au courant, avec son travail, et il a dû l'aider à trafiquer ses papiers avant le mariage. Et elle, elle venait là, à notre porte, avec son chapeau de paille, même, elle m'apportait des boutures pour la rocaille à laquelle Les travaillait. » Mme Stevens hausse les épaules en frissonnant, théâtrale. « Quand j'y pense. Quelle *malhonnêteté*. Alors que ce n'était qu'une sale petite juive. »

La pendule ronfle, résonnante. Un oiseau en bois aux yeux de verre sort la tête pour nous regarder un instant en chantant à perdre haleine. Déjà onze heures.

Il est bien plus tard que je ne pensais.

III

Les nuages font la course dans le ciel d'Oxford, aussi épais et gris que le ciment humide. La pluie déborde des collines basses environnantes, emportant l'espoir de ce qui promettait d'être un été spectaculaire. Les voitures passent en sifflant dans les rues luisantes. Les piétons esquivent les cascades vomies par les gargouilles. Les files de bottes, de manteaux mouillés et de parapluies trempés emplissent les arcades des collèges d'une écœurante odeur de caoutchouc.

Ascot est lessivé. Les bêtes et les dames en talons hauts s'enfoncent dans la terre du paddock ; les chapeaux sont fichus ; Best Boy, le cheval du monarque, son plus grand favori depuis des années, s'arrête en boitant devant la loge royale dans une gerbe de boue — l'histoire fait la une des journaux aux bords humides du lendemain matin. Dans la cour chaulée de la prison d'Oxford, par cette aube grise chuintante, deux hommes sont pendus pour avoir participé à une tentative de vol postal, mais il ne se déplace guère de spectateurs, et c'est tout juste s'ils font la page cinq de l'*Oxford Mail* vespéral.

Au Honduras, le suffixe britannique perdu à la révolution de 1919 est restauré par le général Avetin, qui a réussi un coup d'éclat sanglant avant de demander la réintégration de son pays à l'Empire. En Transjordanie, une voiture piégée tue quinze soldats allemands de la Société des Nations. Les plébiscites menés en Côte-de-l'Or et en Rhodésie confirment l'adhésion populaire au gouvernement britannique tout juste réinstitué. En Inde, émeutes et massacres se succèdent, comme d'habitude.

Autant en emporte le vent, le film que tout le monde veut voir, même si c'est un produit de l'Amérique décadente et si Bette Davis a volé le rôle de Scarlett O'Hara à notre Vivien Leigh nationale, reçoit le tampon d'approbation moderniste lors de sa première dans le West End, en la présence pimpante de Jim Toller, général de division des Chevaliers de saint Georges et commandant en chef des armées britanniques. John Arthur est réputé avoir déclaré qu'il aurait aimé y assister mais qu'il était « trop occupé ». Comme toujours.

Malgré ma condamnation à mort par P. Wiseman, l'hôpital Radcliffe me réserve encore bien des analyses et autres indignités. Après m'avoir félicité pour ma résistance, on me donne le genre de médicaments dont, à mon avis, les origines remontent aux fumeries d'opium chinoises. Lorsque la douleur me visite, elle remplit la morne impression de vide qui me tenaille. Si j'appuie légèrement sur ma peau, juste à gauche de mes côtes, je sens une bosse de la taille d'une noix. Pourquoi forcément une noix, je me le demande. Où sont les prunes, les cerises, les marrons d'Inde, les pavés, les œufs de caille de la pathologie humaine... ?

Les presses universitaires de Walton Street commencent à cracher des hectares de papier pour les examens, avant que le troisième trimestre franchisse le milieu du terrain. Pendant ce temps, les nombreux étudiants qui se négligent prennent l'air maladif avec leur teint blême et leurs cheveux gras ; lorsqu'ils cherchent à se faire entendre lors des séminaires, pardessus le babil de la pluie dans les antiques gouttières en plomb, leurs voix semblent perdues. C'est surtout pour les plus brillants que je me désole ; garçons et filles de la classe moyenne qui ont travaillé dur afin d'arriver ici, consacrant de longues soirées à réviser jusqu'à en avoir mal aux yeux, décrochant bourses et allocations d'études, supportant la stupeur de leurs proches. Comme moi, quoique plus à raison sans doute, ils croyaient trouver au bout du rêve un Oxford différent.

Après tout, de nos jours, mieux vaut ne pas être *trop* brillant. Brillant, sans plus, c'est parfait. Les étudiants de notre grande université doivent s'accommoder de professeurs dans mon genre, qu'ils auraient dû laisser derrière eux en accédant à un lycée correct. Il y a de cela deux jours, par exemple, lors d'un de mes cours particuliers, je regardais par la fenêtre le chêne de la cour dégouliner sur la silhouette tassée qui semble parfois se tenir dans son ombre. C'est ainsi que j'ai perdu le fil en discutant avec un de mes meilleurs étudiants de son essai sur Pierre le Grand. Il me fixait avec stupeur, pendant que je discourais, mais il restait muet. Après son départ seulement, je me suis aperçu que mes pensées s'étaient emmêlées dans les pages de mon livre et que j'avais disserté non sur Pierre mais sur *Alexandre* le Grand.

Toutefois, avant ou après Jésus-Christ, la Grèce antique ou la Russie impériale, à quoi bon étudier solennellement la grande Histoire ? Je préfère quelques petites histoires juteuses sur l'impératrice Catherine ou le rituel matinal complexe auquel obéissait le vidage des pots de chambre, à Versailles. Mon regard sur ma discipline a toujours été celui d'une commère — plus Charles Laughton avec *La Vie privée de Henri VIII* que n'importe quoi de comparable à la réalité du passé, où la vie n'était sans doute ni plus noble ni plus amusante que de nos jours ; et ne devait pas non plus avoir davantage de sens. Le reste n'est que prétention à connaître l'inconnaissable ou mensonge pur et simple.

Pendant ce temps, pendant que la pluie tombe sans discontinuer et que des lignes de hautes eaux apparaissent sur ses pierres, Oxford perdure. Comme quelque plaisantin l'a sans doute déjà remarqué, la ville se maintient à flot à la manière d'un cygne dérivant parmi les bancs de terre de l'Isis en crue. Toute de dignité et de grâce au-dessus de la surface ; beaucoup de barbotage frénétique en dessous.

À notre époque, pour chaque véritable étudiant, deux élèves cherchent à obtenir des diplômes moins prestigieux ou assistent juste à des cours du week-end ; mon collège et quelques autres s'efforcent de préserver le système des directeurs d'études, alors qu'il n'existe aucune différence fondamentale entre nos diplômes et ceux délivrés, disons, à l'Université du Temps libre ; pourtant, j'ai toujours autant de mal à me persuader que les choses ont réellement changé. Lord Eldon n'a-t-il pas brillamment passé son dernier examen de licence en donnant le nom hébreu de la

« place du crâne » et celui du fondateur du collège universitaire, rien de plus ? Gibbon n'a-t-il pas décrit les années passées à Oxford comme les plus oisives et les moins fructueuses de son existence ? Au lieu des lords et baronets qui pullulaient autrefois, nous accueillons de nos jours beaucoup de fils — voire de filles — d'officiers des CSG et autres rejetons des présidents de conseils municipaux, des organisateurs des districts de l'Alliance Impériale, des sycophantes et dignitaires modernistes, mais on ne saurait dire que cela rende en soi Oxford *différent.* La question est plutôt de savoir si le vieillard réagit comme il l'a toujours fait aux temps perpétuellement changeants.

Le rédacteur en chef du *Daily Sketch* avait sans doute raison en me disant que l'heure n'était plus à une colonne hebdomadaire de « vieilleries », lors de notre déjeuner de compensation au Savoy : l'évocation de ma relation avec John Arthur avait vécu. À présent que je travaille sur mon livre, je désespère de jamais donner un sens à l'Histoire. Pour citer Gibbon, encore lui, elle semble se résumer à un registre de cruautés, de folies et de malheurs. En l'an de grâce de Notre Seigneur 1099, par exemple, la Première Croisade, commandée par Godefroy de Bouillon, prit Jérusalem aux Infidèles, après quoi elle entreprit d'en massacrer la population tout entière. En 1919, des bandes de nationalistes rassemblèrent les juifs polonais, leur ordonnèrent de se déshabiller, les flagellèrent puis les contraignirent à creuser leurs propres tombes...

En Grande-Bretagne, les juifs n'ont jamais été très nombreux. Malgré les pogroms sauvages d'York, de Londres, de Norwich, de Stamford et de Lynn, à la fin du XIIe siècle, les Britanniques se sont globalement montrés « tolérants ». Avant l'essor du Modernisme, ma relation et sa famille n'avaient sans doute pas grand-chose à craindre en cas de révélation, hormis un grand silence à leur entrée chez l'épicier ou, parfois, un étron humain glissé dans leur boîte aux lettres. Après tout, contrairement aux homosexuels, aux fous, aux criminels, aux communistes et aux militants irlandais, les juifs n'y *peuvent* rien, s'ils sont répugnants ; ils sont nés comme ça, vous comprenez ? C'est un peu la même chose avec les gitans : on ne leur en veut pas de *vivre* — mais pas ici, parmi nous... De ce point de vue-là, et de bien d'autres, d'ailleurs, le Modernisme s'est contenté de transposer dans la politique gouvernementale ce que les gens se racontaient par-dessus la clôture de leur jardin.

Lorsque John Arthur est enfin devenu Premier ministre, en 1932, il a pris soin de faire passer très vite une proposition de loi au Parlement, encore en fonction à l'époque, pour autoriser ce qu'il appelait « un nouveau cadastre de l'Angleterre ». Démarche qui impliquait un recensement des terres anglaises, certes, mais aussi des habitants, y compris leurs origines, leur fortune, leur contribution à la société. Il en a découlé beaucoup de choses. Les cartes d'identité. La réforme des impôts et de la sécurité sociale. L'identification précise des minorités.

Les chômeurs, les anciens délinquants, les Indiens et les Irlandais se sont vus obligés d'aller se présenter deux fois par semaine au commissariat dont dépend leur domicile. Les juifs, dépossédés de leurs demeures, ont été emmenés dans des camps provisoires montés à la périphérie des villes. Je me rappelle parfaitement les bandes d'informations sur *La Patrie des juifs britanniques* : sans doute symbolisaient-elles un des moments historiques qui ont défini les débuts de la Très-Grande-Bretagne. Ils étaient là, ces fameux juifs britanniques, bien nets en noir et blanc, pendant que la lumière du projecteur clignotait à travers la fumée de cigarette qui s'élevait en spirale au-dessus des places bon marché : il y en avait des familles entières, enchantées, que des sans-grade souriants aidaient à descendre des canots puis à hisser leurs valises sur les galets des îles écossaises reculées, désertes depuis un siècle — si l'on exceptait quelques moutons —, après la libération de la Haute-Écosse. On ne pouvait s'empêcher de se dire qu'il serait bien agréable de repartir de zéro dans un endroit pareil, d'égayer d'un coup de peinture les masses grises des maisons en béton, de se faire berger, moissonneur, pêcheur.

Il s'est produit tant d'autres choses depuis, en Très-Grande-Bretagne, que tout le monde a oublié les juifs. Je me rappelle une petite bande de Pathé qui passait à l'ancien cinéma Electra, avant le *Blanche Neige* de Disney, en 1939, sans doute. Ses héros, recuits par le soleil, les mains calleuses à cause des longs hivers de tissage et de l'érection des murs en pierre sèche, les yeux brillants sous l'effet du vent marin, avaient l'air nettement plus rustiques. Depuis, rien. Un blanc, un vide qu'il m'est difficile de combler, y compris en imagination.

Déjà, il en va de même de ma connaissance, si pâlie dans mes souvenirs que j'ai du mal à me rappeler son visage. Comme si — avec toute sa famille — elle avait été excisée de l'histoire. En dépit de mon espionnage, je ne connaissais pas vraiment cet homme. Depuis notre première rencontre fortuite dans les toilettes souterraines humides et froides de Park Street, à l'endroit où se rencontrent les gares de la GWR[1] et de la LNER[1], il était essentiellement resté à mes yeux un pénis. Bien sûr, j'ai parcouru les journaux et tiré le maximum des rares commérages citadins à franchir les murs du collège. J'ai traîné derrière la poste centrale d'Oxford, l'oreille tendue aux discussions des employés qui se hâtaient de rentrer chez eux sous la pluie. J'ai persécuté ces mêmes employés à leur guichet, en demandant ce que j'avais le droit d'écrire à une parente canadienne imaginaire, dans l'espoir de faire appeler un membre du département de la Censure, installé à l'étage ; peut-être le vieux Gras-du-Bide en personne — même s'il ne faut pas oublier qu'il s'agit d'un personnage de mon invention. J'ai répandu la consternation parmi les mères postées sous leur parapluie devant les grilles d'une école de filles. *Ce n'est pas vrai, vous n'avez pas de petite à Saint Frank, vous, hein ? Alors,* du vent... *De toute manière, vous êtes trop vieux. Pour qui vous vous prenez ? Espèce de cochon. Vous n'avez rien à faire ici...*

Elles ont raison, bien sûr. Je n'ai rien à faire ici. Un matin où le tonnerre gronde, où l'eau dégringole, où le collège tout entier semble tanguer et craquer comme un navire tirant sur ses amarres, je me découvre dépourvu d'élève, avec l'arrivée des examens, dépourvu de raison d'être, avec mon livre plus mort que vif, tourmenté par une souffrance pire qu'à

1. Compagnies britanniques de chemins de fer.

l'ordinaire. Lorsque Christlow arrive à onze heures, pour le ménage, je n'ai pas quitté le refuge de mon appartement.

Répugnant visiblement à vaquer à sa tâche, malgré mes assurances répétées que cela ne me dérange pas le moins du monde, il enfile ses gants puis se met à épousseter les étagères. Moi, je fais mine de travailler à mon bureau, mais je jette des regards en coin sur son cou gras, aussi hérissé que la peau d'un cochon. À vrai dire, Christlow n'est pas plus normal que moi ; il occupe, seul, une version moins luxueuse de mon appartement, perdue dans les profondeurs du collège ; il est célibataire. La journée terminée, je n'ai plus grand-chose à craindre de lui, j'en suis sûr. Son allégeance évidente à l'Alliance Impériale le rend inoffensif.

« Vous connaissez les juifs, Christlow...

— Les juifs, monsieur ? Oui, monsieur. Mais pas personnellement. »

Il interrompt son époussetage. La situation paraît déjà artificielle.

« Il me semble qu'on en entend bien peu parler, à présent.

— C'est sans doute vrai, monsieur.

— Je me demandais — cela fait partie de mon livre, vous comprenez — ce qui est arrivé aux familles mixtes. Lorsqu'un juif ou une juive avait épousé un gentil...

— Je suis sûr qu'on les a très bien traitées, monsieur. Quoique, franchement, ça m'étonnerait qu'il y en ait eu beaucoup.

— Évidemment. »

Après avoir acquiescé, je m'oblige à reporter le regard sur mon bureau, sur la feuille blanche où j'appuyais les coudes. Christlow reprend son travail, les lèvres plissées en un sifflement silencieux dans les ombres ruisselantes de pluie. Il soulève les photos posées sur la cheminée — ma mère, mon père, le séduisant jeune homme aux cheveux bruns.

« Est-ce que ça ira, monsieur ? » demande-t-il enfin en ramassant sa boîte de chiffons et de cires. « Ça ne vous dérange pas que je m'en aille, maintenant ?

— Merci, Christlow », réponds-je. Avant d'ajouter avec un brin d'exagération : « Vous avez fait de l'excellent travail, comme toujours. »

Il sort en poussant la porte de l'épaule. Après son départ, lorsque l'agitation dispersée du collège a englouti ses pas, je pousse le verrou puis m'enfonce dans la pénombre de ma chambre et tire de derrière mon lit la vieille valise du voyage de noces maternel. Christlow s'en est plaint une ou deux fois : il paraît que passer l'aspirateur autour n'est pas une sinécure. Je ne doute pas non plus qu'il en ait tripoté le fermoir, voire qu'il ait réussi à ouvrir la malle, dont le contenu pourtant ne manquerait pas de le décevoir.

Sa clé ne quitte jamais ma poche. Lorsque je soulève le vieux couvercle, ses charnières grincent, si peu sollicitées qu'elles ont fini par rouiller, mais ce qu'il protège n'a pas changé. Des jouets en fer-blanc. Un pantalon de tennis. Un livre d'exercices, dont la couverture cartonnée porte, à l'intérieur, le nom de FRANCIS EVELEIGH tracé en lettres épaisses, enfantines. Un insigne d'école. Un rasoir de sûreté Gillette — son premier ? Un antique revolver, enveloppé dans un sweater bleu tricoté main. Une veste à chevrons en assez bon état. Une unique chaussure.

Une flasque en acier. Un laissez-passer de l'armée valable du 14 au 26 septembre 1916, traversé par un tampon PÉRIMÉ. Des chaussettes, des chemises sans col passées de mode, des dessous à l'air rèches. *Nouvelles de nulle part*, de Morris. Une carte touristique de la Haute-Écosse, si souvent pliée et dépliée qu'elle menace de tomber en morceaux dès qu'on la touche.

J'attrape une poignée de vêtements pour y enfouir le visage. Humidité d'Oxford. Pierre d'Oxford. Four Square et cire à la lavande Mansion House. Il ne reste plus grand-chose de Francis, à présent. Juste un léger parfum de citron brûlé. Deux ou trois mèches sombres...

Quel pauvre type je suis devenu. Mon seul titre de gloire est d'avoir vaguement connu un grand homme pendant son enfance. Quant à mon seul titre de bonheur, presque aussi lointain, c'est le miracle qui m'a touché quelques jours durant, il y a pas loin de trente ans. Depuis, sans doute me suis-je persuadé que les homosexuels sont incapables d'un véritable amour : cela me facilite les choses. Alors que pendant tout ce temps, toutes ces années, Francis ne m'a jamais quitté.

« Ça n'a pas réellement d'importance, Griff », dit-il en me posant les doigts dans le cou.

Il ne sent pas le citron, à ce moment-là, mais le chêne dégoulinant sous lequel il s'est tenu dans la cour, les yeux fixés sur ma fenêtre. Il n'a pas vieilli. Pas changé.

« Non, ça n'a aucune importance », murmure-t-il en me faisant pivoter pour m'embrasser. « Rien de tout ça n'a d'importance. Voilà le vrai secret de l'univers. »

Je souris en le découvrant près de moi, même si le contact de ses mains froides me fait frissonner. Le temps que le tonnerre éclate au-dessus d'Oxford, tout proche, le temps que j'ouvre les yeux, la souffrance n'existe plus.

IV

Ernie Svendsen. Compte tenu de son nom étranger, donc suspect, de son long nez, de ses lunettes aux verres épais, il représente un survivant bien improbable de notre espèce. D'après lui, sa chance tient à ce qu'il sait *quelque chose* sur l'adjoint au commissaire de police d'Oxford ; personnellement, j'aurais cru que pareil savoir ferait de lui le candidat idéal à un de ces accidents de la route où le chauffard prend la fuite après avoir écrasé un malheureux piéton. Il me semble plus probable que ce cher Ernie ait trahi assez de malheureux pour se rendre utile aux autorités. En ce qui me concerne, il sait depuis des années, quoiqu'il n'ait aucune preuve directe. Sans doute suis-je fiché quelque part, mais dans ce domaine comme dans bien d'autres, je mène une existence protégée.

Nous nous retrouvons sur un banc public, le lendemain après-midi, pendant une éclaircie.

« À votre avis, leur permettra-t-on de rester ensemble ? » demandé-je en jetant le pain tiré d'un sac en papier brun au tapis de plumes constitué par les canards réunis autour de nous. « Ou l'enverrat-on, lui, sur l'île de Man, pendant que la mère et les deux filles seront dirigées vers les îles occidentales ? »

Ernie Svendsen (il jure ses grands dieux que ses parents étaient anglo-saxons) me jette un regard de compassion en secouant la tête.

« Ce n'est pas comme ça que ça se passe, mon cher. Oh, il avouera, si c'est ce qu'ils veulent. Il leur racontera tout — vérité ou mensonge. C'est ça, leur problème. Les gens sont tellement bavards, sous la menace... » Devant mon expression, mon interlocuteur continue : « Mais à votre place, je ne m'inquiéterais pas trop. Si quelque chose avait dû vous arriver, ce serait déjà fait. Étant donné que vous êtes qui vous êtes, je ne doute pas de votre sécurité.

— Je ne suis pas qui je suis. Je ne suis personne.

— Alors vous avez deux fois plus de chance.

— Je me demande toujours à quoi ça sert. Je veux dire... pourquoi ? »

Les buissons qui nous entourent paraissent tassés, trempés. Si quelqu'un était chargé de nous surveiller, lequel choisirait-il comme cachette ? J'imagine la corvée que représente une vie de filatures, passée à errer dans la boue et la pluie. À traîner dans la rue, à surveiller les jeux d'ombres sur les fenêtres éclairées. À nous étudier, nous autres humains, tels d'étranges oiseaux fuyants.

« Je crois que vous avez oublié ce que c'est, mon cher.

— Pardon ?

— D'être ce que nous sommes — des déviants, des détraqués. La culpabilité. Les scènes idiotes. Vous vous rappelez, les tracts... » Ernie sourit à la vieille dame qui suit précautionneusement le chemin parsemé de flaques, accompagnée d'un labrador noir trop gras. « Vous savez bien, ils promettaient de l'aide aux gens comme nous, ils affirmaient qu'on nous guérirait. Ne venez pas me dire que vous ne vous êtes pas arrangé pour vous en procurer un. Les modernistes les déposaient à la poste. Ne venez pas me dire que vous ne les avez pas lus et que vous n'avez pas eu envie d'y croire. » Il soupire. « S'il suffisait d'appuyer sur un bouton — d'arracher quelque chose en nous —, ne croyez-vous pas que nous le ferions, tous autant que nous sommes ? Ne saisiriez-vous pas cette chance, si elle vous était offerte ? John Arthur n'a-t-il pas raison, de ce point de vue-là ? »

Toutefois, cela signifierait revivre ma vie — devenir quelqu'un d'autre. Perdre Francis. Alors je secoue la tête. Et puis les rumeurs vont bon train. Médicaments. Électrodes. Images cochonnes. Piscines emplies de votre propre urine, de votre propre vomi où on vous oblige à nager. Ce genre de traitement existait avant même que le Modernisme le rende obligatoire.

« Ce n'est pas John Arthur, dis-je. C'est nous tous. La Grande-Bretagne... »

Mon interlocuteur glousse.

« Je suppose que vous vous retrouvez seul, hein ?

— Seul ?

— Sans compagnie. Sans bite à sucer. »

Je jette un coup d'œil de l'autre côté du banc. Ernie serait-il en train de me faire des propositions ? Pourtant, derrière ses lunettes, ses yeux sont aussi lointains qu'à l'ordinaire, poissons perdus dans quelque mer étrangère. À mon avis, en ce qui concerne le sexe, ce cher Ernie a toujours préféré la position du spectateur à celle du sportif. Voilà pourquoi il s'est aussi bien adapté. Pourquoi il a survécu. Il n'a pas envie d'un corps réel contre le sien. Les souvenirs lui suffisent — affûtés, brûlants —, des hommes qu'il a trahis. Chair crucifiée. Sperme et caillots de sang. Une gifle de vent plisse les flaques sur les pelouses, secoue les arbres et les buissons. Une envolée de gouttes s'abat autour de nous.

« Le sexe ne m'intéresse plus, affirmé-je. Je ne veux pas que vous m'organisiez une rencontre, si c'est à ça que vous pensez, Ernie. Seulement...

— Dites donc, elle n'est pas neuve, *celle-là* !

— Écoutez, je me fiche que vous me croyiez. Je pensais juste que vous aviez peut-être des renseignements sur ce qui arrive aux... aux juifs — et aux gens comme nous. Quelqu'un doit bien en avoir ? »

Ernie repousse en arrière la mèche qui lui descend au milieu du front.

« Je sais ce que je lis dans les journaux, mon cher. Et ce que je vois aux informations. Rien de plus.

— Mais personne n'est jamais revenu, il me semble ? Je veux dire... de l'île de Man. Le voilà, le grand secret. Sauf que ce n'en est pas un, même si Dieu seul sait ce qui se passe là-bas...

— Croyez ce que vous voulez. Nous en sommes tous là.

— Je suis désolé de vous avoir fait perdre votre temps.

— Pas de problème. » Ernie me sourit derechef. « Rien n'est jamais perdu. » Son regard file à travers les pelouses argentées, puis il laisse ses doigts froids glisser sur le banc humide pour venir toucher les miens. J'en ai la chair de poule. Maintenant, oui, j'aimerais vraiment qu'il y ait un bouton sur lequel appuyer. Un moyen de séparer à jamais cette chose de mon existence. « Je sais ce que c'est. Nous sommes humains, après tout. C'est toujours triste de perdre quelqu'un... »

Il me serre brièvement la main, puis il se lève et secoue les dernières croûtes de pain au-dessus des canards, qui cancanent avec excitation. Sur leur dos brillent des gouttes de pluie semblables à des pierres précieuses. Ernie s'éloigne, coupant à travers les pelouses inondées puis autour des filets trempés des courts de tennis déserts. Une sirène de changement d'équipe se déclenche dans une usine. Au loin, comme une seule grande horloge, les cloches d'Oxford se mettent à sonner, tinter, carillonner.

Je parcours les chemins en sens inverse, plus perdu que jamais. Incapable d'oublier qu'une Rover officielle des CSG viendra peut-être bientôt me chercher. Un militaire en uniforme, avec des ordres soigneusement dactylographiés sur papier à en-tête du HMSO[1]. Requête polie, main me tenant par le coude, passants trop occupés par leur propre vie pour rien remarquer. Trajet jusqu'à une clairière sombre, dans les bois, contact froid d'un canon sur le front...

Pendant que je parcours Holywell Street pour gagner la bibliothèque Bodléienne, par-delà les vieilles murailles de la cité, les nuages s'éclaircissent à l'ouest. Le vent commence à jouer avec les déchirures bleues, les traînant à travers une grisaille d'écheveaux de laine emmêlés. Le soleil clignote. Les rues et les toits brillent, vernis de frais. L'atmosphère se réchauffe brusquement. Une vapeur s'élève de terre.

1. His Majesty's Stationary Office, dont émanent toutes les publications officielles du Royaume-Uni.

En été, la bibliothèque Bodléienne reste ouverte jusqu'à huit heures du soir. Les curieuses demi-journées de fermeture imprévisible n'ont plus cours — encore un avantage de la Très-Grande-Bretagne moderniste. Pendant que je flâne dans les ruelles surprenantes qui serpentent à l'arrière des collèges, offrant des aperçus alternés des poubelles des cuisines et des tours de Christopher Wren, la lumière s'avive, la vapeur s'épaissit. Il me semble évoluer au pays des fantômes. Un chat dodu me sourit, avant de disparaître parmi les mufliers et la vigne vierge, le long d'un mur. Une femme qui ressemble à la Reine de Cœur s'époumone à une fenêtre des étages, pardessus l'avalanche cuivrée des cloches résonnantes. Pour ce que j'en sais, peut-être crie-t-elle : « Non, non ! La condamnation d'abord... le jugement ensuite. »

Mais Oxford. Oxford ! J'ai rêvé si longtemps d'être là, sur le chemin de la bibliothèque Bodléienne, image même de la grandeur universitaire ! Une obsession qui m'occupait déjà du vivant de ma mère, alors que je travaillais à une version bien antérieure de mon livre. Jamais encore je n'avais visité Oxford, mais la cité représentait pour moi une sorte d'Avalon lointaine, toute de mythes, de rumeurs, d'aiguilles songeuses. J'en voyais les cours et les belles bâtisses, les livres, les corridors murmurants de savoir, les professeurs en titre semblables à des chauves-souris, les cours d'eau jumeaux brillants. Gracieux et insouciant, je me promenais en imagination avec les rares élus ; nous discutions, folâtres, parmi les nuages odorants de ce paradis universitaire.

À l'époque, le véritable Oxford était pour ainsi dire

une enclave masculine. Dans mes songeries, il l'était même exclusivement. Car, je ne le nie pas, mon fantasme avait une vague coloration érotique — sans doute imputable, au moins en partie, au fantôme controversé d'Oscar Wilde. Je connaissais de réputation le procès centré sur sa relation avec lord Alfred Douglas, bien que je ne pusse imaginer qu'ils eussent réellement *fait* quoi que ce fût. Hormis les Grecs de l'Antiquité, quasi mythiques de toute manière, il m'était impossible de croire que deux hommes se fussent jamais livré à un corps-à-corps sexuel. Mes étranges antennes mentales m'avaient pourtant offert une perception assez réaliste de l'aura d'Oxford. Certes, la grande époque de la « décadence » homosexuelle — les années vingt et le début des années trente — était encore à venir, avec une génération de poètes prometteurs tels que Rowse, Waugh, Green, Auden, Sitwell, MacNeice ou Betjeman, que je finis par suivre en m'abonnant à des magazines comme *Outlook* qui attendaient en coulisse. De nos jours... disparus, fous, émigrés, empoisonnés, « suicidés », jusqu'au dernier. Déviants, dit-on, tous autant qu'ils étaient. Leur nom a été effacé des archives universitaires.

Longtemps avant que cela n'arrivât, je travaillais chaque soir au salon, pendant que ma mère tricotait derrière moi dans son fauteuil. Quoique parfaitement conscient de la distance infranchissable qui me séparait d'Oxford, jamais, en nourrissant mon grand œuvre, je n'envisageai une seconde de me fixer un but plus réaliste, de soumettre par exemple un essai sur l'histoire locale au *Lichfield Mercury* ou au *Staffordshire Life*. C'était tout ou rien — et peut-être, au fond de mon cœur, me contentais-je fort bien de rien. J'écrivais à la table installée près de la fenêtre, après avoir enseigné des rudiments d'anglais et d'histoire à des gamins que je croisais ensuite dans la rue, quelques instants plus tard, me semblait-il, une épouse au bras et un landau en remorque. Déjà, ma vie passait, tel un médicament fade, pas vraiment désagréable.

Un soir, je m'en souviens, mon travail avançait particulièrement bien. Le chapitre sur Metternich, que je rédigeais pour la troisième fois, se dessinait soudain clairement — je n'imagine même plus aujourd'hui pourquoi j'ai jamais voulu parler de Metternich. Les heures filaient. Brusquement, il était tard. Mes yeux fatiguaient ; il me devenait difficile de lire à la clarté de la lampe à glands. Cesser d'écrire avant d'en avoir réellement terminé apporte toujours un certain plaisir, parce qu'on a alors quelque chose à quoi revenir. Ce fut donc avec satisfaction que je fis craquer mes doigts las puis me tournai vers ma mère, prêt à lancer une remarque sur la faible puanteur dont je venais juste de prendre conscience. La vieille femme restait d'une immobilité surprenante dans la pénombre, derrière moi. Sa tête ballait. Ses doigts s'étaient crispés sur ses aiguilles. Sa pelote de laine avait roulé de ses genoux lors de son ultime spasme.

Au cœur du labyrinthe moisi de la bibliothèque Bodléienne, je m'attelle à la tâche compliquée d'obtenir des ouvrages contenant des informations concrètes sur l'histoire juive récente. La première étape consiste à parvenir en tête de la file d'attente de la section Arts. Pendant ma progression, mon impression de futilité devient plus forte que jamais.

Pourquoi suis-je ici, à chercher des *livres*, alors qu'il me reste si peu de temps ? Je devrais être capable de secouer cette habitude, à présent.

Le bibliothécaire qui trône derrière le grand bureau a des cheveux sombres bouclés et une barbe assortie ; un petit air de marin. Après avoir parcouru mon formulaire de demande, il plonge la main dans sa veste pour changer de lunettes puis le relit plus attentivement.

« Attendez un instant, je vous prie... »

Il disparaît sous une voûte gravée d'un *Medio Tutissimus Ibas*, quoi que cela puisse signifier.

Je parcours du regard les murs aux colonnes de bois, aux balcons couverts de livres, puis le plafond Tudor ornementé. Autour de moi, la bibliothèque bourdonne telle une gare importante entre deux trains. Le public y est admis, maintenant — quoique, bien sûr, les vagabonds n'en fassent plus partie ; malgré mon statut de professeur, je suis tenu de remplir un formulaire L4450-A(C) et d'attendre mon tour, comme le vulgaire. Mais pour quiconque connaît un tant soit peu l'histoire d'Oxford, la pancarte PRÊTS qui voisine avec le buste de Wellington représente un sacrilège pire encore. La bibliothèque Bodléienne, bibliothèque de copyright, a gardé tous ses livres entre ses murs depuis sa fondation, en 1602. Il n'y a pas si longtemps, ils étaient enchaînés aux étagères. Cromwell en personne s'est vu refuser l'autorisation d'en prêter un à l'ambassadeur du Portugal.

« Il nous est impossible de vous confier certains titres. Nous n'avons tout simplement pas les *Hansard* des années 1918 à 1932... » Le bibliothécaire est de retour. Derrière lui, la respiration sifflante, les joues rouges, un « garçon de courses » d'au moins quatre-vingts printemps pousse un chariot. « Je les ai barrés sur votre liste. Ceux-là... » Le barbu pousse une pile sur le comptoir. « Vous ne pouvez les consulter qu'ici. Les autres, là, vous avez le droit de les emporter. D'ailleurs... » Il est vraiment très secourable, très anti-bibliothécaire. « Je les ai déjà notés, ça vous évitera d'aller à la section Prêts. Si vous voulez bien me donner votre carte d'identité... »

Esquivant le feu croisé des regards noirs jaillis de la longue file impatiente, je titube jusqu'à un bureau libre. La poussière dessine des signaux de fumée dans le soleil vespéral qui tombe des fenêtres, pendant que je feuillette un à un les volumes CONSULTABLES SUR PLACE SEULEMENT, même de nos jours. Il s'agit pour l'essentiel de documents officiels, recueils de données, Livres blancs des minorités raciales et du développement économique de la Haute-Écosse, tracts gouvernementaux aux titres évocateurs : *Que faire si vous êtes juif* (vous présenter immédiatement au brigadier de garde au commissariat dont vous dépendez — « Ne vous inquiétez pas, il aura déjà été confronté bien des fois au problème ») ou, plus rare, *La Question de la déviance.* Aucun ne m'apprend rien que je ne sache déjà.

Les quelques ouvrages prémodernistes qui m'intéressent et qui sont effectivement passés à travers les mailles du système — les *Protocoles des sages de Sion, L'Histoire du bolchevisme juif (avertissement aux Anglaises), L'Angleterre des années vingt*, d'Adcock — forment la base de la pile, dont l'allure s'avère un peu surprenante. Je comprends pourquoi en ouvrant le premier volume : les deux tiers des pages ont été proprement sectionnées au couteau. Dans le second, le censeur, visiblement fatigué de couvrir la majorité du texte de longues traînées noires, a coupé toute la deuxième moitié. Quant au livre d'Adcock, qui semble plus épais, il ne contient en fait qu'une liasse de vieilles fiches. Je jette un coup d'œil circulaire, persuadé que quelqu'un va réagir, mais tout le monde est très occupé à travailler à son propre bureau ou à bavarder. Deux écoliers semblent même jouer à chat autour des étagères des périodiques.

Personnellement, je me sens bien incapable de travailler. D'ailleurs, la cloche ne va pas tarder à signaler la fermeture. Je ramasse donc les ouvrages que je suis autorisé à emporter — non sans avoir vérifié qu'il y a bien quelque chose à l'intérieur —, puis je me dirige vers les portes principales. Dehors, dans la chaleur radieuse d'une soirée soudain clémente, les préparatifs du solstice d'été commencent sur les pierres en rognon de Radcliffe Square. Le kiosque à musique démontable et les drapeaux, qu'on avait à peine eu le temps de ranger depuis Oakapple Day, ressurgissent maintenant que la pluie a cessé. Lundi prochain, dans quatre jours, on verra partout des enfants en robe verte, un gros nœud à la ceinture, du rôti de bœuf, des mimes, des danses folkloriques ; il y aura sur Merton Fields une fête foraine avec balançoires, tentes à bière, curés souriants prêts à se joindre à la gaieté générale, puisque les archevêques ont béni les célébrations païennes.

Les livres emportés me pèsent davantage que je ne le pensais, notamment parce que je suis sûr — ou presque — de leur parfaite inutilité : s'ils pouvaient m'être d'un secours quelconque, pourquoi aurais-je été autorisé à les consulter ? J'arrive au collège épuisé, au point de vraiment me sentir comme l'agonisant que je suis. Une riche odeur de terre règne dans la cour. L'herbe trempée est d'un vert éclatant. En pénétrant dans le cloître, je trébuche et manque tomber de tout mon long.

Les yeux fixés sur les livres éparpillés, je m'efforce de rassembler assez d'énergie pour me pencher vers les pierres usées qui commémorent mes collègues d'autrefois. Lorsque enfin je me prépare à le faire, Cumbernald, le principal du collège, sort de son bureau, plus tôt que de coutume.

« *Les Juifs d'Allemagne. La Communauté de Lodz et sa région.* Le Baedeker 1934 de la Haute-Écosse et des îles écossaises. *Mein Kampf* », énumère-t-il, les sourcils froncés, en rassemblant de ses longues mains brunes les volumes, dont il examine le dos. « Mmh. Celui-là, je l'ai lu. L'auteur est complètement fou. Le vieux Kaiser Guillaume a bien fait de le recoller en prison, vous savez ? Mais ce n'est pas tout à fait dans la droite ligne du parti, Brook.

— Eh bien, figurez-vous que j'ai besoin de m'occuper l'esprit », rétorqué-je, fatigué et chatouilleux, pendant qu'il me restitue les livres.

Souriant, il lève les bras en signe de reddition ironique. Le soleil, qui rougit les derniers nuages en entamant sa lente descente derrière la tour du collège, se reflète sur le dôme de son crâne chauve. Il est grand, ce Cumbernald. Une impression de richesse et d'efficacité négligentes irradie de lui en permanence. Au fond de moi brûle une envie dévorante de le rouer de coups.

« Ravi d'être tombé sur vous, Brook. Je consultais

le programme d'études du trimestre prochain. Il faut que je vous en parle. Disons dans la salle des professeurs... d'ici un quart d'heure, quand vous aurez repris haleine ? »

J'ouvre la bouche pour répondre que je suis fatigué, que j'ai du travail, que je ne lui servirai de toute manière sans doute pas à grand-chose l'année prochaine, puisque je vais mourir. Il en sort un simple oui obéissant.

Après m'être revigoré de deux gros cachets et avoir titubé à travers des passages tapissés de livres, des pièces, des corridors qui s'élargissent puis se resserrent, je me retrouve une demi-heure plus tard installé en compagnie de Cumbernald dans les gros fauteuils à oreillettes de la salle des professeurs. La cheminée du Cotswold tachée de suie qui nous sépare est emplie d'un étalage de roses d'un rouge orangé si ardent qu'elles semblent dégager de la chaleur.

Le principal me tend une boîte en ronce de noyer aux armes du collège — *Tarum Per Cornua Prehende* — pleine de Balkan Sobranie.

« J'ai cru remarquer que vous n'aviez pas l'air très en forme, Brook. » Il allume sa cigarette puis fait tourner entre ses doigts le pied de son verre à porto. « Rien de grave, j'espère ? »

Je lui rends son regard en allumant la mienne — bout doré, papier rose, parfum moisi de bazar —, en aspirant la fumée puis en la recrachant. L'effort nécessaire pour me retenir de tousser me fait virer au rouge, je le sens. Je mange plus que jamais, mais la nourriture me paraît insipide, et un tel gouffre sépare mon pantalon de mon ventre que j'en suis venu à porter des bretelles, si démodées soient-elles. Mes côtes évoquent les arêtes métalliques des cintres. Mon visage allongé paraît émacié, creusé.

« J'ai été légèrement malade. Vous savez ce que c'est... Les rhumes d'été. De petits problèmes de ventre. »

Il cligne lentement des yeux en hochant la tête. Oxford est une grande ville, à présent, alors Dieu et John Arthur merci, l'anonymat du NHS permet d'y être malade décemment, sans que la nouvelle se répande.

« Personnellement, j'ai toujours trouvé cet endroit malsain, déclare Cumbernald. Pas assez d'altitude. Trop de rivières. Songez à ce que nous avons supporté cette semaine — vous devriez voir les caves du collège ! Complètement inondées. Les collines emprisonnent tout ce qui passe, et de nos jours, avec la circulation... l'air est terriblement pollué...

— À vrai dire, j'aime assez Oxford.

— Vous n'êtes pas à l'université depuis aussi longtemps que moi. Et à vous voir, vous avez grand besoin de vacances. Moi-même, je pars pour la Toscane aussitôt après les examens. Je partage une villa en alternance avec un professeur du nouveau Collège national fasciste de Ravenne. Un homme fascinant. Vous devriez l'entendre parler de la bataille d'Aigos-Potamos. Il connaît personnellement Mussolini.

— J'envisageais de me rendre en Haute-Écosse. » Mon cœur se serre brièvement à la pensée de l'odeur chaude des pins, de l'éclat du marbre au soleil ; de tous les gens, tous les endroits que je ne connaîtrai jamais. « Il y a des années que je n'y suis pas retourné. J'aimerais voir ce qui a changé.

— Du bon air frais ! L'Écosse ! Ma foi, ça m'a l'air... *splendide.* Espérons juste qu'il ne pleuvra pas. En attendant, voilà ce que je vais faire : je vais vous laisser de côté... » Cumbernald illustre son propos en décrivant de la main un mouvement d'aéroplane. « ... lors de la répartition initiale des copies à corriger, au moment où nous les récupérerons. Plus tard, dans le courant de l'été, peut-être accepterez-vous de présider un jury ?

— Ce sera parfait », acquiescé-je en repensant à la tâche épuisante pour les yeux qu'ont représenté les corrections de l'an dernier.

Quelle gaffe ai-je bien pu commettre ?

Nous hochons tous deux la tête, excessivement en accord. Je bois une petite gorgée d'un porto magnifique et écrase la Sobranie dont je n'ai tiré que quelques bouffées, déposant sur le tapis un ver de cendre grise.

« En ce qui concerne le premier trimestre », reprend Cumbernald, qui change de position sur ses fesses minces puis recroise les jambes, dévoilant une plage de peau étonnamment brune, « j'envisageais de vous confier une nouvelle fois les despotes éclairés. Cela vous convient-il ?

— C'est ma spécialité, vous le savez. »

À partir de là, nous allons notre chemin à travers d'autres petites responsabilités. Comment empêcher Badman de s'étendre sur les Thermopyles. À qui le tour de se fatiguer à arpenter le Haut Moyen Âge. Nous échangeons des noms d'étudiants, mais je ne suis pas sûr que nous pensions jamais à la même personne. Semblable en cela à bien d'autres universitaires de peu de mérite, Cumbernald s'est d'abord introduit dans notre administration. Ensuite, cependant, il s'est élevé ridiculement haut, ridiculement vite. Je n'arrive pas à croire que l'Oxford d'antan se serait contenté d'un principal si nettement de deuxième catégorie. Pour commencer, il ouvre les bras aux gens tels que moi, qui le confortent dans sa propre médiocrité.

« Nous avons un petit problème avec Roberts, vous savez », me confie-t-il, après avoir jeté un coup d'œil derrière l'oreillette de son fauteuil, sur la salle aux occupants disséminés — principalement des vieillards drapés d'ombres, assez semblables à des manteaux en loques. Personne ne risque de nous entendre. « Évidemment, il a écrit dans les années vingt un livre sur l'économie de l'Empire romain, où il disait que les colonies avaient représenté pour Rome un fardeau plutôt qu'une aide. Qu'elles avaient largement contribué à sa chute. Vous voyez le genre. Seulement *voilà*, il continue à servir les mêmes âneries sur la Très-Grande-Bretagne. Ça ressort même dans les essais de ses étudiants. Enfin, on ne peut pas s'attendre à ce que les chers petits se rendent compte, si personne ne leur explique, hein ?

— Ça m'étonnerait que le livre de Roberts soit toujours disponible.

— Là n'est pas la question. » Cumbernald allume une autre Sobranie puis se penche en avant comme un trafiquant, la cigarette au creux de la main. La fumée fuse entre ses lèvres. « Vous vous rappelez *Hobson*... ? » Sa voix se réduit à un murmure, lorsque se succèdent les noms discrédités. « Et *Brooking* ? Disparus, évidemment. Mais vous savez. Il faut vivre avec son époque, Brook. L'Histoire change... »

La grande horloge à caisse en verre posée derrière nous sur son socle se met à ronfler et à hoqueter, incapable semble-t-il de se contraindre à annoncer qu'il est maintenant dix heures, le jeudi 10 juin de l'an de grâce 1940. Les rideaux sont tirés depuis longtemps. Les garçons qui nous servent, d'antiques plateaux en argent entre les mains, arborent des queues-de-pie qui n'ont pas changé depuis des siècles. Le temps est figé, ici ; en sortant dans le cloître, on pourrait y heurter Samuel Johnson, Edmund Halley, John Keats...

« Il y a aussi eu cette malencontreuse conférence, à Ford. Telles que je vois les choses, Brook, il est tout simplement idiot de prétendre que le roi Louis XIII s'est montré... voyons, quels termes a employés Roberts ? “quasi raciste” en décidant d'expulser les huguenots. La seule manière de considérer l'incident, de nos jours, c'est de mettre l'accent à la fois sur les bénéfices qu'en a tiré la France *et* le bien énorme que les réfugiés ont fait aux Pays-Bas et à la Grande-Bretagne... »

Ainsi poursuivons-nous, par des tours et des détours vertigineux, réécrivant ce que nous connaissons de l'Histoire au rythme des tintements hésitants de l'horloge. Lorsque mon programme d'études semble enfin fixé, lorsqu'une part de moi dont j'ignorais l'existence se met à réclamer à cor et à cri une nouvelle dose des gros cachets amers qui m'attendent dans mes appartements, lorsque j'ai la gorge en feu à force de me retenir de tousser, Cumbernald se penche pour me poser sur l'épaule une main parfaitement manucurée qui m'empêche de me lever.

« Oh, je prépare aussi autre chose, Brook. Un petit

projet personnel... » Souriant, il joint le bout des doigts en pointe. « Et j'ai la nette impression que vous seriez ravi d'en être.

— Bien sûr », murmuré-je, songeant qu'il me serait fort agréable de gâcher un des projets idiots de mon principal en mourant au beau milieu.

L'an dernier, il s'est arrangé pour que tous les professeurs assistent à une série de conférences atroces données par des « gens ordinaires ».

« Vous voyez, Brook, je crois qu'on ne fait pas assez le lien entre la science et l'histoire... »

J'acquiesce, marionnette que je suis, sans même me donner la peine de lui signaler qu'il s'adresse à la mauvaise personne. Je ne connais de la science que le bain d'Archimède, le triangle de Pythagore et la pomme de Newton.

« Je pense donc à élargir le champ de nos études dans cette direction. En collaboration avec d'autres collèges. Bref, je me suis empressé d'en parler au vieux Hazlitt. Vous imaginez comment il a réagi...

— Oh, oui.

— Alors je me suis fait le, ah, le *porte-voix* de Frank Stanyard, qui m'a recommandé un de ses jeunes professeurs. Un certain Bracken. Ses travaux arrivent à leur terme, paraît-il, et il a l'air de piaffer, littéralement, à l'idée de se lancer dans quelque chose de neuf, d'exigeant. Ce n'est pas non plus un rejeton d'Oxford. Il a passé son diplôme à *Warwick*, figurez-vous. Je ne savais même pas qu'ils avaient une université, là-bas.

— Il s'agit d'une des plus récentes.

— Mais enfin, c'est dans le Centre, non ? Votre

région. Vous avez un terreau commun. Je me suis dit que ça faciliterait les choses.

— Quand voulez-vous que je fasse sa connaissance ?

— Le plus tôt sera le mieux, si ça ne vous dérange pas. Vous êtes libre, demain ?

— Oui.

— Parfait. *Parfait.* Il paraît qu'en matinée, il travaille dans un des affreux bâtiments neufs de Park Road. » Cumbernald me sourit. « Dix heures ? Je suis sûr qu'il sera ravi. »

Pour la première fois de l'été, c'est la fenêtre ouverte que je cherche le sommeil. Les goutte-à-goutte et les frémissements du chêne de la cour me parviennent. Le cri d'un hibou ; le bruit d'une bicyclette ; des murmures ; des pas ; un moteur de voiture ; un claquement de sabots et un roulement de charrette ; une voix de femme pousse de faibles cris rythmiques, de douleur ou de passion ; un train de nuit siffle. Derrière ces bruits, derrière mon souffle et le battement agité de mon cœur — derrière tout et n'importe quoi —, résonne un rugissement persistant mais monotone, évoquant les mouvements d'un immense moteur ou la houle d'une mer grise incommensurable.

V

Christlow me sert un petit déjeuner d'œufs brouillés, de boudin noir, d'Oxford Dainties[1], de pain frit, de tomates et de bacon poêlés (« À mon avis, monsieur, vous avez besoin de prendre des forces... »), que j'arrache avidement à leur mare de graisse. Ensuite, je fais longuement trempette dans une des salles de bains carrelées de blanc situées au bout du couloir. Enfin, habillé, réconforté par les cachets, je m'engage dans Broad Street sous le soleil éclatant du matin pour aller faire la connaissance du fameux Bracken.

Le nouveau site scientifique, construit le long de South Park Road, est toujours entouré de la glaise creusée d'ornières des chantiers. Pour une fois, je ne puis qu'être d'accord avec Cumbernald : les bâtiments sont réellement affreux ; tout en tours trapues, murs épais, fenêtres hostiles, tels des châteaux de contes de fées sur lesquels se serait assis un géant. À la recherche de Bracken, j'emprunte la première entrée importante sur laquelle je tombe. Puis, en

1. Petites saucisses.

attendant mon collègue — prévenu par téléphone —, je contemple, bouche bée, les chevaliers et demoiselles sculptés. Mon heure est venue, je le vois bien : il n'y a plus un mot de latin dans les citations gravées au creux des rubans, autour de la faîtière — du Dickens, du Ruskin, du Morris, du John Arthur, beaucoup de Shakespeare.

Bracken finit par arriver, en veste loqueteuse sur laquelle est piqué un insigne à son nom.

« Ils sont obsédés par la sécurité, ici », marmonne-t-il en m'entraînant dans des corridors parquetés, inondés de lumière.

Avec son corps épais, ses cheveux de chaume, ses yeux qui ne se posent jamais vraiment sur son interlocuteur, sa faible odeur de soufre, il ne ressemble pas du tout aux professeurs dont j'ai l'habitude.

Dans son bureau, nous nous mettons à tourner autour du sujet qui m'amène — savoir au juste à quoi nous sommes censés collaborer —, pendant que je cherche des signes d'allégeance politique. Bien sûr, de nos jours, *tout le monde* est moderniste, mais à des degrés divers. Des détails, sans importance il y a quelques années, ont à présent une signification quasi magique. Beaucoup de Ruskin ou de Shakespeare dans la bibliothèque (surtout des volumes en parfait état, visiblement peu lus). Les œuvres complètes de sir Walter Scott (immanquablement flambant neuves). Les coupes et médailles, les diplômes bizarres, une insistance haletante sur les activités de plein air, les grandes photographies de groupe, surchargées d'adultes souriants. Incitations à la prudence.

Ici, cependant, les signes s'avèrent plus difficiles à interpréter. Le bureau est couvert de tas de copies d'examen enrubannés, de piles de manuels aux titres agressifs, de vaisselle sale. Sous sa curieuse chevelure, Bracken en personne est plus jeune qu'il n'en a l'air. Son odeur me rappelle tout simplement celle des allumettes et de l'herbe ; parfums de grand air, on ne peut plus neutres. À une autre époque, il aurait fait un très bon berger.

Après avoir admis l'ignorance et plus encore l'indifférence où nous baignons en ce qui concerne nos disciplines réciproques, nous allons boire un café à la cantine déserte, en discutant avec l'aisance tranquille qui vient parfois aux inconnus. Pour nous protéger des exigences de Cumbernald, nous décidons d'un commun accord de prétendre travailler sur la querelle qui opposa le pape Urbain VIII à Galilée. À un moment, une remarque m'échappe sur le calme parfait qui règne en ces lieux : il y a tellement de bâtiments neufs, de salles, d'étages, pour si peu de professeurs et d'étudiants...

« Nous sommes en sous-effectifs partout, soupire Bracken. Les lycéens qui ont obtenu de bonnes notes en physique préfèrent s'engager directement dans l'armée, voire les CSG. De toute façon, les jeunes qui passent leur diplôme ici sont incorporés aussitôt après. Ils se retrouvent dans les mêmes organisations — en concurrence avec des gens qui sont là depuis le début.

— Ce n'est pas ce qui vous est arrivé ?

— J'ai fait mes deux ans de service. Après, je voulais quitter l'armée, c'est tout... » Sa voix s'éteint. « Bon, puisque vous êtes venu, autant que je vous montre un peu à quoi je travaille. »

Il me le montre en effet : de ravissants tourbillons

de gaz colorés, la danse folle de pendules apparemment hors d'usage, des photographies de nuages de pluie, des plateaux roulants emplis de petites balles. Tout cela pour me faire la démonstration du phénomène de *dépendance sensible aux conditions initiales*.

« On appelle ça un comportement turbulent, voyez-vous », explique-t-il en s'écartant d'un robinet qui crache violemment. « Les mouvements des molécules d'eau individuelles ne sont plus prévisibles, harmonieux ni contrôlés. Le moindre changement... la moindre perturbation... » Il serre une valve ; le flot se régularise. « ... et le flux redevient laminaire, comme on dit dans notre jargon. Turbulent, non turbulent — une énorme différence, mathématique et physique. Pourtant, il suffit de la plus infime modification. »

La voix lente de Bracken, ses grandes mains, ses manières réfléchies sont incroyablement apaisantes. Je ne peux m'empêcher de le trouver sympathique. Qui plus est, ses travaux sur le hasard et l'imprévisibilité m'évoquent presque la négation de la science ; mes propres études sur la sauvagerie croissante de l'Histoire m'aident à les comprendre. Peut-être — la pensée s'insinue dans mon esprit, comme toujours quand je fais la connaissance d'un homme pas trop répugnant —, est-il aussi... Lorsqu'il me propose de déjeuner chez lui en sa compagnie, j'accepte avec plaisir.

Nous prenons un bus vert de la cité d'Oxford pour aller de New Street à Marston — le vieux village, pas la banlieue nouvelle qui s'édifie parmi les nuages de poussière de ciment. Après avoir dépassé l'église

St Nicholas et une certaine quantité de pierre du Cotswold, nous arrivons à une jolie maison basse, au jardin fleuri de coquelicots, de pois de senteur, de tritoma élancés et de lupins.

« Je suis là ! » crie Bracken à ma grande surprise, en ouvrant la porte.

Un murmure féminin lui répond de la cuisine.

« Je vous présente ma sœur, Ursula », ajoute-t-il, devant une jeune femme à la chevelure sombre coiffée en queue de cheval.

Elle lisse son tablier, souriante, en me saluant.

« Je suis sûre qu'il y aura assez de hachis », poursuit-elle lorsque nous nous serrons la main. La sienne est fraîche, ferme, semée de taches de rousseur. « Seulement, j'aimerais *bien* que Walter me prévienne... »

Autour des assiettes pleines de ce qu'on aurait autrefois appelé du ragoût irlandais, Bracken reste muet pendant que sa sœur m'expose pourquoi elle n'est pas d'accord avec le futur itinéraire de contournement d'Oxford tel qu'on nous le propose.

« Les gens sont incroyablement léthargiques, continue-t-elle. Si personne ne bouge, il ne se passera jamais rien. Toute la campagne des alentours est en train de disparaître...

— Vous devez être très énergique pour croire que vous allez changer les choses, réponds-je.

— Oh, je sais parfaitement que je n'y changerai *rien*. Il y aura une enquête publique, et puis cet automne, les travaux commenceront. Il paraît que le contrat est déjà signé. Mais il faut bien essayer. » Sa voix s'est faite grave. Ses calmes yeux bruns sont fixés sur moi. « Il faut toujours essayer, vous ne croyez pas ? Je passe mon temps à le dire et à le répéter à Walter... »

Le déjeuner digéré, son frère m'entraîne à travers les tuteurs des pois et les choux du potager pour me montrer la bâtisse qui s'étend derrière la maison. Une cabane en tôle ondulée incrustée de vigne vierge, de la largeur d'un garage mais beaucoup plus longue.

Lorsqu'il en ouvre le cadenas puis en allume les ampoules nues, je découvre une pièce noire dont un des murs constitue le fond d'une grande cage. L'odeur que j'ai déjà remarquée sur lui y règne, plus forte. Un parfum de foin, avec quelque chose de salin ; amer et net. Il fait chaud. J'essuie les toiles d'araignée accrochées à un tabouret avant de m'y asseoir, pendant que Bracken manipule plusieurs interrupteurs. Toute la salle se met à bourdonner comme une dent légèrement douloureuse, puis il traverse la cabane dans la longueur pour aller ouvrir un grand placard émaillé évoquant une chambre froide de boucher. Des moitiés de carcasses porcines y sont en effet entreposées. Mon jeune collègue en soulève une, peinte en bleu, qu'il pend dans la cage à un crochet. Sa couleur témoigne que l'inspection de l'Hygiène l'a rejetée ; elle répand une odeur aigre, caoutchouteuse.

Bracken déverrouille un gros coffre cerclé de métal contenant un large choix de revolvers et de fusils. Je m'attends presque à ce qu'il m'en lance un, comme Randolph Scott lorsque la ferme est encerclée — *« Vous savez vous servir d'une arme, hein ? Je ne suis pas plus shérif que vous, maintenant. »* Au lieu de quoi, il place un revolver imposant dans un étau, à l'intérieur de la cage, le canon dirigé droit vers le cochon bleu.

En chargeant l'arme, en visant, en s'activant avec des tournevis, il me raconte que le projet sur lequel il travaille ici a été initié par un professeur dont le fils avait été blessé pendant la bataille de la Somme. Après une longue agonie, le jeune homme était mort, malgré les soins de son père, lequel avait alors décidé de mettre au point *la balle humaine*, suivant sa propre expression — c'est-à-dire le projectile ayant le plus de chances de tuer sa cible instantanément. Pour être honnête, cette histoire me rappelle énormément les rumeurs apocryphes d'Oxford.

« Le gouvernement a repris le flambeau dans les années vingt, continue Bracken. Depuis, le financement est officiel. »

Il me tend une paire de protège-oreilles sales, recule et tire sur un fil métallique.

Bang. Le revolver fait feu ; le porc bleu frissonne dans la fumée, pendant que d'innombrables téléscripteurs se mettent à bavarder comme les spectateurs de Wimbledon après une passe de jeu. Un petit trou marque la chair de la carcasse, sous les côtes. Lorsque Bracken se rapproche de la cage pour faire pivoter le demi-cochon afin de l'inspecter et de prendre des mesures, je m'aperçois que l'autre côté n'est plus qu'un hachis de chair, d'os, de cartilage.

La balle humaine, m'explique mon collègue, tandis que l'odeur étrangement appétissante du porc non comestible à moitié cuit parvient à mes narines, correspond à la rencontre de plusieurs variables : la taille de la balle proprement dite, l'arme dont elle sort, la distance qu'elle parcourt, sa vélocité, l'alliage dont elle est composée, son enveloppe, son aérodynamisme, la précision requise, la chimie de la charge, les vêtements et la masse corporelle de la cible... À la base, cependant, rien de plus simple : il faut percer le sommet du projectile pour qu'il se déploie à l'instant de l'impact, transférant davantage d'énergie dans la chair. Pour dire les choses simplement, la balle humaine est une version sophistiquée de la balle dum-dum.

« Le type du chantier d'équarrissage passe tous les jeudis soirs », ajoute Bracken en s'activant avec un seau et un balai-éponge pour nettoyer les morceaux de viande dispersés. « La majorité des carcasses finit en bougies et en colle...

— Ça ne vous inquiète pas ? » demandé-je.

Il s'immobilise, les mains serrées au sommet du manche à balai, la tête basse, comme s'il n'avait pas bien entendu.

« Je veux dire, ce qu'ils vont en faire.

— Si je ne travaillais pas là-dessus », dit-il enfin en reprenant le nettoyage, « ce serait autre chose. Le ministère de la Guerre me harcèle pour que je m'occupe d'un projet, en Australie. Dans un coin du désert occidental qui n'a même pas de nom. Très, très discret. Je suppose que je me sers de la balle humaine pour qu'on me fiche la paix. Malheureusement, ce qu'ils trafiquent là-bas est plus ou moins lié à ça... »

Je parcours l'appentis des yeux.

« L'Australie m'a l'air bien loin.

— Mais c'est aussi en rapport avec le comportement des matériaux soumis à une compression extrême, murmure Bracken. Et avec la turbulence, les ondes de choc, même les balles, bizarrement... »

Le reste se perd dans le cours de ses pensées informulées ; sa voix s'éteint parmi les chocs et le glissement du balai-éponge et du seau. Puis, un instant plus tard, *Bang*. Un deuxième cochon défunt mord la poussière. Mon hôte semble m'avoir complètement oublié. Quant à moi, je me sens un peu somnolent, dans l'étrange chaleur brumeuse de la pièce, avec le tapotement des pattes de moineau sur le toit, parfois interrompu par le marteau amer de la destruction.

Lorsque enfin je relève le menton de ma poitrine, des tintements me parviennent. Bracken, armé d'une pelle et d'un balai, époussette les boîtes de cartouches. Une quinte de toux me force à sortir prendre l'air.

« Walter passe un temps fou là-dedans », me dit Ursula, plantée en ma compagnie devant la fenêtre de la cuisine, les yeux fixés sur l'allée gravillonnée. « Je suis vraiment surprise que les voisins ne se plaignent pas. Mais ils ont l'habitude, évidemment. » Elle croise les bras avec un petit frisson. « En fait, c'est pour ça que je suis venue. Pour garder un œil sur lui.

— Où habitez-vous ?

— En ce moment, on peut dire que je vis ici, j'imagine. » Elle hausse les épaules. « Walter me fait une faveur en m'accueillant sous son toit. Depuis la mort de notre père, je ne suis pas sûre d'avoir ma place où que ce soit.

— On trouve sa place à Oxford aussi bien qu'ailleurs. C'est du moins ce que j'ai découvert.

— Mmh... » Elle hoche la tête, pointant nerveusement le menton. « Quoi qu'il en soit, vous savez, Geoffrey... Je peux vous appeler Geoffrey ? Le travail que vous faites avec Walter...

— On ne peut pas vraiment parler de travail...

— *Peu importe.* Je crois qu'il est très seul, au collège. Et ici, avec moi. Je ne sais pas trop comment vous demander ça, mais accepteriez-vous de veiller sur lui un minimum ? D'essayer de devenir... Oh, je sais que ça a l'air idiot... D'essayer de devenir son ami ?

— Je ferai de mon mieux. »

Elle me sourit.

« Bon, mais je suppose que vous voulez rentrer... »

Je prends donc congé des Bracken dans le couloir exigu, en tripotant le verrou. Walter passe ses ongles rongés sur les bords de la lettre recommandée arrivée au courrier de l'après-midi. Une enveloppe brune mais douce. Armoriée. À l'adresse dactylographiée à la perfection. OHMS[1].

Postés sur le seuil, le frère et la sœur me regardent descendre l'allée. J'agite gaiement la main. L'après-midi tire à sa fin, en cet été anglais soudain parfait, bien trop beau pour être gâché à attendre le bus. En m'éloignant par les tièdes chemins de campagne, somnolents au chant des oiseaux et au bourdonnement des insectes, en voyant se rapprocher les tours d'Oxford au-dessus de la brume des parcs et du fleuve, je ne doute pas d'entendre au loin de multiples coups de feu.

1. On His Majesty's Service. Sur toutes les enveloppes expédiées par le gouvernement britannique.

VI

Le lendemain matin — le vendredi du solstice d'été —, je suis très occupé, car je participe à deux des réunions où ma présence est requise, par la grâce de quelques obscures élections et nominations. Ensuite, après un rapide déjeuner de saumon et de rôti de bœuf, au buffet froid de la salle Ouest, je parviens enfin à prendre mes dispositions pour mes vacances écossaises prévues de longue date. Je fais d'abord la queue à la gare de la GWR, où je retire mes billets, puis à la poste, où on me délivre tous les cachets, autorisations et laissez-passer nécessaires pour changer de comté. La guichetière me considère de derrière le verre givré par les postillons, avant de tamponner mes documents puis de me les rendre. Peut-être se rappelle-t-elle que je l'ai assaillie de questions au sujet des lettres destinées à ma tante imaginaire expatriée au Canada. Je ne peux m'empêcher de me demander si ma relation lui manque et qui a vidé le bureau du disparu à l'étage, dans la section réservée à la Censure, qui a effacé son nom de la liste des adhérents au club du thé...

À l'air libre, Oxford dégage une odeur étourdissante de gaz rances, suintant de ses égoûts trop sollicités par cette belle fin d'après-midi. La cité est plus animée que jamais, emplie de Londoniens, de banlieusards, de campagnards. Aujourd'hui, elle a l'air particulièrement frénétique, débordante. Les marchandises des magasins envahissent les rues, on s'affaire dans les pubs, les pigeons picorent des flaques répugnantes, une file d'attente s'étire devant la boulangerie Boffin, de Carfax, où on achète les « gâteaux du solstice d'été » au glaçage rose, les voitures sont partout, trop nombreuses.

En passant devant le Bear, je m'arrête, le temps de boire une pinte de Hall's Gold Medal. L'arrière-salle, qu'emplissaient autrefois le cliquetis des dominos et l'écrasement des crachats dans la sciure, résonne à présent de cris féminins perçants, assourdis par la moquette.

« On ne va pas tarder à être fines saoules », lance une voix aiguë.

J'avale deux cachets en sirotant ma bière, installé assez près du juke-box pour entendre malgré le vacarme plein d'allant les chansons que j'ai payées d'un penny. *April Showers. Mad About The Boy. Waiting For Nowhere*[1]... Aujourd'hui, cependant, leur sentimentalité facile ne m'atteint pas. Les gens font connaissance, ils tombent amoureux, ils se marient, ils ont des enfants ; puis leurs vies se séparent brutalement, à cause d'un accident quelconque, historique ou de naissance. Ils disparaissent, sans que personne le remarque. Moi-même... je suis assis là, à boire ma bière en cajolant ma douleur et mon auto-apitoie-

1. Chansons de variétés très populaires.

ment, alors que je devrais être debout sur ma table à hurler. Je me demande ce qui est arrivé au monde ? Autrefois, il était prévisible. La Grande-Bretagne signe un traité avec l'Allemagne ; la France fait de même avec l'Espagne. Le Portugal se déclare indépendant de la Castille ; l'infant Dom Enrique va jusqu'à explorer la côte nord-africaine ; l'Espagne, jalouse, se joint à la danse ; on ne tarde pas à boucler le tour de la Terre, en découvrant l'Amérique dans la foulée. La cause et l'effet. Maintenant, cependant, l'Histoire consiste en tours et détours aléatoires. Un infime tremblement de terre à Bogota provoque une fuite de gaz à Ealing. L'assassinat d'un archiduc dans une ville obscure des Balkans déclenche une guerre mondiale.

La musique s'achève. Je ressors, chancelant. L'air me semble étouffant, ce soir, mon cœur galope, des aiguilles froides me piquent la poitrine et les mains. Je tire de ma boîte en bakélite une troisième dose de cachets, que je gobe à sec. Lorsque le bus n° 159 ralentit puis s'arrête près de moi, sur New Road, j'y grimpe impulsivement, attiré par son halètement affairé, l'odeur viciée du tabac et des corps en été, la perspective d'être emporté *ailleurs*.

En cette veille de solstice, je partage l'impériale sur Eynsham Road avec deux touristes espagnols d'âge moyen qui fument cigarette sur cigarette et poussent de grands cris en montrant ceci ou cela depuis leur siège ; les bougies de fée qui brillent aux fenêtres, les brins de sorbier accrochés au-dessus des portes, les feux de joie qu'on allume dans les parcs, les pique-niques autour des lampes, les enfants endormis sous des tentes, dans les jardins. Un contrôleur se joint à nous à Botley puis parcourt l'allée d'une démarche chaloupée de marin, demandant à voir laissez-passer et cartes d'identité, s'informant du but de notre voyage : vieille coutume britannique que les Espagnols accueillent avec excitation, bien qu'ils aient sans doute l'équivalent dans leur pays, avec Franco. Je dis au contrôleur que je me promène, voilà tout ; lorsqu'il hoche la tête puis passe son chemin, je lui en suis absurdement reconnaissant.

À Adderly, le bus est vide. Je m'enfonce dans le pré communal du village, à travers la fumée convolutée des feux de joie. Un chemin d'herbe foulée prometteur se perd dans une prairie, où des vaches me regardent passer avec ahurissement, avant de s'approcher, haletantes, longues têtes empressées et museaux humides. J'escalade un portail couronné de barbelés, sur lequel une petite pancarte en bois pointe dans la direction d'une vaste étendue de chardons. Enfin, égratigné, fatigué, perdu dans un bosquet d'une obscurité alarmante, je découvre un mur de brique, le long duquel je me fraye un passage à travers fougères et digitales jusqu'à une porte, autrefois verte, piquetée de gros clous d'aspect très médiéval. Il me suffit d'appuyer sur la poignée de fer pour que le battant s'ouvre en grinçant.

Au-delà, s'étend une immense pelouse — je dirais même un parc — semée de marronniers d'Inde aux branches basses dépouillées par les chevreuils. Une demeure rectangulaire en brique rouge, coiffée de cheminées torses, brille d'un éclat orange au soleil couchant qui étire les ombres des marquises, des chaises longues, des auvents. Des joueurs de croquet dispersés lèvent la tête à mon arrivée puis me saluent gaiement de la main.

Je m'approprie une chaise longue, où reprendre mon souffle pendant que de blanches colombes s'agitent bruyamment dans les ifs taillés avec soin. Un flot de Rover, de Jaguar, de Bristol, de petites MG pimpantes au pare-brise rabattu parcourt le fossé de gravier entourant la demeure. Les rayons des phares s'entrecroisent en un grillage doré, les rangées de voitures garées s'allongent, hommes et femmes en émergent, dans leur tenue de soirée immaculée. Le bleu du ciel devient de plus en plus profond. Des domestiques habillés de noir apportent des lanternes, dont la flamme se reflète dans les fenêtres et lèche des bras noueux, pendant que les manches se roulent, les cravates disparaissent, la musique se met à palpiter, les gens commencent à danser. Une lame de douleur me fouaille l'épaule gauche. Ma présence ne semble surprendre personne. J'avale un autre cachet.

Une jeune fille aux yeux soulignés de khôl de prêtresse égyptienne tournoie devant moi, chargée d'un plateau de petits cakes — MANGE-MOI, ordonnent-ils en raisins secs. J'en saisis un, dont j'avale une bouchée, puis une autre, me demandant si je vais grandir ou rapetisser, pendant que la jeune fille s'éloigne, rieuse. Les haut-parleurs installés dans les arbres diffusent du Glen Miller, du Duke Ellington. Compositions sinueuses, sophistiquées de « Nègres blancs américains » décadents. Un solo de clarinette se détache sur fond moelleux, crémeux de trombone et de saxophone, presque indescriptible à force de beauté. La musique à trois sous et moi.

M'extirpant difficilement de ma chaise longue, la

bouche tellement sèche et enflée que j'ai du mal à avaler le cachet suivant, j'attrape un verre de vin anglais pétillant que je vide cul sec. Des mains me frôlent, des sacs de dame pailletés voltigent, des fume-cigarettes s'agitent comme des lances, pendant que des lèvres cramoisies s'écartent sur des sourires étonnés, se rapprochent des miennes. Nous sommes ici entre amis, entre pairs. Je m'effondre sur une murette, près d'un lac où une barque retournée flotte, solitaire, parmi les étoiles frémissantes. Le temps passe au clapotis de l'eau, au murmure et au pétillement des arbres, parmi les lanternes, les étoiles, les merveilles féeriques scintillantes du solstice d'été.

Comme je m'interroge sur mes chances de regagner Oxford, j'essaie de consulter ma montre. En tout cas, je ne croise personne en remontant vers la maison aux murs imposants, couverts d'une vigne vierge obscure dans les ombres lunaires. L'air alourdi par le parfum du statice m'apporte le martèlement de la musique lointaine, le bruit du verre brisé, des gémissements passionnés, des hurlements de rire.

Je m'éloigne sur les douces pelouses où flottent quelques ballons blancs fripés, semblables aux fantômes las des solstices enfuis. Un lion de pierre accroupi, comme prêt à se dresser, exhibe une gueule pleine de sang ou de rouge à lèvres. Un renard apparaît entre les longues haies. Nous nous regardons un instant, avant de nous replonger dans les tâches étrangères de nos existences distinctes. Derrière la grille ouverte de la propriété, la bande grise de la route forme une rivière de brume ; le ciel, qui pas une seconde ne s'est réellement assombri, s'éclaircit déjà. Je m'avance entre les rangées interminables d'ormes argentés couverts de toiles d'araignée qui peut-être mènent à Oxford.

Bientôt, les parfums et les bruits du matin s'élèvent autour de moi, mais je ne peux m'empêcher de me retourner vers l'obscurité plus profonde qui enveloppe dans mon dos la chaussée luisante. À un moment, même, je m'arrête pour appeler, persuadé qu'il y a là une silhouette, une forme. Lui ordonnant presque de s'approcher.

VII

Promeneurs chargés d'emplettes, bicyclettes, chiens, étudiants mal remis de leur dernière cuite sur la route des vacances... Le train régional bondé du début de soirée profite de la moindre halte imaginable entre Oxford et Rugby. Il s'arrête au niveau des ponts sur le canal. Dans les cours de ferme. À côté des bidons de lait et des tas de courrier posés au milieu de nulle part. Partout, des affiches et encore des affiches. Du bord de mer ou de la campagne. Des villes. LE DISTRICT DES LACS VOUS OFFRE LE REPOS ET DES RÊVES SEREINS. PRENEZ LE TRAIN DU DIMANCHE POUR VISITER LAMBOURN DOWNS — une famille souriante pique-nique sur une étendue verte, sous des cerfs-volants aux couleurs vives dansant dans un ciel d'un bleu parfait.

Rugby, enfin. Après avoir changé de quai, je m'assieds au bord d'un chariot à bagages pour attendre l'entrée en gare du *Sir Galahad*, le train de nuit Euston-Glasgow — bleu acier, museau aérodynamique dont suintent la vapeur et une impression d'éloignement, suivi par un flot ininterrompu de wagons rapides. Un porteur se charge de ma vieille valise, pendant que les haut-parleurs émettent des aboiements incompréhensibles. Je trouve sans problème ma place réservée — en première classe ; *G. Brooke*, annonce une plaque de cuivre. Voilà qui est sans doute bon signe, me dis-je en m'installant, tandis que la gare commence à défiler. Retrouver mon nom original en même temps que mes autres souvenirs.

Il est encore tôt. Nous sommes toujours dans le Sud. Les voyageurs les moins aguerris croisent et décroisent les jambes, se posent les doigts sur la bouche, tripotent la dentelle blanche des accoudoirs. Je parierais qu'il y a là deux fonctionnaires, un universitaire, le lord tremblotant de quelque propriété écossaise, un couple en voyage de noces, et un autre dont les deux composantes s'ignorent mutuellement avec un soin qui dénonce la suave immoralité de leur périple. Le recoin le plus éloigné du wagon est si surchargé de roses qu'il n'était guère utile de le préciser RÉSERVÉ. Quatre officiers des CSG, les Chevaliers de saint Georges, y sont installés, leurs mains soigneusement manucurées jointes du bout des doigts, discutant à voix basse. L'évidence de leur pouvoir empêche presque de distinguer les détails qui les différencient — la jeunesse rousse de l'un, la calvitie et la moustache d'un autre. Ils ont juste l'air globalement lisses et replets — phoques jouissant du soleil sur le littoral, baignés par les vagues tièdes de l'avenir.

Ce sont les premiers passagers à commander leur dîner, pendant que le personnel pose les nappes sur les tables du wagon-restaurant voisin. Il est à noter qu'au passage bruyant des aiguillages, les autres voyageurs tendent l'oreille pour savoir ce qu'ils ont choisi afin de les imiter. Le convoi traverse en un éclair Bedworth, puis Nuneaton, filant vers la masse grise chaotique de Birmingham est, avant de s'enfoncer dans l'anonymat du Centre rural, où les vaches regardent passer les trains.

Après le xérès, nous changeons tous de voiture et nous installons devant des couverts aussi immaculés que les instruments d'un chirurgien. Souriant à mon vis-à-vis, je déplie ma serviette — le lion rugissant brodé de son GWR tient maintenant entre ses pattes une croix moderniste. Passés les commentaires sur le temps exquis, mon compagnon de table et moi n'avons plus rien à nous dire. Finalement, nous sommes toujours en Grande-Bretagne. Bien des choses sont restées telles quelles depuis mon voyage en Écosse avec Francis Eveleigh, il y a presque trente ans.

Je plonge ma cuiller dans mon potage aux asperges qui déborde mollement et entame mon petit pain. Le train s'arrête à Crewe. Le porc, délicieux, est accompagné de pommes de terre sautées, véritables petites enveloppes de chaleur croustillantes. Le goût aussi semble m'être revenu. Pas de cendres, pas de feuilles mortes. Les fraises du pudding ont la sapidité exacte des fraises, la crème caillée du Devon la saveur qu'elle est censée avoir. Légèrement écœuré, légèrement exalté, je bois mon café et mon Glenlivet, pendant que Manchester cède la place à Bolton, puis Preston, sans que je remarque de changement évident. Un sourire à mon vis-à-vis, et je me lève, je m'éloigne des tables en me balançant. Entre les wagons, je baisse une vitre pour me pencher à l'extérieur. Le train s'étire loin devant moi dans les virages.

Les villes deviennent momentanément plus sinistres, les collines plus sauvages, puis elles se transforment soudain en pierre pâle et badigeon blanc où des ponts à sommier enjambent des ruisseaux d'argent, dans la poussière scintillante du soir. Le serveur me touche l'épaule en me demandant si je prendrai un autre Glenlivet. Le whisky est là, sur son plateau, avec de l'eau glacée dans une carafe GWR, un chocolat GWR sous emballage individuel, une boîte d'allumettes GWR, un assortiment de cigarettes GWR.

En ce qui me concerne, tout cela est complètement extravagant. Malgré les belles promesses de John Arthur, voyager en première classe revient toujours aussi cher. Pourtant, compte tenu de mon salaire très correct, de mon existence distraitement frugale, de l'argent tiré de la maison maternelle — et du fait que je ne prendrai plus d'autres vacances —, je peux me le permettre sans problème.

À dix heures, pendant la traversée de la banlieue de Lancaster, je gagne les wagons-lits par les couloirs au doux balancement. Mon nom est apposé sur ma porte ; *G. Brooke*. Ça aussi, c'est un luxe : avoir réservé les couchettes supérieure et inférieure du compartiment. Qu'un inconnu s'installe au-dessus de moi — même un inconnu de première classe —, que sa respiration pèse sur mes souvenirs, je ne l'aurais pas supporté. Nous voyagions en deuxième classe, Francis et moi, il y a tellement longtemps. En refermant la porte coulissante, en caressant les garnitures de cuivre et la marqueterie polie, je me demande si ce genre de différences va détruire le précieux fardeau de l'amour renouvelé que je sens posé sur mes épaules. Toutefois, les ressemblances sont là —

l'odeur des serviettes propres, l'avertissement sévère de ne pas tirer le signal d'alarme, la masse presque silencieuse du rapide...

C'est moi qui ai payé notre voyage, bien sûr ; Francis n'aurait jamais eu assez d'argent. Au moment où nous sommes partis, nous n'étions encore qu'amis. Non que je ne l'aie pas aimé, adoré pour son physique et son intelligence, mais nous étions en 1914, j'avais déjà trente-quatre ans et lui seulement dix-neuf. D'ailleurs, l'image que je me faisais de l'amour physique — un misérable miroir aux alouettes —, en rendait l'idée insupportable.

Et puis Francis avait des tas d'amies dans son cercle de gauchistes, à Lichfield. Elles n'étaient pas plus aveugles que moi, puisque, après les réunions, elles se rassemblaient autour de lui en groupes roucoulants. On parlait alors d'anarchisme, de Nijinski, de Stravinski, de futurisme, de Lawrence, de Proust... Même à Lichfield, où je m'étais élevé aux hauteurs vertigineuses de maître-assistant à Friary School et de propriétaire par héritage, le *modernisme* — sans majuscule, à l'époque — était de mise. Moi qui considérais la bande de l'extérieur, comme un explorateur découvre une nouvelle tribu, je n'avais presque aucune idée de ce que signifiaient pareils discours. Apparemment, Francis n'entretenait de relation particulière avec aucune de ses admiratrices ; il quittait toujours seul les réunions auxquelles j'assistais, dans les arrière-salles des pubs ou des hôtels (car les églises ne voulaient pas entendre parler de nous). N'empêche : au milieu de toutes ces discussions, j'avais peine à croire qu'en privé, il ne caressait pas les seins et les jambes de ces charmantes créatures.

Au début, ma situation fut assez bizarre. Jamais je n'avais prêté grande attention aux événements actuels, mais depuis que je travaillais dans une école digne de ce nom, où je n'enseignais guère que l'histoire « convenable », j'avais en outre laissé sortir de ma vie presque tous mes autres centres d'intérêt. Je m'obstinais cependant à caresser l'idée d'écrire mon livre, tâche plus facile en imagination qu'en réalité, alors comme maintenant. Après plusieurs tentatives vouées à l'échec, je m'étais vaguement demandé s'il ne me manquait pas quelque chose. L'Histoire se modifie en permanence. Il faut donc la considérer sous l'angle du présent, mais que savais-je d'une telle chose, dans ma demeure poussiéreuse et mon célibat studieux ?

Aussi avais-je décidé d'élargir mes horizons. La bicyclette, le golf, l'association Samuel Johnson, le club d'échecs de l'hôtel de ville — j'avais tout essayé. Je m'étais même obstiné un moment à parcourir la rue chaque soir pour aller partager la prétendue convivialité du Bald Buck, au croisement de Tamworth Street. Pourtant, rien de tout cela ne m'intéressait réellement ; quant au froid que jetait mon apparition dans le petit café, il m'avait conduit à me demander si je n'étais pas réellement bizarre — voire « différent » — d'une manière aussitôt perceptible à autrui.

J'avais donc préféré me tourner vers une solution à laquelle jamais je n'eusse eu recours si l'aile de ma mère, Tory reconnue, m'avait toujours abrité : adhérer à la Fabian Society[1] locale. Malgré une neutralité aussi parfaite en matière de politique que de sexe

1. Mouvement socialiste britannique (*Fabian*, par allusion à Fabius Maximus Verrucosus, dit le Temporisateur).

— du moins me l'imaginais-je —, mes efforts pour me prendre au sérieux en tant qu'historien m'avaient persuadé que ladite politique se trouvait à la pointe des événements : si on voulait s'impliquer dans l'évolution du monde au lieu de la considérer en simple spectateur, il importait de miser sur un cheval donné. Au vu de la manière dont évolua ensuite la situation, la chose est assez risible, mais enfin, je me joignis aux socialistes.

Heureusement pour moi, je trempai les orteils dans la politique sans me bercer de grands idéaux. Ils eussent très vite succombé devant les épouses de militaires toquées, les inadaptés sociaux, les biscuits durs comme du bois des thés matinaux sinistres, les excursions mal organisées, les discours mâchonnés et les querelles interminables. Aujourd'hui, je m'aperçois qu'il s'agissait d'une époque intéressante pour la gauche britannique, puisqu'elle semait avec ardeur les graines de sa propre annihilation.

Les éléments les plus jeunes et les plus agressifs (dont Francis faisait indéniablement partie) minaient sans faiblir le confortable arnachisme XIXe siècle de William Morris — Morris tel qu'il existait avant d'être réinventé par le Modernisme, bien sûr. Francis et sa bande ne côtoyaient les Fabiens que pour en recruter les transfuges dans leurs propres organisations toutes neuves, la Social Democratic Federation et l'Independant Labour Party. Ils croyaient aux grèves, à l'action directe, à la nécessité de persuader les grands syndicats — qui, d'une manière générale, ne pensaient qu'à promouvoir leurs intérêts limités — de se politiser ouvertement. Passer une nuit au poste était pour eux un honneur ; quiconque affirmait avoir aidé les mineurs grévistes de Tonypandy faisait figure de saint séculier, même s'il s'agissait presque certainement d'un menteur.

Rien que de naïf et d'innocent. Francis travaillait six jours sur sept derrière le comptoir de la librairie John Menzies de la gare de Lichfield, logeait en meublé, buvait son thé le petit doigt en l'air, se montrait discret sur ses origines et possédait un accent « de la haute » extrêmement louche. Il ne ressemblait aux travailleurs que par son insistance à fréquenter le Scales de Market Street, un pub de tanneurs où on lui réservait un accueil d'une telle fraîcheur que celui du Bald Buck me semblait par comparaison quasi démonstratif. Mais du moins rêvait-il d'un monde meilleur. S'il échoua, et avec lui la gauche dans son ensemble, ce fut parce qu'il aimait trop discuter et détestait s'imaginer dans la majorité pour quoi que ce fût. La seule bataille « politique » à laquelle j'assistai jamais se déroula entre le président et le secrétaire de la même organisation.

Pourtant, Francis et ses semblables m'attiraient. J'aimais leur jeunesse, leur enthousiasme et, honnêtement, leur physique. De leur côté, ils me traitaient, avec mes trente-quatre ans, comme une sorte d'homme d'État plus mûr. Ils se soumettaient à mes opinions, ils quêtaient ma sagesse en matière de perspective historique. Durant quelques mois de bonheur, je pus me croire à la fois jeune et vénérable.

Francis et moi en étions arrivés à nous voir de temps en temps après son travail à la gare. Nous nous promenions tranquillement, toujours en terrain neutre. Seul à seul, nous nous montrions beaucoup moins affectés, mais la perspective de la guerre en Europe ne tarda pas à dominer nos conversations. Quoique en principe pacifiste, Francis était fasciné par cette idée. Après tout, il avait dix-neuf ans ; il était combatif et provocateur ; sans doute voyait-il le conflit comme sa meilleure chance de devenir député ou même comme le papier d'amorce de la révolution. Quoique la vérité soit peut-être plus simple : semblable en cela à bien d'autres jeunes gens de sa génération, il avait purement et simplement envie d'en découdre.

Sa chemise blanche me précédait lors de nos errances vespérales sur les chemins de halage ou à travers les champs printaniers boueux. Il avait de grands yeux bleus profonds. Des lèvres pleines. Des sourcils noirs épais qui se rejoignaient presque. Un corps mince, osseux, quoique empli d'énergie. Les cheveux un peu plus longs que ne le voulait la mode — je contemplais en le suivant le doux nid de boucles qui lui tombait presque au bas du cou.

« Tu comprends, Griff », me dit-il un jour, pendant que nous reprenions haleine parmi les vaches, sous un arbre ruisselant, « j'arrive mieux à comprendre ce genre de choses quand on se promène ensemble. »

Mon cœur me faisait mal. Je ne pus que lui sourire.

L'idée des vacances écossaises à bicyclette s'imposa peu à peu, tout naturellement. Ce qui est sans doute une bonne chose, car si j'avais pu prévoir que Francis et moi partirions seul à seul, partagerions nos pensées, nos idées et nos chambres pendant quinze jours entiers, mon amour et ma terreur eussent empêché le projet de jamais devenir réalité. D'une manière ou d'une autre, cependant, nous en vînmes à consulter des cartes et des horaires, sur la foi d'une vague hypothèse, assortie d'un faible partagé pour la discussion et pour la campagne. Bref, nous nous mîmes à jouer avec l'idée du voyage, jusqu'à ce que, soudain, il fût question de dates précises, de réservations réelles, puis que la chose se fît miraculeusement. J'allais payer. Cela aussi passa facilement sous le pont béant de mes incertitudes. Francis, Dieu le bénisse, avait sans doute une idée bien plus claire de ce qu'il me préparait, de ce qui allait suivre, mais pour le moindre détail de notre périple, pour absolument tout, en ce qui le concerne, je remercierai éternellement le ciel.

Les fantasmes sexuels que j'avais peut-être entretenus à son sujet furent facilement subsumés dans la réalité stupéfiante de nos errances à venir — mes premières véritables vacances d'adulte. Je contemplai avec mélancolie mes livres et mes vêtements en les rangeant dans ma vieille valise, déjà conscient des trésors de souvenirs et d'intimité qu'ils ne tarderaient pas à devenir. Heureusement, en 1914, deux hommes pouvaient voyager ensemble pour le plaisir sans guère susciter de soupçons.

Nous dînâmes au wagon-restaurant en étudiant cartes et guides, pendant que le convoi quittait Birmingham sous la pluie. Elle s'interrompit aux alentours de Stafford, et lors du changement de Crew, où nous prîmes le train de nuit, la soirée était devenue magnifique. Pourtant, je me rappelle que nous allâmes nous coucher tôt, emplis de la fatigue paisible caractéristique des longs trajets ferroviaires.

Dans l'étroit compartiment, je m'efforçai de me concentrer avec naturel sur le contenu de ma valise, qui occupait la couchette du bas, pendant que Francis se déshabillait près de moi en bavardant tranquillement. Nu comme un ver, malgré les rideaux ouverts, il paraissait à la fois plus mince et plus robuste que je ne l'imaginais. Lorsqu'il enfila son pyjama, en continuant à parler de Dieu sait quoi, la disposition des miroirs et la lumière, assez forte quoique changeante, me livrèrent un bon aperçu de son sexe et de ses testicules.

Enfin, il partit faire sa toilette au bout du corridor. Je restai seul, tremblant, dans notre compartiment, où je m'empressai de tirer les rideaux devant la fenêtre puis de me changer, si pressé que je déchirai la manche de mon pyjama. Je me sentais faible, furieux, écœuré. Les yeux baissés vers la demi-érection qui s'obstinait absurdement à se frayer un passage hors de mon pantalon, je maudis la stupidité qui m'avait fait souscrire à ces vacances.

Francis finit par revenir, les cheveux humides, parfumé à la poudre dentifrice Colgate et au savon Wright's Coal Tar, les yeux brillants. Le dos tourné, je marmonnai vaguement quelque chose, puis je l'écartai pour sortir.

Au lavabo et aux toilettes, je pris tout mon temps. Après quoi je baissai en revenant une fenêtre du couloir afin de contempler les champs flamboyants au soleil couchant, derrière les lignes du télégraphe qui montaient et descendaient, encore et encore. La vapeur se gonflait derrière moi, s'étirait dans le crépuscule de plus en plus sombre, pendant que je jouissais de l'air à la fois salin et campagnard. Lorsque enfin je regagnai le compartiment, le défilé du paysage n'était plus qu'un patchwork pointillé ; le scintillement d'un lac ; le bouquet de lumières d'un village ; les étoiles au-dessus des collines obscures ; la lune montante. Francis, allongé sur la couchette supérieure, lisait les *Nouvelles de nulle part*. Je me glissai sur celle d'en dessous en marmonnant que j'étais fatigué.

Le corps du jeune homme se dessinait vaguement à travers le matelas, contre les barreaux du sommier. Les mouvements du wagon, le ferraillement des roues étaient à la fois étranges et apaisants. Lorsque mon compagnon finit par éteindre en me souhaitant bonne nuit, je me sentais prêt à m'endormir.

Obscurité. Mouvement. Coup de vent d'un autre train. Lumières — forme de la fenêtre traversant à toute vitesse le compartiment, de gauche à droite, à travers les rideaux. Ferraillement-claquement des aiguillages. Une demi-heure plus tard, Francis entreprit de descendre de son perchoir. J'en déduisis qu'il voulait se rendre une dernière fois aux toilettes. Au lieu de quoi il me rejoignit sur ma minuscule couchette.

Sa veste de pyjama était déjà ouverte. Il sentait la lessive, un peu le savon et le dentifrice, mais l'odeur chaude de sa propre chair dominait, parfum de citron brûlé.

« C'est ça que tu veux, hein, Griff ? » dit-il.

Il me prit dans ses bras. Il m'embrassa. Et rien ne fut plus jamais pareil.

Ferraillement-claquement... Alors comme maintenant, la ruée du train. La sensation d'une belle nuit d'été qui s'écoule. Sur ces rails-ci. Les mêmes ou presque. Allongé sur mon matelas, les yeux rivés à la forme indistincte de la couchette supérieure déserte, enfermé dans un espace que, malgré le luxe de ce wagon du futur, j'englobe facilement des deux bras, je me demande comment nous avons réussi à partager le même lit, sans parler d'accomplir l'acte d'amour. Mais nous l'avons fait. Nous l'avons fait. De cela, je suis sûr. En traversant la frontière écossaise, Francis et moi sommes entrés dans un monde nouveau.

VIII

Changement à Glasgow. Où je dois aller chercher de nouvelles autorisations dans le petit matin frais. Je passe le temps le long de Sauchieball Street, dont les immeubles ont l'air beaucoup plus propres que dans mon souvenir. Les policiers arborent de grosses ceintures en tissu écossais. Les vitrines des magasins et les panneaux de signalisation exhibent des bribes de gaélique et d'écossais de Basse-Écosse gutturaux. Les bouchers du marché proposent de la panse de brebis farcie et du bœuf Angus, les poissonniers de la truite et du saumon frais, les libraires Walter Scott, Stevenson, Crompton Mackenzie, Burns et rien d'autre. À Renfrew Square, on répète une cérémonie mystérieuse, au son aigre de la cornemuse et aux claquements des échafaudages.

La poste d'Union Street ouvre à neuf heures. À dix heures moins le quart, mes papiers visés de frais sont en ordre, mon voyage et ses raisons ayant été approuvés par une charmante brunette, installée dans un petit bureau derrière les machines à tamponner. VISITEZ LA GRANDE-BRETAGNE EN TRAIN, proposait une affiche au-dessus d'elle — une peinture stylisée du trône d'Arthur évoquant du verre teinté au soleil — POUR UNE EXCURSION D'UNE JOURNÉE OU DAVANTAGE.

Comme j'éprouve le besoin de couronner le petit déjeuner précoce servi à bord du train — charcuterie fumée d'Arbroath et pain blanc crayeux —, je repars, détendu et affairé, pour le salon de thé de la gare centrale. Là, j'avale un cachet, le deuxième seulement de la journée, en parcourant l'article assez distant consacré par *The Scotsman* au début des Jeux olympiques de Wembley. Puis, devant une deuxième théière et un petit pain aux raisins rassis, je déploie mes vieilles cartes et mon nouveau laissez-passer, afin de déterminer la meilleure manière, la moins dangereuse, d'explorer mon passé tout en cherchant ce qui a bien pu arriver à une famille partiellement juive.

Francis se penche vers moi.

On pourrait aller là, Griff, ou là. Son doigt suit les contours de la côte, l'intersection déchiquetée de la mer et de la terre. *Quel nom merveilleux. Je suis sûr qu'il nous suffirait d'une journée...*

Le paysage s'élève au fil de la progression du train vers le nord. Le Ben Nevis enneigé étincelle. Un cerf surpris grimpe au galop une colline, tout récemment plantée de sapins et d'épicéas. Une jeune mère parle à sa fille de Robert Ier Bruce[1] et de sa célèbre araignée, pendant que je partage avec elles un des cana-

1. Célèbre héros, puis roi, écossais (1274-1329), il prit la tête de la résistance aux Anglais, dont il anéantit l'armée à Bannockburn, en 1314, établissant ainsi l'indépendance de l'Écosse.

pés du wagon-observatoire à la paroi de verre incurvée. Le soleil blanc de Haute-Écosse se déverse sur leur chevelure blonde. Me joignant à la conversation, je leur raconte les histoires collectées des années durant sur les errances du « Jeune Prétendant »[1]. Puis, comme tout un chacun depuis des siècles, me semble-t-il, j'en ajoute quelques-unes de mon cru.

Mère et fille sont exceptionnellement belles, avec des yeux gris-bleu attentifs, prometteurs de compréhension et de pardon. Le père de la petite, un commandant de la Garde noire sorti du rang par son seul mérite — ce qui arrive parfois, lors des véritables conflits —, est de service sur la frontière afghane, agitée en permanence. La mère m'avoue placer sous son oreiller la photo de son mari et celle de John Arthur. Je souris aux deux visages radieux en souhaitant à ces dame et demoiselle de bonnes vacances, mais aussi toute la chance du monde.

Ma première véritable nuit écossaise, je la passe à Oban, qui m'apparaît exactement tel que lors de mon voyage avec Francis, à l'exception de l'école et de la gare routière flambant neuves. Ici, tout a toujours été immaculé. La propriétaire de la pension de Shore Road est tellement ridée que je ne saurais dire s'il s'agit de celle qui s'occupa de mon compagnon et moi, il y a bien longtemps. À l'époque, nous ne lui prêtâmes aucune attention, cela va de soi : nous venions juste de découvrir notre amour ; il était tout simplement trop fort. Je décide cependant en inspectant ma chambre que les rideaux sont certainement les mêmes, la tapisserie et le matelas trop élastique aussi. Le sel et le soleil

1. Surnom de Charles-Édouard Stuart (1720-1788).

ont tellement délavé le décor qu'il pourrait être là depuis toujours. Pas plus que les autres agglomérations où nous fîmes étape, pourtant, Oban ne marqua une folle nuit de passion. Francis se montra en la matière d'une sagesse inattendue chez un aussi jeune homme, à la fois rassurante et gênante : il me mit en garde contre les serrures, les trous de voyeurs, les curieux capables d'inspecter les draps froissés, au matin. Même à l'époque, la moindre relation sexuelle entre hommes consentants valait dix ans de prison — davantage, si l'on tient compte du fait qu'à strictement parler, il était encore mineur. *On aura d'autres occasions*, me dit-il en riant et en m'embrassant à la hâte, devant mon expression. *Regarde-moi ce paysage — allez, Griff.* Ses mains sur mes épaules, son souffle sur mon visage, le miracle — toujours — de son contact. *Regarde. Le monde nous appartient !*

Ensuite, le train m'emporte vers Ballachulish et le terminus de la ligne calédonienne. À présent, les rails longent à la fois la mer et la montagne, oscillant entre les ombres des nuages errants et le soleil radieux. Les conscrits avec qui je partage le wagon, bouleversants de jeunesse, ont l'accent atone du Lancashire. Une douleur nouvelle ronfle dans mon corps, pendant que je leur parle d'Oxford (*C'est où, alors, dites ? Près de Londres ?*). Derrière les vitres, les vagues flamboient, scintillantes. Rien ne semble compter pour mes compagnons de voyage que l'antenne locale des NAAFI [1]

1. Navy, Army and Air Force Institutes. Organisation créée par le gouvernement britannique pour gérer les établissements récréatifs des forces armées mais aussi vendre des marchandises diverses aux militaires et à leur famille.

et les humeurs changeantes de leur sergent. John Arthur, « l'Ancien », est une quasi-déité à laquelle on doit admiration, crainte et respect. Le paysage, les raisons de leur présence dans la région — « encore une de ces saletés d'exercice » —, le seul fait de vivre... tout cela leur échappe.

Ballachulish a toujours été un trou, grisé par les carrières d'ardoise et leurs montagnes de scories. Autrefois, nous en rîmes, Francis et moi, trop heureux pour croire aux mauvais présages. De nos jours, la circulation automobile ronfle dans la grand-rue, le long de la côte, soulevant la poussière grise. Bristol, Ladybird, gros camions-citernes, transports de troupes et semi-remorques à bâche verte où se devinent les formes pesantes des canons de campagne se succèdent dans un crépuscule de leur propre création. Il semblerait que tout le monde descende vers le sud.

Le propriétaire du garage White Forge, où Francis et moi louâmes nos bicyclettes, voici trente ans, s'essuie les mains avant d'examiner mes papiers dans son bureau crasseux, m'examine à mon tour, les yeux plissés, puis se penche derechef sur les documents. Je ne doute pas qu'ils soient en ordre, avec la carte d'identité bleue de cette année, les autorisations de voyage initiales d'Oxford, ornées des cachets des différentes étapes, les laissez-passer secondaires et autres appendices retenus par un trombone.

« On ne loue pas beaucoup de voitures, par ici.

— Mais vous en avez bien une, non ? Ç'a été *prévu...* »

L'Écossais hausse les épaules. Corps épais. Visage à l'avenant. Petite touffe de poils au bout du nez. Mae West, vieille et fanée, me sourit depuis son affiche de *L'Ange bleu*, pendant qu'il fouille dans un classeur, à la recherche des bouts de papier qui vont agrandir ma collection. Il a la peau blême et grêlée — on dirait un pêcheur privé de soleil. Visiblement, mes vêtements de citadin d'« en bas », mes laissez-passer d'opérette, mon accent anglais, toute ma personne le laissent de marbre. Dans une nation où une prudence exagérée, une courtoisie exagérée, des regards en coin exagérés précèdent la moindre parole significative, son antagonisme ouvert a quelque chose de réconfortant.

« Vous savez », dis-je en me raclant la gorge pour me débarrasser de mucosités râpeuses, « je me suis toujours demandé ce qui était arrivé aux gens qu'on avait emmenés là-haut.

— *Là-haut ?* »

Il se retourne vers moi.

« Je me rappelle les journaux d'il y a... oh, cinq-six ans, maintenant. Ils parlaient toujours du Nord-Ouest de la Haute-Écosse, quand ils mentionnaient les juifs. Je veux dire, leur nouveau foyer. »

Au mot *juifs*, ses yeux s'étrécissent. Il change de position, intimidant.

« Le *Nord*-Ouest de la Haute-Écosse, vous dites ? Ici, à Ballachulish, on est encore dans le Sud-Ouest, figurez-vous. Le Nord-Ouest ne commence vraiment qu'à Fort William, et encore. Après le Great Glen. »

Lorsque enfin, il a trouvé les bons papiers, extrait les tampons nécessaires du désordre entrechoqué dans un tiroir de bureau puis agrémenté le tout de mes empreintes digitales à l'encre bleue, il me confie mon véhicule. Je m'attendais à une épave pittoresque, mais mon futur moyen de transport se révèle aussi oxfordien que moi : c'est une Morris noire, une Ladybird, la voiture du peuple.

Recroquevillé sur le siège exigu, le volant dans les mains, je m'efforce de feindre une assurance que mes quelques leçons de conduite d'il y a cinq ans ne justifient pas réellement. Le garagiste me décrit les commandes, penché vers moi, les coudes posés sur l'encadrement de la vitre, pendant que le moteur palpite en douceur. Cette Ladybird est du tout dernier modèle, elle a moins de 3 000 kilomètres au compteur, et les extrémités du tableau de bord s'ornent des nouveaux indicateurs automatiques. La croix de l'AI, montée sur le capot, indique avec détermination la direction de demain. La voiture a même l'*odeur* de l'avenir : plastique, essence, caoutchouc et métal.

« Moi, je me servirais de ça », ajoute l'Écossais en donnant un coup de menton vers la *Carte des routes écossaises* posée sur la planche de bord, car gracieusement fournie par l'Association automobile. « Pas de votre vieux truc, là. » Autre coup de menton, vers ma carte touristique d'autrefois, celui-là. « La région a beaucoup changé. Nouvelles routes. Nouveaux panneaux. Nouveaux noms. Endroits interdits... »

Je hoche la tête. Un énième camion chargé d'ardoises passe en grondant entre les pompes à essence et la mer, faisant vibrer l'air poussiéreux.

« Vous en serez sans doute débarrassé après Mallaig », continue le garagiste — en parlant des camions. « Si vous voulez passer la nuit là-bas, vous pouvez toujours essayer le Duke of Prussia. Ross Edwards est un vieux salopard, mais il vous traitera bien. »

Le moteur de la Ladybird palpite un peu plus fort.

Une poudre grise se dépose sur mes mains et mon visage. Je me lèche les lèvres ; elle a un goût de terre et de soufre. Je veux m'en aller, maintenant, je veux apprendre à conduire cette voiture et découvrir à quoi ressemblent Mallaig et le reste de la Haute-Écosse. Dans mon imagination, le Mallaig d'aujourd'hui est une ville sinistre, mélange de chantier de construction et de camp militaire ; le Duke of Prussia, avec son austérité, représente sans doute l'endroit idéal pour que j'y abandonne mes souvenirs, mes rêves de Francis.

Mon interlocuteur hoche la tête en ce que je considère comme un adieu. Ma main descend se poser sur le frein à main. Toutefois, après une hésitation, l'Écossais se penche de nouveau dans la voiture, pendant que d'autres véhicules nous dépassent.

« Au moins, maintenant, on est tranquilles, la nuit », déclare-t-il. Mes yeux se sont fixés sur le minuscule tapis, au bout de son nez. « On n'a pas trop de mal à dormir. Mais il y a trois-quatre ans, j'entendais passer les camions. De sacrés monstres, avec les parois en lattis, comme les remorques où les fermiers enferment le bétail pour l'emmener au marché — mais toujours de nuit. Une fois, il y en a un qui a eu une fuite. Il s'est arrêté ici. Un gamin avec un fusil m'a réveillé et ordonné d'arranger ça. Il sentait mauvais, son camion. J'entendais bouger à l'intérieur. Je croyais que c'étaient des animaux. Seulement il y a eu des voix. Et puis j'ai vu des yeux... et des doigts d'enfants entre les lattes. »

Il recule. Mon pied glisse. Le moteur cale.

« Le réservoir est à droite. Si vous voyez Ross Edwards, dites-lui que c'est moi qui vous envoie... »

Je redémarre, puis je me débats contre le volant, pour finir par déboîter tout près de la gueule d'un camion d'ardoises tonitruant.

Les cris de la boîte de vitesses et le grincement des essuie-glaces desséchés rythment ma progression vers le nord, à travers des ondes de temps et de souvenirs. La carte récente de l'Association automobile comporte beaucoup de zones grises, INTERDITES AU PUBLIC. De nouvelles routes, bleues ou rouges comme des capillaires brisés, s'élancent avec détermination pour s'interrompre soudain au beau milieu de nulle part. Le Duke of Prussia se révèle à ma grande satisfaction aussi austère que je l'imaginais ; un inconnu — sans doute Ross Edwards — m'assure que non, il n'a jamais entendu parler d'une partie du monde appelée le Nord-Ouest de la Haute-Écosse. Du moins, pas par des gens du coin. Cette nuit-là puis les suivantes, seul dans des chambres baignées d'une lumière jaunâtre, aux vastes armoires vides, plongé dans les océans grinçants de grands lits creusés, j'étudie mes cartes, vieilles ou récentes. Francis m'accompagne partout, comme la douleur fantôme d'un membre perdu ; le menton dans la main, les pieds nus en l'air, il rit, il fredonne, il remue les orteils, toujours à l'aise, toujours en mouvement. Puis il m'attrape par le bras pour m'attirer à lui — contact à la fois extrêmement érotique et complètement dépourvu de la moindre connotation sexuelle.

Francis aimait les noms semés dans cette région d'Écosse. Mellon Udrigle. Plockton. Grey Dog — « Le Chien gris ». Poolewe. Smearisary. Summer Isles — « Les îles du Soleil ». Il suivait du doigt les routes incroyablement tortueuses et contournées sur lesquelles nos Northampton Humber à panier étaient censées nous emporter ensuite, itinéraires choisis dans le seul but de rassembler le plus possible de ces noms merveilleux. Comme toujours en Haute-Écosse, nous découvrions le plus souvent des villes et des villages décevants, mais des paysages expulsés pour notre bonheur de la splendeur rocheuse d'un autre monde, un monde meilleur, qui dépassaient nos rêves les plus fous.

Ma vision se brouille, pendant que j'examine les cartes, au bruit des voix étouffées qui montent de la télévision installée au rez-de-chaussée, dans le salon du William Wallace de... où suis-je, maintenant ?... à Fort Augustus ? Ou bien était-ce hier ? Swordland — « le Pays des épées ». Mhic Fhearchair... Les noms dispersés sur le papier jauni dansent devant mes yeux. Je n'ai plus la moindre certitude quant aux endroits où nous sommes réellement allés. Conduire me demande aussi un effort, malgré les routes élargies, le plus souvent en bon état, et le moteur complaisant de la Ladybird.

Un bruissement s'élève dans un coin de la chambre. Francis est de retour. Il lit le *Daily Chronicle*, qu'il s'obstine à acheter tous les jours, fasciné par les positions adoptées au niveau international depuis l'assassinat en Serbie d'un quelconque archiduc, il y a un mois. *C'est ça, l'Histoire, Griff*, m'a-t-il dit, lorsque je me suis étonné qu'on s'intéresse à ce qui arrive dans les Balkans. *Comment peux-tu te prétendre historien et laisser passer ce genre de choses sans sourciller ?*

Je me déshabille maladroitement, puis j'avale mes

cachets avec une gorgée d'eau poussiéreuse. Je m'étends entre des draps âcres, trop amidonnés. Ah, Francis, Francis, pourquoi faut-il seulement que l'Histoire *existe* ? Quel besoin peut-elle bien satisfaire ? Les gens ne pourraient-il simplement vivre leur vie puis mourir, l'heure venue, sans les empires, les journaux, les terribles armées en marche ? Et pourquoi nous est-il impossible de nous retrouver, toi et moi ?

Parmi les quelques jours partagés, certains furent plus parfaits encore : alors même que nous les vivions, ils se détachaient des autres, complètement à part dans leur pure douceur. Nous louâmes une maisonnette à des kilomètres de tout, presque une ruine, en fait, au toit de tourbe couvert des fleurs roses de la lavande de mer, au sol d'ardoise grossière qu'on eût cru rejetée par la mer, aux murs épais incrustés de fenêtres minuscules donnant sur la plage. À ce moment-là, même le temps capricieux de la Haute-Écosse s'était rangé de notre côté, infusant nos journées d'une chaleur enveloppante, de rochers blancs, de cieux infinis. Les nuits n'appartenaient qu'à nous.

Je ne tarde pas à retrouver Francis, quoique le souvenir des jours parfaits coulés dans la maisonnette de la côte me soit refusé, jusques en rêve. Il me semble à présent que de longues années creuses ont passé depuis cette évocation. À vrai dire, nous repartîmes vers le sud pendant que le temps tournait à une grisaille froide, s'accordant avec ce que je prenais pour la fin des vacances, rien de plus, alors que ç'allait être la fin de tout. Nous nous trouvions au bord du golfe de Corryvreckan : contrairement aux innombrables noms fabuleux dont nous avions parlé sans jamais en atteindre la réalité, celui-là nous offrit au moins une vision. Lorsque nous arrivâmes sur nos bicyclettes au bout de la piste creusée d'ornières qui ouvrait sur la mer tumultueuse, les vagues rugissaient, explosaient, projetaient en hauteur de grands rideaux verts. Déjà, le ciel s'assombrissait, dense et coléreux. Le golfe de Corryvreckan bouillonnait, tourbillonnait entre Scarba et la côte nord désolée de Jura. Le tonnerre de l'eau rongeant la roche — profond quoique lointain, comme s'il faisait partie à la fois du ciel, de la terre, de nos os — évoquait des coups de canon ; l'écume légère qui dérivait vers les cieux, de la fumée. Une flotte viking, traîtreusement attirée jusqu'ici, avait été détruite par les flots, me dit Francis ; un navire chargé d'acier, réduit à des éclats griffus brillants. Quant à la simple chair, l'enclume du ressac la coulait, tout simplement, la malaxait, l'arrachait du squelette...

Le ciel noircissait ; les premières gouttes de pluie frappaient notre visage aussi fort que des graviers. Alors je compris enfin ce qui allait consumer l'Europe. Je compris aussi que Francis, appuyé contre moi, les yeux fixés sur l'horizon tourbillonnant, la mâchoire carrée, les muscles du cou et des épaules tendus... oui, Francis faisait déjà partie de cela comme jamais je ne le pourrais. Il y était aspiré. Lorsque nous nous tournâmes pour nous embrasser, seuls dans ce désert marin rugissant, même le goût de sa bouche me parut étrange — du moins l'est-il à présent dans mes rêves. La saveur suavement citronnée s'était muée en un relent de terre caustique, âcre mélange de merde et de boue.

Toujours plus au nord, plus à l'ouest. Les nuages s'épaississent obligeamment, apportant la pluie.

Les essuie-glaces de la Ladybird s'agitent en pure perte, pendant que je me concentre sur le paysage deviné au-delà du pare-brise, un mouchoir à la main, rosi de sang par les crachats qui m'ont échappé toute la matinée. Aucune de mes cartes ne répertorie la nouvelle route que j'ai empruntée, le long des piquets en béton et des barbelés d'une clôture infinie, sur une lande infinie. Au loin, de l'autre côté du grillage, s'étend un paysage montagneux glacé, immense, d'une innocence maléfique — comme tout le reste du paysage. Brusquement, sans même que je l'aie entendu approcher, un blindé énorme surgit de terre derrière moi dans un bruit de tonnerre.

Une heure plus tard, je trouve refuge dans un pub, où je reste à frissonner, solitaire, près d'un feu de tourbe fumant et crachotant, au milieu de l'indifférence appliquée des gens du cru. Ils discutent tranquillement, avec un léger accent, comme s'ils craignaient de réveiller je ne sais quoi. Après avoir posé deux cachets sur ma langue, je lève à deux mains mon verre de bière trouble, conscient d'être réellement arrivé en terre étrangère. Le visage de John Arthur, au-dessus du bar, représente ma seule ancre. J'ai renoncé à demander si j'avais enfin atteint le Nord-Ouest de la Haute-Écosse : la région n'existe plus, mes cartes en sont témoins. Elle s'est repliée sur elle-même sans laisser de trace — ce genre de choses arrive parfois, en Histoire.

L'ambiance ici rappelle l'ancienne maison de ma relation. Quelques semaines après ma visite, elle a été vendue par le Comité des déménagements à une famille qui rappelait beaucoup celle qu'on avait expédiée dans le néant, hormis pour le fait qu'elle comportait deux garçons au lieu de deux filles et n'avait absolument rien de juif. Les fenêtres brisées ont été remplacées, les parterres de fleurs regarnis, la pelouse piétinée égalisée et tondue par bandes, suivant la coutume, l'odeur d'urine évacuée du porche à grande eau. Le triste souvenir tout entier a été désinfecté.

La pluie, la bière atroce, le pub, ma souffrance et ma maladie ; tout me dégoûte. Je pense à Francis, à son sexe dans ma bouche, à mon front pressé contre son ventre de plus en plus contracté ; je pense à tout ce qu'il faut faire dans la vie jusqu'à en avoir terminé, jusqu'à ne plus avoir à affronter que le changement de marée, l'immense engrenage terne qui broie sans trêve.

Retour à la voiture. Les moutons se blottissent frileusement les uns contre les autres, la route se tord à flanc de colline, puis soudain, un doigt de soleil immaculé descend s'appuyer sur la campagne comme pour étancher le sang d'une blessure. La pluie se calme. Garant la Ladybird sur un emplacement de dégagement, je m'aventure dans la bruyère trempée. Le paysage marque facilement, malgré son aspect immuable. Juste devant moi, s'étend une petite dépression, à travers laquelle s'inscrivent de nombreuses traces de pneus.

Une mare étincelle. Il fait soudain doux et beau. Le tétras que le propriétaire des lieux abattra un jour en plein ciel chante *Va-là, Va-là*. Au centre des cicatrices laissées par les véhicules, une large fondation en béton brille tel un bouclier au soleil tout neuf. La végétation — bruyère, buissons de minuscules airelles brunâtres, ajoncs élégants tachetés de jaune au parfum de noix de coco séchée — est mêlée d'ordures. Paquets de Craven A à l'ancienne mode, journaux brunis jusqu'à l'anonymat par le soleil et la pluie, foulard de femme, sandale d'enfant. Les quelques doux nuages blancs qui s'attardent dans le ciel tournent et se gonflent pendant mon quadrillage de la cuvette désertée, ombres joueuses filant à travers la vallée.

Un emballage de chocolat Fry. Des filtres de cigarette délavés. Un vieux torchon. La partie supérieure d'un dentier. La fondation coulée au milieu de la dépression est propre et nette. Le moindre signe du bâtiment qu'elle supportait a disparu. De toute évidence, ce creux entre les collines constituait une étape quelconque, mais ce qui s'y est produit appartient au passé. Quand le vent se lève de nouveau, rassemblant les nuages, je décide qu'il s'agissait sans doute d'un gîte réservé aux conscrits en route pour le Nord ou le Sud, rien d'autre.

Toutefois, au moment où le soleil se cache et où je reprends d'un pas lourd la direction de la Ladybird étonnamment lointaine, quelque chose attire mon attention. Simple rebut fleurissant parmi la végétation de la lande, mais, malgré ma fatigue, je m'empêtre dans l'étendue marécageuse afin d'aller démêler ce rien-du-tout cerné par les fougères. Les premières gouttes de pluie s'écrasent lourdement sur ma tête et mes épaules. Le papier fragile reste lisible, quoique gonflé jusqu'à l'épaisseur du buvard. Ses couleurs ont conservé quelque chose de leur éclat. Il s'agit tout simplement d'une affiche incitant au voyage — comme celles que l'on trouve toujours dans toutes les salles d'attente du pays. Une famille, représentée de dos mais tournant vers l'observateur des visages souriants, descend une route sinueuse menant à une mer étincelante. Le père, visiblement ravi, fait signe au public de le rejoindre. La mère tient par la main ses deux filles, qui bavardent en gambadant, tout excitées, queues de cheval dansantes. Les flots, par-delà le rivage vers lequel se dirigent les marcheurs, ne sont qu'un labyrinthe de lumière. Posées à leur surface, suggérées mais pas réellement dévoilées, même si elles constituent le centre de l'image, s'étendent de petites îles dispersées. Lorsque je les examine de plus près, avant que la pluie ne redouble et que le papier ne se tasse entre mes mains, elles se fondent dans le néant — quelques coups de pinceau adroits, rien de plus, comme dans les estampes japonaises. Pourtant, j'y devine collines et prairies, clairières au creux des bois et plages immaculées, jolies maisons chaulées au toit d'ardoise ; un endroit chaleureux, où il fait bon vivre. Au bas de l'affiche, s'étale une légende : VENEZ VOUS INSTALLER DANS LES ÎLES DU SOLEIL

IX

Mes vacances avec Francis s'achevèrent le 4 août 1914, au moment où Asquith se leva à la Chambre des communes pour annoncer sous les acclamations que, suite au traité signé en 1839 et garantissant la souveraineté belge, la Grande-Bretagne entrerait en guerre avec l'Allemagne à minuit. La déclaration de guerre proprement dite était devenue si inévitable — l'ultimatum qualifié de « vulgaire bout de papier » par le Kaiser Guillaume — que je ne me rappelle même pas comment nous l'apprîmes. Je sais en revanche que nous étions bien loin de notre maisonnette du rivage et que nous avions quitté le golfe de Corryvreckan. Je me souviens aussi du pub où nous nous trouvions ce soir-là, de la violence de notre excitation et de notre soulagement : d'un seul coup, nous n'étions plus des étrangers aux yeux des Écossais courtois mais circonspects, même si nous restions anglais, à peine capables de comprendre ce qu'ils racontaient. Cette nuit-là, les femmes aussi étaient là, à boire de la bière pendant que leurs enfants se poursuivaient en piaillant le long de la route, dans la nuit sauvage. On eût dit que nous avions tous passionnément attendu cet instant ; l'occasion, enfin, d'oublier nos différences, d'appartenir à un tout. Après des années d'efforts, nous découvrions soudain que nous nous aimions les uns les autres et détestions les Allemands. Politique et diplomatie semblaient également triviales comparées aux certitudes brutales de la guerre.

« Je vais partir, tu sais », me cria Francis par-dessus la table, alors qu'une femme à la poitrine énorme cherchait à l'enlacer. « Pas question d'attendre. Je veux y aller tout de suite... »

Je hochai la tête en avalant ma bière. Discuter n'eût servi à rien. D'ailleurs, moi aussi, je me sentais exalté — le contraire eût été impossible. Nous ne tardâmes pas à danser avec la foule. Francis alla jusqu'à m'embrasser. Cette nuit d'août, personne ne s'en formalisa. La Grande-Bretagne tout entière ne constituait qu'une masse unique d'espoir et d'humanité.

Après nous être débrouillés pour faire ramener nos bicyclettes à Ballachulish et changer nos billets de retour, nous fûmes contraints de passer ce qui allait être notre dernière véritable nuit ensemble dans un hôtel ridiculement chic d'Inveraray, à cause du brusque besoin de voyager dont étaient saisis un nombre incroyable de gens. À ce moment-là, j'avais eu le temps de m'étonner de ne presque rien savoir de Francis. Pour commencer, il s'était toujours montré délibérément vague en ce qui concernait sa famille. J'ignorais même où il était né et avait passé son enfance.

« Ça n'a aucune importance pour *moi* », dit-il lorsque j'abordai enfin le sujet. « Alors pourquoi ça en aurait-il pour toi ? »

Nous nous trouvions dans notre luxueuse chambre double avec salle de bains, légèrement ivres. En ces temps de guerre tout neufs, nous étions allongés sur le lit, déjà nus, indifférents aux regards indiscrets. Par nos fenêtres ouvertes, nous parvenait le bruit des attelages qui passaient dans la rue. Sans cérémonie, mon amant se mit à m'embrasser. Excellent moyen d'interrompre la conversation. De toute manière, je sentais qu'il était trop tard pour retrouver mon Francis — celui que je considérais comme le véritable Francis —, car une bonne partie de lui était déjà loin.

Même sans la guerre, notre amour n'eût pas duré. Je me posais trop de questions sans réponse. Par exemple, où mon compagnon avait-il acquis sa délicieuse expérience dans tous les domaines de l'amour homosexuel ? Par quel miracle étais-je l'élève, moi qui avais trente-quatre ans, tandis que lui qui en avait dix-neuf était le professeur ? Quelque chose en moi doutait même qu'il se vouât réellement à une vie réservée au seul contact masculin. En résumé, j'étais déjà bien engagé sur le chemin menant à ce terrible spécimen intemporel : l'amant d'âge mûr jaloux.

Pendant notre voyage de retour, suivant un itinéraire plus complexe qu'à l'aller — sans avoir accès au moindre wagon-lit —, je fis de mon mieux pour parler sérieusement à Francis. Je voulais engranger sur lui le plus d'informations possible, mais il persistait à ironiser sur son passé. *Oui, je suis allé à* l'école, *mais c'était juste un endroit comme un autre. Il a bien fallu que j'apprenne, non ? Si j'ai un* frère ?... *Ma foi, à toi de voir. Tu me connais, tu n'as qu'à deviner...* Nous avions déjà joué à ce jeu-là, mais il devenait plus brutal, plus douloureux.

Tandis que nous attendions sur des quais bondés, que nous changions de train, que nous cherchions des places ou restions debout dans des corridors surpeuplés, que nous laissions derrière nous Motherwell, Selkirk, Hexham, Darlington, ce fut moi qui finis par me raconter. Jamais encore je ne m'étais aperçu qu'il y avait tant à dire sur le sujet, mais j'évoquai mon livre, bien sûr, déjà plus révélateur de ma personnalité, de mes espoirs et ambitions fragiles que de l'Histoire au sens large. Il y avait aussi le fait que j'étais « ce que j'étais » — comme je me le répétais souvent en esprit sans jamais le formuler devant personne, du moins jusque-là. J'avouai même mon rêve oxfordien, quoiqu'il n'existât rien de plus intime pour moi.

« Alors tu veux devenir professeur en titre, Griff. »

Souriant, Francis me toucha discrètement la main. Nous étions appuyés contre une fenêtre, dans un couloir. Les wagons-lits filaient à toute vitesse.

Aucune réponse ne me vint. Il y avait tellement plus que cela, dans mon imagination.

« Est-ce qu'au moins, tu es déjà *allé* à Oxford ?

— Ça gâcherait le rêve.

— N'empêche... Je doute que ce soit si bien que ça. Un snob prétentieux peut parfaitement plaisanter en latin, tu sais. Mais après la guerre, ce sera différent. Tu verras, Griff. Les choses changeront... »

Je souris à son visage illuminé par l'espoir, pendant que le train nous emportait vers nos destinées divergentes. Francis ne venait-il pas de me livrer un des fils du motif manquant de sa vie ? Une enfance froide de la classe moyenne — dans le Suffolk ou le Norfolk, par exemple —, puis un petit pensionnat, suivi d'une expulsion pour méfait sexuel... Ensuite, les examens préliminaires à l'université d'Oxford ; réussis, peut-être, mais pas de manière assez spectaculaire pour donner accès à un des collèges... ?

J'avais beau souhaiter ne jamais les voir, les gares de Birmingham puis de Lichfield n'apparurent que trop tôt. C'était un de ces jours gris comme il y en a souvent quand on rentre chez soi. Des drapeaux britanniques pendaient à la plupart des magasins et des églises, une agitation glaçante imprégnait l'atmosphère, telle une brise qui se lève, mais pour le reste, Lichfield n'avait pas changé. Francis et moi nous séparâmes en sortant de la gare, sans nous toucher, sans même nous dire grand-chose. Il me semble que ses dernières paroles furent « Salut, alors », à quoi je répondis « Bon, eh bien, merci pour tout. » Quelque chose dans ce goût-là. Je restai planté sur le trottoir à le regarder s'éloigner, longeant les hospices de sa démarche rapide, puis j'entrepris de traîner la vieille valise de ma mère jusqu'à la maison que je considérais toujours comme sienne. J'avais presque hâte de me retrouver seul, de pleurer un bon coup puis de me remettre à mon livre, en milieu de soirée.

À Saint Martin Square, se déroulait une foire au recrutement. Une fanfare jouait. Sur une estrade enrubannée, à côté de la statue de Samuel Johnson, les hommes faisaient la queue pour intégrer le régiment du Staffordshire. Ils bavardaient en riant, aussi gais qu'un jour de congé, d'une insouciance rare chez les Britanniques que nous sommes. Ils me firent signe de me joindre à eux, mais je secouai la tête : j'étais enseignant et beaucoup trop vieux. À l'époque, pareille réponse ne suscita aucune animosité ; on considéra que c'était moi qui y perdais. Sans doute la même foire se poursuivit-elle jusqu'à ce que Francis y allât faire don de sa vie au roi d'Angleterre.

Ce soir, je trouve un autre pub, aux murs d'un blanc éblouissant dans les derniers spasmes du soleil sur les champs de pierre sèche. En contournant le montant du portail, j'éprouve une curieuse satisfaction à creuser une ligne de métal nu le long du côté passager de la Ladybird.

La femme en bigoudis du bar bruni par le tabac me dit de monter les escaliers, de tourner à gauche, de continuer à monter puis de tourner une deuxième fois à gauche. Après avoir affronté le problème de géométrie complexe consistant à faire passer ma valise par la porte de ma chambre mansardée, je m'effondre sur le lit, nauséeux et suant. Les ressorts asthmatiques me bercent tels les flots. Puis, brusquement, je me retrouve plié en deux, à hoqueter et à vomir.

Un blanc. Je reprends conscience, le menton humide, la tête douloureuse, entouré de flaques glissantes d'urine et de mucus ; trop épuisé pour me lever, voire pour fouiller mes bagages et récupérer mes cachets. Un ange chaleureux m'évente le visage, en me chuchotant que par-delà la souffrance, m'attend quelque chose de meilleur. Derrière la vitre, à travers les ondulations de brume, la clarté grise rasante du soleil et les cris rieurs des enfants, je sens s'évanouir le crépuscule estival de ce jour ou d'un autre.

Un poing cogne à ma porte. Attentif à ne pas bouger — à ne rien faire, hormis me concentrer sur la tâche ardue de la respiration —, je murmure une réponse inutile.

Ce qui passe pour la nuit, sous ces hautes latitudes, s'installe. Le ciel à ma fenêtre vire du rose au bleu pâle, avant de repasser au rose éclatant. À un moment, je parviens à m'écarter du dessus-de-lit humide afin de me coucher convenablement, quoique toujours en chaussures, je le sais bien. Des chuchotements me parviennent. La douleur durcit en moi. Vu ma position bizarre, la lumière à poules gloussantes — sans doute matinale — me permet de distinguer le dos des deux livres posés sur la table de chevet poussiéreuse à dessus de verre. La Bible et les *Discours choisis* de John Arthur — Volume IV, 1933-1934.

Le soleil brille. Du bas de l'escalier, me parviennent une chanson et des entrechoquements de vaisselle. Une faible odeur de graisse brûlée et de bacon grillé flotte dans la pièce, accompagnée de la puanteur produite par les fuites et la dissolution de mon corps. À un moment, je me remets à tousser. Cette fois, Dieu soit loué, c'est de très loin que je regarde une pluie de sang s'abattre sur mes oreillers. Je me rappelle qui je suis. Ou du moins, qui je crois être. Mon esprit fait tourner les engrenages usés de mon livre inachevé. Les Rois... — non, ne serait-ce pas plutôt les Doigts ? — de l'histoire. Les pages attendent. Allons, où en étais-je ? Voilà Napoléon, arpentant sous des plafonds baroques des rangées en cuivre et velours de Messieurs Personne, lors d'une de ces grandes réceptions dont les Français raffolent presque autant que les Britanniques. Me voilà, moi, patient, le couteau dissimulé sous la robe de cérémonie. La toux me reprend. Le couteau se tord. L'instant s'échappe. J'ai du sang sur les mains.

L'obscurité intérieure finit par m'appeler, mais elle vient moins facilement que je ne le pensais. Tel un acrobate jonglant avec des assiettes tournoyantes, je me débats d'une fenêtre de conscience éblouissante à la suivante, pour fermer tous les volets et m'en aller à jamais, mais malgré mes efforts désespérés, ils se rouvrent violemment : le paysage défile à toute vitesse, rugissant, pendant que les lignes télégraphiques montent et descendent, encore et encore. J'entends des voix, aussi. De petits *hiii* de dégoût. Le tintement d'un seau. On me tripote, on me tire. On me soulève puis on me laisse retomber. On m'ouvre la bouche en grand. On y glisse quelque chose de long et mince.

Lorsque enfin je me réveille, une infirmière se penche vers moi entre des murs verts résonnants, l'odeur et les plis frais d'un matelas en caoutchouc m'enveloppent. Elle sourit. La montre épinglée à sa blouse et son insigne de l'AI clignotent à la lumière qui tombe par une haute fenêtre.

Le temps passe. L'infirmière disparaît puis réapparaît. Elle porte une blouse à manches courtes. Pendant qu'elle regonfle mes oreillers et commet sur diverses parties de mon anatomie des actes aussi inavouables que douloureux, je remarque le champ de blé doré du duvet qui court sur ses bras. Une chaude odeur humaine s'élève de son corps, incliné vers moi. Souriante, elle donne une petite secousse joueuse au tube qui me descend dans la gorge. Je suis bien persuadé qu'elle m'aime réellement.

« Vous avez de la chance de vous en sortir », me

dit l'infirmière en s'asseyant près de moi, dès que le médecin part continuer sa tournée, après m'avoir assuré lui aussi que j'avais vraiment beaucoup de chance. « Il y a cinq ans, M. Brook, nous n'avions pas d'hôpital, ici. Il aurait fallu vous emmener jusqu'à Stirling ou même Inverness. » Dans la lumière du matin, elle lisse le pli de sa jupe. « Je ne pense pas que vous auriez tenu.

— De toute manière, je suis en train de mourir. Du cancer. »

Elle relève les yeux vers moi.

« Ici, on ne dit pas ce genre de choses. Vous savez ce que c'est, la rémission ? »

J'acquiesce. Même si jamais je n'ai entendu prononcer le mot comme si la chose pouvait bel et bien se produire.

« Vous étiez en vacances, alors ? Vous veniez d'Oxford ?

— Je me suis dit que c'était l'occasion de visiter des endroits où j'étais allé autrefois... Le Nord-Ouest de la Haute-Écosse. Les îles du Soleil... Vous avez entendu parler des îles du Soleil ? »

Elle réfléchit un instant. Par la fenêtre ouverte au-dessus de nous, entrent les chants d'oiseaux et les parfums du jardin.

« Ma foi, non. Je ne crois pas. Mais il y a tellement d'îles, par ici. Dont beaucoup sont réservées à nos jeunes gens, maintenant, évidemment. C'est là qu'ils s'entraînent avant de partir dans le Sussex ou dans le Kent.

— Je les ai trouvées sur ma vieille carte — celle que j'avais déjà l'autre fois —, mais pas sur la nouvelle, fournie par l'Association automobile. Là, il n'y a que du bleu, comme si elles avaient coulé ou quelque chose de ce genre. Regardez... »

Je m'efforce de m'asscoir. Une main souple, à la faible odeur de phénol et de lait de toilette pour bébé, aussi pesante que le soleil, me maintient couché.

« Ne vous occupez pas de ça pour l'instant, M. Brook. Économisez vos forces. Reposez-vous. » L'infirmière consulte la montre épinglée à sa blouse. « Ces vieilles cartes ne servent à rien, ça, c'est sûr. Il y a de nouvelles routes. De nouveaux ponts, comme celui qui vient d'ouvrir, pour l'île de Skye. Même de nouveaux endroits — cet hôpital, par exemple. À votre place, je me tournerais vers l'avenir. Je jetterais toutes ces vieilleries. »

Elle pose ses mains sur ses genoux, prête à se lever. Dans le corridor, s'élèvent des tintements et le soupir de roues caoutchoutées.

« Ah, voilà le thé.

— Écoutez, dis-je très vite. Des gens étaient censés avoir emménagé sur ces îles. Vous ne vous en souvenez donc pas ?... Ah, vous étiez peut-être trop jeune, vous alliez peut-être encore à l'école. C'étaient les indésirables, comme on disait. Les gitans, les Irlandais, les homosexuels, les juifs... »

Sa bouche se crispe en une moue acide. Je la déçois.

« M. Brook...

— ... J'en ai parlé à un type à... dans une ville quelconque. Sur une grand-route. Il avait vu des camions qui ressemblaient à des transports de bestiaux. Sauf qu'ils transportaient des gens... » Je m'interromps pour tousser. « Ils allaient... » Une autre quinte, plus vicieuse, me délabre. « ... vers le nord. »

Pendant que je reprends mon souffle, l'infirmière cède à la tristesse des enseignants face aux enfants sages, lorsque d'aventure, ils se laissent aller à devenir turbulents.

« Ces histoires de camions, d'îles du Soleil, tout ça... Moi, à votre place, je me dirais que j'ai effectivement appris quelque chose. Ici, M. Brook, vous êtes en Haute-Écosse. Si vous posez la même question assez souvent, quelqu'un finira par vous donner la réponse que vous voulez entendre — à son avis. » Elle touche mon menton râpeux, ébourriffe ce qu'il me reste de cheveux. « Vous ne comprenez donc pas ? C'était juste une plaisanterie... »

Enfin, elle se lève puis quitte la pièce en fredonnant, à travers les barreaux lumineux du soleil estival.

Après s'être engagé, Francis m'écrivit parfois, au début. *Tu aurais du mal à me reconnaître, Griff...* Je le voyais presque essayer sa nouvelle identité de soldat. Aussi longtemps qu'il fut affecté dans des camps d'entraînement et des casernes provisoires du Sud de l'Angleterre, ses missives constituèrent de véritables catalogues de ses nouveaux camarades et de la bêtise militaire. Mais lorsqu'il arriva en France, sur le front ouest dont la densité ne faisait que croître, elles devinrent de plus en plus courtes et neutres. Comme les millions de proches déroutés qui recevaient ce genre de lettres, j'en attribuai le laconisme au manque de temps, puis à la censure. Bientôt, cependant, début 1915, elles cessèrent complètement.

En Grande-Bretagne, la guerre se présentait d'une manière étrange. On eût dit une sorte de fièvre. Tout le monde se montrait plus sociable. On s'adressait la parole entre inconnus. Moi-même, je sortais davantage ; j'allais au théâtre, au music-hall, voire dans un des nouveaux cinématographes où le public riait de Chaplin avec ensemble, pleurait sur Lorna Doone puis chantait au moment des « films d'animation », pendant qu'une petite boule de lumière dansait à travers l'écran. À l'école, j'énumérais les nombreux actes d'agression commis par les Allemands tout au long de l'Histoire ; mes élèves composaient sous ma supervision des lettres indignées au Kaiser pour protester contre les bombardements par zeppelin de Great Yarmouth.

Deux ans s'écoulèrent. Ce fut par hasard que j'appris, pour Francis. J'attendais à la gare de Lichfield le train qui m'emmènerait à la Bibliothèque de Référence municipale de Birmingham. Pendant que je faisais la queue à la librairie John Menzies du quai nº 1, préparant déjà les recherches nécessaires à mon livre, il me sembla soudain entendre le nom de Francis. La vieille femme qui me précédait achetait un paquet de bonbons antitussifs Brown. Depuis le départ du jeune homme, le personnel avait changé à plusieurs reprises, ce qui me persuada d'avoir subi une hallucination auditive — les murmures des fantômes. Pourtant, en payant mon journal d'un penny, je m'entendis demander si on avait eu des nouvelles de Francis Eveleigh, qui avait travaillé ici.

Je sus aussitôt ce qu'allait me dire l'employée au comptoir. Je le sus à son expression, reflet pâli de celle que j'avais déjà observée bien des fois depuis le début de la guerre sur le visage des mères ou des enseignants, à l'école, voire sur celui des passants, dans la rue : sans qu'ils eussent rien dit, on devinait brusquement qu'il ne fallait plus leur demander de nouvelles de leur fils, leur mari, leur frère. Francis était mort pendant la bataille de la Somme.

Poussé à l'action malgré mon engourdissement, testant à tâtons la réalité de Francis Eveleigh comme j'avais auparavant résisté à l'envie de le faire, je découvris sans trop de mal son véritable foyer. Ainsi donc, tard un soir de l'hiver 1916, je parcourus suivant les indications d'un chef de gare des ruelles vénérables menant à des champs boueux : j'allais faire la connaissance des parents de Francis.

Les Eveleigh occupaient une grande maison, construite au bout d'une longue allée dans les terres arables du Lincolnshire, juste à l'extérieur de Louth. Glacé par la nuit, les chaussures sales, je me présentai à la petite bonne comme « un ami de Francis à Lichfield ». Une clarté interrogatrice s'échappait du vestibule. La servante ne tarda pas à m'introduire dans la salle de dessin où M. et Mme Eveleigh, d'une immobilité de statues, se tenaient de part et d'autre de la cheminée inutilisée. Ils semblaient s'être figés longtemps auparavant puis m'avoir attendu là, pendant que la lumière grisaillait et que les jours passaient. Malgré l'apparente ténuité du lien qui nous unissait, nous nous fréquentâmes jusqu'à la fin de la guerre. Leur vestibule sentait en permanence les caoutchoucs et le chien — non qu'ils en eussent *jamais* eu un. Le battement paniqué de multiples horloges envahissait la moindre pièce. M. Eveleigh était directeur de banque, ce qui restait à l'époque une profession de gentleman. Sa femme (les yeux bleus et la peau claire de Francis, son épaisse chevelure sombre, aussi, chez elle toujours attachée en chignon) se partageait entre divers comités et organisations. Ils étaient tellement solides, tellement fiables ; je fus flatté et charmé qu'ils acceptent de frayer avec moi. Bien sûr, après son départ du foyer familial, Francis avait refusé toute aide monétaire ; pourtant, ils savaient qu'il avait habité à Lichfield « une affreuse petite chambre, au-dessus d'une boucherie ». Il avait même refusé, du moins me l'assurèrent-ils, qu'ils jouent de leur influence pour lui obtenir une commission d'officier, quand il s'était engagé. Ils savaient si peu de chose sur sa vie d'adulte que je devais leur paraître rassurant : j'étais un homme mûr, un enseignant, un « propriétaire » qui s'exprimait plutôt bien. Pas la moindre allusion au fait que Francis et moi avions été amants, bien sûr — ni même au fait qu'il avait peut-être eu une vie sexuelle. Mais toujours, au cœur des week-ends que les Eveleigh m'invitaient à passer chez eux, une profonde tendresse partagée.

Quoi qu'il arrive par ailleurs dans notre pays, des historiens qui me dépasseront de beaucoup utiliseront la guerre comme ligne de démarcation entre l'avant et l'après. Comparons, si vous le voulez bien, les soirs dorés décadents de l'ère edwardienne (que je me suis apparemment débrouillé pour manquer) à la dépression sinistre des années vingt prémodernistes (que je n'ai pas réussi à manquer). En ce qui me concernait, cependant, le processus fut plus insidieux, plus graduel. La vive colère que John Arthur chevaucha et tente à présent de contrôler était déjà là bien avant la fin de la guerre. En moi. En M. et Mme Eveleigh.

La lumière, chez eux, n'était que grisaille ; même devant la cheminée, on avait toujours la moitié du corps glacée. Sans doute passai-je plusieurs jours là-bas en été, mais dans mes souvenirs, les champs sont forcément marron luisant, les cieux emplis de nuages pleurards. Quand il ne pleuvait pas, d'ailleurs, je n'en rentrais pas moins trempé de mes promenades en solitaire à travers les petites collines humides, entre les haies dégoulinantes. Installé dans la salle à manger, soumis au tic-tac des horloges et aux crachotements d'un feu sans chaleur, réduit à des repas de chou bouilli, de pommes de terre bouillies, de bacon bouilli, précédés de globules gras — du potage au curry —, je comprenais sans mal pourquoi Francis s'était enfui.

Moi qui aspirais à rejoindre la classe moyenne, bien plus exclusive à l'époque, je trouvais sans difficulté ma place dans cette maison. Et puis j'avais la joie de dormir dans le petit lit de Francis, où subsistait l'empreinte de son corps, d'ouvrir les tiroirs contenant les uniformes amidonnés des divers lycées de deuxième catégorie qu'on l'avait forcé à fréquenter et d'enfouir le visage dans leurs plis. On me présenta à de soi-disants camarades d'enfance comme « le meilleur ami de notre cher Francis ». Nul ne me blâma pour son départ, qui l'avait finalement conduit à mourir en simple soldat. J'étais devenu membre honoraire de la famille Eveleigh.

M. Eveleigh errait en ma compagnie sur l'herbe trempée, derrière la maison, fouillant rageusement de sa canne les taupinières, pendant que les freux croassants tournaient autour des chênes embrumés. La guerre constituait son unique sujet de conversation.

« Dites-moi, Brooke », commençait-il. « En tant qu'historien, vous... »

Introduction toute simple capable de mettre n'importe qui dans mes petits papiers.

Le père de Francis enchaînait en me demandant si, à mon avis, les chars, les aéroplanes, les ballons, un nouveau gaz empoisonné ou une nouvelle sorte de balle finiraient par décider de la victoire. Sa plus grande peur était que le conflit s'interrompît aussi brutalement qu'il avait commencé ; que les deux camps sauvent la face par un traité sans queue ni tête. Nous parlions rarement de Francis, mais le sens caché de ces questions n'en était pas moins clair : M. Eveleigh voulait voir la guerre se terminer de manière à donner un sens à la mort de son fils.

Il m'interrogeait sur les juifs ; ne me semblaient-ils pas impliqués dans une conspiration destinée à dresser une moitié de l'Europe contre l'autre ? Je me demande même s'il ne parla pas un jour de « lâcher ces casse-pieds sur une île écossaise quelconque où ils n'auraient qu'à se débrouiller ». Il explorait la possibilité que la pâle armée française nous eût entraînés dans la bataille de la Somme. Il voulait savoir si j'étais d'accord pour dire que le travailleur moyen, fondamentalement paresseux, n'était sans doute pas plus ardent à la tâche sur le champ de bataille qu'à l'usine — voilà pourquoi toute cette histoire durait aussi diantrement longtemps. Il pensait que peut-être, à l'heure où crime et conspiration fleurissaient visiblement, il était temps pour le ministre de l'Intérieur de prendre des mesures beaucoup plus dures. Il s'interrogeait sur la loyauté et les motivations des jeunes Anglaises, qui arboraient des vêtements affreux, tellement peu féminins. Il doutait que la démocratie fût vraiment le meilleur mode de gouvernement, maintenant que Pierre, Paul ou Jacques avaient obtenu le droit de vote. D'ailleurs, ne me semblait-il pas, à moi aussi, que malgré ses fanfaronnades, Lloyd George était sans doute une simple baudruche galloise... et que la nation avait besoin d'un dirigeant fort, d'un vrai chef ?

Bref, M. Eveleigh disait ce que les Britanniques avaient toujours dit. J'avais entendu les mêmes réflexions plus souvent qu'à mon tour dans la bouche des vieilles femmes, à l'arrière des trams, ou des couples « bien » aux soirées des parents d'élèves ; je les avais lues dans les éditoriaux du *Mirror* et de l'*Express*. En général, j'acquiesçais pour éviter d'avoir à discuter. De toute manière, M. Eveleigh faisait partie de ces gens persuadés que tout le monde partage leurs valeurs. Les rares fois où je tentai de le contredire, pendant notre parcours sur la pelouse détrempée, il ne s'en aperçut pas vraiment.

Sa femme, bien sûr dépourvue d'opinions politiques, se contentait de croire que les Allemands violaient systématiquement les religieuses. Elle restait à l'écart de nos conversations, enveloppée dès le milieu de soirée par l'odeur suave du xérès.

Je les vis pour la dernière fois après la capitulation française et la signature à Paris du cessez-le-feu initial. Mon voyage en train, par Peterborough et Lincoln, se déroula dans une atmosphère aussi fiévreuse que celle qui avait entouré la déclaration de guerre, quoique par ailleurs très différente. On se parlait de nouveau entre inconnus, mais d'une voix égarée, les traits durcis par la colère. Alors que je gagnais la voiture-bar, quelqu'un essaya de m'entraîner dans une bagarre en me tapant sur l'épaule, en me poussant contre une vitre rayée d'eau par la condensation et en me criant des obscénités à la figure. Par la grâce d'une existence presque dépourvue de friction, j'avais l'air assez jeune pour m'engager, malgré mes trente-six ans. À vrai dire, j'eusse pu sacrifier mon occupation de réserviste et le faire, pendant les dernières phases du conflit.

Déjà, on disait que Lloyd George allait démissionner puis qu'il y aurait des élections générales, même si tous les grands partis — et la majorité de la population — avaient poussé à la guerre. On se demandait donc un peu sur quoi porterait la campagne. Une animation inhabituelle régnait dans les rues de Louth, pendant que j'y traînais ma valise sous la pluie. Des cris s'élevaient des pubs, personne ne semblait travailler, des femmes et des enfants se blotissaient au fond des encoignures, inquiets sans doute à la pensée de la volée qui les attendait. Des chiens hurlaient sans que personne s'en souciât. Les affiches et les drapeaux qui fleurissaient un peu partout depuis le début des hostilités — CROIX ROUGE OU CROIX DE FER ? ET TOI, PAPA, QU'EST-CE QUE TU FAISAIS PENDANT LA GUERRE ? LA PATRIE A BESOIN DE VOUS. MIEUX VAUT AFFRONTER LES BALLES QUE SE FAIRE TUER CHEZ SOI PAR UNE BOMBE. — paraissaient soudain tristes et délavés. Toutefois, je ne vis qu'une seule vitre cassée et pas une bagarre véritable. Politesse et discrétion, quoi qu'il arrive ; c'est tellement anglais, tellement *britannique* : le besoin de se montrer raisonnable et positif, même vaincu.

J'achetai un des rares journaux qui restaient à un marchand puis en contemplai la une d'un œil fixe.

LA GUERRE EST FINIE. DÉFAITE DES ALLIÉS. C'était le 6 août 1918, jour trop ordinaire pour pareille indignité, semblait-il ; jamais il ne trouverait sa place dans les pages froides immaculées de l'Histoire. Je n'arrivais tout simplement pas à y croire — pas plus que le reste de la population.

Par extraordinaire, les Eveleigh tenaient en quelque sorte maison ouverte. La porte d'entrée béait — touche bizarre, ultime confirmation que rien n'était plus comme avant. Clients de la banque, amis du club de bridge, fermiers et voisins, tout ce beau monde très rouge, parlant haut. Les tapis froissés avaient perdu leur netteté habituelle ; le carrelage était maculé de boue. M. Eveleigh naviguait entre les groupes, dispensant xérès et porto. Mme Eveleigh, assise dans son coin, un sourire crispé aux lèvres, serrait un verre dans ses mains tremblantes. Derrière les fenêtres embrumées, la pelouse restait semée de taupinières ; les freux tournaient en croassant.

Le temps passait. Les voix crurent encore en force puis s'affaiblirent peu à peu. Quelqu'un vomit discrètement dans l'évier de l'arrière-cuisine. Une des bonnes, qui faisaient passer des friands à la saucisse, en profita pour donner son congé. Comme l'obscurité tombait, les visiteurs repartirent dans l'allée d'une démarche incertaine, les uns après les autres.

J'avais autant de raisons qu'eux de noyer mes chagrins dans l'alcool, aussi suivis-je le même cycle de bruyante sociabilité imbibée puis de dépression. Lorsque les domestiques restantes eurent tout rangé et que je me retrouvai brusquement seul avec les Eveleigh, la fatigue et le mal de tête s'étaient emparé de moi. Pourtant, M. Eveleigh insista pour me parler, suivant notre habitude, dans le salon glacial malgré le feu de cheminée, pendant que Mme Eveleigh continuait à siroter du xérès dans son coin. Il déploya sur la table à dessus de cuir une carte de la Belgique et de la France fournie par le *News Chronicle*, en aplatit les coins avec une patience d'ivrogne puis me demanda de lui expliquer qui au juste était responsable de ce fiasco.

Poliment, je fis de mon mieux. La soudaineté de notre défaite m'avait pris par surprise, comme tout le monde, mais déjà, tandis que nos soldats désarmés attendaient pieds nus dans les camps de prisonniers de guerre, je sentais la sagesse a posteriori s'insinuer en moi. Beaucoup moins clairement sans doute que je ne le croyais, je dis à M. Eveleigh combien la guerre avait affaibli l'économie de toutes les nations belligérentes. Poursuivre le conflit devenait politiquement indéfendable. Quelque chose allait craquer, forcément. C'était déjà fait en Russie, où avait éclaté la révolution — qui, bien plus que la défaite, représentait le pire cauchemar des dirigeants européens. Le traité bolchevique se limitait d'ailleurs en fait à une capitulation, laquelle avait soutenu le moral des Allemands tout en leur permettant de concentrer leurs forces sur le front ouest.

Ensuite, Ludendorff avait décidé d'attaquer à Arras, où les forces françaises et britanniques avaient opéré leur jonction — un plan pour une fois avisé. Enfin, Haig lui-même l'avait montré, les deux commandements avaient tiré les leçons de leurs erreurs. Après leur percée dans les lignes alliées, les Allemands avaient fait preuve d'une souplesse tactique intelligente, fonçant en cas de faible résistance, s'arrêtant juste pour attendre l'artillerie puis repartant de l'avant. Les renforts américains promis de longue date, prétextes à grands discours, s'étaient avérés trop réduits, trop tardifs. Il ne fallait pas s'étonner que les Français se fussent repliés sur Paris, pendant que les Britanniques se tournaient vers la Manche. Quant à Haig, il adressait tout juste la parole à Lloyd George et fulminait de n'être que commandant en second aux ordres des Français ; la crise s'était vite étendue aux Alliés dans leur ensemble.

Les Allemands progressant toujours, les certitudes perdues de la guerre de tranchées avaient pris quelque chose de presque rassurant, malgré leur horreur. Après quatre ans d'impasse, le conflit devenait soudain mouvements, communications, rapidité. Paris était tombé, car aucun des deux camps ne voulait le transformer en champ de ruines. Il ne restait plus aux Britanniques et aux coloniaux, massés dans le plus grand désordre autour de Cherbourg et de Dieppe, qu'à se reconnaître vaincus, dans l'espoir de trouver en leurs adversaires des vainqueurs magnanimes.

« Je n'aurais pas dû ouvrir le porto que je gardais en cave », dit M. Eveleigh, chancelant, en me versant un autre whisky. « Enfin quoi, on ne peut pas en rester là, hein ? Trahis par les Amerloques et les Français, battus par ces cochons d'Allemands. Il y aura forcément une autre guerre. Tout n'est pas fini... »

Plus tard, Mme Eveleigh m'entraîna jusqu'à ma chambre. Il régnait un calme étrange : toutes les horloges s'étaient arrêtées, car personne n'avait pensé à les remonter. Toutefois, mon hôtesse alluma la lampe à gaz puis se mit à fouiller dans les vieux tiroirs de Francis sans se départir de sa maîtrise de soi.

« Autant que vous preniez ce genre de choses », dit-elle en me tendant un livre d'exercices, où le nom de Francis s'étalait sous la couverture, et deux jouets en fer-blanc cabossés. « Du moins, si vous en voulez. Des souvenirs de lui... » Elle ouvrit la grande armoire, où elle remua les vêtements sombres. Une bouffée citronnée en sortit, rancie. « Regardez-moi ça — une seule chaussure ! Comment se peut-il qu'il n'y ait qu'*une seule* chaussure ? Elles ne s'en vont pas toutes seules, quand même ? Enfin, ça n'a pas d'importance... »

Je la regardai faire ce que j'avais fait bien des fois ; toucher les vieux manteaux, les vieilles vestes, glisser les mains dans des poches où ne subsistait qu'une poussière rèche. Lors de mes séjours précédents, j'avais déjà dérobé mon tribut secret — le plus défraîchi, le plus usé possible. Un pull-over miteux. La chaussure manquante.

« Ah, j'oubliais... »

Mme Eveleigh referma l'armoire en pivotant vers moi, les doigts posés sur la bouche, visiblement en proie à une excitation des plus inhabituelles. Comme elle quittait la chambre, je m'assis pour attendre son retour. Elle revint avec un solide carton portant le tampon du ministère de la Guerre, au-dessus d'une grande étiquette : S2242 FANTASSIN FRANCIS EVELEIGH, COMPAGNIE C, 8E BATAILLON, BRIGADE DES FUSILIERS. Je trouvais toujours aussi curieux de penser à lui de cette manière.

Lorsque mon hôtesse ouvrit la boîte, une odeur particulière quoique faible envahit la chambre. De quoi s'agissait-il ? La boue ? La mort ? Quelque chose de désagréable, en tout cas.

« Bon. » Mme Eveleigh me montra son butin d'un geste vague. Je remarquai alors qu'elle respirait vite, beaucoup plus proche des larmes que moi. « Allez-y, regardez si quelque chose vous intéresse. Après tout, voilà ce qu'était Francis, à sa mort. Un soldat... »

La boîte s'avéra à moitié vide, comme si on l'avait déjà fouillée afin d'y voler ce qu'il **s'y** trouvait de mieux, mais sans doute s'agissait-il juste du carton standard, parfois trop grand pour son maigre contenu. Elle renfermait l'édition à bas prix des *Nouvelles de nulle part*, aux pages tachées d'humidité — le livre que Francis avait emporté en Haute-Écosse et que, étant ce qu'il était, il n'avait probablement jamais terminé. Une paire d'épaisses chaussettes militaires gris-vert — des « rechanges », à moins qu'elles n'eussent été ajoutées à l'ensemble pour le rendre plus substantiel. Au toucher, elles me parurent mouillées au point d'en être glissantes, ce dont j'accusai l'atmosphère de la maison. Plus curieux, le revolver se trouvait là avec le reste. Apparemment bien entretenu et en état de fonctionnement, quoique non chargé. Mme Eveleigh me regarda sans rien dire le manipuler, assis sur le lit. En faire claquer le chien. Un simple soldat eût-il été autorisé à se servir de cette arme ? Les revolvers n'étaient-ils pas réservés aux officiers ? Peut-être s'agissait-il d'un souvenir de quelqu'un d'autre, un ami ou un amant perdu lors d'un assaut précédent...

« Gardez-le aussi », lança Mme Eveleigh d'une voix durcie. « Je n'en veux pas. »

Elle s'était rapprochée. Sans doute, à sa manière

discrète, avait-elle atteint elle aussi l'arrière-pays grisaillant où mène l'excès d'alcool. Où tout semble à nouveau normal quoique pollué, où règnent l'épuisement et le dégoût de soi.

Je parcourus d'un regard circulaire la tapisserie familière ornée de peintures mièvres, persuadé que mon hôtesse allait partir, mais elle resta plantée devant moi. Ses mains se nouaient et se dénouaient sans trêve le long des boutons alignés du haut en bas de sa robe noire.

« Maintenant, oui, j'ai l'impression de l'avoir perdu, reprit-elle. Avant d'apprendre que nous avions gâché la guerre, il me semblait vaguement que quelque chose de lui pouvait encore me revenir. »

J'acquiesçai, fasciné par cette image déformée de Francis en femme d'âge mûr. Ses yeux disparaissaient dans une ombre plus obscure que la nuit.

« Mais je me demande toujours s'il a connu une femme. »

Elle fit un pas de plus. Nos genoux se touchèrent. Mon regard restait fixé sur elle, dressée à présent juste au-dessus de moi. Poitrine s'élevant et s'abaissant rapidement, cavernes des narines, rides soulignant le menton. Sous l'odeur âcre et poussiéreuse de ses vêtements, pointait même celle de Francis — un Francis nourri de pickles, imbibé de xérès et de gin.

« Je n'ai jamais su qui il était, ajouta-t-elle.

— Il était... » Je me tordis les mains : je me sentais acculé, menacé. Pourtant, quelque chose se brisa en moi — après tant d'échappatoires, tant de malhonnêteté. Je finis par céder. « Je l'aimais, Mme Eveleigh. Je l'aimais, tout simplement... »

Elle recula d'un pas en hochant une tête sévère. Un instant, j'avais réellement cru qu'elle allait m'embrasser ; je l'avais même désiré. Pour que nous partagions notre manque de Francis. Au lieu de quoi, le visage enfoui dans les mains, j'entendis la robe noire soupirer lorsque Mme Eveleigh quitta la chambre, la porte se refermer avec un léger choc.

Le lendemain, très tôt, bien avant que quiconque se réveillât, je me glissai dehors puis gagnai dans le noir la gare obscure, où j'attendis le train du petit matin.

Par la suite, jamais les Eveleigh ne m'écrivirent.

Jamais je ne les revis.

X

Après mon hospitalisation, j'entreprends le long voyage de retour. Mes poumons ont livré plusieurs bonbonnes d'une gelée sanglante, l'infection et la fièvre ont complètement disparu ; je suis toujours agonisant, mais je me sens presque bien.

Mener une vie de privilégié dans la Très-Grande-Bretagne moderniste présente bien des avantages, y compris la possibilité de laisser à d'autres le soin de prendre les dispositions nécessaires à un trajet donné. Une machinerie bien huilée me réserve de nouveaux billets, me signe de nouveaux laissez-passer, ramène ma Ladybird abandonnée au garage White Forge de Ballachulish, remet mes dossiers médicaux à jour — après vérification. Les deux versions de mon nom présentes sur les différents documents officiels ne suscitent aucun problème. Une ambulance confortable me transporte à la gare, où m'attend un compartiment de première classe tout entier. Contrôleurs et serveurs ont été avertis de mon arrivée : vieux gentleman ; professeur à Oxford ; tombé malade pendant ses vacances ; pas vraiment le dessus du panier de l'AI, ni même membre de plein droit, mais lié au

Grand Homme. Il ne me reste qu'à étendre les jambes sous la couverture chauffée à mon intention, en regardant par la fenêtre.

Lorsque enfin je quitte l'Écosse, un train plus tard, dans un compartiment plus luxueux encore, le plaisir de me sentir bien entouré sans être vraiment malade cède la place à une impression de perte. Après tout, qu'ai-je découvert ? Quelques rumeurs, une affiche déchirée sur une lande déserte. Déjà, les obligations et les déceptions d'Oxford pèsent sur mes épaules. Cumbernald et le mélange science-histoire que je suis censé opérer avec Bracken, les examens à présider, le besoin de faire quelque chose de ma vie avant qu'il n'en reste rien. Le concept de mon livre, *Les Doigts de l'Histoire* (quel titre idiot), me semble faussé à la base, hors de portée de mes capacités. Lorsqu'on est incapable d'écrire l'Histoire en réalité, on la couche sur le papier ; je suppose que lorsqu'on est incapable de la coucher sur le papier, on n'écrit pas, point final.

Le paysage défile. On m'apporte du café et des journaux. On me propose un petit accessoire à brancher dans une prise spéciale pour écouter le Programme Léger de la BBC. Carlisle. Penrith. Manchester. Morose, je parcours la presse. Il n'est question que du discours de John Arthur à la clôture des Jeux olympiques de Londres.

Notre chef d'État félicite noblement les nombreux étrangers à avoir remporté des médailles. Les Russes, en particulier, dont il signale les méthodes d'entraînement scientifiques. Leurs photographies — ils ont l'air très sains, quasi nordiques — s'étalent dans des suppléments séparés, avec celles des autres athlètes : VAINQUEURS ET VAINCUS. La lecture des articles me plonge dans le léger vertige typique de la vie moderniste. Peut-il réellement s'agir des mêmes Russes sanguinaires — des communistes, bien qu'on n'emploie pratiquement plus ce mot-là, à présent — contre lesquels l'Alliance Impériale était censée se dresser tel un rempart ? Depuis le pacte signé l'an dernier avec Staline, tout a changé.

Je reviens en arrière jusqu'aux Offres de Travail, où une Veuve Bien Sous Tous Rapports cherche un Couple Anglo-Saxon Respectable pour prendre soin d'elle et de sa Jolie Maison du Surrey. Les petites annonces proposent aussi divers séminaires et cours par correspondance modernistes, ainsi que des photographies censément autorisées par le ministère de la Guerre des archers de Mons, encadrées ou non, parfois accompagnées des *Citations éclairées* de John Arthur. Il y a également d'innombrables bustes et portraits du monsieur. Un annonceur, par un stratagème que je serais surpris de voir utilisé une deuxième fois, laisse entendre que le Grand Homme boit tous les matins un Tonique Effervescent et un Fortifiant bien précis. J'imagine malgré tout le sourire lugubre que cette prose amènerait sur les lèvres de John Arthur, s'il la lisait. Le prix à payer une presse libre, comme nous la qualifions toujours...

Un exemplaire du *Penrith Advertiser* s'est égaré parmi les journaux nationaux. Le vainqueur du Concours de Virilité Régional me sourit, accroupi à la une, le kilt disposé en plis suggestifs quoique amples sur des cuisses de lanceur de mélèze. En dernière page, près d'une colonne de conseils aux Jeunes M. et Mme Modernistes intéressés par la décoration de leur foyer, une photographie de moins bonne qualité, prise à titre gracieux par un certain J. H. Wigton, montre une vieille femme voûtée, mise au pilori dans un pré communal. Voilà, plaisante la légende, ce qu'est « le crime dans la région ». Les lecteurs sont invités à proposer le même genre de facéties.

Le train file dans la nuit en rugissant. À l'aube, nous sommes dans le Centre. Une enfilade de pylones s'éloigne en direction des grands immeubles d'une ville nouvelle. Lorsque le convoi ralentit, à l'approche de Stoke-on-Trent, un vieillard boitillant longe les rails, un panier en osier sur l'épaule, ramassant avec des mouvements d'arthritique le charbon tombé au bord de la voie. Il se retourne et me regarde à travers la vitre du compartiment. Nos yeux se croisent sans la moindre étincelle d'intérêt.

Changement à Rugby, avec une demi-heure de délai, alors que la rumeur de mon importance semble s'être éteinte : personne ne s'occupe de moi, quand je vais m'installer dans la salle d'attente, que je partage avec trois Jeunesses de l'Alliance Impériale. Ce ne sont encore que des gamins ou presque — les petits frères du Viril lanceur de mélèze Régional —, mais ils feignent la maturité et l'assurance en fumant leurs Pall Mall et en s'étirant dans leurs pantalons d'uniforme de « boy-scout ». Lorsque l'un d'eux se met à donner des coups de pied distraits dans le banc sur lequel je suis assis, il me semble presque entendre le tintement d'un renfort de chaussure en acier... Ce n'en sont pas moins des garçons convenables, même s'ils disent « putain » tous les deux mots, poussent des grognements d'animaux amusés et dégagent l'odeur douce-amère de l'activité physique à laquelle ils se sont livrés aujourd'hui.

Décidé à me montrer sociable, j'allume une de mes Navy Cut filtre, puisqu'ils fument comme des cheminées. Pour une fois, les bouffées âcres mais capiteuses se dissipent dans mes poumons sans me réduire à des quintes de toux spasmodiques. Les publicités murales célèbrent les joies de Great Yarmouth, si facilement accessible par les nouveaux trains « Sandringham ». On peut aussi essayer KINGS LYNN POUR UNE GRANDE ÉVASION, voire LES TOURS RÊVEUSES D'OXFORD. Une autre affiche, du même genre, conseille de SIGNALER TOUTE ACTIVITÉ SUSPECTE, tandis qu'un policier joufflu, souriant, penche le casque sous un lampadaire bleu.

Quelque chose chez les JAI, peut-être leur manière de donner des coups de pied dans mon banc ou d'échanger des regards directs en discutant à demimot, m'incite à penser que, en fait, ma présence ne leur est pas indifférente du tout. Une femme coiffée d'un chapeau à fleurs apparaît derrière la vitre. Je lui jette un regard désespéré, mais elle décide de ne pas entrer. Deux des jeunes gens commencent à fredonner tout bas, en rythmant la musique par les coups portés en alternance de chaque côté de ma personne.

Je reste cependant assis à contempler les affiches, l'oreille tendue au bruit de mon train.

« Au parti ? » lance brusquement l'un d'eux.

Je le regarde. Quelques secondes me sont nécessaires pour comprendre le sens de la question.

Après quoi, je hausse les épaules.

« Bien c'que j'pensais. » Le plus boutonneux des trois sourit à ses camarades. « Mais je m'demandais, parce que ce putain de contrôleur vous a aidé à porter votre putain de valise quand vous êtes descendu de ce putain de train.

— J'ai été malade, récemment.

— Ah ouais ? Vous avez l'air en forme, je trouve.

— Merci. Je suis presque guéri.

— Vous habitez où ?

— À Oxford. »

Je lève un doigt tremblant en direction de l'affiche appropriée.

« Z'êtes pas un de ces putains de crânes d'œuf, quand même ?

— Eh bien, franchement...

— J'vais vous dire... » Le plus beau des trois se lève. Bronzé. Des cheveux bruns tellement courts qu'ils doivent être doux comme du velours. Il s'approche, se penche vers moi. « Le problème, c'est que... » Une bruine de salive se pose sur ma joue. « ... je n'ai plus de feu. Vous pourriez m'allumer ? »

Il ne me quitte pas du regard pendant que je fouille maladroitement la poche de mon manteau, sous les yeux de ses amis, souriants. Ses iris sont d'un bleu profond, sans nuage. L'odeur et la pression de son corps m'enveloppent. Il plisse les yeux, lorsque je craque l'allumette, puis prend ma main pour la guider vers l'extrémité de sa cigarette. À l'instant où il inhale, le tabac craque légèrement.

« Merci... »

Quelques instants plus tard, mon train arrive au quai prévu, haletant. Je quitte la salle d'attente en souhaitant gaiement bon voyage aux trois jeunes gens, puis je m'effondre, épave suante encore affligée d'une érection inconfortable, dans le wagon où m'a conduit le porteur.

Bientôt, c'est l'Oxfordshire, et Oxford. Après avoir payé un chauffeur de taxi pour qu'il emporte ma valise chez moi, je pars en ville à pied, sans aide — dans le seul but de me prouver que j'en suis encore capable.

Le long de Park End et de George Street, la cité est d'une douce chaleur et d'un calme estival, en paix avec elle-même, maintenant que la voilà débarrassée de la distraction malvenue des étudiants ; il y règne une odeur suave de librairies poussiéreuses, de vieille pierre, d'excréments canins, d'herbe coupée. La vitrine principale de la librairie Blackwell met en évidence le livre d'un évêque quelconque, *Réflexions d'un chrétien sur l'avenir de la Très-Grande-Bretagne*. Devant la bibliothèque Bodléienne, est garée une file de camions Pickford, dont des débardeurs portant des caisses à thé pleines de livres montent en sifflotant les rampes de chargement. Je tourne au coin de la rue avec lassitude. Mon long voyage terminé, hormis pour les derniers mètres, il me vient soudain à l'esprit qu'Oxford a *bel et bien* changé. Poussée par des proches plus jeunes, plus ingambes, totalement indifférents aux valeurs qu'elle défendait autrefois, la cité s'habille à présent avec un modernisme hors de propos, comme une douairière sénile. Poudrée et titubante, parodie de ce qu'elle était jadis, elle tombe dans les bras de l'avenir indifférent.

Je dépasse les gargouilles grimaçantes du collège, censées représenter certains des tout premiers professeurs. Une longue Bristol noire est garée juste à côté de la pancarte INTERDICTION DE SE GARER, apposée aux portes que j'emprunte toujours. Un chauffeur des CSG en uniforme, appuyé à son flanc, paraît s'ennuyer prodigieusement en fumant sa cigarette, quoique Christlow lui fasse la conversation.

« Vous avez de la visite, monsieur », me dit-il, manquant trébucher sur le plateau à thé qu'il a posé à même le trottoir. « À l'instant. Dans vos appartements.

— Merci, Christlow. C'est bien agréable d'être de retour.

— Je, euh, je me suis chargé personnellement de votre valise à son arrivée en taxi, monsieur. J'ai été désolé d'apprendre que vous aviez été malade. J'espère *vraiment* que vous avez passé de bonnes vacances... »

Je poursuis mon chemin dans le passage, où se perdent les échos de sa voix, je traverse la cour, je longe le cloître, je grimpe le vénérable escalier en chêne, puis je parcours à grands pas le corridor rayé de soleil menant à mes appartements. La fougue d'un homme plus jeune, en meilleure santé, s'est emparée de moi ; j'ai hâte d'en finir avec l'incident, quel qu'il soit. Un CSG veut me voir. Quelle importance ? Ça arrive tous les jours à des tas de gens, dont certains sont sans doute encore là pour en parler. D'ailleurs, qu'ai-je à perdre, *moi* ?

Ma porte, à peine entrebâillée, s'orne toujours de mon nom, ce que je trouve rassurant. Je constate en entrant que ma valise est placidement posée au milieu de la pièce, tel un vieux chien qui n'aurait pas le courage de se lever pour m'accueillir. J'ignore à quoi je m'attendais, mais l'envoyé des CSG se tient à la fenêtre donnant sur la cour, l'air à la fois dégagé et saisi d'un homme qui a failli se faire prendre la main dans le sac — peut-être à feuilleter les passages de mon manuscrit abandonnés sur mon bureau.

« M. Brook... On peut vous appeler Monsieur, j'espère ? Le drôle de petit gros qui me tournait autour en bavardant et en essayant de me convaincre de manger des biscuits m'a dit que vous n'étiez pas professeur en titre...

— C'est exact. Je rentre juste... » J'englobe la pièce d'un geste vague, comme pour expliquer je ne sais quoi. « ... de vacances écourtées.

— Il paraît que vous êtes tombé malade. J'en suis navré. »

Il s'éloigne de la fenêtre. J'admire les ombres et les luisances de son uniforme parfaitement repassé, l'odeur de cigarettes fines et de brillantine qu'il dégage en me tendant la main.

« Tony Anderson, capitaine des Chevaliers de saint Georges — les CSG, vous savez ? Momentanément détaché au cabinet du Premier ministre. » Il fouille dans sa veste. Ma nuque se hérisse. « Je dois avoir une carte, quelque part...

— Non, non, inutile.

— Je ne vous retiendrai pas longtemps, M. Brook. En fait, j'aurais dû vous attendre à la gare, mais il y a eu erreur, quelque part. Et puis la circulation, en venant de Londres... » Son visage s'allonge. Il a la peau très pâle. Ses cheveux noirs luisants sont plaqués sur les côtés de son crâne — sans doute à cause de son calot d'officier. Son menton carré s'orne d'une fossette. Il s'autorise même le luxe de favoris à peine plus longs que ne le permet le règlement. « Enfin, ça ira mieux, une fois l'autoroute construite.

— Que voulez-vous ?

— Eh bien, je ne suis qu'un garçon de course. » Il s'approche d'un de mes fauteuils en cuir à boutons pour y ouvrir un porte-documents officiel, d'où il tire une longue enveloppe. « Voilà, ceci vous est destiné... »

Il me la tend. Je la regarde sans mot dire.

« C'était ridicule, je sais, M. Brook. M'envoyer ici... dans une voiture avec chauffeur, qui plus est, alors que j'aurais aussi bien pu prendre le train. Dieu sait ce que la presse ferait de ce genre de gaspillage si elle en entendait parler. Mais si elle savait de *qui* est cette lettre... »

Enfin, je m'empare de l'enveloppe. *G. Brooke.* Une prémonition d'un autre genre me saisit.

« De qui est-elle ?

— Je ne gâcherai pas la surprise en vous le disant. Mais il me *faut* votre signature, là. » Le capitaine Anderson tire de sa mallette une planchette porte-papiers, qu'il me présente. Elle supporte ce qui ressemble fort à une banale facture — le document CWR 776/234/DSA-1. J'y appose ma signature, à l'aide du stylo-plume Parker crème que me tend l'officier. « Il y a eu un petit problème », ajoute-t-il, le souffle légèrement citronné — il se tient tout près de moi pour inspecter mon gribouillis. Un ruban de médaille s'étire sur sa poitrine. « À cause du *e* à la fin de votre nom.

— Ne vous en faites pas. Il va et vient.

— Je vais vous laisser, alors. Vous savez ce que c'est. J'ai à faire. Merci de m'avoir consacré un peu de votre temps... »

Il pivote puis quitte la pièce avec raideur, refermant

complètement la porte derrière lui. J'ai déjà remarqué le problème chez mes étudiants démobilisés : les militaires ont du mal à *ne pas* marcher au pas.

Pendant que le martèlement de ses talons diminue, je regarde l'enveloppe en me demandant si je devrais jouer avec moi-même et attendre... Mais déjà, mes mains tirent sur les armoiries gravées dans le papier, sur le sceau, extirpent l'unique feuille du message.

Sous le lion et la licorne de l'écusson, voilà ce que je lis :

WHITEHALL
BUREAU DU PREMIER MINISTRE

Le 8 août 1940

GB,

Je sais qu'il s'est écoulé bien longtemps, *mais sincèrement, je n'ai pas oublié.*

Peut-être as-tu entendu dire qu'il y aurait une « Fête nationale » à Londres pour célébrer Trafalgar Day, le 21 octobre. Cela te paraît sans doute très loin, mais ce genre de choses demande des préparatifs énormes. J'aimerais beaucoup te voir à cette occasion. Rien d'« officiel », je te le promets.

J'espère vraiment que tu pourras venir. Mon personnel te communiquera tous les détails.

Avec mes meilleurs sentiments, comme toujours,

JA

XI

En ce long mois d'août, la Très-Grande-Bretagne tout entière dérive doucement sur des bouffées de parfum vanille ou pissenlit, portée par le vacarme étourdissant des fanfares. Chaque matin, l'*Express*, le *New Cross* et le *Mail* rivalisent de manchettes humoristiques et de photos de jeunes filles modernistes dans des fontaines, de bébés barbouillés de glace, de gardiens en syncope. Je m'étais sottement imaginé qu'à mon retour d'Écosse, tout serait dit. Que quelque grande vérité me serait révélée. Que mon livre — je ne sais comment — serait écrit. Que je mourrais. Mais la vie semble bien décidée à continuer, avec ou sans moi.

Mes fenêtres, ouvertes jour et nuit, laissent entrer en même temps qu'une fraîcheur hypothétique l'odeur de la glycine, de la pierre brûlante, de la terre parcheminée de la cour — qui dessine en ces temps de quasi-sécheresse les contours presque invisibles d'une construction saxonne depuis longtemps oubliée. Entouré d'histoire inutile, je rêve de Napoléon. Ma maladie de vacances m'a considérablement affaibli, je m'en aperçois. La générosité que les médecins réservent aux agonisants les pousse à me prescrire des flacons d'analgésiques et d'anti-inflammatoires toujours plus imposants, ainsi qu'une nouvelle merveille de la science moderniste, la *pénicilline*. Tout cela ajoute certainement à la chaleur fiévreuse de ce merveilleux soleil des îles. J'en viens à accepter les étourdissements, les bourdonnements et claquements étranges, les rêves lumineux, les fluctuations d'une réalité indécise.

D'après les critères normaux, j'en ai terminé avec le labeur de la vie. Il ne m'a jamais semblé vraiment *laborieux*, pas plus que je n'ai vraiment eu l'impression de vivre, d'ailleurs. J'entre en scène. Je prononce mes quelques répliques. Je sors de scène. Je vais commencer, je termine. Le plus alarmant, c'est que je me sens tout juste déçu, comme par un étudiant qui, sans être d'une paresse invétérée, ne parviendrait jamais à exprimer pleinement ses capacités. Dans l'ordre supérieur des choses, ce qui m'arrive n'a aucune importance.

Débarrassé des obligations de la « maladie » conventionnelle — un luxe réservé aux bien-portants —, je m'aperçois que je reste remarquablement actif. Par exemple, j'ai demandé à Christlow de me servir le petit déjeuner une heure plus tôt, à sept heures moins le quart. De cette manière, à huit heures et demie, neuf heures au plus tard, je suis habillé de pied en cap, j'ai nettoyé mes poumons en toussant avec ardeur, j'ai pris mes cachets, je me sens moins raide, mes yeux accommodent réellement, mon pouls et mon souffle sont presque réguliers. Ainsi stimulé, je suis sorti étonnamment souvent, ce mois d'août.

Armé de la canne dont j'use maintenant avec affectation, j'ai erré sur le front de mer de Brighton en profitant de l'air tonique, au soleil et aux cris des mouettes, à jamais évocateurs pour moi de jambes couvertes de sable, de doigts poudrés de sel, de lèvres murmurantes désséchées par l'été — impression un peu égarée de regret érotique. J'ai pris le train pour ma ville natale, Lichfield, dont j'ai parcouru les rues étrangement rétrécies, collantes, à l'odeur de goudron brûlant. En regardant par-dessus la murette qui défend l'ancienne maison de ma mère, vendue voilà six ans, j'ai remarqué le nouveau crépi, les nouvelles fenêtres, l'allée bétonnée incrustée de verre coloré. La pâtisserie Hindley de mon enfance est toujours là, avec les mêmes gâteaux en vitrine, quoique le fond de la boutique ait été transformé en salon de thé self-service. La boucherie au-dessus de laquelle logeait Francis est devenue un magasin de confection pour hommes, et la fenêtre de la chambre où il dormait porte à présent les mots HABITS DE SOIRÉE À LOUER. Le Scales n'est plus un pub de tanneurs — il n'y a plus de tanneurs, en cette époque de chimie. Lorsque j'y pénètre, à l'heure du déjeuner, il grouille des jeunes employés des avocats, comptables, sociétés de construction, conseillers en placements, assureurs et agents immobiliers voisins. Les femmes, habillées de la même manière que les hommes, boivent les mêmes consommations et rient des mêmes plaisanteries.

À mon ancienne école, on me reconnaîtrait, j'en suis sûr ; voilà pourquoi je l'évite, préférant prendre le bus pour me lancer à la recherche du Burntwood Charity. Mais je ne trouve pas trace de l'établissement où a commencé ma carrière — ni même de la route qui y menait à travers champs ou des roues de mines : il n'y a là que des maisons et un vaste lycée « polyvalent ».

J'ai aussi visité Louth, par les itinéraires plus compliqués qu'impose ce pays aux voyages d'est en ouest. Le trajet en taxi, de la ville à l'ancienne demeure des Eveleigh, me paraît bien plus long qu'à pied, autrefois. Même ici, le soleil est de sortie, cuisant les petites collines calcaires du Lincolnshire, évaporant les maigres restes de mes souvenirs. Pourtant, la maison est toujours là, au bout de la longue allée carrossable, malgré sa teinte bleuâtre de vieille photographie couleurs trop longtemps exposée au grand jour.

« Maintenant qu'on est venus jusqu'ici, autant tout voir, hein », lance le chauffeur de taxi en franchissant le portail.

Il se gare sur le gravier neuf, parmi quelques autres voitures. Une femme aux cheveux gris jaillit de la maison pour foncer vers nous, l'air affairée.

« Je suis *ravie* que vous ayez pu venir », lance-t-elle en ouvrant ma portière puis en me serrant la main. « Je suis Mme Larvin, l'assistante infirmière-chef de jour. Bon... inutile de tourner autour du pot, vous ne croyez pas ? »

Quand elle m'entraîne à l'intérieur — où je note que oui, le vestibule sent toujours un peu le chien et les caoutchoucs —, je découvre que la propriété abrite maintenant LES PRIMEVÈRES, MAISON DE RETRAITE.

« Depuis combien de temps y a-t-il une maison de retraite, ici ? demandé-je.

— Depuis le milieu des années vingt, je crois », me

répond Mme Larvin, visiblement persuadée d'avoir affaire à un éventuel pensionnaire.

« C'était une propriété privée, avant ?

— Autant que je sache, oui. Elle a été complètement remeublée, évidemment. Par ici, vous allez voir notre nouvel ascenseur automatique. Certains de nos pensionnaires ont du mal à s'y habituer, mais il n'y a vraiment pas de quoi avoir peur. Il suffit de presser ce bouton, là... »

Elle ferme le treillis de cuivre, nous nous élevons avec un bourdonnement électrique, puis elle m'entraîne dans des corridors à la tapisserie de mauvais goût. La maison est restée la même, pour l'essentiel, malgré la disparition des horloges tictaquantes, mais garder mon sang-froid me demande un effort. Des vieillards enveloppés de plaids écossais, installés dans des fauteuils à haut dossier, occupent le vaste espace commun constitué en abattant les cloisons. Bon nombre sembleraient parfaitement à leur place dans les appartements professoraux d'Oxford, quoiqu'il règne plutôt ici une odeur d'école : vagues relents de fournitures de bureau, de chou et d'urine. La petite chambre de l'étage, sur l'arrière, que je demande tout particulièrement à voir, est déjà occupée.

« Mais enfin », ajoute Mme Larvin en appuyant sur la même vieille poignée de porte creusée en son milieu d'une dentelure, « je ne doute pas que M. Edmunds soit ravi de votre visite. »

Elle a trouvé le truc que j'employais, il y a tellement longtemps, quand je dormais ici : tirer légèrement le battant avant de le pousser pour l'ouvrir.

« *Nous voilà !* trille-t-elle. Regardez qui vient vous voir ! »

Un beau soleil indécent éclaire M. Edmunds, alité. Le vieillard, au nez et aux pommettes de momie égyptienne, est de toute évidence sénile, incohérent et incontinent. Étonnamment, parmi le désordre de sa vie — portraits de parents proches, belles maquettes de bateaux dans des vitrines, raisin et chocolats intacts sur la table de nuit —, la grande armoire qui contenait autrefois les manteaux et chemises de Francis trône toujours exactement au même endroit, contre le mur. Si Mme Larvin ne se tenait pas près de moi, je serais tenté de l'ouvrir pour jeter un coup d'œil à l'intérieur. Je ne serais pas surpris d'y découvrir des vestes d'adolescent et des vêtements d'école, oscillant sur leurs cintres en métal ; la chaussure solitaire.

« Je suppose qu'il y a pire que de vivre trop longtemps », dis-je à l'infirmière lorsque nous ressortons respirer l'air plus pur du couloir.

Elle me jette un coup d'œil puis se tamponne le front avec son mouchoir.

« Nous ne renonçons jamais. Comme nous disons, ici, aux Primevères, tant qu'il y a de la vie, il y a de l'espoir. À présent, je vous montrerais volontiers les cuisines, dont nous sommes particulièrement fiers... »

Pendant le trajet à travers les couloirs désinfectés, je jette par une fenêtre un coup d'œil sur les vastes pelouses arrière. Apparemment, les taupes sont toujours là. Lorsque enfin je repars, juste avant l'heure du thé, c'est en assurant que j'ai bien fait de venir et en laissant un faux nom et une fausse adresse.

De retour à Louth, je poursuis mon exploration du passé comme on explore de la langue une dent douloureuse. Ma visite à la bibliothèque municipale se solde par deux heures de vaines recherches. De même qu'à

Oxford ou à Lichfield, les données du recensement, les listes électorales, les registres des impôts et de la paroisse, bref, presque tous les documents relatifs à la période s'étendant de la fin de la guerre au début des années trente ont été détruits. Ici, les coupes ont été plus sombres encore, puisque les registres des registres ont également disparu, et jusqu'aux emplacements qu'ils étaient censés occuper. On dirait qu'une décennie entière s'est totalement évaporée.

Comme il me reste une heure d'attente avant le prochain train pour Peterborough, je finis par aller errer autour de l'église St James. Je ne me rappelle pas avoir jamais vu auparavant sa merveilleuse aiguille, si fine et si légère, autrement que tronquée par les nuages et la pluie. Le cimetière attenant, empli voilà des siècles, manque à présent de place pour commémorer les descendants des anciens bedeaux et hauts personnages qui y reposent. Toutefois, près du mur d'enceinte, dans un recoin — bien mal entretenu, me semble-t-il, orné de fleurs fanées et où plane une impression de morts trop récentes pour être voilées d'histoire —, ont été logés quelques défunts récents. En parcourant noms et dates, je découvre une pierre tombale sur laquelle je lis :

EN SOUVENIR
DE
HERBERT ET ELIZABETH EVELEIGH

1868-1922
1873-1919

La plaque épaisse, en simple granit poli, gravé profond, semble froide malgré la chaleur ambiante. Elle est posée là, tout bêtement. Sans une fleur. Sans rien pour montrer que quiconque est jamais venu présenter ses respects aux deux morts. Je m'y appuie. L'air brûlant tourbillonne autour de moi ; le ciel pèse sur mes épaules.

Mme Eveleigh s'est éteinte un an après notre dernière entrevue, sans doute pendant l'épidémie de grippe qui a fait plus de victimes en un seul hiver que nous autres, humains, en quatre ans de massacre industrialisé. Quant à M. Eveleigh, il ne lui a survécu que deux ou trois ans. Gérer une banque pendant les années vingt, c'est-à-dire fermer des entreprises et appeler l'huissier, ne devait pas lui donner beaucoup de raisons de vivre...

Lorsque le train pour Peterborough arrive enfin, il change d'itinéraire, car la chaleur de l'été a tordu les rails de la ligne principale. Je voyage donc lentement dans l'après-midi finissant, le long d'une voie isolée, puis je m'échoue sur le quai d'une petite gare rurale, après avoir obtenu la vague promesse qu'un train pour Oxford passera bien, à un moment ou à un autre. Suit une discussion avec le chef de gare solitaire, un homme au visage rond dont le corps, telle une pâte en fermentation, dépasse un peu par tous les trous de l'uniforme, entre les divers boutons et coutures. À notre surprise mutuelle, nous émettons tous deux les signaux de la disponibilité.

Personne aux alentours. Les rails s'étirent à travers le Leicestershire et le Nottinghamshire, parmi les bouquets oscillants de cerfeuil et de fenouil sauvages. Les pigeons roucoulent. L'air semble s'être uni au ciel. Nous nous levons de notre banc pour gagner la chaleur de four du bureau. Le chef de gare vérifie un horaire, avant de fermer les volets puis d'actionner un mécanisme à sonnette — *ping, ping* — afin d'envoyer un signal le long de la voie. Pour une fois, ni peur ni hâte n'entrent en jeu. Il m'aide à me déshabiller et se dévêt à son tour. Nus comme des bébés, arborant une érection anticipée, nous nous tenons sous les différents visages du bord de mer qui nous font de l'œil depuis les murs. SKEGNESS LA VIVIFIANTE. BARMOUTH : MONTAGNE, SABLE ET MER. L'instant est tellement parfait que je regrette presque de continuer.

Le train promis finit par arriver. Redevenus deux inconnus timides, le chef de gare et moi nous faisons nos adieux. Je regarde par la fenêtre, les larmes aux yeux, pendant que sa semence suinte lentement de moi, au ferraillement du wagon. Arrivé à Oxford, fatigué, je rentre à pied au collège. Ma décision est prise. Pour une fois, je vais faire quelque chose.

Si je ne veux pas que mon nouveau projet ressemble à bien d'autres, me dis-je en allumant un maigre feu dans ma cheminée puis en commençant à y jeter le manuscrit de mon livre, je dois me montrer persévérant. Précis. Froid. Sans cœur.

Des fragments de papier luisants s'élèvent en dansant dans le conduit. Tout a une fin, oui — la seule question est de savoir quand et comment. Napoléon, Pierre le Grand, Bismarck... Les pages s'enroulent, l'encre pâlit brièvement, avant de s'évanouir en fumée désséchée et chaleur crachotante. Fini ; ce n'est déjà plus que de l'histoire. On ne peut changer que le présent. Et l'avenir.

Je rajoute du papier — de pleines liasses, à présent,

déjà brunies par le temps, aussi craquantes que des feuilles mortes promis depuis longtemps au feu de joie. Après quoi, je fouille mes tiroirs, j'en tire une recharge à briquet que je presse pour en faire gicler l'essence. La flamme bondit. Bientôt, il ne reste presque rien de mon livre. Déjà, la vie me semble plus simple.

Ensuite, direction la librairie Blackwell et la bibliothèque Bodléienne, où la majeure partie de l'espace dégagé sur les étagères a été colonisé par les dos rebondis de la littérature moderniste. J'en cueille de pleines brassées, aux titres tels que *Les Grandes Années, Homme ou mythe ? La Vie d'un héros* ou *La Vision du monde*. Certains des noms gravés en couverture me sont connus, certains des livres aussi. À présent, je me giflerais en repensant à la rébellion stupide qui m'a fait refuser les exemplaires qu'on m'envoyait à titre gracieux ou aux fins de critique. Après tout, il faut que je rassemble le plus d'informations possible, pour tuer John Arthur.

Au fil des ans, pas mal d'auteurs, de journalistes ou de fêlés m'ont rendu visite. Mon nom figure souvent dans leurs remerciements ; « À Geoffrey Brook, pour son aide sans prix » (un déjeuner guindé dans un pub et la promesse de « bientôt reprendre contact pour discuter plus longuement »). Toutefois, en confirmant avoir brièvement eu John Arthur comme élève au Burntwood Charity, puis en refusant d'ajouter des histoires de mon cru au corpus publié par le *Daily Sketch*, je constitue dans les livres proprement dits une source de faux-fuyants plus que d'explications. Certes, chacun sait que John Arthur s'est beaucoup déplacé pendant sa jeunesse, mais son accent du Sud du Yorkshire est très nettement reconnaissable. Trop insister sur une autre région ne servirait qu'à déconcerter ses adorateurs. Lui-même reste bien sûr muet sur le sujet. Si on lui posait la question, sans doute s'étonnerait-il qu'on s'intéresse à son histoire. C'est pourquoi son peuple l'aime.

Les vérités communément admises sur son passé, les voilà. John Arthur naquit le 21 octobre 1890, de William et Mary Arthur, dans une jolie maison — maintenant ouverte au public, évidemment —, en Cornouailles, pas très loin de Tintagel. Mary Arthur mourut en couches. William Arthur — personnage mystérieux, auquel les auteurs s'efforcent de ne pas donner l'air louche — se mit à voyager par tout le pays avec son fils, qu'il éleva en travaillant comme homme de peine et charpentier. Le petit John n'allait pas toujours à l'école ; en fait, dans l'imagination populaire, il n'habita même jamais une maison normale avant ses douze ans. Il dormait dans des granges, des meules de foin ou à la belle étoile. Assis sur les bornes des routes, il contemplait l'avenir.

Le plus curieux, à mes yeux d'historien, c'est la masse de preuves écrites qui confirment ces quasi-vérités. Certificats de naissance, de mariage, bulletins de paie, berceaux et couvertures de bébé, jusqu'à de véritables chaises, censément fabriquées par William Arthur. On dirait un complot préparé de longue date ; mais il s'agit plus vraisemblablement de quelques faux, quelques espoirs, des erreurs et des références véritables, mélangés par la conscience de la Très-Grande-Bretagne pour constituer un tout satisfaisant. Les livres les plus outrés montrent même des empreintes des mains de John Arthur dans la pierre, les aubépines de John Arthur, dressées face au vent dominant, les puits miraculeux de John Arthur et les cimetières de John Arthur, où la nature fait pousser des croix modernistes ; les saints quelconques auxquels tous ces phénomènes étaient autrefois associés ont sombré dans l'oubli aussi facilement que les dieux païens qui les avaient précédés.

Le lien ténu unissant John Arthur au Burntwood Charity est le plus souvent établi comme suit : « William Arthur apprit son nouveau métier de mineur dans une exploitation (à présent fermée) du Staffordshire, où son fils fréquenta brièvement l'école, avant de s'établir plus au nord, à Raughton, un village du Yorkshire. » La fameuse mine de Raughton ferma, elle aussi, excepté pour les touristes. Les enfants de mineurs travaillent maintenant avec plaisir dans les *fish and chips*, les magasins de souvenirs, les musées, les pubs ou les pensions. Pour ce que j'en sais, un certain John Arthur passa bel et bien son adolescence dans la région. Son père, William Arthur, y mourut bel et bien dans la mine, en 1911, au cours d'un accident. Après tout, une pierre tombale à son nom figure dans le joli petit cimetière de l'église.

Des tours et des détours à la Dickens menèrent alors à l'adoption de John Arthur par une tante qui, pour des raisons obscures — de nos jours encore —, vivait également à Raughton. Mme Framley est toujours parmi nous. Les cheveux blancs, la voix douce, véritable puits de sagesse provinciale, elle constitue le dernier véritable lien avec l'enfance de John Arthur.

À quinze ans, lui aussi devint mineur. À dix-huit,

cantonnier. À vingt, il s'inscrivit aux cours du soir à Nottingham. À vingt-trois, il partit pour la guerre. De son propre aveu, John Arthur était à la fois passionné et raisonneur. En temps de paix, l'armée ne lui eût laissé aucune chance, mais durant le conflit, dans la boue, parmi les obus et les balles, il s'attirait le respect. Indifférent aux promotions, il représentait exactement le genre d'hommes que les officiers voulaient porter à la tête de leurs troupes. Les Flandres lui valurent sa première blessure, en 1915 ; la bataille de la Somme une autre, plus grave. De retour au front à la mi-1917, il fut enfin promu caporal puis décoré de la George Cross, à Ypres. Il réussit à y survivre, de même qu'au chaos de la défaite, pour rentrer en Angleterre sain et sauf.

Les chiffres s'accordent à dire qu'il avait alors vingt-sept ans. Le pays épuisé, exsangue, n'avait pas de travail à proposer aux hommes comme lui. Lloyd George perdit le pouvoir pendant l'automne 1918, et la coalition de Baldwin composa le premier des gouvernements de minorité affaiblis qui allaient se succéder quelques années. Toutefois, passé l'héroïsme, passés les espoirs de carrière et les errances aux yeux brumeux, le début de l'après-guerre nous offre la première image fugace mais indéniablement vraie de John Arthur. Mince, torse nu. Planté dans un ring, les bras levés. Boxeur poids léger. Vainqueur. Finies, les scènes floues et les vignettes de contes de fées. Les traits sont bien reconnaissables, dans la lumière blanche des photographies granuleuses des journaux. John Arthur est saisi en plein triomphe, les côtes et le ventre sculptés, christique. Se battait-il aussi à mains nues ? Se produisait-il dans les foires et les fosses aux ours ? Acceptait-il des pots-de-vin pour se coucher ? Sans doute, car c'était un homme jeune, intelligent, qui avait visiblement besoin d'argent. Tout le monde s'accorde à le décrire comme rapide, féroce, plutôt médiocre techniquement (il avait débuté trop tard), mais à la fois si maîtrisé et si passionné qu'il en devenait presque invincible. Son activité le conduisit certainement à l'étranger — en tournée —, car je ne pense pas que rien le retenait en Angleterre. On l'imagine errant parmi les tentes d'un cirque, dans un champ, près de Paris, environné des odeurs et des bruits des lions et des éléphants...

Voilà, je me laisse emporter. Il est quasi impossible de résister au mythe, lequel nous en dit d'ailleurs sans doute plus sur son sujet que ne le ferait la vérité. Je commence même à me demander si la vérité est jamais bonne à dire.

Un soir, Cumbernald, le principal du collège, vient me rendre visite dans mes appartements sans y avoir été invité. Très détendu, il prend possession d'un des fauteuils disposés devant la cheminée et me fait aimablement signe de m'installer dans l'autre.

« J'ai été navré d'apprendre que vous aviez été malade, commence-t-il. Rien de grave, j'espère.

— Non, non, une simple rechute de mon ancienne maladie.

— Mmh... »

Il joint les doigts en pointe. J'attends la suite.

« Eh bien, tant mieux. Le problème, avec l'Écosse, c'est qu'il y pleut sans arrêt. Pire qu'à Oxford. Enfin, les vacances sont toujours les vacances...

— J'imagine qu'il en allait différemment, en Toscane.

— C'était merveilleux. » Il sourit à ce souvenir. Cumbernald, déjà bronzé avant son voyage, risque à présent de passer pour indien — danger à ne pas prendre à la légère, de nos jours. « Je ne peux pas dire que je sois ravi d'être de retour. »

Je l'examine, pendant qu'il m'informe de l'évolution de la situation, au collège ; les médisances habituelles.

« Nous allons donc écarter l'essentiel de la Révolution française. *Pas question* d'aborder le sujet aux examens, cette année... »

Confronté à un véritable être humain adulte de sexe mâle, je me sens moins certain de ma résolution de tuer John Arthur. Les hommes sont de sacrés animaux, quand on y regarde de près — Cumbernald doit bien peser aussi lourd qu'un cerf. Il a beau siroter le thé servi par mes soins, un empoisonnement serait répugnant et présenterait des difficultés techniques, même si je parvenais à me procurer les produits chimiques nécessaires. Une bombe demanderait des connaissances particulières et l'aide de gens compétents. Le couteau me plairait assez, à cause de la simplicité et du côté théâtral de la chose — j'ai toujours eu un faible pour Charlotte Corday —, mais je ne suis pas très doué, ne serait-ce que pour découper le poulet. Peut-être une arme à feu.

« Au fait, interromps-je, il faudra vous débrouiller sans moi la première semaine du trimestre de rentrée, approximativement. »

Bang bang. Tourbillon d'officiers des CSG. Parfum salin de la cordite et de la fumée. Non, pas Charlotte

Corday poignardant Marat dans son bain, mais Gavrilo Princip abattant l'archiduc François-Ferdinand, John Wilkes Booth éliminant Lincoln...

« Vraiment, Brook ? Nous ne lésinons pas sur les congés *entre* les trimestres, vous le savez, alors je ne suis pas sûr que...

— J'ai été personnellement invité aux célébrations de Trafalgar Day organisées par John Arthur. » J'attrape la liasse de papiers arrivée peu après la lettre : itinéraire détaillé, feuille d'or repoussé de l'invitation, confirmation d'une réservation de quatre nuits au New Dorchester. « Le jour même, évidemment, il fêtera aussi son cinquantième anniversaire...

— Ah oui ? Bon... » Cumbernald examine le tout. Lorsqu'il me rend les documents, je l'entends parfaitement déglutir. « Oh, nous arriverons à nous débrouiller une semaine sans vous, Brook. Je ne doute pas que pendant ce temps, vous passiez d'excellents moments. Pas de problème. Pas du tout. »

Il se lève, me posant la main sur l'épaule avant que je ne puisse m'écarter.

« Mais vous avez *toujours* l'air un peu maladif. À mon avis, avec toutes les tensions et les inquiétudes de la vie universitaire, il ne suffit pas de prendre de petites vacances chaque été. Franchement, je trouve les Italiens un peu onctueux... » Ses doigts pressent ma maigre chair. Il ne me quitte pas du regard. « Alors Eileen, les enfants et moi, nous nous réservons un chalet près de Ross-on-Wye. C'est très propre, très sympathique, très bien. Très *moderne*. Et, comme nous disons toujours, nous avons la place de loger au moins un invité *intéressant*. D'ailleurs, nous finissons par nous ennuyer, tout seuls — la vie de couple, vous comprenez... Alors je me disais, Brook... Je comptais vous demander... peut-être cela vous plairait-il... ? »

Walter Bracken aussi est rentré de vacances, si l'on peut dire, puisqu'il s'est contenté d'arpenter les collines du district des lacs en grosses bottes imperméables. Il semble que là-bas, il ait plu, même cet été. Ursula est venue chez moi un matin m'informer du retour de son frère. Elle prenait puis reposait les bibelots comme pour traquer la poussière, tout en me rappelant ma promesse de « devenir l'ami de Walter » — d'autant qu'elle va passer quelques semaines à York.

J'ai été plus qu'enchanté d'acquiescer : maintenant que mes plans ont commencé à cristalliser, je suis ravi d'avoir un prétexte pour contacter Bracken.

Au téléphone, il me propose de venir le retrouver à son collège, mais je parviens à l'aiguiller vers la maison d'Old Marston et sa cabane tout en longueur.

Nous allons jouer au cribbage au pub le plus proche, le Bricklayers Arms. Walter me semble plus pâle, plus silencieux et plus morose que jamais. Peut-être partage-t-il bel et bien mon vice, ma malédiction, mon désir. Peut-être, en un autre monde, en un autre lieu et une autre époque, eussions-nous appris à nous consoler mutuellement. Mais nous sommes ici et maintenant. Je lui signale incidemment que je me rends à Londres en octobre, sur quoi il me conseille de visiter la tour des Boulets de Woolwich avant qu'on ne l'abatte, puis il secoue la tête et casse une allumette avec l'ongle du pouce, comme saisi par l'impression que rien de tout cela n'a la moindre importance.

« Votre principal vous a reparlé de notre collaboration ? demande-t-il enfin.

— Pas vraiment. Et le vôtre ?

— À mon avis, les choses vont en rester là. De toute manière, je ne suis plus à Oxford pour bien longtemps... » Il vide sa pinte cul sec. « On m'a demandé de déménager. Enfin, *demander* n'est peut-être pas le mot juste.

— À cause de ce dont vous m'avez parlé ? Cette histoire, en Australie ?

— En gros... » Il réprime un renvoi. « Oui.

— Ça ne doit pas être si terrible, quand même ? »

Il me jette un regard puis trébuche sur ma canne en allant nous commander deux autres pintes de Wadworths tiède.

« Qu'est-ce que ça signifie, par rapport à votre autre projet ? » demandé-je, une ou deux pintes plus tard, l'arrachant au silence morose qui s'est abattu sur nous. Le poids logé dans la poche intérieure de ma veste ne se laisse pas oublier une seconde. « La balle humaine.

— J'ai presque fini.

— Je peux y jeter un coup d'œil ? Je veux dire, cet après-midi... »

Il hausse les épaules. Son grand corps fait osciller la table, renversant presque sa bière. Pour des raisons différentes, il semble que nous ayons tous les deux envie de nous enivrer légèrement, aujourd'hui.

« Dans ce cas, allons-y. D'accord ? »

Je lui emboîte le pas en direction de la sortie. Après la pénombre du pub, l'après-midi estival me surprend, avec ses minuscules mouches noires dérangées par les moissons et le match amical de cricket qui se déroule derrière l'église St Nicholas. *On ne court pas !* Rire viril. Choc du bois sur le cuir.

Le désordre que je m'attendais à trouver chez Walter en l'absence d'Ursula règne bel et bien dans la maison : le vestibule est jonché de chaussettes ; à la cuisine, une tranche de bacon intacte adhère au fond de la poêle à frire. Lorsque mon collègue m'ouvre la porte de service, je remarque la pile de longues enveloppes brunes scellées coincées contre un bégonia mort, sur l'appui de la fenêtre. HMSO. L'une d'elles évoque un télégramme.

Pourtant, le regard neutre de Walter pendant qu'il ajuste de ses mains verruqueuses l'étau de l'appentis puis tire de la chambre froide un quartier de porc force mon admiration. Après les caprices de l'Histoire, je lui envie les certitudes de ses graphiques et de ses schémas. S'il se reconnaissait la moindre inclination sexuelle, peut-être — sans doute — serait-il homosexuel, mais je ne pense pas qu'il laisse ce genre de choses entrer dans sa vie. Cela aussi, je le lui envie.

« J'espère que vous ne m'en voudrez pas de vous le dire, commencé-je, mais je ne comprends pas où est le problème, avec le nouveau travail qui vous attend. Après tout, en ce moment, Oxford n'est pas l'endroit idéal pour quelqu'un qui s'intéresse aux faits. »

Il tire le fil de fer qu'il a mis en place afin d'opérer de plus loin. *Bang*. À l'autre bout de l'appentis, le cochon bleu se balance. Les téléscripteurs babillent.

« Je suppose qu'à vos yeux, toutes les manières de tuer se valent ? demande Walter. Que ce projet-ci vous paraît déjà assez terrible pour m'éviter les problèmes de conscience, au cas où je ferais autre chose du même genre ? Après tout, c'est à ça que servent les scientifiques, hein ? À fabriquer de plus grosses bombes. Vous n'avez qu'à voir Alfred Nobel... »

Les oreilles encore résonnantes, je lui rends son regard à travers la fumée.

« Je ne comprends tout simplement pas de quoi vous avez peur.

— De l'avenir, probablement.

— Il est là, de toute manière, vous ne croyez pas ? Quel qu'il soit, il attend juste que quelqu'un le prenne en charge.

— C'était ce que je m'imaginais, autrefois », répond Walter en notant des chiffres. Soudain, il appuie si fort sur son crayon que la mine se casse. « Je m'imaginais que mon travail sur la balle humaine échoirait à quelqu'un d'autre, tout simplement, si ce n'était pas moi qui m'en chargeais. C'est la vieille excuse de la prostituée...

— Vous ne voyez plus les choses de cette manière ? »

Il marque sa feuille d'un dernier point déchiqueté.

« Pour ce que j'en sais, la balle humaine est un sujet de recherche entièrement neuf. Avant, tout était affaire de comptes rendus de batailles et d'autopsies. Mais voilà, j'ai découvert la balle humaine... ou du moins, mille balles humaines différentes. Pour l'instant, je suis la seule personne au monde à réellement savoir de quoi il s'agit. Évidemment, je suis obligé d'envoyer des rapports à des assesseurs et au ministère de la Guerre pour justifier mes subventions, mais c'est de la paperasse, rien de plus. Personne ne les lit. Maintenant que c'est fait, maintenant que la balle humaine existe, je ne peux pas m'empêcher de me demander s'il n'y a pas moyen de tout défaire. »

Le silence s'installe. Même les pigeons ont cessé de roucouler, sur le toit.

« Probablement pas, bien sûr », ajoute Walter en fouillant à grand bruit dans sa caisse à outils.

L'après-midi s'écoule lentement. Je commence à avoir mal à la tête, à cause du vacarme, de l'air vicié et de la bière du déjeuner. Lorsque, enfin, la fumée s'éclaircit et que mon hôte se met à balayer les cartouches, je comprends qu'il faut sauter sur l'occasion.

« Je ne suis pas très en forme, en ce moment », dis-je, assez nonchalamment — je pense.

Toutefois, Walter se fige aussitôt, me regardant pardessus le manche du balai. Avec les longues bandes de soleil qui se glissent dans la pièce, les fantômes de fumée, les ombres d'un brun profond, les carcasses gâtées, l'éclat des cartouches et le gris du revolver, la scène possède déjà quelque chose de prodigieux. On dirait une peinture, que les écoliers iraient voir lors d'une excursion dans une galerie d'art d'un avenir différent. BROOK ET BRACKEN COMPLOTENT LA MORT DE JOHN ARTHUR.

« À vrai dire... ah... je suis en train de mourir, Walter. D'où la toux. Cette satanée canne. Cancer du poumon. Inopérable. Je ne me sens pas encore trop mal, tout bien pesé. Tant que je prends mes cachets... »

Les quelques mouches qui ont réussi à entrer s'activent sur la viande avariée dans un silence affairé. Dehors, les pigeons roucoulent à nouveau, les moineaux martèlent le toit de leurs pattes, j'entends même de faibles cris, car le match de cricket approche de sa conclusion chahuteuse.

« Mais l'heure venue, je sais que ce sera terrible. » Je plonge la main dans ma poche — lentement, posément, comme un personnage de film — pour en tirer le revolver de Francis. « J'aimerais maîtriser ma propre destinée. » Je l'extirpe d'un mouchoir sale. « Un ami à moi... est mort à la guerre. Cette arme fait partie de son héritage... »

J'avais bien l'intention de poursuivre, de concocter une histoire expliquant ce que représenterait le fait de me tuer avec cette arme-là, précisément. Mais je m'attendais à une réaction. À ce que Walter se montre... je ne sais pas... bouleversé ou sagace. Concerné ou indifférent. Peut-être aussi à ce que nous nous étreignions, nous nous touchions, même brièvement, nous partagions notre humanité masculine épuisée. Mais il se contente d'appuyer son balai contre le mur puis de me prendre l'arme des mains. Un cliquetis métallique résonne pendant qu'il fait tourner le barillet, avant d'inspecter le canon. L'air attentif. Neutre. Scientifique.

« Il n'a pas servi depuis longtemps. Il va falloir le nettoyer... »

Je regarde en silence mon collègue épousseter, ramoner, graisser le revolver aussi tranquillement que s'il s'agissait d'une pièce de voiture ou d'un aspirateur. Puis, enfin, le charger avec les munitions tirées d'une boîte brune et le placer dans l'étau, face à la carcasse.

Bang Bang Bang Bang Bang

Malgré la couverture jetée sur l'arme, la pièce résonne sans fin, pendant que Walter secoue le fil de fer déclencheur. Les mouches, saisies, entourent d'un nuage la viande oscillante.

« Il s'agit d'un revolver Bulldog Webley, calibre .45 », déclare mon hôte en ouvrant l'étau. Il entreprend de nettoyer l'arme une deuxième fois. « Fabriqué avant-guerre. Il tire à gauche, vous l'avez sans doute remarqué, mais il est toujours en état de fonctionnement. » *Clic.* « Ça, c'est la sûreté. Il y a une double détente, ce qui signifie que vous pouvez soit appuyer sur la détente jusqu'au bout, de cette manière, vous voyez... » *Clic.* « ... soit armer le chien d'abord, et tirer ensuite. C'est beaucoup plus facile de commencer par armer, quand on n'a pas l'habitude. Sinon, la pression à exercer sur la détente est telle qu'on risque de lever le canon trop haut par rapport à la cible. » *Clic.* « Vous comprenez ? Regardez... »

Il m'apprend à utiliser la baguette logée sous le canon pour dégager les cartouches usées et à les remplacer par des neuves, puis — si ardent qu'il m'effraie à présent davantage que le revolver — il me poste à mi-chemin de la cage, me fait brandir mon arme, viser le cochon bleu et appuyer sur la détente. La chose s'anime brusquement, cherche à bondir de mes mains suantes, mais au quatrième *bang*, la sensation me paraît déjà étonnamment banale. Après tout, les armes à feu ne sont que des morceaux de métal bien travaillés ; les hommes, eux, sont étranges, dangereux. Walter me remet ensuite une petite boîte de cartouches. Dix — je les compte.

« Les balles sont assez longues. Ce sont des 200 grains, à la pointe écrasée. En d'autres termes, elles se révéleront moins précises que celles dont vous venez de vous servir, d'une portée inférieure, mais elles seront particulièrement, ah... »

Je hoche la tête. Il veut dire *meurtrières*.

« Surtout, Brook, gardez-les sous clé. »

Je le regarde un instant bien en face. Il va me demander de lui donner le revolver, de ne jamais m'en servir — j'attends toujours bêtement le contact, le partage. Quelque chose va céder, la réalité va s'interposer entre mes plans et moi ; il va y avoir un dérapage — mais ses yeux restent lointains.

« Je, euh... je ne sais pas trop comment vous dire ça, lâché-je enfin, mais le moment venu, je ne veux pas que vous ayez d'ennuis. Il y aura forcément une enquête...

— Ce n'est pas grave. » Il me tourne le dos et entreprend de ranger. « Je serai déjà parti, vous savez. Au train où vont les choses, je n'ai vraiment pas l'impression que résister puisse me faire le moindre bien. »

Je me sens soudain très frêle, très fragile, glacé. La scène n'a plus rien de monumental. Il faut que je m'en aille.

XII

Œufs au bacon, œufs au bacon, pomme à la crème, pomme à la crème, biscuits et fromage, biscuits et fromage, poisson-frites, poisson-frites...

Jouant des coudes comme de pistons, de plus en plus vite, les deux filles des Cumbernald font le train, pendant que la voiture de leurs parents nous emporte sur la A40 en direction du pays de Galles et de Gloucester. On m'a installé entre elles, au milieu de la banquette arrière, de manière à ce qu'elles bénéficient toutes deux au mieux de l'air frais qui se déverse par les vitres latérales.

« Elles sont souvent malades en voiture », m'a averti Eileen Cumbernald au moment du départ. « Si jamais l'une d'elles devient verte, prévenez-moi... »

Nous nous arrêtons pour déjeuner dans une des grandes auberges neuves du bord de la route. Notre chauffeur nous offre à tous des steaks-frites, ceux des enfants accompagnés de glace gratuite. Christine, l'aînée, une préadolescente potelée de onze ans portant appareils dentaires, a la réputation d'être « intelligente » et de « lire beaucoup ». Barbara, sept ans, est plus mince, plus sûre d'elle et plus « sportive ».

De retour dans la voiture, en pleine chaleur de l'après-midi, nous poursuivons notre route parmi les camions, camionnettes et vacanciers de la fin août. Cumbernald conduit une Daimler 25/40, véhicule démodé quoique immaculé. J'en ai été surpris, avant de m'y installer puis d'en flairer les parfums de bois ciré, de cuir et d'Axminster. La voiture est bien assortie à la grande maison de Raglan Street, la rue bordée d'ormes où habite la famille — même s'il y a aussi dans l'allée une Jowett Jupiter moderne qu'Eileen appelle « le taxi de maman » : c'est un résumé de l'intemporalité et de la classe.

La majeure partie de la A40 a été agrandie en quatre voies. Au-delà du macadam embrumé par la chaleur, le paysage encadré de gravier blanc et d'arbrisseaux malingres semble lointain, aride. Cumbernald allume la radio, puis Eileen et lui se disputent pour savoir s'ils vont écouter le Troisième Programme ou le Léger. Des bribes d'une chanson de Vera Lynn, d'électricité statique et de Tchaïkovski se déversent des haut-parleurs — on dirait la musique européenne avant-gardiste que mes compagnons condamneraient avec empressement —, alors que l'ennui finit par rendre Christine et Barbara inertes. En les examinant avec attention, à la recherche de traces de vert, je décide de les distraire par la description de ce qu'elles auraient vécu à d'autres époques.

« Si vous étiez nées dans l'Antiquité romaine, petites demoiselles, vous auriez eu des tas d'esclaves, de serviteurs, et le chauffage central.

— On *a* le chauffage central.

— Et des tas d'esclaves et de serviteurs.

— Mais non, c'est juste des gens qui viennent aider maman, idiote.

— De toute manière, on n'est *pas* des *petites* demoiselles. »

Malgré leurs récriminations, elles m'écoutent avec un intérêt surprenant.

« Et qu'est-ce qui se passait, quand quelqu'un mourait ? » me demande gentiment Barbara. « Les autres le mangeaient ? »

Pour être honnête, je m'amuse bien.

Enfin, à partir d'une pancarte qui indique Leominster et Hereford, au nord, nous nous lançons sur des routes plus jolies quoique tortueuses. Barbara se penche vers moi et me fait baisser la tête vers elle de ses bras brûlants, pour me dire à l'oreille qu'elle m'aime bien, car je lui rappelle le défunt tonton Freddie dans son cercueil.

Apparemment, les Cumbernald m'ont invité au cœur de la forêt de Dean. Notre décision d'essayer une route flambant neuve parmi les rares voies carrossables de la région nous oblige finalement à parcourir des kilomètres en marche arrière pour laisser passer un tracteur tirant un arbre. À l'ombre des pins, il semble être plus tard qu'il ne l'est réellement, mais au bout du compte, nous atteignons un portail orné d'une grande inscription vert et or contradictoire, PENRHOS PARK — BIENVENUE AUX RANDONNEURS — SUR RENDEZ-VOUS EXCLUSIVEMENT. Les étoiles et couronnes de divers classements touristiques rutilent telles des médailles militaires.

La Daimler passe en murmurant entre deux haies de lauriers puis s'arrête devant une guérite en verre, d'où un homme en uniforme nous fait signe de continuer notre chemin sans se donner la peine de vérifier nos laissez-passer. Cumbernald lève une main affable. À l'arrière, Christine et Barbara tirent la langue en faisant des grimaces.

« *Enfin*, on peut se détendre », lance Cumbernald.

Il passe le coude par sa vitre ouverte et se met à fredonner.

Le pavillon revêtu de rondins, construit dans une clairière herbeuse, évoque la chaumière d'un bûcheron de conte de fées. Je m'extirpe péniblement de la voiture. Le soir a un parfum de nectar, même à mes sens émoussés.

« *Là*, on se sent chez soi, hein ? » lance mon hôte en gonflant la poitrine. « La Très-Grande-Bretagne ! C'est cent fois mieux que l'Italie, n'importe quand... »

Ma chambre, située sur l'arrière, sent le bois frais coupé. Mon lit n'a pas de creux — personne n'y a sans doute jamais dormi —, et les portes coulissantes des placards intégrés portent toujours au dos les instructions du fabriquant. Eileen arrive sans me laisser le temps d'ouvrir ma valise. Elle a déjà troqué sa robe d'été sans manches contre un short et un tee-shirt bain-de-soleil, dont les côtés semblent prêts à laisser échapper les masses grasses de sa poitrine.

« J'espère sincèrement que les filles se sont bien tenues, pendant le trajet », lance-t-elle en ouvrant la fenêtre.

Les chants d'oiseaux emplissent la pièce.

« À vrai dire, ç'a été très agréable.

— C'est l'idée. »

Elle sourit, hésitant à poursuivre. Je lui rends son sourire.

« Vous devez beaucoup aimer cette maison.

— Oh oui ! Mais, ah... » Elle repousse ses cheveux blonds, aux racines plus sombres. « Je sais qu'il est un peu tard pour en parler, mais j'espère que vous ne vous êtes pas senti obligé de venir, juste parce qu'Eric est votre patron.

— Ça me fera du bien. »

Elle fronce les sourcils, une moue aux lèvres.

« C'est-à-dire qu'en fait, vous êtes libre de votre temps, voilà. Vous voulez que je vous aide, pour votre valise ?

— Inutile, je... »

Eileen n'en pose pas moins le bagage sur le lit.

« Elle est vraiment lourde. C'est une de ces adorables vieilles choses qui durent éternellement, pas comme ce qu'on fait maintenant. Mais qu'est-ce que vous avez *fourré* dedans ? Des livres, je parie. Je connais les universitaires, vous savez... »

Le soir même, Cumbernald — Eric, ainsi qu'on m'a demandé de l'appeler — prépare le dîner à l'extérieur, grâce à un appareil métallique primitif rempli de charbon. Une invention américaine, m'explique-t-il, pendant que j'esquive la fumée qui monte en spirale des braises. Une des rares bonnes idées de *là-bas*. Il y a du vin blanc, sorti du réfrigérateur, de la salade dans un saladier en Pyrex, des petits pains ronds et les nouvelles chips Smith « présalées », sans le minuscule sachet bleu qui va avec d'habitude.

Christine et Barbara s'éloignent dans les allées, entre les arbres, sur les bicyclettes qui les attendaient ici, des saucisses noircies coincées entre les dents tels des cigares. Au-dessus des ramures, s'élève la fumée d'autres appareils de cuisine, évocatrice de signaux indiens. Comme l'obscurité s'épaissit, Eileen pose une lanterne sur la table où nous avons mangé, dehors, puis nous regardons les papillons de nuit voleter contre le verre brûlant jusqu'à l'anéantissement. Loin d'Oxford et de ses costumes, Cumbernald est plaisamment ridicule en sandales, short informe et tee-shirt Fred Perry, du noir de charbon sur le front.

Les enfants finissent par revenir, rouges et rayonnantes. Un coup d'œil à ma montre me permet de constater qu'il est déjà près de onze heures. Lorsque l'agitation de leur bain tardif s'est réduite à quelques cris bizarres, je décide qu'il est temps pour moi aussi d'aller me coucher.

« Vous avez déjà l'air plus en forme », me dit mon hôte, son verre de vin dans son giron. « Eileen m'a prévenu que vous avez apporté un tas de livres... alors demain, faites comme bon vous semble. Mais c'est vraiment *quelque chose*, ici, hein ? Une authentique bouffée d'Angleterre. »

Il englobe les alentours d'un grand geste. Le calme nocturne s'est brusquement installé — balancement léger des pins, ululement lointain d'un hibou. On s'imaginerait facilement entendre grogner un ours, fouir un sanglier, hurler un loup — le retour des bêtes d'antan dans la vaste forêt d'Albion.

Je vais en faire la remarque — ou l'équivalent —, lorsqu'un cri suraigu retentit. Le bruit paraît tellement étrange en ces lieux, tellement familier pourtant en prenant de l'ampleur, qu'il me faut un moment pour reconnaître le simple vacarme d'un train.

« Ce sont juste des transports de marchandises », m'explique Cumbernald pendant que le convoi passe, invisible, juste à l'arrière du pavillon. « Personne n'a pu me dire d'où ils venaient ni où ils allaient, mais ne vous inquiétez pas, mon vieux. Jamais je n'en ai entendu plus tard. Ils ne vous empêcheront pas de dormir. »

Le lendemain matin, œufs au bacon. Les filles sont déjà allées les chercher à vélo au magasin du camp pour qu'Eileen les prépare, fidèle à son rôle traditionnel, maintenant que la cuisine se fait de nouveau à l'intérieur. Œufs au bacon, œufs au bacon... Leur grésillement se mêle dans ma tête au rugissement et aux claquements des trains qui ont fractionné ma nuit.

Je cligne des yeux dans la cuisine toute de pin et de jaune, pendant qu'on me complimente sur ma meilleure mine. À les voir avaler des litres de jus d'orange et de café, je ne doute pas que les Cumbernald aient dormi comme des souches.

« Je me disais que nous pourrions aller au Coin Soleil, ce matin », dit monsieur en repliant le *Times*.

Au-dessus du pli, une photo montre John Arthur serrant la main de Roosevelt. D'après mes livres modernistes, la fouille n'est pas de mise, même pour les personnalités de moindre rang, avant le face-à-face avec le Grand Homme.

« Le Coin Soleil, aujourd'hui. Ça vous va, Brook ?

— Hein ? Oh... Oui, très bien. »

Je ne sais pourquoi, les filles pouffent jusqu'à ce que le jus d'orange leur ressorte par le nez.

Penrhos Park est bien plus étendu que je ne le pensais. La structure ne possède pas seulement son propre magasin, mais aussi tout un complexe central où les enfants peuvent jouer au ping-pong, aux échecs, regarder la télévision dans une vaste pièce obscure, faire des glissades sur le parquet de la salle de bal ou s'éclabousser en hurlant dans l'aquarium géant de la piscine couverte.

La fréquentation est très cosmopolite. Les accents américains me semblent étonnamment nombreux. Il n'y a pas si longtemps, la Très-Grande-Bretagne, réputée instable et raciste, était considérée à l'étranger comme une poudrière, une paria. Mais ce genre de choses ne dure jamais. Maintenant que la Russie soviétique a été révélée dans toute la morne grisaille qui est sienne depuis le début, notre pays est devenu le principal objet de la fascination internationale. D'après le dicton, ce que la Très-Grande-Bretagne moderniste fait aujourd'hui, le reste du monde le fera demain. Regardez nos voitures, nos routes, nos télévisions, notre politique... Regardez les endroits de ce genre ! Chacun veut voir ce qu'il en est pour en parler ensuite à ses amis de Philadelphie ou de Baden-Baden, même s'il a encore un peu peur.

Le Coin Soleil, signalé par d'innombrables pancartes, impose pourtant une longue marche parmi les tentes et les arbres. Eileen se débat avec son sac de toile, pendant que les filles courent devant nous et qu'Eric porte virilement son *Times*. Je boitille à l'arrière-garde, appuyé sur ma canne, en chemise à col ouvert et chaud pantalon de laine.

« Le soleil ne vous *dérange* pas, Geoffrey, j'espère ? » me demande Eric, de sous son panama. « Vous n'êtes pas *hypersensible* ?

— Non, non... pas du tout. »

Des haies élevées et de longs murs dissimulent le Coin Soleil, auquel on n'accède qu'après avoir fait la queue à un tourniquet. On se retrouve alors devant des portes battantes, qui ouvrent sur un tunnel en bois étouffant, bordé de bancs, où les gens sont censés se changer. Eileen ôte son bain-de-soleil — celui qu'elle portait hier soir — et l'accroche à une patère numérotée. Elle n'a pas de soutien-gorge. Cumbernald, par contraste, retire son short et son caleçon informe, avant de se débarrasser de ses sandales. Les enfants, déjà nues par la grâce d'un procédé instantané, décampent sur le plancher lisse en direction du carré étincelant qui nous attend à l'autre extrémité du passage. Elles se réduisent d'abord à de fins contours, puis à des squelettes, avant de disparaître complètement. Comme si le soleil les avait avalées.

Cumbernald est vraiment *très* brun. Sans doute passe-t-il son temps à faire ce genre de choses. Eileen aussi ; en revanche, elle n'est pas aussi blonde qu'elle le prétend.

« Ça va, Brook ? Prenez votre canne, si vous voulez. Ou laissez-la ici. On ne se fait jamais rien voler. »

Je déboutonne quelques boutons insignifiants de ma chemise, en me demandant si un bon pinçon me réveillerait. *Quel rêve stupéfiant. Je me trouvais avec le principal du collège et sa femme. Ils se déshabillaient, puis ils m'invitaient à les imiter...*

« Je vais vous chercher une veste de protection », décide Eileen en s'éloignant elle aussi dans le soleil, balançant ses fesses creusées de fossettes.

« Rien ne vaut ce genre d'expérience », affirme Eric en se donnant de grandes claques ici et là. « Il paraît que John Arthur est un adepte. Jim Toller aussi, bien sûr... Son article dans le *H&E*[1] du mois dernier était *fascinant*... »

J'acquiesce. Je me laisserais volontiers tomber sur le banc, si cela ne devait amener mes yeux à un niveau malencontreux. Quoique Cumbernald soit plutôt en forme, son corps s'affaisse, ce qui est normal, à son âge. Pas d'excès de graisse. Je pense aux cochons bleus de Walter. *Bang Bang*. Les hommes sont de sacrés animaux. La lumière qui tombe de la fenêtre givrée brille sur les plages de peau qui séparent les côtes de mon compagnon.

« Et voilà », lance Eileen en revenant, une boule de coton beige froissé entre les mains. Je remarque qu'elle a toujours ses boucles d'oreilles. Son alliance. La cicatrice plissée d'une opération abdominale m'adresse un sourire en coin. « Une veste de protection. Il fait tellement chaud, aujourd'hui, ça vous évitera de brûler. Allez, viens, Eric. Vous n'avez pas besoin de nous, n'est-ce pas, Geoffrey ? Non. Nous serons juste là-dehors, au café. Voulez-vous que je vous commande une glace... ? »

Journée de feu sur cette petite île du Soleil, où le mois d'août se fait miel. Autour de moi, on se promène, luisant de crème solaire ; on pratique divers sports ; on se nourrit simplement ; on prend soin d'évacuer ses ordures. Tous les âges sont représentés ; tous les styles, aussi, du filiforme au boursouflé, de la belle jeunesse insouciante à une incroyable laideur, de la patine ratatinée à la pâleur voûtée cadavéreuse

1. *Health & Efficiency* (Santé et Efficacité), magazine naturiste.

— dont je suis un spécimen ; il y a même des amputés. Tout ce petit monde discute, va et vient, sourit, s'abrite les yeux pour contempler le point étincelant du soleil en s'émerveillant tant et plus du merveilleux bien-être général, du temps merveilleux, de l'endroit merveilleux où le hasard nous a menés.

Je m'installe près du lac avec un livre intitulé *Le passé à venir*, en promettant de garder un œil sur les enfants, pendant que les Cumbernald vont grossir une équipe de volley-ball. Ma veste de protection, sous laquelle je suis aussi nu que les autres, ne suscite apparemment qu'indifférence. Le sable blanc qui entoure le lac paraît naturel, mais sans doute a-t-il été apporté ici par pleins camions. L'eau est incroyablement sombre, incroyablement étincelante. Les corps y plongent et en ressortent, aussi lisses que des loutres. L'inconnue qui donne le sein à son bébé, sur le drap de plage voisin, me fait parfois un bout de conversation. Au loin, tournent des voiles blanches.

Il m'arrive d'entrevoir les deux filles. Une langue de terre s'avance dans les flots, le long des arbres. En ce moment, Barbara est pendue au plongeoir le plus bas, sur lequel Christine saute de bon cœur. Un jeune Adonis quasi dépourvu de pilosité marche au bord de l'eau. Perdus dans l'exhibition, ses organes génitaux sont fort décevants — petite réflexion a posteriori, tant il est vrai que le sexe ne constitue ici qu'une abstraction lointaine. Il semble donc exact qu'une fois nu, l'être humain s'avère d'une décence inouïe. Voilà comment nous devrions tous vivre. Sans doute cela résoudrait-il les problèmes universels, je m'en rends compte, à présent — *Le naturisme — Nouvelle théorie de l'histoire mondiale...* Le seul ennui, c'est que, si mes souvenirs sont bons, ce titre-là fait partie de ceux sur lesquels j'ai tiré un trait en m'approvisionnant chez Blackwell pour mes recherches.

Christine et Barbara se sont de nouveau évaporées. Les yeux plissés, je considère les pages de mon livre en agitant les orteils dans le sable. Chapitre V. *La grandeur de l'héritage britannique — mythe ou réalité ?* La sueur me picote sous la veste protectrice. Un regard circulaire pour voir si quelqu'un m'observe — ce qui paraît bien improbable —, et je l'enlève. Le contact humide de l'air m'enveloppe soudain tout entier, curieusement vivifiant. Lorsque je me rallonge sur ma serviette, laissant tourner dans le sable les pages du *Passé à venir* oublié, ma peau me semble plus proche du soleil. Je suis partie intégrante de l'eau, de l'air, des cris, des rires...

Je m'éveille à une curieuse sensation de nudité et au choc frais de l'eau. Christine m'adresse un sourire troué en finissant d'écarter au-dessus de moi ses mains ruisselantes. Barbara pouffe. Leurs parents se tiennent un peu plus loin sur la plage, des serviettes drapées sur les épaules.

« Vous m'avez l'air un peu *rouge*, Brook, je me permets de vous le signaler. Il vaudrait mieux que vous mettiez de la crème solaire... »

Le principal s'accroupit et entreprend de m'enduire le dos en sifflotant tout bas entre ses dents.

Midi arrive puis passe. L'après-midi s'écoule. Je nage quelques instants, un arc-en-ciel huileux de crème solaire se déployant dans mon sillage comme dans celui d'un chalutier qui fuit. Je mange de la glace et une des célèbres tourtes au porc Melton Mowbrey. Je bois des litres de Vimto. Je laisse les filles m'enterrer dans le sable. Je retourne nager. Eileen m'aide à m'enduire une nouvelle fois de crème solaire, ce qui me permet de constater que les seins des femmes à quatre pattes pendent exactement comme des mamelles. D'ailleurs, quand on y pense, ce sont *en effet* des mamelles. Les femmes ont aussi le chic pour garder leurs organes génitaux hors de vue, même nues. Les hommes sont tellement exhibitionnistes... Au crépuscule, lorsqu'un air plus frais vient rider le lac, je ramasse mes rares affaires avant de remonter la pente avec les autres en direction du vestiaire. J'ai des démangeaisons, et l'eau chaude qui ruisselle sur mes épaules me paraît aussi bouillante que de la lave, dans les douches communes carrelées de blanc. Qui plus est, mon pénis ressemble un peu aux saucisses grillées de Cumbernald — cuites d'un seul côté. Quand je me rhabille, mes vêtements me font l'effet du papier de verre.

La nuit tombée, enduit d'onguents mentholés, frissonnant et suant sous l'unique drap dont je supporte le contact, je tends l'oreille aux trains, qui ont repris leur va-et-vient — claquements des chaînes et des attelages, sifflements des freins. Des grincements de ressorts traversent également les minces cloisons du pavillon, lorsque les Cumbernald entament leur propre va-et-vient. Des cris d'enfants se mêlent à l'ensemble ; le vacarme des douches dont ils émergent tels des noyés, les cheveux trempés, d'une nudité aiguisée, avant de se faire avaler par le brasier éclatant de la lumière...

À trois heures du matin, raidi et nauséeux, je m'enveloppe de mon drap collant puis boitille jusqu'aux toilettes. Après m'être soulagé et avoir décidé que non, en fin de compte, je n'allais pas vomir, je me glisse à travers le salon obscur vers les portes-fenêtres. Une nuit argentée couvre les arbres autour de la clairière. Lorsque la baie vitrée s'ouvre en silence, une odeur de pin, de pollen et de rosée me monte aux narines. Une étonnante profusion d'étoiles brillent dans le ciel. Les soupirs d'un énorme animal me parviennent — le souffle du train qui attend juste derrière le pavillon ou presque. Pieds nus, enveloppé de mon linceul froissé, je m'avance vers lui malgré les piqûres d'orties.

Un talus, puis une rangée d'arbres, séparent la maisonnette de la voie ferrée. Curieusement, on n'en voit pas grand-chose, même de près, car l'ultime obstacle — une clôture — est couvert de plantes grimpantes. J'ignore à quoi je m'attendais, mais il s'agit juste d'un train de marchandises, comme l'a dit Cumbernald. L'énorme locomotive soupire, impatiente, en attendant qu'un signal se modifie. Le chauffeur aux rides teintées de rouge se penche sur le marchepied, pendant que le conducteur fume une cigarette au bord de la voie en donnant des coups de pied dans le gravier. La machine, haute et imposante, toute noire, est dépourvue de nom ainsi que de numéro.

Enfin, le conducteur jette un coup d'œil à sa montre puis rejoint son poste. Les rails sifflent, lorsque les grands pistons coudés se mettent en branle. Les roues patinent sous l'effet de la tension puis couinent, accrochent, commencent à bouger, halant l'énorme fardeau qui s'étire dans la nuit. Les wagons, ouverts à l'arrière, disparaissent sous des bâches de camouflage tachetées qui ont glissé par endroits, à moins qu'elles n'aient été mal accrochées. Le premier indice obtenu, le défilé bruyant du convoi laisse deviner sans difficulté les énormes silhouettes aux ailes arrachées comme par un enfant cruel. Des bombardiers. *Œufs au bacon, œufs au bacon, pomme à la crème, pomme à la crème, biscuits et fromage, biscuits et fromage, poisson-frites, poisson-frites...* Je les regarde tressauter en grondant. Il me semble voir passer plus d'un kilomètre de wagons, avant que la lumière rouge du dernier disparaisse enfin vers le sud.

Je reviens sur mes pas à travers le sous-bois puis l'herbe humides. Le pavillon est silencieux. Dans ma chambre, j'allume la lumière et m'installe à la coiffeuse. Portant mon poids sur ma fesse la moins brûlée, aux seuls bruits de la nuit paisible et des ronflements discrets de mes hôtes, j'ouvre mes livres afin de me mettre au travail.

J'estime personnellement qu'un homme en dévoile beaucoup plus sur lui-même lorsqu'il décide de se lancer dans la politique que par le choix de son parti. En effet, tous les politiciens ont énormément de points communs. Ils forment une véritable espèce — la bonhomie avec laquelle John Arthur accueille des dignitaires aussi différents que Franco, Staline, voire à présent Roosevelt le prouve assez.

Ancien boxeur, ancien caporal, donc meneur de petits groupes habitué aux décisions difficiles et aux horreurs de la guerre, John Arthur était bien armé pour marquer de son sceau le monde étrange et violent des marginaux politiques des années vingt. Chacun sait qu'il emménagea à Londres en 1922, dans une pension bon marché de Balham (autre musée, de nos jours). Là, au chômage, affamé, il manqua mourir d'une pneumonie. Je le vois très bien émerger de sa chrysalide de fièvre, fermement décidé à laisser derrière lui la boxe, la guerre et tout le reste de son existence. Le voilà enfin vraiment devenu John Arthur.

Le moindre Britannique avait conscience que, à la fin du conflit, la Grande-Bretagne avait été malmenée. Le traité de Versailles nous avait donné à tous la nette impression que Français et Allemands, malgré leur récente inimitié, avaient comploté la destruction de notre empire. Sinon, pourquoi transformer en protectorats de la toute nouvelle Société des Nations — instituée par Wilson — la Syrie, l'Irak, la Palestine, le Soudan, la Rhodésie, le Nigeria, Chypre ? Certes, ces contrées ne constituaient pour la plupart de mes compatriotes que de vagues parties de l'immensité rose rassurante étalée sur les cartes accrochées dans les salles de classe, mais comment se faisait-il que, à présent, n'importe qui ou presque, hormis les Britanniques, eût le droit de les civiliser, puis de les déclarer prêtes à prendre en charge leur propre destinée ?

Cette souffrance seule unissait la nation. Il nous restait évidemment l'Afrique du Sud, l'Australie, la Nouvelle-Zélande, le Canada, l'Inde et même les Malouines, mais hormis l'Inde, c'étaient des pays de « Blancs » qui avaient souffert de la guerre autant, voire plus, que la Grande-Bretagne.

En Italie, Il Duce avait déjà pris le pouvoir, construisait des temples romans et se martelait la poitrine sur les balcons, alors que John Arthur en était encore à essayer de faire entendre sa voix au fond des bars de l'East End. L'Afrique du Sud plongeait dans la guerre civile, les Russes avançaient à travers l'Afghanistan en direction de la frontière indienne ; seules d'autres pertes puis une dernière humiliation écrasante attendaient le Royaume-Uni : en 1923, avec le soutien ouvert de nombreux membres du Congrès américain, les républicains irlandais vainquirent les forces anglaises à Dublin, les repoussant rue par rue, avant de les attaquer à nouveau pendant leur retrait vers le nord. De Valera, terroriste notoire, devint le chef du nouveau gouvernement indépendant.

Rien ne semblait plus valoir grand-chose. La guerre et les réparations imposées par le traité détruisaient l'économie britannique. Démoralisés, nous nous enfoncions dans la spirale de l'inflation galopante. Il fallut battre monnaie : une « livre nouvelle » équivalait à cent anciennes. Quelques semaines plus tard, on disait partout que ç'eût dû être mille. Moi aussi, j'eus faim, je fis la queue devant l'épicerie pour acheter 10£, 50£, 100£ de chou pourri, pendant que les élections générales s'enchaînaient, que MacDonald succédait à Baldwin, qui lui succédait à nouveau. Bevin, porté à la tête du parti travailliste, se révéla incapable de maîtriser la colère des ouvriers qu'il était censé représenter. Les grandes grèves qui ponctuèrent le début des années vingt finirent par amener la dissolution de la gauche libérale. La famine régnait en Inde. Manifestations et émeutes se succédaient. Un homme sur trois seulement avait du travail, disait-on.

Les partis politiques marginaux, pittoresques et souvent très violents, menaient grand bruit. Et je ne parle pas seulement des extrémistes de droite ou de gauche, mais aussi des fondamentalistes religieux, des danseurs rythmiques, des gourous, des partisans du retour à la nature. Pourtant, la plupart des gens n'y prêtaient guère attention : la désillusion était tout simplement trop immense. Lorsque Churchill prit le pouvoir, pendant la troisième grande grève de 1924-1925, lorsqu'il réussit à vaincre les mineurs et les conducteurs de train puis à imposer une « livre garantie » à laquelle la population crut réellement, il sembla que le pire du cauchemar de l'après-guerre allait s'achever.

Mais l'argent manquait toujours. Le chômage demeurait énorme. Communistes et fascistes ne disparaissaient pas. Non plus que les réparations à payer, le sentiment de défaite, l'impression de crise nationale que Churchill savait si bien exploiter. Nous étions faibles. Dans le nouvel ordre du monde, la Grande-Bretagne était une nation de troisième catégorie ; une petite île au large d'un continent imposant, comme la Terre de Feu, Ceylan ou Madagascar.

À cette époque, je ne vis John Arthur qu'une seule fois — privilège dont se vantent aujourd'hui tant de gens qu'ils rempliraient le stade de Wembley. J'enseignais toujours au lycée de Lichfield, souvent à court de livres, d'élèves, de charbon pour faire chauffer la bouilloire, en hiver, voire de craie. L'établissement vivait à crédit et ne payait plus que demi-salaire, mais j'avais déjà bien de la chance de garder mon emploi et d'être propriétaire de ma maison.

Je connaissais alors les divers arrêts de bus et buissons fréquentés à l'occasion par les solitaires de Lichfield, mais aussi les pièges que leur tendait la police, les articles accablants du *Lichfield Mercury*, souvent suivis du suicide des malheureux mis en cause ou de longues peines de prison, les passages à tabac et les sodomies à la matraque qui accompagnaient en général une nuit au poste. Malgré ma peur de perdre ma vie et mon travail, un besoin érotique profond me tenaillait. J'aurais évidemment pu honorer la mémoire de Francis en cherchant à rencontrer un homme de qui je me serais senti assez proche pour peut-être apprendre à l'aimer, en fin de compte. Au contraire, pendant que les années vingt passaient du haddock à 500 £ et des pleines brouettes de billets aux grands discours creux de Churchill, je devins un habitué du week-end à Londres.

Là, sous les arcades des pompiers du comté, à Piccadilly, dans les urinoirs des gares de Victoria ou de South Kensington, au fond des ruelles telles que Falconbury Mews, parfois sous le ciel d'été de Hampstead Heath, la marine marchande me laissait sucer un des siens — ou, s'ils étaient en nombre, m'obligeait en général à me laisser sodomiser à la chaîne, douloureusement. Meurtrissures et affronts semblaient incontournables, dans le rituel. Après Francis, j'avais suivi le chemin qu'empruntent bien des invertis lorsque l'amour les a trahis : priver le sexe de son pouvoir sacré en le réduisant à un instrument de dégradation, de parodie, de déni de soi.

Ainsi s'écoula mon âge moyen. Un jour où j'errais à près de minuit dans un quartier de l'East End que la police avait depuis longtemps renoncé à pacifier, je traversai un pavage inégal pour gagner la lumière et le vacarme d'un pub situé à l'extrémité d'une rangée de maisons attenantes. Il empestait la virilité suante, la mauvaise bière et la pisse. Je m'y sentis immédiatement chez moi. Une demi-heure plus tôt, pas davantage, j'étouffais presque, à quatre pattes sur un terrain vague noirci par le feu, un poing tordait l'arrière de mon col, et une voix sifflait *putains d'enculés mon Dieu mon Dieu saletés de putains d'enculés putain de putain vous me rendez malade*, pendant que le propriétaire de ce poing et de cette voix s'introduisait de force en moi sans le moindre lubrifiant. Le pub — le Cottage Spring — était un de ces établissements où des gens qui se connaissent à peine se réunissent pour brailler. La gorge sèche, je voulus me frayer un passage jusqu'au comptoir, mais bourrades et coups d'épaules m'en dissuadèrent. Je compris alors qu'il allait se passer quelque chose. On s'éclaircissait la gorge, un silence relatif tombait. Sans doute une femme au foyer du quartier allait-elle monter sur quelques tables réunies, se déshabiller puis faire ce qu'elle était censée faire pour gagner l'argent réuni dans un grand verre. Je n'avais pas encore compris qu'il existait des pubs politiques et que le Cottage Spring en était un — fasciste.

L'East End vivait alors des nuits anxieuses, agitées. Les Polonais, les Russes blancs et les juifs lituaniens qui s'y étaient installés juste après la guerre avaient fui leurs maisons incendiées. Pourtant, la quête du sexe m'obsédait tellement que je n'avais pas conscience des risques de cet ordre attachés à mes errances dans le quartier. Il me fallut un bon moment pour prendre conscience de la violence palpable qui planait sur la foule bourdonnante. Un homme monta sur une table, voulut parler, mais en fut délogé puis disparut sous une grêle de coups. Un autre, le nez cassé, en sang, se fraya un chemin près de moi.

Je m'étais jeté par hasard dans un vortex extrêmement dangereux. Personne ne m'avait remarqué à mon arrivée — j'étais déjà en assez mauvais état pour jouer mon rôle —, mais il en irait tout autrement si j'essayais de partir, à présent. De l'autre côté du pub, une bribe de chanson curieusement insouciante suscita quelques remous ; le changement d'ambiance fut très net. Un regard circulaire me montra que les lèvres de mon voisin le plus proche remuaient, de même que celles de bien d'autres clients. Un murmure, à peine audible tout d'abord, prenait lentement consistance, se précisait, emplissait l'établissement. Un nom. Alors, il monta sur le bar, l'homme qu'appelaient tous ces miséreux. En chemise usée trop grande, gilet de cuir décousu, pantalon en velours à grosse ceinture de mineur. Il se posta au-dessus de ces cous sales, mal rasés. Malgré son teint blême, ses mains tachées de boue ou de sang, il conservait sa dignité naturelle, planté devant les rangées de verres poussiéreux. Il leva les bras, souriant, les yeux baissés vers la salle. Le silence se fit. Quoiqu'il eût beaucoup changé en quinze ans, car il y avait quinze ans que je ne l'avais vu, ce sourire scella ma certitude. Cet homme, ce John Arthur qu'appelaient les clients, était en fait Francis Eveleigh.

Mais ce n'était pas *mon* Francis. Cela aussi, j'en eus la certitude immédiate. Il avait changé comme on change toujours en vieillissant (bien qu'il conservât l'air douloureusement jeune). De fines rides entouraient ses yeux. Sa bouche s'était amincie. Ses cheveux s'enneigeaient. Mais il s'était aussi transformé d'une manière plus fondamentale — il semblait avoir perdu une partie de son être, à moins au contraire que quelque chose n'eût crû et embelli en lui, ou encore qu'il n'y eût eu substitution. À ce jour, je ne sais toujours pas exactement de quoi il s'agit.

Je n'agitai pas les bras en criant *Hé, Francis, c'est moi, Griff ! Ton amant d'autrefois ! Comment se fait-il que tu ne sois pas mort ?* Je ne cherchai même pas à rencontrer son regard. Je reculai lentement vers un gros pilier, tout au fond du pub, pendant que d'autres jouaient des coudes pour se rapprocher de lui. Je voulais échapper à son attention.

À l'époque, ses fidèles s'étaient baptisés les Hommes de saint Georges. De toute évidence, ils venaient de participer à une bagarre de rue. D'où les bâtons cloutés et autres armes artisanales appuyés près de la porte. Toutefois, même s'ils étaient sortis vainqueurs de l'échauffourée, elle les avait visiblement laissés sur leur faim. Ils étaient toujours aussi remontés, sanguins, ardents.

Lorsque Francis — lorsque John Arthur — monta sur le bar, sourit, leva les bras puis se mit à discourir avec son charmant accent du Yorkshire, tellement inattendu, les émotions qui plus tard allaient devenir familières à la nation tout entière m'envahirent. Une sorte de désir haletant, un besoin quasi sexuel d'être rassuré, aimé, consolé que seul satisferait jamais cet homme-là. Après toutes les déceptions, après toutes les perplexités de la vie, les miséreux sans travail avaient désespérément envie de s'entendre dire que oui, en fait, tout était simple. Sans avoir à transiger ni à devenir plus qu'ils n'étaient, ils pouvaient prendre le pouvoir. Ils pouvaient changer l'Histoire.

John Arthur a perfectionné sa technique, depuis, et cette nuit-là, je n'étais pas en état de comprendre ce qu'il disait. Il n'empêche : le spectacle fut à la base le même que ceux qu'il devait donner par la suite devant le 10, Downing Street, sur le perron du nouveau palais de Buckingham ou à la télévision nationale. L'attente initiale. Le sourire complice, autodépréciateur, montrant bien que notre homme n'a toujours pas compris pourquoi *lui*. La plaisanterie bon enfant, suivie de quelques remarques indulgentes. La foule commence alors à se détendre, à rendre son sourire à l'orateur ; au Cottage Spring, un murmure naquit même en fond sonore, l'obligeant à relever les mains pour redemander le silence. À ce moment-là, son auditoire est persuadé que le discours à venir va se limiter à un petit monologue apaisant, mais voilà qu'une simple anecdote mène par un brusque virage à une quelconque humiliation nationale. Peut-être le sabordement forcé de la flotte à Scapa Flow, en 1919, le refus opposé à la demande de MacDonald de rejoindre la Société des Nations ou l'Irlande. Toujours l'Irlande. John Arthur, clairement maître du jeu, à présent, regarde son public avec tristesse. Ah, disent ses yeux, si seulement nous pouvions partager les rires et les jeux des enfants innocents... si seulement l'Histoire pouvait continuer sans nous... mais nous avons du pain sur la planche...

Il exprime plus de chagrin que de colère : les insultes et la philosophie simplette sont réservées à ses sous-fifres. Lorsque sa voix monte, personne ne s'en rend compte, parce que c'est dans le sillage de la passion soulevée parmi ses auditeurs. À vrai dire, il a l'air tellement calme, tellement récalcitrant, qu'un même désir ardent emplit tous ceux qui l'écoutent : ils l'implorent du fond du cœur de les libérer de leur fardeau, de les sauver, de les guérir. Ils le poussent de l'avant avec emportement.

Quoi qu'il en soit, ce qu'il dit au juste cette nuit-là n'a pas plus d'importance que ses discours récents aux Jeux olympiques ou ses adieux à l'expédition superbement maudite de Fordingham, en route pour l'Everest. Je ne puis affirmer qu'une chose : malgré le choc et la peur initiaux, l'émotion qui s'empara de moi fut aussi puissante que l'exaltation suscitée par la bonne musique populaire. D'ailleurs, quand John Arthur en eut terminé et descendit du comptoir avec son petit mouvement de tête caractéristique, l'ambiance avait changé, au Cottage Spring. Les clients n'avaient plus envie d'incendier le club irlandais ou la synagogue du quartier — si tant était qu'il en restât dans l'East End — ni de botter le cul, littéralement, à de malheureux sodomites. Leur violence avait été exorcisée. Ils étaient heureux de se perdre dans la nuit pour regagner ce qu'ils considéraient comme leur foyer. Des années durant, je me suis cramponné à cette image d'un John Arthur apaisant la violence plutôt que de l'attiser. Elle m'a aidé à éviter la folie.

Pendant que la foule s'éclaircissait soudain, je restais planté derrière mon pilier, incapable de bouger. Francis riait, très à l'aise, devant le bar d'où il avait discouru. La main posée sur l'épaule de l'homme un peu plus dodu, un peu plus âgé qui allait devenir l'adjoint au Premier ministre, William Arkwright, il discutait aussi avec son lieutenant de l'époque, Peter Harrison, exécuté pour trahison en 1938. Ses yeux gris mobiles ne les quittaient pas. En le voyant là, je constatai avec surprise qu'il était toujours aussi mince, que j'avais toujours aussi envie de le tenir dans mes bras. Le sixième sens innommé qui permet à certains privilégiés de deviner qu'on les regarde le fit soudain tourner la tête dans ma direction.

Je n'y pouvais rien. Alors je restai planté à côté du pilier, derrière les tables et les chaises renversées, les mains dans les poches de mon manteau sale, parfaite image du pauvre type vieillissant que j'étais, je le savais. Une fraction de seconde, trop courte même pour que l'expression descendît jusqu'à la bouche de son beau visage toujours si animé, ses yeux sourirent presque ; l'ombre de ce qui ne pouvait être que la reconnaissance y passa. Puis il détourna le regard.

Penrhos Park me permet de flotter au gré de l'été et de l'Histoire, étourdi par les coups de chaleur et le vin du Kent suavement traître, enveloppé du bourdonnement des insectes, des enfants à bicyclette, de la caméra de Cumbernald, du soleil rugissant au cœur de lion. Un jour, nous partons en voiture pique-niquer parmi les ruines du château de Chepstow. Ensuite, je me promène en ville, à la recherche d'un cadeau pour mes hôtes, qui refusent obstinément de me laisser payer mon séjour. Voir des gens habillés m'étonne, bien qu'ils ne portent en fait pas grand-chose durant cet été prolongé. Les robes raccourcissent. Les dessous apparaissent. Les hommes, torse nu, ont la peau rouge et curieusement tatouée, comme les braves indiens. Ce sont les petits enfants les plus heureux — dispersés parmi les librairies, maculés de chocolat, allègrement nus.

Tous les soirs, je lis Enid Blyton aux deux filles, qui se tournent et se retournent dans leur lit brûlant. Nous jouons au club des Cinq, nous disputant pour savoir qui est François, Claude ou le chien, et où peut bien se trouver le passage secret. Le dimanche matin, nous nous rendons en masse à l'église du camp de vacances, survivance merveilleusement restaurée d'un village disparu : grosses colonnes, croisés ensevelis dans la crypte, voûtes normandes, et Jeannette [1] souriante délicieusement obscène perdue parmi les gargouilles. L'édifice est tout empli des voix des fidèles, du parfum des lys et de la pierre humide. Les gens s'en viennent tranquillement, les femmes tête nue, les hommes en short, les enfants rieurs, gambadant dans les allées. L'inconnue que j'ai vue sur la plage, près du lac, donne encore le sein à son bébé. Tout est intemporel, délicieusement ordinaire.

Je compte les quelques jours qu'il me reste à passer ici comme un enfant à la Noël, en regrettant qu'ils ne soient pas plus longs. Ensuite, arrivera ce qui doit arriver. Le dernier soir, lorsque les chauves-souris ont remplacé les moineaux, lorsque nous avons bu plus de vin trouble que jamais, Eric tente de m'en faire dire davantage sur mes relations avec John Arthur. Eileen veille, se triturant la plante du pied. Voilà ma chance de payer mon séjour. Je m'efforce donc de broder sur mon histoire — que j'ai sans doute déjà racontée à Cumbernald — pour en tirer une tapisserie éclatante. L'école. La mine. Le garçon discret, au fond de la classe, la main levée... Pour une fois, le conte me paraît étrangement émouvant. J'aimerais qu'il soit vrai. Alors, peut-être le reste serait-il différent.

« À votre avis, Geoffrey, pourquoi veut-il vous revoir maintenant ? interroge mon principal.

1. Sorte de lutin féminin.

— Il va avoir cinquante ans », réponds-je. En réalité — s'il existait une telle réalité —, Francis Eveleigh n'aurait que quarante-six ans. Le 8 septembre, pas à l'occasion de Trafalgar Day, ce qui est bien pratique. Je me rappelle lui avoir offert un ensemble de stylos d'un prix gênant pour ses dix-neuf ans. « C'est l'âge auquel on regarde en arrière ce qu'on a fait de sa vie. Sans doute en va-t-il de même pour lui... »

Eric hoche la tête. Eileen se gratte le mollet. Les arbres froufroutent. J'ai connu John Arthur. Ils semblent un peu épatés.

« Mais ce n'est pas comme si... »

Je m'interromps, hésitant. Sur ma vie, je ne comprends pas pourquoi Francis a choisi ce jour particulier, où il se passera tant d'autres choses — feux d'artifice, fêtes de rue, feux de joie, défilés sur le Mall. Une de ses célèbres visites surprises, un coup discret à la porte de mes appartements, au collège, eût été tellement plus en accord avec le mythe de John Arthur.

« Ce n'est pas comme si nous allions nous voir bien longtemps... »

Mon nom figure parmi une quinzaine d'autres, sur l'emploi du temps envoyé par ses plus fidèles fonctionnaires. *Six heures du soir. Au 10, Downing Street, le Premier ministre accueille...* Dignitaires mineurs, membres du parti que nul ne célèbre. Malgré tout, malgré mon complot, je ne puis prétendre que me voir casé parmi ces Messieurs Personne ne m'ait pas fait souffrir.

« Ma foi... » Eric allume une cigarette, avant de nous en proposer à Eileen et moi, petites braises déjà brillantes. Dans l'obscurité de plus en plus épaisse, nous évoquons trois vers luisants agités. « Nous serons tous avec vous, Brook. Au moment où vous serrerez la main de John Arthur... »

Œufs au bacon, œufs au bacon...

Retour à Oxford. Cette fois, les deux filles réussissent à être bien malades, à l'arrière de la Daimler. Les manches trempées, tout près de vomir, moi aussi, je laisse les Cumbernald nettoyer voiture et enfants devant les voûtes du collège.

Les jours passent à toute vitesse. La semaine dorée approche. Pierres et champs s'illuminent par anticipation. L'arrosage des jardins est interdit, car les rivières et les réservoirs ont atteint le niveau le plus alarmant depuis la création des archives — tout comme les inondations, les tempêtes et les chutes de neige. L'eau des fontaines de Trafalgar Square est coupée. Les journaux, écumants, fustigent le soleil monstrueux et le temps affreusement beau. Les étudiants de première année arrivent lentement à Oxford. Pâles, éblouis, la chemise au vent, des picotements dans le cou à cause des étiquettes à leur nom cousues sur leur col par leur mère ou leur tante. J'ai peine à croire que, si je vivais assez vieux pour le voir, je trouverais dans un an ou deux les mêmes en train de prendre le petit déjeuner au George's Café, en habit de soirée maculé de rouge à lèvres.

Les occupants de plus longue date de l'université, professeurs et compagnie, docteurs et pasteurs, maîtres de conférences de sujets abstrus, auteurs d'ouvrages à succès, maniaques sexuels, fouineurs, alcooliques honteux, secrétaires honoraires, athlètes et esthètes croassent et battent de leurs grandes manches noires depuis leurs perchoirs. Le soleil brille toujours autant. Les arbres desséchés se cramponnent résolument à leurs feuilles. Les bateaux à fond plat passent lentement sous le pont de Magdalene, avant de s'empêtrer dans la boue marron et les roseaux morts de la Cherwell, de plus en plus maigre.

Un message de Bracken me parvient par la poste universitaire. Malgré une écriture terrible, je comprends que le jeune homme parle de lier « science et histoire » avant son départ. L'idée folle qu'on puisse étudier quelque chose assez à fond pour que personne d'autre ne s'en occupe jamais plus, comme il me l'a dit la dernière fois, me plaît assez. Après tout, c'est exactement ce qu'a fait J. D. Beazley avec les vases grecs, quand il n'était pas trop occupé à harceler A. E. Houseman. Je reçois aussi une carte postale J. Arthur Dixon, envoyée de York Minster par Ursula, le tampon d'approbation de la censure dissimulant la moitié des pattes de mouche.

Lorsque je reprends mes excursions occasionnelles au Radcliffe, les nouvelles radios révèlent que le vaste réseau cancéreux déployé dans tout mon corps, s'il ne diminue pas, a cessé de s'étendre. La chose est toujours là, toujours presque certainement mortelle, mais elle ne se presse pas. Elle attend, tout comme moi, pendant que les jours glissent dans la panse de l'Histoire.

« Je n'ai pu m'empêcher de remarquer que vous aviez reçu une invitation, monsieur », me dit Christlow un matin, avant de cracher sur son chiffon puis d'essuyer le petit miroir qui couronne ma bibliothèque.

Pour être exact, il dit *hinvitation*, suivant la

croyance très répandue parmi les classes laborieuses que le chic comporte forcément un *h* supplémentaire.

« En effet. » Abandonnant la liste alphabétique des rues du centre londonien, je jette un coup d'œil dans la pièce voisine, sur la serrure de ma vieille valise. D'après mon calendrier, nous sommes le lundi 30 septembre. Ce qui me laisse juste vingt-quatre jours. « Je suppose que vous avez vu les lettres, sur mon bureau.

— C'était dans le journal du collège », rectifie Christlow, au cas où je m'imaginerais qu'il farfouille parmi mes affaires. « Dans la lettre du premier trimestre du président. Le docteur Cumbernald dit très justement que nous serons tous fiers de vous, ce jour-là, monsieur. Il ajoute qu'il est ravi de vous compter parmi les intimes de sa famille.

— Je suis enchanté de le savoir.

— Le fait est », continue Christlow, frottant toujours le verre, comme pour en effacer son reflet, « que je serai aussi à Londres durant les célébrations. Dans l'exercice de mes modestes fonctions. Peut-être nous rencontrerons-nous par hasard...

— Je ne manquerai pas d'ouvrir l'œil », assuré-je. Mais Londres est grand.

« C'est une chance que vous n'ayez pas besoin de moi, puisque de toute manière, je ne serai pas là. Même si j'ai tout arrangé avec Wisbeach pour mon travail.

— Bien sûr. »

Enfin, il pose son chiffon. Nous nous retrouvons à nous entreregarder. Jamais encore je ne m'étais aperçu de son extrême ressemblance avec Mussolini : le Modernisme était probablement inscrit dans son destin de toute éternité. Il s'éclaircit la gorge. Sans doute va-t-il me demander pourquoi je traîne toujours dans les parages, à présent, lorsqu'il fait le ménage chez moi.

« Quelle tristesse, n'est-ce pas ? reprend-il. Je veux parler du professeur du nouveau collège scientifique. Moi qui aime à penser que nous avons tellement de chance de vivre ici. C'est d'autant plus lamentable, si vous voyez ce que je veux dire.

— Quel professeur ?

— Celui qui s'est tué. Excusez-moi, monsieur. Vous n'êtes peut-être pas au courant. C'était dans l'*Evening News* d'hier, et je suis sûr de vous l'avoir apporté, comme d'habitude... »

XIII

« Walter ne jetait jamais rien », m'explique Ursula Bracken. Accroupis sur le tapis usé du salon, nous trions les vieux livres, magazines, annuaires ayant appartenu à son frère — le tout bon à jeter, purement et simplement. « L'appentis est vide, bien sûr. Des employés du ministère de la Guerre sont passés hier avec une grosse camionnette. Ils ont eu l'air surpris de trouver tant de choses. Mais vous savez comment ils sont, à Londres. Sans doute s'imaginaient-ils que son travail était purement théorique.

— Ils ont déniché ses papiers ?

— Je n'en sais absolument rien. À mon avis, ils ne le savaient pas non plus. Ils ont tout pris, et voilà. Je suppose... » Elle se détourne de la poussière, le temps d'éternuer. « ... qu'après ce qui s'est produit, ses recherches passeront pour l'obsession d'un fou, mais nous savons bien, vous et moi, que Walter n'était pas fou. Au fait, vous avez vu le gros dictionnaire Oxford ? Il restait toujours là... »

Elle tend le bras derrière moi pour rapprocher un autre coffre à thé puis se laisse tomber à terre, se cache le visage dans les mains et laisse échapper un long sanglot haletant.

Ursula ne m'a pas raconté ce qui est arrivé en détail, et les journaux locaux se sont montrés également timorés, mais l'histoire court les rues — encore une de ces histoires d'Oxford, trop bizarrement affreuses pour être vraies, tant qu'on n'est pas concerné. Vous avez entendu parler du type qui cherchait à créer des munitions plus efficaces ? Il s'est attaché à l'endroit où il accrochait les carcasses de porc dont il se servait pour ses expériences, et il a activé son propre peloton d'exécution. Finalement, c'est sa sœur qui l'a trouvé, dans la cabane où il travaillait. Ç'a dû faire un sacré potin. Il paraît qu'à le voir, on n'aurait jamais cru...

« Je regrette de ne pas être venu plus souvent », dis-je — admission rituelle de ma culpabilité. « Je l'aimais bien, mais je n'étais pas très en forme, moi non plus. Certaines... idées m'obsédaient un peu. Je sais que ce n'est pas une raison.

— Franchement, ça n'a pas d'importance. » Ursula tire son mouchoir de la manche de son cardigan, grise de poussière, s'essuie le nez puis éternue une nouvelle fois. « C'est vraiment...

— Je repense à cette histoire d'Australie... Il m'avait dit que ça l'ennuyait d'y aller.

— Non », tranche-t-elle d'un ton sans réplique. « Ce qui ennuyait Walter, c'était *Walter*. L'Australie lui aurait fait du bien, s'il l'avait voulu. Son acte était...

— Imprévisible ?

— Inévitable. » Elle fronce le nez. « Maintenant, je m'en aperçois. Personne n'est à blâmer. » Ce qui veut dire pas elle. Ni moi. « Il y a des choses inévitables, vous savez. La nuit succède bien au jour, non ? La télé diffuse les programmes prévus, à moins que la Chambre des lords n'ait du retard. Walter avait tort. L'inévitable existe bel et bien. Peut-être était-ce juste sa manière à lui de se le prouver... »

Elle se redresse. Ses genoux craquent. Voûtée, ses épaules étroites remontées presque jusqu'aux oreilles, elle s'approche de la fenêtre.

« Il ne s'est jamais remis de la mort de notre père. C'était lui qui nous avait élevés. Comme notre mère était morte à ma naissance, il avait été bien obligé de se charger de tout. Papa était un homme de bien. La démence précoce l'a saisi peu après le départ de Walter pour Warwick, et il en est mort à cinquante-cinq ans, pas plus, mais à la fin, je regrettais moi-même que ça ne soit pas arrivé plus tôt... » Les cris très affaiblis des enfants qui jouent au football dans le pré communal résonnent à mes oreilles. Le bruit des bottes sur le cuir m'évoque toujours la violence. Je ne puis m'empêcher de penser à une tête humaine. « C'est moi qui me suis occupée de lui, bien sûr. Dès que papa ne l'a plus reconnu, Walter a cessé de venir, tout simplement. Mais la question n'est pas *juste* de voir, vous comprenez ? Quand quelque chose arrive, ça arrive, de toute manière. C'est là, on n'y peut rien. Et on en est affecté, qu'on le veuille ou non.

— Je suis désolé. Je ne me rendais pas compte que ç'avait été si dur...

— Enfant, Walter disait toujours qu'une fois grand, il aimerait construire une grosse machine dans laquelle intégrer le moindre fait de l'univers. Il se souvenait de maman, vous voyez. Il pensait qu'avec une machine pareille, il saurait toujours ce qui allait arriver. Ça a l'air idiot, maintenant. Plus tard, il m'a dit que ça ne marcherait pas. Je suppose qu'il voulait juste garder le contrôle.

— Mais on ne peut pas garder toute sa vie sous contrôle.

— Non. » Elle me fixe d'un regard dur. « Chacun de nous est obligé de vivre ce qu'il est, vous le savez bien. Et l'histoire... »

Sur la boîte à fouiller suivante, figurent des titres tels que LE PROBLÈME DE LA VALEUR PROPRE ALGÉBRIQUE et PROPRIÉTÉS ET APPLICATIONS DES DIFFÉRENTIELLES. C'est curieux de chercher avec une telle obstination un sens à un acte aussi brutal qu'un meutre perpétré sur soi-même. Pourtant, d'une certaine manière, Bracken a obtenu ce qu'il voulait. Il a trouvé comment détruire la balle humaine. Ses recherches sont infectées ; personne ne s'en occupera plus.

« Je ne vais pas tarder à partir. » Ursula s'éloigne de la fenêtre, attrape un vieux catalogue de graines posé près de la cheminée et le feuillette sans le voir. « Oxford n'a jamais rien représenté pour moi. Vous savez combien nous étions, à la réunion du comité de protestation contre l'itinéraire de dérivation ? Nous avons eu un auditeur. Et puis le collège veut récupérer la maison. Une fois ce sale appentis démoli...

— Où comptez-vous aller ?

— En Amérique. » Elle renifle, secouée d'un long frisson involontaire. « Je veux émigrer tant que je peux. J'ai des cousins à Philadelphie, et une amie qui veut repartir de zéro dans le Montana. Il n'y a rien, là-bas, que la campagne. On peut passer ses journées à cheval sans voir personne, et les collines sont tellement énormes qu'elles ont l'air de vous suivre, au loin. Ce minuscule pays de rien du tout est pourri... »

Je fais mes adieux définitifs à Ursula Bracken à la gare d'Oxford, deux semaines plus tard très exactement. Les funérailles ont été austères, comme je m'y attendais, l'enquête fermée aussitôt ouverte. Personne d'autre n'est venu dire au revoir à la jeune femme.

Pendant que nous attendons sur le quai le train pour Liverpool, légèrement en retard, elle me montre ses autorisations de voyage, que j'admire consciencieusement. C'est à présent une coutume britannique : on collectionne et on échange les laissez-passer périmés — il existe même un cercle spécialisé. Ceux d'Ursula sont temporaires, et elle n'est autorisée à emporter aux États-Unis que l'argent nécessaire à deux mois de vacances. Si elle ne rentre pas à expiration de ce délai, tout ce qu'elle possède, y compris sur son compte en banque, sera bloqué. Le gouvernement finira par en prendre possession, après publication des avis appropriés dans la *London Gazette.*

« Pourrais-je faire quelque chose pour vous ? » demandé-je vaguement.

Elle secoue la tête.

« À mon avis, ils savent, vous ne croyez pas ? Les gens comme moi sont des rats, ils quittent le navire. Je ne suis pas aussi intelligente que Walter. Je n'ai aucune qualification. Bon débarras, c'est ce qu'ils doivent se dire. » Elle sourit. Les haut-parleurs scandent les noms des villes du Centre. « Ce n'est pas facile non plus d'émigrer aux États-Unis. Pour ce que j'en sais, on me renverra peut-être d'où je viens.

— Je suis sûr que là-bas, ils seront ravis de vous avoir.

— Ah... une centaine de millions de ravis, bien sûr ! Quoi qu'il en soit, j'ai emporté tout ce que je pouvais. Ne vous inquiétez pas pour moi, Geoffrey. Je suis capable de me débrouiller seule.

— Je ne connais personne qui le soit davantage. »

Gênés par cette intimité idiote, nous détournons le regard, le promenons sur les tas de sacs postaux et les gens qui patientent. Une mère console son fils, près d'un de ces distributeurs hors service qu'on trouve toujours dans les gares. *Voilà* quelque chose que même John Arthur n'a pas réussi à arranger.

Je jette un coup d'œil à Ursula, à la seconde précise où elle m'en jette un. Une partie de moi aimerait que le train arrive maintenant, pour mettre fin à ces adieux artificiellement prolongés, une autre voudrait parler à la jeune femme de Francis, de John Arthur, de tout.

« Avant sa mort », reprend-elle sans me laisser le temps d'ouvrir la bouche, « Walter m'a dit que vous étiez gravement malade.

— C'est exact...

— Je suis désolée. » Elle serre ma main déformée dans la sienne, jeune, vivante. « J'espère que ça va s'arranger. »

J'acquiesce, au bord des larmes, brusquement. À cet instant précis, le bruit du convoi qui arrive se répand sur le quai, nous sauvant tous les deux. Un soldat et sa petite amie échangent un baiser extravagant. Une dame à chapeau cloche nous demande s'il s'agit bien du train pour Liverpool.

J'aide Ursula à porter la plus légère de ses deux valises, que je pousse ensuite dans le couloir jusqu'à un compartiment libre. Nous nous serrons la main, puis je redescends de voiture.

Le sifflet du chef de gare stridule. La locomotive lui répond par un ululement excité. Ursula se penche à la fenêtre, pendant que son wagon se met à glisser le long du quai. *Œufs au bacon, œufs au bacon.* Nous nous entreregardons, graves à présent, séparés par la vapeur et la distance.

Une fois le train hors de vue, je me détourne. Il est encore tôt. Les panneaux d'affichage posés devant la librairie de la gare promettent dans le *Mirror* d'aujourd'hui un supplément spécial consacré aux célébrations de Trafalgar Day, mais le *Cross* de lundi et l'*Express* de mardi ont coiffé leur concurrent au poteau.

Tout le monde parle de Trafalgar Day, en dépit du fait que les festivités dureront quatre jours et que la bataille de Trafalgar a eu lieu il y a de cela cent trente-cinq ans : l'anniversaire de cette année n'a donc rien de particulièrement significatif, mais il semble que les autres festivals et commémorations de la Très-Grande-Bretagne n'aient pas assouvi notre faim. Il est vrai que les Jeux olympiques avaient une dimension internationale. Quant à l'énorme Exposition de 1938, non seulement elle concernait l'Empire tout entier, mais en plus, elle se tenait à *Glasgow*. Non, la Très-Grande-Bretagne a désespérément besoin d'un événement centré sur elle-même, d'une fête où elle puisse ignorer le reste du monde, même si le reste du monde serait heureux d'y assister en cas d'invitation.

En fin de compte, il s'agit purement et simplement de célébrer le cinquantième anniversaire de John Arthur. Pourtant, le *Mirror* se montre à ce sujet aussi pudique que les autres journaux : peut-être notre discrétion nous évitera-t-elle de donner l'alerte au principal intéressé. Après tout, il est très occupé. Il ne veut pas qu'on en fasse toute une affaire. Ce jour-là, il se réveillera (très tôt, suivant son habitude) dans son lit banal de sa chambre banale de son célèbre petit appartement du deuxième étage du 10, Downing Street. Il s'étirera. Il allumera la lumière. Et, pour une fois, il s'apercevra que la nation entière se sera levée avant lui. Elle sera là, souriante, avec ses chapeaux en papier, ses bonbons, ses sandwichs aux œufs, ses saucisses cocktail...

Mes mains tremblent, crispées sur le journal. Mes souffrances, presque calcinées par l'été prolongé, reviennent en force. Tout paraît inévitable, à présent. Walter Bracken — ce *pauvre* Walter, comme je l'appelais sans comprendre, en mon for intérieur — y a veillé. J'ai une dette envers lui et envers Ursula. Envers ma relation. Même envers Francis, quoique je ne puisse l'expliquer clairement. Il n'y a pas moyen de reculer.

Le poing serré sur la poignée polie de ma canne, je traverse la route, évitant maladroitement un autobus. L'air a un fond de fraîcheur, ce matin. Il subsiste un soupçon de rosée sur les trottoirs, aux endroits où tombent les ombres les plus longues. Les tilleuls gouttent. Les graines des sycomores tournoient. Les hirondelles ne tarderont pas à partir. Le doux soleil d'automne baigne d'une lumière dorée les tours, les toits, les coupoles. Lorsque je m'immobilise pour regarder en arrière, après avoir traversé le canal, une silhouette sombre s'empresse de disparaître derrière un wagon débordant de charbon. Cette fois, il me semble bien distinguer son visage, mais ce n'est que Christlow. Toutes les cloches d'Oxford sonnent, m'emplissant la tête, les yeux, le cœur. L'Histoire m'appelle.

Mon heure est venue.

DEUXIÈME PARTIE

XIV

Dans les *Nouvelles de nulle part*, de William Morris, le narrateur découvre en se réveillant à Londres que l'été est enfin arrivé. Une odeur suave l'enveloppe tandis qu'il se promène au hasard, un peu hébété. La Tamise coule, pure, entre des immeubles métamorphosés en œuvres d'art magnifiques. Les Londoniens, vêtus de couleurs vives, souriants, vaquent à leurs tâches quotidiennes. La pauvreté a disparu. Partout, ce ne sont que maisons coquettes, entourées de verdure : la frontière rigide qui sépare la ville de la campagne s'est dissoute. Des enfants campent dans les bois de Kensington. Le Parlement a été transformé en marché aux fruits et légumes.

Un siècle et demi avant la date prévue par Morris, je contemple la terre depuis un aéronef bourdonnant, très loin au-dessus des parcs hautains, des rues animées, du fleuve tacheté de soleil. Le rêve de nulle part est devenu réalité. Même les repères classiques semblent avoir été recréés dans cette vision de Londres. La cité n'a jamais été aussi belle, me dis-je en sirotant mon verre tintant de gin glacé. Le théâtre de l'Adelphi. L'Aiguille de Cléopâtre. Les bateaux de tourisme tirant leur sillage sur les eaux de la Tamise. Les tramways, gros insectes sillonnant le pont de Blackfriars, avec leur dos de scarabée luisant et leurs antennes dressées...

Ma voisine, une aspidistra, hoche la tête lorsque nous nous inclinons vers le soleil couchant, mais les autres passagers de *La reine de l'air et des ténèbres* se montrent très discrets au moindre tangage de notre gondole. La majorité se tient le plus à l'écart possible des hublots. La deuxième épouse d'un chef zoulou moderniste, très belle, se cache les yeux, alors que le directeur du conseil exécutif du Northumberland a viré à la même teinte que Christine et Barbara Cumbernald lors du retour de Penrhos Park. Les moteurs Rolls Royce changent de ton ; nous oscillons maintenant sur un zéphyr errant, à l'aplomb de Vauxhall. Les câbles métalliques se tendent en chantant. Pour la directrice gémissante de la Tate Gallery — qui enfouit le visage dans un sac en papier —, il est déjà trop tard.

Le ronronnement s'enfle jusqu'à un cri perçant, quand *La reine de l'air et des ténèbres* descend lentement au-dessus des presqu'îles et des lacs étincelants de Hyde Park, où les mères poussant landaus s'abritent les yeux pour nous regarder. Enfin, après moult tangages et sifflements de poches d'air, l'aéronef se retrouve solidement ancré à un énorme pont roulant. On nous escorte dans un tunnel tressautant jusqu'à l'ascenseur chargé de nous ramener à terre. Là, nous attend un bus — parrainé par les fourneaux Cozy Stoves et les ustensiles de cuisine Oxo — qui nous fait parcourir Park Lane, Resolution Hill et le Mall. Lorsque je grimpe sur l'impériale découverte, d'une démarche facilitée par le gin et les cachets, l'automne est toujours bienheureusement doux, empreint même de chaleur citadine.

La circulation — tramways, taxis, Bristol et Ladybird — nous ralentit. Les trottoirs londoniens sont tout aussi animés : hommes d'affaires, promeneurs, acheteurs. Il règne une odeur d'essence, de cigarettes, d'oignons frits. Une caméra des informations nous suit de l'objectif depuis le carrefour d'Oxford Street et de Portland Place. Ne pas agiter la main en souriant serait impoli. Qui sait ? — une pensée plus sombre me titille. Cette image du tueur sera peut-être celle que retiendra l'Histoire. À l'arrière du bus, le père Phelan jure et sacre. C'est un de ces inénarrables prêtres irlandais tels qu'on en voit dans les comédies de série B d'Ealing — le seul genre d'Irlandais qu'on ait des chances de croiser en territoire britannique, à vrai dire. Il paraît que le père Phelan a instruit John Arthur dans le noble art après-guerre, mais voilà bien l'unique sujet qu'il refuse d'aborder. Le bus tourne dans la nouvelle Charing Cross Road, à l'architecture imposante. Vient ensuite Trafalgar Square, avec Nelson campé sur son piédestal, renfrogné, un pigeon sur chaque épaule. Immense, très droite au bout de Park Lane, la Victoria Tower évoque une fusée à la Jules Verne ; ou une arme secrète moderne. Par comparaison, même débarrassés de la crasse et des déjections d'oiseaux, les grands immeubles administratifs de Whitehall paraissent sombres et massifs, malgré l'impression de puissance qu'ils dégagent, eux aussi. On prétend que les bureaux souterrains et les abris antiaériens qui en dépendent s'étendent sous la cité tout entière.

À notre droite, se dessine le 10, Downing Street. Le portail coulisse sur ses rails électroniques. Une Rover noire le franchit, précédée et suivie d'Austin de police. Pas de sirène, pas de gyrophare. Lorsque les voitures s'engagent dans Whitehall — peut-être pour gagner le nouveau palais de Buckingham —, j'entrevois John Arthur, plongé dans ses pensées, le regard fixe, derrière le simple verre blanc de sa vitre. Mon cœur se glace. Un instant, le père Phelan lui-même reste frappé de stupeur.

Le bus traverse le nouveau pont de Waterloo. Devant nous, sur la rive sud, diminuant sans difficulté le vénérable County Hall où John Arthur a accompli sa première percée vers le pouvoir, se dressent le National Theatre, l'Empire Exhibition Centre et le New Dorchester Hotel — où on nous attend. Des immeubles massifs, inspirés, aux épaulements pentus, effrontément drapés de verre, d'acier et de béton. Après des années de dérive semi-classique, l'architecture de la Très-Grande-Bretagne a trouvé sa véritable voie. On pense aux palais vénitiens, aux ruines païennes, voire mayas, aux reliques englouties de quelque civilisation perdue, mais la rive sud de la Tamise évoque par-dessus tout un grand assortiment d'armoires Art nouveau.

Notre bus de dignitaires mineurs s'arrête devant l'entrée du New Dorchester, dans la poussière soulevée par les travaux du nouveau métro. Un porte-voix lance des instructions décousues, pendant que nous tournons en rond sur le dallage de marbre, avant de franchir lentement la porte à tambour en marmonnant dans diverses langues. Hugh Reeve-Ellis, le sous-secrétaire qui s'occupe de nous, a toujours l'air aussi las. Lorsqu'un de ses subordonnés a récupéré ma canne, oubliée dans le bus, il me pose sur l'épaule une main d'une légèreté de papillon pour me guider à travers le vaste atrium principal de l'hôtel. Les fontaines glougloutent, les haut-parleurs cachés diffusent la *Chanson de nuit* d'Elgar, et loin, très loin au-dessus de nos têtes, par-delà les galeries encastrées, des caryatides aux seins nus soutiennent de leurs bras tendus les arcs du plafond à coupole de verre, telles les proues d'une douzaine de navires entrant en collision.

« J–2, maintenant, M. Brook. Il est temps que nous ayons une petite conversation... »

J'acquiesce sans enthousiasme, conscient que Reeve-Ellis met un point d'honneur à discuter en particulier avec tous les invités de Trafalgar Day confiés à ses soins. Il me fait dépasser la boutique de souvenirs de l'hôtel. Là, près d'une porte ACCÈS RÉSERVÉ AU PERSONNEL, un agent de police rondelet — T3308 — est assis sur une chaise, le holster de son arme pendu entre les jambes tel un sexe. Personnellement, je n'ai toujours pas bien compris quelles tâches incombent à la police métropolitaine, à l'armée régulière ou aux CSG. T3308 se lève à notre approche.

« Beau temps pour la saison, hein, monsieur ?

— Oh... vous savez... » marmonne Reeve-Ellis pour s'en débarrasser, pendant que la porte se referme derrière nous.

La peau me picote, mais dans les pièces desservies par le couloir où nous avons pénétré, s'élèvent le crépitement des machines à écrire, la sonnerie des téléphones, le bruit des classeurs ouverts ou fermés ;

l'archétype de la banalité bureaucratique. Des gens se précipitent vers mon guide. Il les chasse. Ils se précipitent dans leurs locaux. L'ambiance trahit la crise maîtrisée.

« C'est donc là que tout se décide ?

— Si seulement... » Le sous-secrétaire m'introduit dans un bureau temporaire, dont il referme la porte. « Excusez le désordre. » Il ôte sa veste, qu'il remplace négligemment par un gilet gris informe. « Au fait, je voulais vous demander. Vous vous rappelez Pim Wargrove ?

— J'ai bien peur que non.

— Je suppose que c'était avant votre époque à Varsity... »

Sa petite moustache frémit. Il s'efforce de sourire.

Je sais déjà que Reeve-Ellis sort de Balliol, où il a été admis en 1909, qu'il est allé droit à Whitehall et travaillait pour le ministère, lorsque Lloyd George a donné sa démission. Hugh Reeve-Ellis a donc tout vu ; il a œuvré sous des gouvernements de toutes les nuances. Généraliste jusqu'au bout, il s'accommode du Modernisme dans la foulée. À présent que le voilà presque en fin de carrière, le ministère de l'Intérieur l'a relevé de sa tâche habituelle — il s'occupe du budget des prisons — durant les célébrations de Trafalgar Day. On dirait qu'il le regrette.

« Alors ? Tout se passe comme vous vous y attendiez ?

— Je ne savais absolument pas à quoi m'attendre.

— Bien, bien. » Il m'examine. Pâle et cassant. Beaucoup plus facile que Cumbernald à imaginer mort — car il le paraît déjà à moitié. « Je suppose que pour vous, c'est lundi soir, le grand moment...

— Justement, je voulais vous en parler. Je me demandais...

— Pendant le défilé de l'après-midi, sur le Mall, vous serez installé avec les personnalités. Mais vous ne resterez pas jusqu'à la fin, j'en ai peur, ou vous n'arriverez pas à Downing Street à temps. » Il sourit. « Ne vous inquiétez pas. Les rues seront dégagées.

— Nous serons..., combien ? Une vingtaine, dans les jardins du 10. Plus quelques... employés, je suppose ?

— Exactement. Ce ne sera pas une soirée officielle.

— Faudra-t-il apporter quoi que ce soit ?

— Votre propre personne, ce sera parfait. »

Le silence s'installe. Un téléphone sonne.

« Et s'il pleut ?

— Notre pays a de la chance, M. Brook. Il ne pleuvra pas. Mais tout est prévu, au cas où. Peu de gens ont le privilège de rencontrer le Premier ministre. Moins encore celui de pouvoir dire qu'ils font partie de ses vieux amis. Il est ravi, à ce que m'ont rapporté les personnes réellement informées de ce genre de choses. Je ne suis moi-même qu'un intermédiaire... »

Nouveau sourire.

« Mais je peux vous assurer que quand le Premier ministre est ravi de quelque chose, ce quelque chose se produit. Prévoyez juste un blanc dans votre emploi du temps lundi, à dix-huit heures. Nous avons tout mis au point. Ne vous occupez ni de protocole ni de représentation — on ne saurait moins se soucier de ce genre de choses que J. A.

— À vrai dire, j'ai un nouveau costume. Hawkes, de Savile Row, me l'a fait livrer ce matin. »

Comme je porte en ce moment mes sempiternels vêtements en tweed, Reeve-Ellis ne peut dissimuler un certain soulagement. Le costume en question, cousu main, raide, fleurant l'amidon et la parfaite nouveauté, m'a coûté une fortune. Jamais mes autres habits ne m'ont fait un effet comparable. La veste comporte, à ma demande, une grande poche intérieure gauche renforcée, mais la coupe est si réussie que cela ne se voit absolument pas.

Aussitôt dans ma chambre, je me libère de mes chaussures et gobe mes cachets. Un *Evening Standard* tout frais m'attend sur la table en marbre. FRANCE-ANGLETERRE : DÉSACCORD AU SUJET DE L'ÉGYPTE. Le monde s'échauffe, pendant que l'automne se rafraîchit lentement, quoiqu'il s'agisse sans doute juste d'une bombe diplomatique supplémentaire. Les Français aussi ont un gouvernement ultranationaliste de droite, maintenant que De Gaulle a succédé à Blum, même si ce n'est qu'une pâle copie de notre Modernisme.

M'effondrant sur l'énorme lit ovale, je laisse errer mon regard sur les nymphes et les coquillages du plafond. J'ai mal à la gorge. Mon cœur bat à tout rompre. À part cela, il règne un silence étrange. Seuls me parviennent le bourdonnement de l'air conditionné et l'animation vespérale qui règne sur le fleuve, réduite à un murmure par le double vitrage épais de la porte-fenêtre.

De là où je me trouve, il me suffit d'une simple pression sur un des boutons de cuivre alignés au-dessus de la tête de lit en acajou pour obtenir à peu près n'importe quoi. Je peux appeler le personnel de l'hôtel. Renforcer l'éclairage. Contempler les anges en bakélite, les peaux à la fourrure profonde, les confortables fauteuils en cuir, l'alcôve à l'allure de sanctuaire où trône un énorme téléviseur et, incrustée dans le mur opposé, la frise en verre teinté qui représente saint Georges au repos dans la forêt.

Je presse le bouton MUSIQUE. Un orchestre se met à jouer. Le bouton voisin, RIDEAUX, suscite la glissade murmurante du velours rouge devant la baie vitrée du balcon. Immobile, porté par la musique, j'attends que mes yeux s'accoutument à l'obscurité pour m'asseoir puis m'approcher des portes de teck luisantes dissimulant mes affaires.

À mon arrivée, il y a eu un instant de gêne, lorsque le portier a insisté pour les déballer. Toutefois, j'ai réussi à l'en dissuader — sans doute aidé par l'aspect de ma vieille valise, qui tomberait à présent en morceaux si je ne l'entourais pas de sangles. À tâtons autant que de visu, dans la pénombre, je la tire de l'armoire, j'en soulève le couvercle, puis je fouille la doublure flasque du fond, à la recherche de la monture torse du revolver.

Lorsque je me rassieds sur le lit, l'objet de ma quête entre les mains, je suis parfaitement conscient du poids du métal ; de la traction historique, terrestre, fatale. Alors — le moment me semble aussi bien choisi qu'un autre —, j'entreprends de charger l'arme avec les cinq balles restantes, rangées dans un mouchoir froissé au léger parfum de lavande. Les autres, je les ai testées à bout portant sur une souche, tard un soir, dans les bois de Readon. Les étoiles paraissaient reculer et les arbres de la clairière frissonner, surpris, à chaque détonation. Aujourd'hui, les balles produisent en trouvant leur place un cliquetis infime mais déterminé. Le revolver sent toujours un peu le gras et l'appentis de Walter Bracken. La mort a-t-elle cette odeur-*là* ? Cette propreté-*là* ? Je fais tourner le barillet, je relâche le chien, puis je retourne ranger mon arme.

Plus tard, incapable de trouver le sommeil, j'enfile mon manteau, j'emprunte l'ascenseur et je m'enfonce dans la nuit tentaculaire de la capitale. Je traverse le pont de Westminster et longe le vieux Parlement au rugissement de la circulation ; les projecteurs n'éclairent même pas le marché aux fruits et légumes de Morris, mais une étape de moindre importance dans le circuit touristique londonien toujours plus étendu, aussi irréelle que le reflet fuyant et morcelé porté par la Tamise. Les lumières alignées sur l'Embankment clignotent, lorsque je m'avance de ma démarche claudiquante la plus dégagée. À ma grande surprise, il y a des gens qui *courent* — en short et gilet, comme des athlètes —, des accordéonistes, des vendeurs de rue, des restaurants flottants, des amants enlacés, des touristes errants. La force de l'habitude me pousse sur les chemins les plus sombres. Les arcades de Blackfriars sont toujours jonchées d'ordures et tapissées de suie ; un train passe bruyamment au-dessus de moi, soulevant des fantômes de vieux journaux et des relents de pourriture. Un pas traînant résonne derrière les bâtiments obscurs abandonnés. Une ombre bat en retraite. Pourtant, je me sens en sécurité dans la contrée nouvelle que je découvre ici. Il ne reste ni clochards ni pervers pour m'importuner.

Un bar de Fleet Street m'accueille, mais il a quelque chose de flou, comme s'il attendait je ne sais quoi : les journalistes fatigués ne sont pas encore arrivés, une fois les quotidiens tombés. Quelques pintes de Fuller, chère et surfaite, me donnent le temps de rassembler autant que possible l'énergie nécessaire à la longue marche de retour au New Dorchester ou au moins à la recherche de la station de métro ou de taxis la plus proche. Retrouver le centre de Londres après si longtemps réveille malgré moi un pincement de mes désirs érotiques d'autrefois. Jamais ils ne s'exaspéraient davantage que dans ces moments-là, quand le sexe était simple incertitude, possibilité inexplorée. À vrai dire, je voulais surtout me trouver en ces lieux, parfait inconnu. La ligne d'une articulation ; la courbe d'une mâchoire ; l'esquisse sombre des cils ; des yeux gris ; la flèche de poils entraperçue sur un ventre. Il m'était plus facile d'aimer des fragments d'êtres humains.

La porte s'ouvre brusquement. Des jeunes gens bruyants jaillissent de la nuit, déjà gonflés de bière par leur tournée des bars. J'examine leurs nuques rasées et leurs mouvements d'épaules pendant qu'ils s'agglutinent autour du comptoir, qu'ils se prennent par les bras puis se mettent à chanter gaiement *Joyeux anniversaire*, en chœur. À ma grande surprise, quelque chose fredonne avec eux dans ma tête, grince et bourdonne à mes oreilles comme une sorte de gros moteur — comme le monde, parfois, lorsque j'ai mal dosé mes cachets.

Soudain, je me rappelle. Un autre pub. J'y suis arrivé déprimé, meurtri, après une fuite titubante à travers les orties d'un terrain vague, pour échapper à mon agresseur-partenaire. Impossible de me faire servir. Il règne une atmosphère étrange. Violence sous-jacente. Mais voilà qu'on s'agite dans un coin.

Quelques voix chantent malicieusement *Joyeux anniversaire*, puis un homme se détache du groupe. Séduisant, encore jeune, malgré ses tempes grisonnantes et les rides qui lui soulignent les yeux. Il grimpe — il bondit — sur le bar, sourit, lève les mains...

Oui, je me souviens, à présent. Je comprends pourquoi il m'a invité. D'ici deux jours, la nuit où j'ai vu pour la première fois John Arthur au Cottage Spring sera entrée dans l'Histoire depuis très exactement quinze ans.

À l'époque, je pensais avoir déjà traversé toutes les phases possibles du deuil, en ce qui concernait Francis. J'avais connu la colère, une détresse presque suicidaire, une frénésie d'occupations... et un autoapitoiement quasi comateux. Enfin, la lassitude même finissant par lasser pendant un voyage interminable, j'en étais arrivé à m'imaginer ne plus vivre dans son ombre.

Pourtant, il me suffit de sentir quel regard je posais sur lui dans ce pub — où il me sourit presque avant de se détourner — pour comprendre que je voulais toujours Francis, Francis, Francis, ni plus ni moins. D'ailleurs, qu'eusse-je fait à Londres, sinon chercher à effacer l'amour qu'il m'inspirait ?

Découvrir qu'il vivait souleva en moi des vagues dont les premières apportèrent une remise en question brutale. Seul, sans personne pour m'aimer, je m'aperçus que mon existence se réduisait à un champ de ruines. Après quoi une fureur désespérée m'envahit. J'étais furieux contre *lui* — ce John Arthur du Cottage Spring — parce qu'il était en vie. Furieux contre Francis, qui avait décidé de mourir. Pour la première fois de ma vie, j'étais furieux contre l'Histoire même.

Ensuite, je commençai à douter de ma santé mentale. Avais-je *réellement* vu Francis ? Était-il *réellement* mort ? Avais-je *réellement* été amoureux de lui ? Il est facile de confondre deux hommes, surtout après des années.

Ce qui devait arriver compte tenu de ma personnalité arriva : j'en fis un sujet de recherches. Plongée dans les archives du conseil municipal de Lichfield. Intérêt soudain pour la politique de l'East End londonien. En 1925, John Arthur n'était déjà plus un parfait inconnu : je n'eus pas à m'immerger bien longtemps dans les exemplaires de *National Rights !* et *The Spitalfields Chronicle* commandés tout exprès pour m'informer de ses activités. D'ailleurs, la presse nationale se mit à parler de lui, comme si, en découvrant son existence, je lui avais valu une sorte de bénédiction.

La politique constituait toujours en ce qui me concernait un sport inconnu. À l'époque, cependant, elle me donna l'occasion d'examiner John Arthur dans les journaux et de le voir grisonner peu à peu ; quant à l'usage que faisait Churchill des groupuscules d'extrême-droite comme les Chevaliers de saint Georges, dans le seul but de mettre fin à la longue succession des grèves, il ne me paraissait nullement significatif. Cette exploitation permit pourtant à John Arthur et compagnie de passer dans l'arène plus vaste du débat politique. D'autres noms, découverts alors, évoquent à présent des personnalités de premier plan ou des disparitions aux circonstances mystérieuses, voire honteuses, mais lui se détacha toujours du lot. Il avait le regard droit ; la voix claire et franche. La presse, la radio, le cinéma adoraient son visage juvénile, ses cheveux gris, ses yeux bleus pénétrants, son mélange de jeunesse et de maturité. Son accent et ses manières lui donnaient l'air à la fois cultivé *et* populaire. Pas étonnant que je l'eusse aimé. À une époque de certitudes perdues, il faisait vendre. Et puis il avait, tout simplement, le don d'exprimer les évidences qui manquait à la plupart des politiciens — la Grande-Bretagne était pauvre, nous avions honte d'avoir perdu l'Irlande et l'Empire. Au bout d'un an, Churchill réussit à imposer sa volonté aux puissants syndicats et à stabiliser l'économie. Les troupes piteuses des petits chefs lui devinrent inutiles, il le dit haut et fort. Sans doute s'imaginait-il qu'elles sombreraient à nouveau dans le bourbier d'où il les avait tirées.

À vrai dire, je ne pensais pas non plus que John Arthur survivrait à cette traversée du désert. On avait beaucoup parlé de lui, certes, mais peu de gens avaient vraiment écouté ce qu'il racontait, et moins encore y avaient souscrit. Au printemps 1927, lorsqu'il prit la tête des restes de son Alliance Impériale — comme il l'avait rebaptisée — et s'empara du County Hall, il sembla que cette seule action brutale allait enfin faire exploser la bulle fasciste britannique, déjà diminuée.

Le procès pour sédition qui suivit marqua le tournant de sa carrière politique, car il en fit une tribune grâce à laquelle dévoiler le snobisme des avocats, la sénilité des juges, la bêtise de la presse, bref, la pourriture qui rongeait le cœur de la Grande-Bretagne. Le propulsais-je sur le devant de la scène, en l'applaudissant et en l'acclamant comme ses jurés ? Peut-être — du moins la partie de moi qui ne fantasmait pas sur un John Arthur vaincu, impuissant, contraint de redevenir Francis, de se réinstaller en anonyme à Lichfield, de reprendre l'existence que lui et moi avions perdue avant même de l'entamer. Contrairement à William Arkwright, Peter Harrison et Jim Toller, dont l'étoile ne tarderait pas à monter, jamais il ne se montrait ouvertement raciste ou intolérant. Il critiquait le gouvernement de De Valera, mais pas les Irlandais. Il condamnait le crime, mais qui le louait ? C'était avec tristesse, mais aussi optimisme, qu'il parlait des inadaptés, incapables pour une raison ou pour une autre de s'intégrer à la société britannique. Les gitans. Les déviants. Les juifs. Les attardés mentaux. Les fous violents. Les homosexuels. Les esprits éclairés espéraient qu'il se contentait d'énumérer les problèmes du pays. Les naïfs, les imbéciles, les brutes y trouvaient la justification de leurs préjugés.

Après son acquittement triomphal, John Arthur devint définitivement une personnalité publique de premier plan. On lui demandait son avis à tout propos ; la presse citait ses discours verbatim. Bien des gens persistaient à le trouver choquant — trafiquant d'une haine mal déguisée et de solutions d'une simplicité risible —, mais ceux-là mêmes parlaient de lui. Son passé, cultivé avec soin — les errances, le dossier militaire, la boxe, le chômage et les brutalités de l'East End —, présentait comme le reste de sa personne assez de facettes pour que chacun dénichât sa préférée puis s'y cramponnât en oubliant le reste. D'autant qu'il était fort possible, quand on disait trop ouvertement du mal de lui, de retrouver sa propre maison incendiée ou de ne pas remarquer un camion qui arrivait.

Pendant l'hiver 1927, il fut le tout premier candidat de l'Alliance Impériale à jamais se présenter à des élections — les partielles du Nottinghamshire. Il les remporta haut la main, face aux habituels Messieurs Personne tory et travailliste. La Grande-Bretagne retint son souffle en attendant le discours d'intronisation que John Arthur allait faire au Parlement ; les grandes manifestations communistes et socialistes qui se déroulèrent alors dans les rues de Londres ne firent qu'ajouter à notre impression générale de vivre un moment exceptionnel. De nos jours, ce discours serait diffusé en direct à la radio et à la télévision. Au train où allaient les choses, à l'époque, je dus me contenter d'en lire l'intégralité le lendemain matin. Je me rappelle parfaitement l'instant où je ramassai sur mon paillasson mes exemplaires du *Times*, du *Telegraph*, du *Mirror*, de l'*Express* et du *Sketch*, découvrant la même une, accompagnée des mêmes photos de John Arthur. Comme toujours, quelque chose se tordit dans mon ventre, et la tête me tourna.

Assez logiquement, il me semble que la question MAIS QUI EST GEOFFREY BROOK ? — en moins gros titre — figurait dans le Sketch. J'eusse pu me la poser également, avant de lire l'article associé, qui citait un aparté du discours selon lequel John Arthur avait brièvement fréquenté le Burntwood Charity, établissement scolaire de Lichfield où un enseignant du nom de Geoffrey Brook l'avait beaucoup marqué. Après tout, je ne représentais qu'un lointain souvenir ; un solitaire pris en pitié par un jeune homme, juste avant la guerre, durant quelques jours de vacances gratuites. Il n'avait aucune raison de se rappeler mon nom exact en me tendant généreusement la perche à laquelle me raccrocher, au fil d'une existence qui m'entraînait par le fond. Aujourd'hui encore, l'idée qu'il existe peut-être quelque part un « vrai » Geoffrey Brook, prêt à venir me réclamer ma vie, et que je sois un simple imposteur, me torture parfois au plus noir de mes nuits d'insomnie.

Il suffit de quelques jours à la presse pour découvrir mon adresse, après quoi je connus ma petite heure de gloire. Les journalistes m'appelaient Geoffrey. Il m'eût semblé grossier de rectifier, alors qu'ils étaient si proches de la vérité. Les choses eussent-elles été différentes si, planté sur mon seuil, j'avais déclaré ne rien savoir ou presque de celui qui se présentait comme John Arthur, sinon qu'il me rappelait fort un disparu avec qui j'avais eu une relation homosexuelle ? J'en doute. Simplement, j'eusse ainsi trahi la confiance qu'il m'accordait et signé mon arrêt de mort par un accident bizarre.

L'année suivante, en 1928, dix autres députés de l'Alliance Impériale rejoignirent John Arthur lors des élections générales printanières ; Churchill fit de son mieux pour rester au pouvoir ; le rédacteur en chef du *Daily Sketch* me proposa de lui écrire une colonne hebdomadaire. Populariser l'histoire me rapporta un argent et une satisfaction qui représentent toujours pour moi le dernier cadeau de mon Francis. Enfin, il me semblait avoir quelque importance. Cette impression recréait ma vie, comme la sienne l'avait été.

Churchill se cramponna jusqu'en octobre 1929, lorsque le krach de Wall Street fit de la Grande-Bretagne le chef de file mondial de la Dépression des années trente. Il démissionna après être passé par les crises habituelles, en pariant sur une autre élection générale, qui cette fois cependant ne lui rendit pas le pouvoir. L'Alliance Impériale y gagna trente députés, Ramsey MacDonald devint Premier ministre d'un gouvernement d'Union nationale, et Oswald Mosley s'efforça de réunifier le parti travailliste. Six mois plus tard, il finit par renoncer pour rejoindre l'AI, provoquant une nouvelle élection générale. John Arthur voyageait sans répit entre les circonscriptions électorales par aéroplane Vickers. L'Alliance Impériale exerçait une si dangereuse fascination que même son second couteau, le gros William Arkwright, fut élu, avec son sempiternel chapeau mou et ses manières terre à terre. Des militants en uniforme parcouraient toutes les grandes villes au pas de l'oie, notant le nom des gens qui sortaient des bureaux de vote. L'AI remporta soixante-dix sièges. Dans une atmosphère de crise toujours plus aiguë — chômage, enquêtes sur la situation de fortune, émeutes, disette, révolte ouverte en Inde, soutien populaire aux attaques terroristes unionistes en Irlande —, John Arthur refusa le poste gouvernemental que lui proposait le Premier ministre, Neville Chamberlain.

La politique « musclée » de ce dernier en Inde ne servit qu'à accroître le bain de sang. Le reste de l'Empire s'effilochait également. Le nouveau gouvernement égyptien nationalisa le canal de Suez, avec la bénédiction des Français. En Grande-Bretagne, on déclara l'état d'urgence. Les nationalistes gallois et écossais se mirent à parler d'indépendance. Le pays était au bord de l'effondrement.

Sans doute Chamberlain avait-il raison de penser

qu'une autre élection générale inutile réduirait le Royaume-Uni en pièces, mais il n'avait plus vraiment le choix. Néanmoins, une personnalité bénéficiait encore de la confiance populaire tout entière ou presque. Certes, il ne s'agissait pas d'un véritable *politicien* ; certes, toujours, ce monsieur dirigeait une organisation qui n'avait jamais condamné la violence comme il se devait. Mais sans doute serait-il manipulable ; ce serait un homme de paille parfait, garant de la satisfaction des prolétaires et de la retenue des brutes, pendant que les cerveaux, les vrais, démêleraient le chaos où était plongé le pays. Ainsi donc, sans agitation, sans bain de sang, par un marché dans lequel il ne jouait apparemment aucun rôle, John Arthur fut appelé au 10, Downing Street, où il se vit offrir le seul poste gouvernemental qu'il eût jamais envisagé d'accepter, il l'avait dit lui-même.

Dix-huit heures venaient de sonner, le soir glacial du 10 novembre 1932, lorsqu'il sortit par la célèbre porte noire, au crépitement des flashes des photographes. À l'époque, la circulation était encore autorisée dans Downing Street. Il regarda à gauche, puis à droite, avant de traverser la rue, les bras levés, un léger sourire aux lèvres, parcourant des yeux les alentours en homme persuadé de se réveiller très bientôt d'un rêve déconcertant quoique agréable.

Sur le trottoir d'en face, il ouvrit la bouche, hésita, attendit que les journalistes se calment et qu'un silence attentif s'installe. Après quoi il marmonna qu'il eût aimé se recoiffer. Quelques rires éclatèrent, qui se calmèrent aussi très vite. Alors il dit qu'il partirait pour le palais de Buckingham d'ici quelques minutes, demander conseil au roi George sur la formation du premier gouvernement moderniste de Très-Grande-Bretagne.

Par ces quelques mots, sans doute contrevenait-il déjà aux accords passés avec Chamberlain. Il n'était question ni d'équilibre ni de coalition, pas plus que de négociations avec les autres partis. Aucune importance. Tout allait changer. John Arthur était au pouvoir.

XV

Le lendemain matin, lesté de graisse par un petit déjeuner anglais complet, je me promène dans la lumière ambrée du New Dorchester. Les gens sont tout sourires — femmes enveloppées de crêpe de Chine aérien, fillettes habillées en demoiselles d'honneur, garçonnets en kilt et nœud papillon, hommes en veston croisé serré ou complet colonial crème plus ample.

Je descends en trébuchant des cascades de moquette, guidé par les séduisantes pancartes de l'ABRI ANTIAÉRIEN. Plus bas, toujours plus bas, je risque ma vie dans les escalators outrageusement modernes, sans que jamais ne fléchisse le luxe suave du New Dorchester. Hélas, l'abri proprement dit est fermé à double tour. Ce que j'en aperçois à travers les maillons en métal des portes coulissantes ressemble à un vestiaire.

Plus haut, quoique toujours sous terre, s'étendent les SOLARIUM ET PISCINE. Une chaleur humide y règne, un midi tropical perpétuel évoquant le centre de la Terre. Des gouttes de sueur perlent à mon visage, lorsque je me laisse tomber sur une des chaises longues de la plage carrelée. Je regarde effrontément les corps plonger puis filer sous le faux plafond de caverne plissé. Pourquoi l'odeur des piscines alimente-t-elle toujours une telle nostalgie ? Et pourquoi les costumes de bain sont-ils cent fois plus érotiques que la nudité intégrale de Penrhos Park ?

« Vous avez réussi à trouver le chemin, M. Brook ? Vous voulez faire trempette ? »

Luisant d'humidité, il s'accroupit près de moi, en caleçon de bain — rien de plus. Je devrais le reconnaître, je le sais.

« Tony Anderson, des CSG », ajoute-t-il, souriant de mon embarras. « C'est moi qui suis passé à Oxford vous remettre la lettre du Premier ministre. Vous veniez d'être malade, pendant vos vacances en Écosse. D'ailleurs, vous avez meilleure mine, maintenant, j'espère que vous ne m'en voulez pas de vous le dire, M. Brook. »

Il secoue la main droite pour en faire tomber les gouttes puis me la tend. Sa poigne est humide, immense. L'eau a sculpté les poils de son torse en petits chevrons.

« Vous, euh, vous travaillez ici ?

— On peut dire ça. » Il se plaque les cheveux en arrière. « Je suppose qu'on peut dire aussi que je suis en service... » Regard circulaire. Une jeune femme aussi mince et presque aussi belle que lui sort de l'eau, de l'autre côté de la piscine, puis lui fait signe. Il lui rend son salut. « Si seulement c'était toujours comme ça...

— Votre amie ? » demandé-je.

Il hausse les épaules.

« Une collègue. Nous, euh... enfin, vous voyez. » Il

sourit. Mon cœur manque un battement dans ma cage thoracique. « Il ne se passe pas grand-chose, en ce moment. Pour être honnête, je n'ai pas été très franc avec vous quand je suis venu à Oxford vous remettre la lettre.

— Ah ?

— En fait, je me suis porté volontaire. J'ai toujours aimé les articles que vous écriviez pour le *Daily Sketch*. Enfin... *aimé* n'est pas vraiment le mot juste. Ils étaient très importants pour moi. De toute manière, vous avez dû mener une vie fascinante. Professeur à Oxford. Ami de John Arthur.

— J'ai vécu de bons moments. Et je suis ravi que vous vous rappeliez les articles...

— Alors je me demandais si vous accepteriez de dîner en ma compagnie, ce soir ? Je serais ravi d'avoir l'occasion de discuter avec vous.

— Je ne suis pas sûr d'avoir l'énergie nécessaire. Je suis censé aller au nouveau palais de Buckingham, cet après-midi. Votre invitation me fait très plaisir, mais...

— Bien sûr. Je comprends. »

Le capitaine Anderson se redresse, libérant une petite pluie qui s'écrase sur le carrelage. L'air bleuté miroite. Mes pensées jouent à saute-mouton. On ne sait jamais, avec ces types, même lorsqu'ils sont en caleçon de bain trempé et qu'on discerne la bosse de leur sexe. Voyons, qu'est-ce qui paraîtrait le plus bizarre ? Que j'accepte une invitation apparemment sincère ou que je la refuse sans raison valable ?

Drapeaux et bannières se déploient un peu partout, pendant qu'une voiture avec chauffeur m'emporte à travers Londres vers le nouveau palais de Buckingham. Quoique nous soyons à la veille de Trafalgar Day, l'itinéraire s'avère heureusement monotone, si l'on excepte le service vespéral de l'action de grâces à l'abbaye de Westminster. Déjà, les publicités pour les Eaux de Table Idris, les Produits Miracle Contre la Toux Venos ou la Chlorodyne du Dr J. Collis Browns ont été remplacées sur les flancs des bus par des messages joyeux adressés à notre dirigeant. LA TRÈS-GRANDE-BRETAGNE REMERCIE JOHN ARTHUR. PORTONS UN TOAST À L'AVENIR. Mme Tussaud accorde l'entrée libre aux belles expositions de célébrités britanniques, d'atrocités françaises et irlandaises qui emplissent son musée. Il n'est plus question de faire mine de vivre une journée normale — ni de dissimuler le secret à John Arthur. Maintenant, il sait *forcément*.

Ma longue Daimler noire négocie Hyde Park Corner avec un flot de ses semblables puis s'engouffre entre des grilles imposantes, avant de s'immobiliser près des mâts de drapeau plantés devant le nouveau palais de Buckingham. Plongé dans un vague égarement qui me donne une impression d'irréalité, je passe devant les gardes en bonnet de hussard puis monte le grand perron, dont la langue de moquette m'entraîne entre les mâchoires du pas de porte étincelant. Suit la file d'attente obligatoire pour être accueilli au pays de contes de fées cristallin du grand vestibule, parmi les chapeaux coloniaux à plume blanche et les saris en technicolor. J'ai saisi cette occasion de tester mon costume de lundi en extérieurs, avec les *Nouvelles de nulle part* dans la poche spéciale pour imiter le poids et l'encombrement du revolver. Personne ne m'arrête. Personne ne me fouille. Une fois que j'ai donné mon carton d'invitation puis qu'on m'a accroché au revers une étiquette à mon nom, personne ne me demande même qui je suis. Un ou deux hommes de belle carrure qui ne ressemblent guère à des invités traînent bien aux croisements aqueux du carrelage et du verre, mais ils restent à l'écart.

Les robes froufroutent pendant que la file avance lentement vers les monarques. Le palais fleure un mélange discordant de cire à bois, de lys, de naphtaline, de cuir neuf, de fond de teint et d'eau de Cologne. Mes paumes deviennent moites. Je commence vraiment à avoir l'impression de m'entraîner pour après-demain, pénétré d'une douloureuse sensation de banalité, d'énormité, de peur, qui ronge sans doute le moindre assassin attendant son heure.

Mon tour arrive de saluer la famille royale. Son Altesse le duc d'York bégaie légèrement en me souhaitant la bienvenue. Lui succèdent sa femme, la duchesse, puis leurs deux filles sans grâce. Un instant plus tard, je me tiens devant le roi Edward et la reine Wallis. Moi ! Qui que je sois. En m'inclinant, je promène aux alentours un regard discret, pendant que des doigts d'une fragilité de feuilles mortes effleurent les miens. Il me serait facile de plonger la main dans ma poche. Le geste paraîtrait innocent — intégré à la révérence. Je ramènerais le chien en arrière tout en tirant mon arme. *Bang. Bang.* Deux coups, minimum. Les balles humaines de Walter s'enfonceraient à bout portant dans la poitrine, exploseraient au sein des organes vitaux, réduiraient en charpie les vaisseaux sanguins, les os, la chair. Il suffirait d'un instant pour faire imploser le palais tout entier en éclats de verre et d'acier qu'un ouragan hurlant emporterait dans les cieux avec la Très-Grande-Bretagne tout entière, rendant l'ensemble aux contes de fées d'où il n'aurait jamais dû sortir. Le roi se racle la gorge. Un majordome en livrée me touche l'épaule. La file progresse légèrement. Je pars à la dérive.

Une colonnade coiffée de voûtes ouvre sur la chaleur plaisante de l'après-midi, où s'aventurent les invités. Une certaine agitation entoure l'apparition des plateaux d'argent chargés de vin doux du Merrydown, destiné au toast à notre souverain — un cru supérieur à celui que j'ai goûté la nuit du solstice, mais loin d'égaler le champagne de mon collège. L'ombre de *la reine de l'air et des ténèbres* suscite aussi quelques remous en dérivant au-dessus de nos têtes — la BBC a loué l'aéronef aujourd'hui, pour son programme de direct extérieur. Les jardins, livrés à mon exploration, m'évoquent toujours vaguement le Green Park d'autrefois. Les vergers en gradins et les statues monumentales n'y semblent pas vraiment à leur place Quant aux roses qui s'obstinent à bourgeonner et à fleurir sur les treillages au beau soleil d'octobre, elles paraissent d'un rouge trop cru. On s'imagine sentir l'odeur de la peinture et entendre rugir la Reine de Cœur. *Non, non ! La condamnation d'abord... Le jugement ensuite.*

Après l'accession de John Arthur au poste de Premier ministre, tout se passa de manière tellement *traditionnelle* qu'au début, même les sceptiques se rassérénèrent : défilés, fanfares, réjouissances, reprise des plantations dans les jardins publics, prolongation des horaires d'ouverture des pubs, amélioration des routes et des voies ferrées. La prospérité n'arrivait pas immédiatement, mais elle semblait en chemin.

Les arrestations, elles, arrivèrent. Les derniers députés socialistes ou communistes se virent aussitôt privés de leur siège — ce qui, après des années d'émeutes, de grèves et de désordre apparut comme une sage précaution. Les journaux de gauche tels que le *Manchester Guardian* furent victimes d'incendies déclenchés par des bombes ; les libraires et autres vendeurs de presse comprirent vite que mieux valait ne pas les distribuer. Les menaces plurent sur les juifs et les Irlandais. Le passage à tabac resta de mise pour les homosexuels. Bref, de bien des manières, les choses ne changèrent guère. Au début du rêve de la Très-Grande-Bretagne, les populations que John Arthur n'allait pas tarder à éradiquer se montrèrent souvent les plus ardentes à réclamer sa protection.

À l'époque, nous étions encore censés vivre en démocratie. Le Parlement débattait toujours ; il subsistait même une sorte de Cabinet. Toutefois, John Arthur n'avait évidemment pas de temps à perdre avec les dorures d'un système politique discrédité. Il était trop occupé à gouverner. Pendant ses premières semaines au pouvoir, il fit voter un projet de loi par acclamations — coïncidence fort pratique, les quelques députés agaçants qui eussent peut-être obéi à leur conscience étaient malades ou n'avaient pu venir. Grâce aux fondations posées par Chamberlain dans son Emergency Powers Act, ce texte habilitait le Premier ministre à gouverner par décrets. En principe, rien n'avait changé ; les tribunaux interprétaient toujours la loi. Dans un pays dépourvu de Constitution écrite, John Arthur prenait prudemment, légalement le chemin de la dictature.

Les gens parlèrent un certain temps de la prochaine fois, où ils décideraient peut-être de donner une autre chance aux tories, voire aux travaillistes, au lieu de voter AI, mais les événements s'enchaînèrent fort à propos, ancrant profondément le pouvoir moderniste. Gandhi, arrêté en Inde à la suite d'un scandale, « se suicida » peu après dans sa prison. Comme au siècle précédent, les camps de concentration fleurirent dans son pays, puis en Afrique du Sud et dans bien d'autres colonies. En Grande-Bretagne, l'heure était aux chuchotements, car chacun jaugeait ses amis et ses voisins. Les écoles comptaient presque toutes au moins un enseignant moderniste, lequel dénonçait aux autorités éducatives locales dominées par l'AI les collègues dont il estimait les cours « décadents » ou « inexacts ». Lesdits collègues, peu désireux de perdre leur travail, lui emboîtaient le pas en corrigeant leur programme pour le mettre d'accord avec les nouvelles instructions données au niveau national ; apparemment, ils ne prirent — nous ne prîmes — jamais réellement conscience de répandre les mensonges modernistes.

Malgré l'exaltation apportée par la vision toute neuve qui empoignait le pays, il régnait en permanence ou presque une atmosphère de crise. Un attentat à la bombe contre John Arthur fut évité de justesse. Le procès subséquent impliqua plusieurs grands noms de la politique passée, quoique Churchill en personne fût déjà parti pour l'Amérique lorsque la police se présenta à Chartwell afin de l'interroger. Ces événements trouvèrent leur apogée, commémoré dans des chansons pour les petits et les grands, mais aussi sur scène, le 23 juin 1933, juste avant le départ pour Balmoral du roi George et de la reine Mary, tous deux souffrants. Ce soir-là, à vingt-deux heures, plusieurs bombes incendiaires explosèrent quasi simultanément dans l'ancien palais de Buckingham. La vénérable bâtisse, aux intérieurs beaucoup plus anciens que les extérieurs, commodément truffée de passages venteux, de plafonds badigeonnés et d'antiquités, brûla comme une torche, illuminant le ciel couvert d'une luisance sinistre jusqu'à Kingston et Bromley. L'ambiance de crise nationale qui régnait en permanence amoindrit la surprise qu'eussent dû susciter l'incendie et la lenteur abyssale des pompiers de Westminster : ces tristes événements prouvaient juste que notre nation avait de graves problèmes et qu'il restait beaucoup à faire. Même les cadavres carbonisés des souverains, découverts parmi les ruines brûlantes, semblèrent plus emblématiques que réels ; ils évoquaient les symboles d'une tragédie antique, survenue en un lointain passé, dans quelque pays quasi oublié.

Le drame servit de prémices à nombre d'arrestations, de mesures musclées, de disparitions, mais le procès tant attendu des coupables n'eut jamais lieu, quoique tout le monde les affirmât avec un bel ensemble irlandais. L'événement semblait trop immense pour être traîné jusque dans la clarté blême d'une réalité spécifique et attribué à des êtres humains bien précis. Dans les écoles, les arrière-salles, les brasseries, chez le coiffeur, dans les dossiers officiels et sur les posters de l'AI, dans notre méfiance vis-à-vis des étrangers et notre besoin perpétuel d'une sécurité agressive, l'incendie de l'ancien palais de Buckingham conserve toute sa valeur. Suis-je seul au monde à penser qu'il fut perpétré avec la complicité de l'Alliance Impériale ? Non, évidemment non. Mais sans doute l'AI trouva-t-elle bel et bien quelques Irlandais désireux de marquer un point contre leurs voisins, qui soutenaient ouvertement les terroristes loyalistes en Irlande du Nord. Une porte qu'on oublie de fermer, une douane négligente, et comme par magie, tout vous sourit. Il est tellement plus facile de laisser autrui se salir les mains. Méthode moderniste.

Mussolini porta un toast chaleureux au couronnement d'Edward VIII à l'abbaye de Westminster. L'ancien palais de Buckingham resta au moins aussi attirant en ruines qu'il l'avait été intact. Les curieux ne tardèrent pas à escalader les garde-fous pour se lancer à la recherche de souvenirs parmi les couloirs noircis et les poutres tombées. C'était incroyablement dangereux, bien sûr, mais John Arthur épousa à la perfection l'humeur nationale en proposant de renoncer à restaurer ou à démolir le monument décrépit : mieux valait l'étançonner puis transformer la propriété en parc paysager ouvert au public, donc à tous les Britanniques. Comme personne n'aimait Green Park, dont les hectares moroses s'étendaient juste de l'autre côté de Constitution Hill, ce serait l'endroit idéal où construire le nouveau palais de Buckingham.

Toutefois, malgré ses aiguilles exaltées, ses tours et ses coupoles scintillantes, ce dernier évoque surtout une gigantesque serre. Deux ans seulement après son inauguration, il pâlissait devant la Victoria Tower, dressée à l'angle de Park Lane. De là, les curieux installés sur la plate-forme panoramique, Londres et la Tamise à leurs pieds, cherchaient à apercevoir dans des télescopes payants le roi ou même la reine. Non sans se demander tout haut, le cœur empli de certitudes modernistes, pourquoi il avait épousé cette Wallis, qui avait déjà servi, il fallait bien le dire, quand il aurait pu s'offrir n'importe quelle petite jeunesse s'il avait seulement demandé.

La tête légère, le ventre gargouillant, environné de prémonitions de douleur, je me lance à la recherche de quelque chose de plus nourrissant que les canapés au saumon fumé. Un visage célèbre m'apparaît alors entre les mares et les fontaines.

« Personnellement, je ne supporte pas de jongler debout avec des assiettes, me dit-il aimablement. J'estime que c'est une habitude étrangère. »

J'acquiesce. Arkwright, l'adjoint au Premier ministre, me semble en chair et en os de petite taille et très ordinaire, exactement comme sur ses photographies, quoiqu'il n'arbore pour l'instant ni pipe ni chapeau mou. En fait, il a très peu changé depuis la première fois où je l'ai vu en compagnie de John Arthur, au Cottage Spring, il y a bien longtemps. Sans doute est-il né avec des rondeurs de chérubin et la quarantaine bien entamée.

« Mmh. Oxford », reprend-il dès que je me suis présenté. « Figurez-vous que je regrette encore de ne pas être allé à l'université. Alors comme ça, vous avez connu John, il y a des années ?

— J'ai été un de ses enseignants, brièvement, quand il était enfant. »

Le soleil réfracté par l'écume de la fontaine pose un arc-en-ciel sur la joue injectée de sang du politicien, qui me fixe d'un regard curieusement intense tout en mastiquant une poignée de saucisses cocktail.

William Arkwright est l'élément comique de l'AI, l'homme qu'on accuse des fiascos trop épouvantables pour être étouffés, tel celui de Chypre. On le voit souvent en compagnie d'actrices au physique avantageux, mais c'est à la fois l'assistant du Premier ministre et le ministre de l'Intérieur. Donc le deuxième personnage célèbre du pays, même s'il est très loin derrière le premier. Je serais surpris qu'il soit venu jusqu'ici par hasard.

« Comme c'est *intéressant*, déclare-t-il. John est toujours tellement discret sur son passé. Quand vous le verrez, n'oubliez pas de le lui répéter. Je lui ai conseillé je ne sais combien de fois d'empêcher la publication des livres épouvantables qu'on écrit sur lui. » Une autre poignée de saucisses. Arkwright mâchonne en agitant les bâtonnets graisseux. « Évidemment, tout le monde se fiche bien de mon enfance à moi. Je suppose que c'est ça, le charisme. Il y en a qui sont obligés de se donner du mal.

— Vous pensiez aller aussi loin, dans la vie ? »

Il penche la tête de côté, pendant que derrière nous, l'eau s'écrase sur les dauphins de bronze verdi. La manière dont il examine mes lèvres me révèle qu'il est un peu sourd.

« Cromwell n'a-t-il pas dit un jour qu'on ne savait jamais jusqu'où on s'élèverait ?

— Si, en effet. Quelque chose de ce genre, en tout cas.

— Eh bien, il avait raison. Je me sens perdu en

permanence, M. Brook. Stupéfait, toujours et partout. Même si ça ne se voit pas... »

J'acquiesce. Je ne m'étais jamais aperçu qu'il est curieusement difficile de parler à une célébrité. J'ai l'impression de connaître Arkwright, mais tel n'est pas le cas, quoiqu'il me fixe comme si nous partagions réellement une certaine intimité... Brusquement, je comprends ce qui se passe — et je le regrette aussitôt. Je le lis dans ses yeux. Dans son sourire. Dans la manière dont il m'examine. Après tant d'années, voilà enfin quelqu'un qui sait la vérité sur John Arthur.

Nous nous regardons en face. Je déglutis, la bouche soudain emplie de salive.

« Que pensez-vous de John Arthur, M. Brook ?

— Pardon ?

— Que pensez-vous de John Arthur, *vous* ? Je sais que vous ne l'avez pas vu depuis bien longtemps, mais personnellement, vous éprouvez de l'affection pour lui ?

— Je... l'admire.

— Vous l'admirez. » Il sirote bruyamment son vin en savourant le mot puis penche son verre dans ma direction. « Je suppose que personne ne devrait en demander davantage... »

L'adjoint au Premier ministre me sourit, fait mine de découvrir une connaissance derrière moi et s'éloigne en se dandinant dans la brume arc-en-ciel.

Une demi-heure plus tard, je vague toujours, revigoré par les cachets et la nourriture que je suis parvenu à trouver, austèrement déterminé à profiter au maximum de mes derniers jours avant la dissolution ou le procès, la honte publique ou l'agonie privée, voire je ne sais quoi d'autre. C'est alors que je tombe sur le père Phelan, planté seul dans une longue salle froide du palais, aux colonnes entrelacées de vigne vierge en fer forgé. Il repère le claquement de mes chaussures neuves sur le dallage avant que je ne puisse changer de direction.

« Hé, professeur ! » appelle-t-il en agitant une bouteille de Johnnie Walker. « Vous voulez boire un coup ? Une petite rasade ? Désolé, mais j'ai pas de verre. »

Je refuse d'un geste en le regardant osciller, reflété par les vitrines où reposent les reliques de l'Empire ; fusils, claymores et sagaies, drapeaux déchirés et sanglants pour lesquels des hommes ont donné leur vie, autrefois.

« C't'un type bien, le roi, mais plus petit en chair et en os, vous ne trouvez pas ? Et je ne peux pas dire non plus que je partage ses goûts en matière de femmes. »

Sur un hochement de tête, je me détourne, prêt à repartir.

« Attendez, professeur, juste une seconde ! Je voulais vous demander. Vous avez *vraiment* connu John Arthur ?

— C'est bien vieux.

— Mais sérieux ? Sans mentir ?

— Les faits ont été déformés depuis, mais oui, je l'ai connu, il y a des années.

— Parce que... » Les yeux du père Phelan roulent dans leurs orbites, son menton mouillé brille, pendant qu'il avale goulûment trois centimètres de whisky. « Parce que moi, je ne l'ai jamais connu, ce type. Vous y croyez, à ça, vous ?

— Quelle importance, au fond ? Tout le monde semble persuadé du contraire...

— Qu'est-ce qu'ils en savent, tous ? C'est vrai qu'en 1920, par là, je travaillais dans l'East End. J'aidais les jeunes en les entraînant à boxer. Une époque terrible, mais une église charmante, une petite congrégation très active. J'y ai passé quelques années avant d'être muté, à cause d'une prise de bec avec l'évêque. À ce sujet-là, en gros... » Il agite la bouteille puis laisse retomber le bras, si bien qu'elle rebondit sur la longue vitrine basse près de laquelle il se tient. Ses mains dessinent des arcs-en-ciel sales sur le verre chargé de protéger un antique canon, relique de la *Marie Rose* coulée. « Et puis voilà que John Arthur l'emporte sur ce bâtard de Churchill, et on dirait qu'il a passé un moment à boxer dans l'East End. Vous savez ce que c'est... Le vendredi soir, on raconte des histoires dont on ne se souvient même pas le samedi. Après tout, qu'est-ce que ça peut bien foutre ? Elles sont assez bonnes pour être vraies, et personne n'en a rien à fiche, hein. Je finissais presque par y croire moi-même. Le journal du coin a imprimé mon nom et ma tête... »

J'acquiesce. Légèrement distordu, le martèlement d'une musique martiale résonne dans les corridors cristallins.

« Mais ça devient un peu inquiétant. Je m'attends... vous savez, à une visite. Et j'en reçois une, oui. Un type des CSG qui me dit qu'il veut me parler en particulier. Je suis mort de trouille, évidemment, mais je lui avoue tout net que c'est juste un tas de conneries, que je n'ai seulement jamais *vu* John Arthur, sans parler de lui apprendre la boxe. Et le type est là, tout compréhensif. Il m'assure que ça n'a pas vraiment d'importance. Et puis il se met à me parler de l'époque où j'aidais les pauvres gosses de l'East End. De la manière dont je tripotais ces gamins adorables, comme si j'étais une sorte de pervers, mon Dieu...

» Mais il me raconte ça doucement, gentiment, on dirait qu'il veut juste m'expliquer. Il n'y croit pas, hein. De toute manière, il s'en fout. Seulement, il faut que je continue à débiter les mêmes conneries sur John Arthur, sur l'aide que je lui ai apportée dans mon club de boxe. Que je continue à faire ce que je fais, en gros... » Il tente une révérence moqueuse. Sa main glisse sur la vitrine. Il titube. « Même ici, devant le putain de roi de cette putain d'Angleterre.

— Ça ne me paraît pas un sort tellement cruel, dis-je. Pas quand on pense à ce qui est arrivé à certains de vos compatriotes, mon père. En admettant que vous soyez réellement irlandais et catholique romain.

— Ça n'y paraît pas, hein ? » marmonne-t-il, sans relever la pique. « Mais vous, professeur ? Qu'est-ce que ça fait de vous, avec votre drôle de regard et vos gentils petits cachets, à vous balader avec votre saleté de canne ? Vous l'avez vraiment connu, bordel.

— Peut-être la vérité transparaît-elle forcément par endroits. Peut-être John Arthur lui-même le comprend-il.

— Mais où ? Où ? Dites-moi la *vérité*, professeur... ! »

Je m'éloigne dans le couloir, à travers les éclats de lumière scintillants, abandonnant dans mon sillage les clameurs du père Phelan.

Le soir venu, le capitaine Anderson m'attend dans le salon du New Dorchester. Toujours en uniforme. Il sourit en me voyant émerger de la foule et me serre de nouveau la main. Les courroies réparties sur sa personne craquent légèrement ; il émane de lui une faible odeur d'amidon et de Brylcreem. La fatigue fait danser des points devant mes yeux. Je regrette déjà d'avoir accepté l'invitation.

« Je suis *enchanté* de vous voir, M. Brook.

— Appelez-moi Geoffrey.

— J'ai fait amener la voiture devant l'hôtel... »

La Ladybird noire en parfait état qui nous attend dans l'allée circulaire, passées les colonnades du New Dorchester, n'a pas grand-chose de spécial, au premier coup d'œil. À part les lettres bizarres des plaques d'immatriculation et l'absence de vignette ronde.

« C'est juste une voiture de service », m'explique le capitaine en me tenant ouverte la portière passager. « En tant que CSG, je ne possède pas grand-chose...

— À vous entendre, on croirait qu'il s'agit d'un ordre religieux. »

Il glousse. La Ladybird sent le cuir et le bois. Lorsque je passe les mains sur mon siège, je le découvre aussi doux que les oreilles d'un épagneul.

« Vous aimeriez un restaurant particulier ? » me demande mon compagnon en actionnant le starter et en faisant tinter les clés.

« Je pensais vous laisser choisir. »

Il n'est pas armé. Pas ostensiblement, en tout cas.

« Pour être franc, j'ai pris la précaution de réserver quelque part. C'est un peu excentré, mais je pense que question circulation, on devrait aller dans le bon sens... »

Nous traversons la Tamise, Westminster, Chelsea, nous dépassons Hammersmith puis filons sur la grand-route le long des usines flambant neuves où Smith fabrique ses chips et Maclean son dentifrice. La Voiture Hudson, occupée par des mannequins, flotte sous les projecteurs, une trentaine de mètres au-dessus de nous. Pourtant, derrière ce paysage, derrière l'éclat des réverbères à sodium, les usines cèdent la place à des chantiers, les chantiers à des entrepôts en ruines et des terrains vagues. La Très-Grande-Bretagne ressemble à un décor de cinéma. Il suffit de la pousser assez fort, me dis-je obstinément, pour qu'elle s'effondre d'un bloc.

À un rond-point, près d'une nouvelle station de métro tout en néon et béton, le capitaine Anderson part vers le nord. Nous ne tardons pas à arriver en banlieue. Comme dans les rues d'Oxford où vivait ma relation — mais en bien plus grand nombre —, je ne vois que fenêtres en saillie, pelouses soignées, pubs au nom en jeu de mots, alignements de magasins immaculés. Mon chauffeur allume une Capstan puis baisse sa vitre. Je me penche à la mienne avant de commencer à tousser, aspirant de pleins jardins dans mes poumons.

L'établissement où nous nous rendons, le New Galleon, blotti sur des poutres en béton au bord d'un réservoir, semble se préparer à traverser les eaux noires accumulées par les pluies récentes. La quantité de métal neuf rassemblé sur le parking ne laisse pas de me surprendre. Bentley, Rover, Jaguar et Bristol brillantes, rouge sang ou bleues dans l'obscurité à l'odeur humide, telles qu'en possèdent uniquement les particuliers — à condition d'y mettre tant d'argent, tant d'influence, tant de *situation* qu'il pourrait aussi bien s'agir de voitures d'officiels.

Une rampe en béton incurvée nous mène dans le restaurant proprement dit, où tout n'est que médaillons de chevaux, gravures — ou peut-être originaux — de Constable, papier tontisse, violons de Mantovani. Le capitaine m'assure qu'il n'est jamais venu, mais il semble parfaitement à son aise en retirant le dessous de verre qui s'est collé à la base de son double whisky. Nous nous sommes installés dans des fauteuils écossais, devant une table basse en cuivre à laquelle nous parcourons une carte gravée sur un plat, également en cuivre. Tout le monde a l'air de se connaître. La richesse et le succès sont devenus une sorte de club, dans l'Angleterre moderniste.

« C'est vraiment l'endroit à la mode », remarque mon compagnon, pendant qu'un serveur en smoking nous entraîne jusqu'à la table qui nous a été réservée, près d'une fenêtre imposante dominant le réservoir et, au-delà, le flot lumineux de la grand-route. Hochement de tête discret. « Il me semble voir Tommy Lawton, là-bas. Et le type que nous avons croisé en venant... c'est Charles Hill, le médecin de la radio. »

J'ignore totalement de qui il veut parler, mais je suis son regard dans le reflet de la vitre. Quoique Tony Anderson ne soit pas, et de loin, le seul CSG présent, c'est indéniablement le plus frais émoulu, en tant que capitaine.

« Je ne suis peut-être pas censé dire ce genre de choses, euh, Tony, mais j'aimerais vous inviter. Régler l'addition ne me posera aucun problème.

— Ne vous inquiétez pas. Je n'aurai qu'une signature à donner. Personne n'y trouvera rien à redire. »

Il claque des doigts, commande un deuxième whisky puis allume une autre cigarette au mégot de la précédente. J'ai eu une longue journée, durant laquelle j'ai mélangé trop de cachets et trop d'alcool, aussi me contenté-je d'eau glacée. En portant le verre à mes lèvres, je retrouve l'odeur de la piscine d'où a émergé mon compagnon, que j'examine avec attention : je n'ai pas eu le temps de m'habituer à l'extraordinaire banalité des CSG, vus d'aussi près. Il est encore tellement jeune qu'une petite fossette apparaît par moments au coin de ses lèvres.

« Vous avez vraiment aimé mes articles ? » demandé-je avant qu'on nous apporte nos assiettes.

En réponse, il me livre un résumé correct des sujets dont j'ai traité dans mes colonnes du samedi. De toute évidence, on lui a bien fait la leçon, mais il me semble écouter un étudiant régurgiter ce qu'il a appris pour un examen oral avec la certitude absolue de tout avoir oublié le lendemain. Je remarque qu'il ne reste plus de son deuxième, voire son troisième, whisky que les glaçons.

Lorsque les plats nous sont enfin servis, ils s'avèrent décevants. À mes yeux, la banalité des noms et des descriptions de la carte constituait un double jeu ; les pommes de terre en robe des champs, le rôti de bœuf et les rutabagas ne pouvaient tout de même pas se limiter à cela ? Eh bien, si. L'assiette de Tony contient un tas de purée fumante, flanqué d'une portion de morue persillée dont il doit méticuleusement retirer les arêtes. Voilà donc de quoi dînent les célébrités et les riches de ce monde. Bien sûr, John Arthur en personne n'apprécie que la cuisine la plus simple. Il en allait de même de Francis, je m'en souviens.

Le pudding représente un moment pénible.

« Je suis désolé. » Avec un soupir, Tony Anderson plante sa cuiller toute droite dans la crème. « Ce restaurant m'a été recommandé. J'ai failli réserver chez l'Italien de Bayswater, à la place. » Il sourit. Ses traits se sont quelque peu détendus au fil des whiskys. « Il y a de l'ail partout, d'énormes moulins à poivre, de la fumée de bougie au plafond...

— Une autre fois, peut-être.

— Oui... »

Il me regarde. Ces yeux bleus. Le jeune homme m'inspire davantage de sympathie, maintenant qu'il a renoncé à faire mine de s'intéresser aux *Rois de l'Histoire*.

« Il n'empêche que j'ai beaucoup apprécié le repas, Tony.

— Rien ne nous oblige à rentrer au New Dorchester tout de suite ? » demande-t-il, quasi implorant. « Pourquoi ne pas aller au centre-ville, d'abord ? Faire une petite promenade. Admirer le paysage. Surtout cette nuit. Il y a certainement des tas de choses à voir... »

Après avoir vidé son dernier whisky, il règle l'addition d'une signature, je récupère ma canne, mon manteau, je me mets à mâchouiller un bonbon à la menthe dont l'aspect et le goût rappellent mes gros cachets, puis nous repartons. Le petit homme qui nous croise à vive allure en se précipitant vers les portes battantes n'est autre que Lupino Lane, j'en jurerais. Le parking est plus encombré que jamais. Une mouette criaille. Londres murmure et froufroute autour de nous, me tiraille de-ci de-là avec ses doigts de fatigue, d'espoir, d'attente.

« Pourquoi être devenu Chevalier de saint Georges ? » demandé-je à Tony, pendant qu'il démarre la Ladybird puis l'éloigne en marche arrière d'une Bentley décapotable.

« Je voulais juste un avenir meilleur.

— Tout le monde dit toujours la même chose, vous ne croyez pas ?

— Je sais... » Il fait la grimace en attendant au croisement de la grand-route. « C'est un cliché. »

Les feux passent du rouge à l'orange, puis au vert. Il repart. Des ordres simples — donnés par des machines — auxquels tout un chacun obéit, aujourd'hui.

« Cela signifie-t-il que c'est vrai ? » interrogé-je.

Le dialogue est plus facile dans la circulation, parce que nous ne sommes plus face à face et que mon chauffeur consacre la moitié de son attention à la conduite.

Tony Anderson a grandi dans le Wirral, juste au-dessus de la Mersey, près de Liverpool ; exactement le genre de non-endroit où la plupart d'entre nous commencent leur vie. Son père gérait une quincaillerie ; une de ces immensités encombrées de cuvettes en tôle, de semelles intérieures, de manches à balai, de linoléum, de cirage, de nettoyants ménagers brevetés et d'à peu près n'importe quoi d'autre.

Tony, qui a maintenant vingt-cinq ans, est né à une époque difficile, ce qu'on oublie un peu vite en voyant sa génération à l'heure actuelle, parfaitement à l'aise dans un monde de sa création. Les premiers souvenirs du jeune homme remontent à la fin de la guerre ; défaite, Dépression, chômage, inflation galopante, anciens combattants mutilés sans abri, dormant, mourant dans les rues. Sa famille — son père, sa mère, ses deux sœurs aînées et lui — occupait trois petites pièces au-dessus du magasin. Elle aurait dû être à l'abri du besoin, puisqu'elle fournissait les produits domestiques de première nécessité à la vaste population urbaine de Birkenhead, mais hélas, les affaires sont allées de mal en pis. Les clients ne pouvaient plus payer. Les prix des fournisseurs s'envolaient. Les parents de Tony ont fini par accepter de faire crédit, juste pour avoir l'impression de travailler, mais en fin de journée, la réalité s'imposait. Pas d'argent. Pas de dîner.

Son père a été tabassé, sur l'ordre des usuriers à qui il s'était adressé dans l'espoir de s'en sortir. Des juifs — comme beaucoup de petits financiers de l'époque. Il a essayé d'autres négoces : fruits et légumes à bas prix, qu'il allait chercher avec une charrette à bras au marché, quinze kilomètres plus loin. Ça n'a pas arrangé les choses.

« Le magasin existe toujours », continue Tony en dépassant sur Fulham Road une camionnette de la moutarde Colmann, trop lente. « Du moins, l'immeuble. C'est un coiffeur qui l'occupe, maintenant, mais en regardant bien, on voit toujours notre nom sur les briques du pignon. Mon père était quelqu'un de sérieux. Il n'avait pas peur de se lancer dans autre chose, de vendre de nouveaux produits, de vivre avec son temps. Il a fait de son mieux, vraiment de son mieux. En toute justice, il aurait dû réussir. Mais vous êtes historien, M. Brook, vous comprenez sans doute ce genre de choses mieux que moi. Il y a des forces impossibles à combattre. Quoi qu'on tente, elles nous passent sur le corps. C'est... comment dit-on ? Le cours de l'Histoire ?

— L'expression en vaut bien une autre.

— Mon père s'est accroché. Il est allé chercher du travail à Bolton. Puis à Sheffield. Il avait passé l'âge d'être homme de peine, mais ça ne l'a pas empêché de le devenir, en résumé. Tout ce qu'il réussissait à économiser, il nous l'envoyait. Jusqu'au jour où les lettres ont cessé d'arriver. Il a fallu que ma mère aille là-bas récupérer ses affaires. Elle n'a jamais dit un mot sur le sujet. Je ne sais toujours pas de quoi il est mort...

— Alors vous êtes devenu CSG ?

— Je voulais faire partie de quelque chose qui ait un sens. Quand John Arthur a pris le pouvoir, j'avais seize ans. Ma famille tout entière vivait dans une seule pièce. Dès le début, il a créé de nouvelles bourses d'études et de nouvelles écoles — vous le saviez ? Grâce à lui, le système des allocations est devenu fonctionnel pour ceux qui en avaient vraiment besoin. Il nous a donné une chance, à moi et à des millions d'autres. J'ai découvert que je pouvais reprendre mes études. Puis que j'étais doué pour ça. Pour le sport. Pour m'occuper des gens. Comme si c'était un secret qu'on m'avait caché, avant. Voilà pourquoi je me suis inscrit au parti avec plaisir. Il me semblait que je le devais à John Arthur en personne. Il m'avait virtuellement sauvé la vie.

— Tout de même, entrer aux CSG... La concurrence doit être rude ?

— Bien sûr. »

Il sourit, fier de sa réussite.

Leicester Square est plus éblouissant que le plein

jour. Nous le contournons au pas, pris dans la circulation. L'époque de mes errances furtives en ces lieux est depuis longtemps révolue ; échange rapide de regards, brèves paroles, retour à une chambre de Russell Square — l'odeur de l'escalier, les lignes des tramways, éclairs étincelants derrière les fenêtres nues, le lit affaissé et le filet d'eau savonneuse pendant l'examen mutuel, le regret de pareille décision.

Cette nuit, il serait difficile de garer la Ladybird dans le centre de Londres, si Tony ne pouvait se permettre d'ignorer les pancartes. Nous nous joignons à la foule, qui nous emporte vers le champ de foire installé à Regents Park. L'odeur écœurante de la barbe à papa nous enveloppe, avec les lumières étincelantes, rugissantes. Des enfants à moitié endormis quoique tout excités, le visage collant, luisant de sucre et de gras, harcèlent leurs parents pour obtenir un dernier tour sur un des grands manèges de peur et de joie ; ils hurlent, lorsque les roues s'élèvent en tournant ou que les trains bringuebalants dégringolent du ciel. Les garçons plus âgés se poussent du coude, les yeux brillants, à la vue du jeune capitaine des CSG. Quand ils seront grands, ils veulent tous être lui. Tony trouve un bar sous chapiteau où le serveur remarque aussi son uniforme, s'approche immédiatement, malgré la foule, puis remplit de whisky sa flasque en métal. Lorsque mon compagnon me la propose, je secoue la tête et le regarde la reboucher.

Il marche près de moi, plongé dans sa propre existence, sa propre histoire, son bras frôlant le mien, mais j'ai toujours autant de mal à faire tenir le véritable être humain dans l'uniforme, dans la réalité basique de ce qu'il est. Plus loin, par-delà les stands, les tentes, les manèges, s'étend un espace dégagé où brûle un grand feu de joie qui crache des étincelles dans les cieux à la luisance grise. Je nous achète des pommes de terre brûlantes, tout juste sorties d'un four à la cheminée coudée. Après la cuisine indigeste du New Galleon, elles ont le goût du pain chaud, du sel et du miel. Plantés devant les longues cordes, le menton barbouillé de beurre fondu, nous regardons les pitreries centrées sur le feu de camp.

Deux Spitfire jaillissent de la nuit au ras des flammes, dont ils agitent les étincelles, puis entraînent dans leur sillage des rubans de fumée. Des jeunes gens torse nu, la peau luisante, grimpent sur les épaules les uns des autres afin de constituer des pyramides vacillantes, sous la supervision d'hommes mûrs ridicules, en short frémissant et chapeau à large bord. À l'instant précis où je me demande ce qu'il peut bien se passer sous les chapiteaux de toile plissée montés derrière le zoo, je sens que l'on m'observe depuis l'autre côté du cercle. Christlow, le visage ciré par la lumière du feu, coordonne le rassemblement suivant de brillante jeunesse moderniste, prête à accomplir je ne sais quel exploit de gymnastique. J'esquisse un sourire, mais ses yeux se détournent des miens. Il regarde autour de lui, visiblement paniqué, avant de se perdre en titubant dans la chaleur tremblotante.

« Nous devrions peut-être y aller », dis-je à Tony.

Nous nous frayons un passage vers une zone plus calme de la foire, au moment où les bergers allemands de la police londonienne commencent à sauter à travers des cerceaux enflammés. La fatigue est devenue omniprésente. Les jeunes gens se crient *Va te faire foutre* sous n'importe quel prétexte, des couples enroulés telles des cordes se blottissent dans l'obscurité, entre les tentes, les toilettes temporaires empestent, répugnantes. Lorsque nous retrouvons la Ladybird, les rues sont presque désertes.

Le New Dorchester aussi semble épuisé : les voix s'y étouffent, il ne reste qu'un seul bar ouvert, le personnel de nuit s'active dans certaines parties communes avec serpillères et aspirateurs, vaquant à ses tâches habituelles. Tony Anderson se plante près de moi pour attendre l'ascenseur.

« Ça ne vous ennuie pas que je vous raccompagne, j'espère ? » demande-t-il au panneau d'acier bruni qui coulisse devant nous.

Il presse effectivement le bouton de mon étage. Les câbles nous emportent dans le conduit obscur. Le corps du jeune homme dégage une odeur de whisky.

Je déverrouille ma porte à son intention, et nous pénétrons dans ma chambre. Les lumières principales, trop crues, trop brillantes, s'allument en clignotant. Tout ici est immaculé, inchangé. Saint Georges prie toujours dans sa forêt de verre morcelé. Les couvertures de mon énorme lit sont tendues comme des peaux de tambour. Je gagne en somnambule le haut placard en frêne et ébène, où je m'empare de la première bouteille venue pour servir deux verres. Tony boit le sien cul sec. Je me force à tremper les lèvres dans le mien. Mon compagnon est très pâle, à présent, des perles de sueur accrochées à la peau.

« Vous n'êtes pas obligé, vous savez.

— Tout va bien. » Il sourit, se lèche les lèvres. « Si je pouvais me servir de votre salle de bains... »

Avec un haussement d'épaules, je m'écarte de lui

pour aller m'installer sur le lit, mi-assis, mi-couché, pendant qu'il pose son verre, desserre son col, se débarrasse de ses chaussures. Les boutons me permettent de réduire l'éclairage. La forêt s'obscurcit, saint Georges s'estompe. Il offre l'image même de la piété — John Arthur, jeune ; Francis Eveleigh, à l'époque où il n'était pas encore John Arthur, où l'amour, la vie, l'espoir et l'honneur n'avaient pas encore déserté le monde. La nuit, dans le train pour l'Écosse. *Ferraillement-claquements.* Les lignes du télégraphe montant et descendant. L'odeur de la fumée. L'impression d'être tellement loin. Le contact inouï de la chair contre la chair. Il m'a tout pris, mon Francis — mon argent, mes rêves, mon amour —, et depuis, il n'a plus cessé de me le rendre.

Tony ferme machinalement la porte de la salle de bains en achevant de se déshabiller pour se doucher, puis la rouvre sous prétexte de me demander s'il peut utiliser les serviettes. Ensuite, sans la refermer, il se détourne et ôte son caleçon, m'offrant un aperçu de ses fesses écartées, de ses testicules pendants, de toute sa charpente. Lorsque je prends conscience de toujours tenir mon verre, j'en bois une gorgée, qui me brûle la gorge — petite touche de réalité bienvenue.

Mon hôte fait couler la douche avant de pénétrer dans le bac. Je le regarde se savonner, reflets fragmentés, démultipliés dans les miroirs de la salle de bains. L'eau tombe avec fracas, dégouline de la pointe de ses coudes, du bout de son sexe, ruisselle sur son large dos puissant. Il est plus beau que tous les hommes avec qui j'ai jamais eu la moindre relation — y compris Francis, oui. Pourtant, à ma grande surprise, il me rappelle les affreux escaliers que je montais après avoir levé un inconnu à Leicester Square, les chambres bon marché discrètes, sans rideaux, le regret qui me prenait avant même le commencement. Lorsque Tony réapparaît, drappé assez pudiquement dans un peignoir du New Dorchester, je me sens fatigué. Fini. Vidé. Mort ou mourant.

« Je ne vous veux pas de cette manière, Tony. Je le regrette presque, mais...

— Pas de problème. »

Il frotte ses cheveux hérissés avec une serviette en faisant les plus grands efforts pour dissimuler son soulagement. Son groupe sanguin est tatoué sur le haut de son bras, petit cercle bleu qui s'étire ou se contracte au rythme de ses mouvements.

« On peut vraiment vous *ordonner* de faire ce genre de choses ? demandé-je.

— Ça ne se passe pas comme ça.

— Comment, alors ? »

Il se laisse tomber sur le lit près de moi, m'apportant son odeur de savon, de cheveux mouillés, de corps propre, de linge lavé de frais.

« On vous fait juste une suggestion...

— Mais pourquoi vous ?

— Je ne vous ai pas raconté de quelle manière j'ai gagné l'argent nécessaire à ma mère et à mes sœurs, après la mort de mon père. Ce n'était pas bien difficile. Je prenais le bateau jusqu'aux quais de Liverpool. J'étais peut-être très ignorant, à l'époque, mais j'ai toujours eu conscience de mon charme — je savais que j'étais beau gosse. Il ne m'est jamais venu à l'esprit que je pouvais avoir d'autres raisons. Mais ensuite, il y a deux ou trois ans, en Rhodésie, j'ai eu une passade avec un commandant. Nous étions solitaires, nous nous ennuyions... On nous a surpris, bien sûr.

— La jeune femme à qui vous avez fait signe, à la piscine...

— Je suppose que je peux toujours espérer. »

Il se renverse en arrière sur le lit, ses bras puissants levés, les mains derrière la nuque. Certaines parties de lui font saillie. Une chair jeune et tendre. Mais cela n'a plus d'importance. Je m'allonge près de lui, heureux, tout simplement, de la proximité d'un autre être humain — pour la dernière fois de ma vie, si les choses se passent comme prévu. Ensemble, nous fixons le plafond.

Tony finit par me réveiller. Une fois rhabillé, sans doute est-il resté assis au bord du lit à me regarder marmonner en bavant jusqu'à... quoi ? Trois heures quarante, mon Dieu. Saint Georges prie toujours dans la forêt obscure. La bouteille de Bells est à moitié vide.

« Vous feriez mieux de vous déshabiller et de vous mettre vraiment au lit, me dit le jeune homme. On m'a prévenu de partir avant le jour.

— Avant... ? »

Il hausse les épaules. Sourit. Je suis tellement content que nous n'ayons pas gâché cette nuit en baisant.

« À l'aube, il va y avoir une alerte aérienne.

— Une vraie ?

— Bien sûr que non. » Il me touche le bras. « Simple élément du spectacle. »

Je m'assieds, entraînant avec moi le dessus-de-lit

en soie gorge-de-pigeon dans des pointes d'électricité statique et de douleur.

« Voilà pourquoi l'itinéraire se limite à l'abbaye de Westminster », murmuré-je en cherchant mes cachets du regard.

Je m'en empare puis en gobe quelques-uns.

« Possible.

— Vous avez dû voir de l'action, Tony. »

Son visage se fige une seconde. Il croit que nous en revenons au sexe. Puis :

« C'est vrai. Je suis allé en Rhodésie. Parmi les premiers.

— Comment était-ce ?

— Ça ne ressemblait pas à une vraie guerre. On n'a eu qu'à traverser le Bechuanaland. La moitié du pays nous accueillait à bras ouverts — surtout les Blancs. On a arrêté quelques soldats des Nations Unies qu'on a remis dans le bateau pour la Belgique...

— Mais vous n'êtes pas faits pour ça, il me semble ? Vous, les CSG... vous êtes une force politique... »

Le regard de Tony s'écarte du mien, erre sur la moquette. D'après la rumeur, dix à quinze mille personnes ont disparu pendant les premières semaines où les Britanniques ont de nouveau occupé la Rhodésie. Rassemblées dans des camions par les « sympathisants modernistes » du cru, sous la supervision des CSG, emmenées dans des camps où elles ont été torturées, interrogées, abattues, pendant que les réfugiés engorgeaient les routes et qu'on réglait les vieux différends. *Bang Bang.* La meule de l'histoire broie sans trêve ; les mouches se massent sur les cadavres. Air connu, à présent.

« Ça n'en vaut pas la peine, hein, Tony ?

— Quoi donc ?

— Ce que vous faites. Quittez les CSG tant que vous pouvez. Donnez-vous une chance de vivre. »

Il se lève, enfin saoul ou presque, posant à peine trop soigneusement son verre sur la table de nuit polie. Puis il va chercher sa veste.

« Trop tard », lance-t-il avec un sourire en coin, brossant sur les revers une peluche imaginaire.

Il enfile la veste. Les boutons tintent, quand il tire sur les manches, rectifie l'alignement des poches, lisse boucles et courroies. Il se recoiffe, se baisse pour lacer ses chaussures, vérifie une dernière fois dans le miroir son image d'adieu déjà parfaite.

Une fois de plus, il me quitte d'un pas quasi martial, ange sombre de la mort et de l'illusion, personnification de la beauté mâle. Le capitaine Tony Anderson, des CSG, me fait toujours aussi peur.

La convocation dans le bureau du proviseur de Friary School tomba en pleine leçon d'histoire naturelle des 2B. On était en 1932. Le *Daily Sketch* et moi venions finalement de rompre, après six ans de relative splendeur. Mon heure de gloire était arrivée et passée ; j'avais cinquante-deux ans ; il ne restait à l'école qu'un enseignant plus âgé que moi ; je commençais à envisager de prendre ma retraite, de vendre la maison de ma mère et d'emménager dans un pavillon avec vue sur la mer, que j'arriverais tout juste à m'offrir en vivant frugalement. Ce matin-là, ce matin bien précis, je remplaçais M. Green, et je venais juste de passer en revue la totalité de mes connaissances sur le cycle de la péride du chou. Les plaquettes d'encre volaient. Les couvercles de pupitre battaient. À présent que John Arthur avait réussi à stabiliser l'économie, on ne mettait plus le personnel à la porte aussi régulièrement, mais être convoqué chez le proviseur restait en général de mauvais augure. Cette fois-ci, pourtant, j'en fus presque reconnaissant.

Les inquiétudes habituelles ne m'en traversèrent pas moins l'esprit, pendant que je passais devant la porte de chêne la minute apparemment nécessaire à M. Harks pour réaliser que quelqu'un venait de frapper. Les nouveaux examens de premier niveau avaient-ils donné de mauvais résultats ? À moins qu'il ne s'agît de la pipe taillée samedi soir à un ouvrier de la fonderie, derrière le Bull, à Shenstone ?

« Entrez ! » cria Harks, plus tôt qu'à l'ordinaire, me sembla-t-il.

Lorsque j'obéis, je découvris avec stupeur qu'il avait quitté son bureau, comme pour m'accueillir. La plaisanterie courait parmi les anciens du personnel qu'il n'existait pas en dessous de la ceinture...

« Ah, Brook ! » Depuis ma collaboration avec le *Daily Sketch*, le proviseur avait décidé que mon dossier professionnel se trompait. Chacune de ses lettres — car il communiquait autant que possible par lettres — me donnait du *Brook*, sans *e*. À mon avis, il ne connaissait même pas mon prénom. Quant à moi, j'ignorais évidemment le sien. « Asseyez-vous, asseyez-vous. Mme Cringle va nous apporter le thé dans un instant. Elle m'a promis d'essayer de se procurer des petits gâteaux... »

Je me laissai tomber sur un siège, complètement perdu.

« J'ai reçu une lettre, ce matin », reprit M. Harks

en frottant le vélin crème entre deux doigts, comme s'il ne croyait toujours pas vraiment à son existence. « Du vice-chancelier d'Oxford. Apparemment, il veut élargir les... euh, *transferts*. Injecter du sang neuf dans l'enseignement de l'université. Votre nom a été mentionné... »

Le froid. La première gelée de l'année sur les jardins ouvriers. Le ciel d'un bleu pâle très anglais. Les cloches, les bicyclettes. Le drôle de petit vieillard du nom de Christlow qui se qualifiait de recruteur, alors que c'était en fait le serviteur particulier de quelques professeurs. Les escaliers de pierre usés. Le luxe fané. Les fenêtres à la française. Le principal du collège, un certain Cumbernald, m'invitant à déjeuner au White Horse — coincé entre les collèges de Blackwell et de Trinity —, comme pour m'accueillir à bras ouverts, moi qui étais visiblement un imposteur. Un feu de pommier brûlait dans la cheminée, je me le rappelle. Cumbernald m'expliqua qu'il entrait lui-même en fonction et que nous formerions une bonne équipe. Nous mangions des roulés jambon-cheddar épicés, pendant que de vieux professeurs sortaient des recoins sombres enfumés puis dérivaient jusqu'à moi, chargés des renseignements universitaires qui leur étaient propres. Je parlai du livre que j'avais toujours rêvé d'écrire ; mon interlocuteur hocha une tête grave. Lorsque nous décidâmes de prendre — eh bien oui, pourquoi pas ? — une troisième pinte de Pedigree, je ne me sentais plus l'âme d'un imposteur. Au contraire, il me semblait m'insinuer enfin dans le courant chaud d'une source à laquelle la vie m'avait destiné depuis le commencement.

Nous revînmes par High Street, Cumbernald me régalant de quelques histoires oxfordiennes de son cru. Les vendeurs de journaux proposaient une édition spéciale avancée de l'*Oxford Evening News* dont il acheta un exemplaire, que nous entreprîmes aussitôt de lire ensemble. Tant de piétons faisaient de même qu'ils bloquaient presque la rue. Le quotidien annonçait qu'une force expéditionnaire britannique était arrivée à Dronacarney, au nord de Dublin, et qu'une flotte menée par le *HMS Hood* venait d'accepter la reddition de Belfast, après s'être contentée de montrer ses canons à cette loyale cité — si l'on oubliait une escarmouche autour de Falls Road. Je crois me rappeler que Cumbernald poussa bel et bien un cri de joie en boxant en l'air. La plupart des gens réagissaient comme lui. C'était un beau jour pour être anglais.

D'autres beaux jours allaient suivre. En Irlande, la victoire fut facile. À Londres, la Victoria Tower commémorative se dressa de plus en plus haut. On disait que le contrat de construction avait été signé avant même le départ des troupes, tant la Très-Grande-Bretagne était à présent pénétrée d'assurance. Pendant ce temps, je frissonnais plaisamment à la musique tonitruante du chœur de Noël de Kings. Et je travaillais dur. Pour les tout jeunes étudiants nerveux qui pénétraient dans mes appartements, cramponnés à leur essai ou les yeux rivés à une liste quelconque, je devenais ce que j'avais toujours été, au fond : un enseignant. Je faisais de mon mieux, lequel, étonnamment, suffisait le plus souvent. Il y avait les réunions, les salles lambrissées, le vin chaud en hiver, le thé à la menthe et les paravents japonais au printemps, le suave air frais du fleuve durant les longues promenades solitaires. Les forces britanniques aidèrent Franco à vaincre les communistes en Espagne ; nous quittâmes les Nations Unies ; l'aventure chypriote se présenta puis passa ; nous reprîmes la Rhodésie. Je m'achetai un gramophone de luxe.

Le reste du monde trouvait plus facile de traiter John Arthur comme une sorte de faire-valoir fasciste du comique Mussolini. La France, l'Allemagne et les Pays-Bas étaient très occupés à constituer une communauté de libre échange, pendant que les États-Unis de Roosevelt, lorsqu'ils ne s'inquiétaient pas de la menace posée en Extrême-Orient par la résurgence du Japon, s'obstinaient dans l'isolationnisme. Au Moyen-Orient, le réalignement prudent du roi Farouk d'Égypte dans le moule du Modernisme, puis sa conquête de la Palestine avec l'aide des conseillers militaires britanniques, semblaient banals dans cette contrée turbulente. Après tout, la Grande-Bretagne ne se montrait pas plus agressive que durant la majeure partie de l'histoire moderne. Maintenant encore, le monde reste décidé à en penser le plus grand bien, alors que le Kent tout entier a été transformé en camp militaire, par précaution contre une hypothétique menace franco-allemande.

Pendant ce temps, nonobstant surprises et déceptions, j'en arrivais à aimer Oxford presque autant en réalité qu'en rêve. La semaine des Huitièmes. Le défilé de l'Encaenia. Les cloches de minuit. Le climat pluvieux. Les appariteurs en chapeau melon explorant les jardins du collège, à la recherche d'ivrognes endormis. La Société des Grimpeurs de tours et de toits.

L'Histoire suivait son cours. Le déplacement des juifs. Le « logement » forcé des gitans et des clochards. L'invitation aux homosexuels à venir se faire soigner. Bien sûr, cette mesure-*là* me paniqua un moment... mais j'avais déjà ma relation, les messages discrets échangés sur le mur des toilettes pour hommes, près de Christ Church, les sodomies sans suite, lui d'abord, moi après, parfois — une vie douce, facile. J'avais mon bureau, mon travail, mon lit. Mes livres, les salons de thé, les pignons, les coupoles, le regard fixe du cerf de Magdalene, les marronniers en fleurs, la musique filtrant par les fenêtres de bâtisses fantomatiques au soleil, les voix jeunes dans les crépuscules cristallins, l'odeur de terre millénaire s'élevant des cours des collèges.

J'étais étourdi. Ébloui. Sans même le vouloir, j'avais appris à oublier.

XVI

Je suis halé vers le matin par des draps lisses, une impression d'espace immaculé qui ne peut appartenir à Oxford et un hululement angoissé. La tête me tourne, la lumière ondule. Londres, bien sûr. Le New Dorchester...

Je cherche à tâtons mes cachets sur la table de nuit, sans que la sirène s'interrompe, puis je fouille le tiroir où, sous une Bible, sous les stylos et les enveloppes gracieusement fournis par l'hôtel, se trouve une pancarte expliquant QUE FAIRE EN CAS D'INCENDIE OU DE RAID AÉRIEN. Pendant que je la considère, en battant des paupières et en me frottant les yeux, la porte de ma chambre s'ouvre brusquement.

« Désolé, M. Brook. »

Reeve-Ellis, portant déjà cravate de son école et cardigan, s'appuie sur la poignée, oscillant, l'agent de police T3308 en remorque.

« Quel cirque terrible, et justement, aujourd'hui. Vous savez comment sont ces joueurs de bongo — ils n'ont seulement jamais entendu parler de raid aérien... Ils s'imaginent sans doute que c'est le Grand Dieu blanc qui descend du ciel engrosser leurs filles.

Enfin, nous avons réussi à les canaliser vers les escaliers des sous-sols — y compris le père Phelan, ce qui n'a pas été une mince affaire, étant donné son état. Alors je me suis dit que je ferais mieux de passer chez vous aussi, juste pour vérifier que vous savez de quoi il retourne. Voilà, très bien. Mettez votre robe de chambre... »

Les corridors sont un véritable pandémonium. Il est sept heures et demie du matin, et tout le monde s'agite, bizarrement habillé, les plis des oreillers imprimés sur les joues, les cheveux électriques. Pourtant, il règne une ambiance détendue. Une attaque aérienne représente l'occasion idéale de renverser les barrières sociales, même au New Dorchester, d'autant que personne n'y croit.

« C'est le cirque, j'en ai peur. » Reeve-Ellis me guide à travers le vacarme tourbillonnant de l'atrium principal, où le personnel de l'hôtel brandit des pancartes et des flèches. « Ce sera plus facile par là, nous serons un peu plus au calme. »

T3308, lui et moi luttons contre le courant jusqu'à un remous tout proche de la boutique de souvenirs, où la foule s'éclaircit. Un autre agent de police — K2910, d'après l'insigne accroché à son épaule — monte la garde devant la porte ACCÈS RÉSERVÉ AU PERSONNEL par laquelle Reeve-Ellis m'a fait passer, il y a deux jours. Nous l'empruntons, suivis de K2910, qui la ferme à clé de l'intérieur. Brusquement, le hurlement des sirènes et le vacarme de l'agitation s'atténuent. À cette heure matinale, les téléphones ne sonnent pas, dans les bureaux, les machines à écrire ne cliquettent pas. Je me retrouve seul, excepté les trois hommes qui m'accompagnent.

« Par ici », appelle Reeve-Ellis en plongeant les mains dans les poches de son cardigan.

T3308 me précède à longues enjambées, tandis que K2910 m'emboîte le pas. Leurs chaussures couinent. Ils sentent un peu le caoutchouc. Le sous-secrétaire nous tient ouverte la porte SORTIE DE SECOURS située juste après son bureau. Elle donne sur un tunnel au béton humide, mal éclairé, où déferlent des vagues d'échos lorsqu'elle se referme en claquant derrière nous. Ici, enfin, la moquette et le luxe du New Dorchester disparaissent. Le passage ne tarde pas à piquer vers le bas. Un faible grognement de moteur nous parvient. Des gouttes d'eau tombent des minuscules stalactites du plafond. Une odeur de gaz et d'humidité s'installe. Un frisson me parcourt la nuque.

Nous nous regroupons tous dans un ascenseur muni d'une grille que T2910 ferme, avant d'activer la machinerie avec ses clés. La cabine descend en ferraillant parmi des enroulements de tuyaux, jusqu'à une sorte de quai ferroviaire souterrain visiblement indépendant du métro normal : le tunnel qui s'ouvre à ses deux extrémités est trop petit.

« Terriblement inconfortable, je le crains », dit Reeve-Ellis, lorsqu'une brise à l'odeur de terre nous effleure le visage et que les rails se mettent à chanter. « Simple expédient temporaire... »

Une locomotive automatique arrive, sifflant et cliquetant avec la détermination creuse d'un jouet, tirant une file de wagons-trémies vides. Le dernier est muni de strapontins en bois et d'une pancarte dont on a effacé plusieurs lettres pour lui faire dire RÉSERVÉ À PERSONNE. K2910 y bondit le premier puis aide le sous-secrétaire à y grimper. Je tente un pas en arrière, m'interrogeant sur mes possibilités d'évasion, mais les épaules de T3308 bloquent les miennes.

« Vous feriez mieux de monter, monsieur », dit-il en me tendant une grande main aux ongles rongés.

Tassés en queue du train jouet, nous nous enfonçons dans le tunnel. J'ai conscience des chaussons qui m'enveloppent les pieds, de la nudité de mes chevilles et de mes mollets sous ma robe de chambre, de mon pyjama qui bâille, du poids énorme et mouvant de la Tamise, que j'imagine à présent au-dessus de nos têtes. Notre souffle produit une fumée aussitôt emportée. Des fils métalliques montent et descendent sans fin le long des murs. Écrasé d'un côté contre le corps osseux de Reeve-Ellis, je profite du peu de lumière pour examiner les deux policiers blottis en face de moi. T3308, plus grand, plus âgé, a bien l'air d'un flic à l'ancienne, avec son visage lourd, tout en mâchoire, et son corps épais. K2910, roux et mince, couvert de taches de son, paraît trop jeune pour appartenir à la force publique. Dans ma tête, la voix guillerette quoique sonore d'un présentateur anonyme du *Monde tel qu'il est* déclame au rythme des rails cliquetants. *Et voici un nouveau tunnel au-dessous de Londres... Courrier d'Inverness et de Calcutta... Colis d'Adélaïde et de Sutton Coldfield... Mandats, lettres d'amour, cartes postales coquines, photographies de vacances ou d'anniversaire, morceaux de gâteaux de mariage, permis de circulation, bonnes et mauvaises nouvelles, demandes d'admission optimistes, missives de banquiers...*

Nous débarquons dans une autre station postale,

puis un autre ascenseur à grille nous rapproche de la surface. Les murs des couloirs sont brusquement redevenus comme neufs — quoique la lumière crue des ampoules nues révèle sur leur peinture fraîche, du même vert municipal que celui des toilettes pour hommes de Christ Church Meadow, les égratignures des mêmes marques et messages. T3308 m'attrape par le bras. Les portes de bureau défilent, mais le complexe désert, abandonné, ne semble renfermer que quelques chaises cassées. Nous sommes toujours loin sous terre.

« Par ici », soupire Reeve-Ellis en ouvrant une des portes, après que K2910 a trouvé la bonne clé.

Il allume la lumière. Trois chaises, un bureau, un classeur en métal à quatre tiroirs, taché de thé ou de rouille. Une carte du métro londonien avant modifications, accrochée au tableau d'affichage avec des épingles oxydées. De gros tuyaux barrant le plafond.

K2910 nous enferme à clé. T3308 écarte un peu les pieds et croise les bras.

« Autant vous asseoir, M. Brook. »

Reeve-Ellis me montre une chaise adossée au mur. Banale, avec son armature tubulaire, quoique vieille et tachée ; je remarque en y prenant place, mes mains tremblantes cramponnées aux accoudoirs, qu'elle dégage une odeur aigre de mauvais augure. Il fait chaud — presque autant qu'à la piscine. Sans doute à cause des gros tuyaux peints en vert qui courent au plafond. Nous devons nous trouver près des chaudières desservant l'immeuble, apparemment désert. Un bourdonnement râpeux — une sensation plus qu'un bruit — remonte du sol dans mes chaussons, mes pieds, puis se répand par vagues sur ma peau.

Reeve-Ellis s'éclaircit la gorge. Après avoir épousseté un coin de bureau, il s'y assied en pinçant le pli de son pantalon au niveau des genoux.

« Bon, autant commencer », lance-t-il d'un ton sec aux deux policiers.

« J'ignore ce que signifie votre conduite », dis-je pendant qu'ils échangent un regard, « mais sachez que je suis mourant. Je n'ai ni parent ni ami intime. Je suis atteint d'un cancer en phase terminale — vous pouvez vérifier dans mon dossier médical. Je n'ai rien à perdre.

— Je crains que les choses ne fonctionnent pas de cette manière », répond le sous-secrétaire.

Il glisse les jambes de côté pour livrer passage à ses deux séides.

« Droitier ou gaucher, monsieur ? » me demande le plus âgé, le plus trapu, T3308, aux ongles rongés et aux grandes mains de débardeur.

Je lève les yeux vers lui, vers sa grosse tête auréolée par la lumière de l'ampoule nue. Le holster, la matraque et les menottes accrochés à sa ceinture évoquent des appendices sexuels.

« Je n'aurais pas cru que la police de Londres se spécialisait dans ce genre de choses », dis-je en jetant un coup d'œil à Reeve-Ellis, qui nous regarde depuis son perchoir, à l'autre bout du bureau. « Je m'imaginais que de nos jours, c'était réservé aux CSG. »

Un rire grondant échappe à T3308.

« On n'a pas besoin de ces petits gars. De toute manière, d'après ce que j'ai entendu dire, ils ne sont pas très doués. Vous m'avez dit droitier ou gaucher ?

— *Allez* », marmonne Reeve-Ellis. Il fouille dans la poche supérieure de sa chemise puis me tend un crayon. « Prenez-le, s'il vous plaît, mon cher. » Bêtement, je me prépare à obtempérer. « Voilà. Droitier. Comme la plupart des gens. Il suffit de se servir de sa cervelle. »

T3308 cligne lentement des yeux. Imperturbable, il se penche pour soulever ma main droite de l'accoudoir puis la pose sur le dos au bord du bureau et s'assied dessus, son gros postérieur enveloppé de tissu presque dans ma figure. Je ne vois plus mes doigts, mais je les sens dépasser dans l'air plus frais, au bout du meuble. Même avec la pression appliquée par le policier, j'ai du mal à les empêcher de gigoter.

Une boucle de ceinture crisse. Quelque chose teinte. Une matraque se lève au-dessus de T3308. Je me tourne vers Reeve-Ellis, mais il regarde ailleurs en se rongeant les ongles. J'imagine qu'on va commencer à me poser des questions bien avant de passer réellement aux actes, maintenant qu'on m'a menacé sans fard d'avoir recours à la violence.

« Si c'est... » commencé-je

À cet instant précis, K2910 pousse un petit grognement d'effort en abattant sa matraque sur les doigts de ma main droite.

Une seconde de stupeur, le monde frissonnant vole en éclats, puis il se recompose en une douleur déchiquetée.

On m'a laissé seul. Le sous-secrétaire téléphone dans la pièce voisine. Le combiné se repose en tintant. Nouveau numéro. *Oui. Non. Pas encore. Comme vous voulez...* À sa voix, je sais que Reeve-Ellis s'adresse à un supérieur.

Dans mon giron, repose ma main droite. Le trésor

le plus précieux du monde. L'index, plié à quarante-cinq degrés juste au-dessus de la première phalange, enfle et se décolore à vue d'œil. Le pouce et le majeur gonflent rapidement, eux aussi, mais peut-être sont-ils juste tordus et meurtris plutôt que brisés.

C'est terrible — autant que j'aurais pu l'imaginer. Pourtant, j'ai déjà connu la douleur. Un jour, je me suis cassé le poignet, après avoir glissé sur le carrelage des toilettes pour hommes d'un pub de Banbury, dans des circonstances embarrassantes. Et ces derniers temps, j'ai eu plus d'une occasion de m'habituer à souffrir. L'important, dans la torture, décidé-je entre deux crises de frissons, ce n'est pas la douleur. C'est la pure et simple impression d'injustice.

Tintement de clés. Reeve-Ellis et les deux policiers entrent. Ils sentent vaguement la pluie — relents de cigarette, de thé, de circulation londonienne et de matin banal. Le premier traîne une chaise vers le bureau.

« Je ne vais pas vous raconter de conneries, Brook, dit-il. De toute manière, je ne suis pas un habitué de ce genre de choses. À cause de vous, mes deux amis et moi sommes obligés de faire des horreurs, pendant qu'un quelconque parvenu de Marsham Street occupe mon bureau, après une promotion géographique temporaire.

— Je ne saurais affirmer que je vous plains.

— Quoi qu'il en soit... »

K2910 produit bloc-notes et stylo. Avec son petit visage semé de taches de rousseur, il a toujours l'air beaucoup trop jeune. T3308 s'appuie au mur en se rongeant les ongles. Un grand frisson me traverse.

« Peut-être pourriez-vous d'abord nous expliquer

ce que vous faites ici au juste, continue Reeve-Ellis. Que signifie votre présence ?

— Je ne vois pas comment je pourrais vous le dire, alors que je n'en ai pas la moindre idée. C'est *vous* qui m'avez amené ici. Je suis censé être un respectable invité, et vous... »

Toutefois, à peine suis-je lancé que mon interlocuteur se relève en laissant échapper un soupir de lassitude agacée. Il fait signe à K2910 de sortir les clés. Aussitôt seuls avec moi, les policiers échangent un regard puis s'approchent en tenaille depuis les deux extrémités du bureau, avant de m'empoigner par les aisselles.

« Si vous voulez bien vous lever, monsieur. »

J'essaie de me cramponner aux accoudoirs, mais la chaise glisse de sous moi, et mes doigts abîmés se prennent dans la ceinture de ma robe de chambre. Le monde vire un instant au gris, puis je me retrouve debout, traîné par les deux hommes en direction du vieux classeur qui occupe un coin de la pièce. K2910 se penche pour ouvrir le tiroir supérieur, ballet ponctué de grognements. Une traction atroce s'exerce sur mes tendons, quand mes tortionnaires mettent mon bras droit en position, la main au-dessus du tiroir béant, avant que T3308 lève une lourde botte pour le refermer d'un coup de pied.

« Ces choses-là suivent un schéma préétabli », déclare Reeve-Ellis, qui s'est réinstallé en face de moi. « Il faut vous y faire, Brook. D'autant que l'efficacité du procédé est prouvée, si rudimentaire qu'il vous paraisse. Il n'existe qu'une seule issue, comprenez-le. Vous allez tout me dire. » Je fixe sa forme floue en pleurant et en me balançant doucement sur ma chaise. « Bien. Maintenant que je me suis montré honnête avec vous, peut-être pourriez-vous me rendre la pareille. »

Léger cliquetis. Étiré et tacheté à mes yeux comme dans une peinture décadente non réaliste, le revolver vient de se poser sur le bureau. Le Bulldog Webley.

« Peut-être, par exemple, pourriez-vous m'expliquer pourquoi et comment cette chose est entrée en votre possession, et ce qu'elle faisait dans votre valise, au New Dorchester.

— C'est une relique, réponds-je. Elle appartenait à un ami mort à la guerre.

— Son nom ? »

J'hésite. Une vague de terrible souffrance noire m'engloutit.

« Francis Eveleigh. Il est mort, je viens de vous le dire.

— Où vivait-il ? »

Je donne le nom de la rue de Lichfield où habitait Francis, puis — quelle importance, à présent ? — l'adresse de ses parents, à Louth.

« Le revolver a été envoyé à sa famille avec ses affaires, en 1916, quand il est mort pendant la bataille de la Somme, ajouté-je. J'ignore totalement comment Francis en était devenu propriétaire.

— Et les balles ?

— Elles étaient avec.

— Ce ne sont pas des munitions standard de l'armée. » Reeve-Ellis se caresse le menton. « Mais je sais que le chaos régnait, là-bas. Donc, ces affaires — l'arme et les balles — vous ont été données en souvenir de cet Eveleigh ?

— Oui.
— Vous ne vous en êtes jamais séparé depuis ?
— Non.
— Vous vous êtes servi du revolver ?
— Non... Enfin, une ou deux fois. Je voulais être sûr qu'il fonctionnait toujours.
— C'était le cas ?
— Je n'y connais rien. Mais il tirait.
— Je vois. Et que comptiez-vous en faire ?
— À votre avis ? »
Le sous-secrétaire fronce les sourcils.
« Je croyais que nous avions dépassé ce genre de choses, Brook.
— Je comptais tuer John Arthur. »
Il hoche la tête. Nullement impressionné. Derrière lui, K2910 fronce les sourcils, lèche son crayon puis couche quelques mots sur le papier. Dans les bureaux, un téléphone sonne.
« C'est Christlow, hein ? demandé-je.
— Qui ?
— Christlow, mon domestique. C'est lui qui vous a parlé du revolver.
— Je ne vois pas quelle importance ça peut bien avoir.
— Vous ne le niez pas ?
— Il semblerait que nous ayons oublié qui pose les questions, ici. » Reeve-Ellis sourit. Je sens les deux policiers derrière lui se détendre. Peut-être toute cette histoire ne va-t-elle pas tarder à s'achever. « Récapitulons. Les munitions ?
— Quoi ?
— Les balles... les munitions. Où vous les êtes-vous procurées, m'avez-vous dit ?

— Elles étaient avec... » J'inspire. Le moignon enflé qui me tenait autrefois lieu de main est un soleil flamboyant, autour duquel je gravite tout entier, simple planète associée. « Avec le revolver.

— Avec le revolver ?

— Oui. » Je déglutis. « Mais je ne vois pas ce que ça peut faire, maintenant. Vous savez ce que je préparais. Le reste s'est passé il y a bien longtemps. Je suis sûr que vous en êtes conscient ? »

Reeve-Ellis s'est mis à secouer la tête, lentement.

« Je regrette, mon cher, mais ça ne va pas du tout.

— Je vous ai dit dès le début que je n'avais rien à perdre. À votre avis, pourquoi ai-je décidé de tuer John Arthur ? Pourquoi ai-je apporté une arme ?

— Inutile que je me donne du mal, si vous n'êtes pas capable de faire mieux... » Il se lève. « Désolé. »

Oscillant, somnolent, je me perds par instants dans un rêve terrible. On me pose des questions. Le cauchemar du classeur se répète. La souffrance est chose étrange. Par moments, il me semble que rien d'autre n'a jamais existé dans l'univers tout entier ; à d'autres, elle me paraît quasi extérieure. Je pense au Christ sur la croix, à Torquemada et à Matthew Hopkins. Toutes ces vies. Et de nos jours encore. De nos jours. Les mêmes dieux vénérables et les nouvelles déités séculières. Au Japon. En Espagne. En Russie. En Grande-Bretagne. Je ne suis pas seul, non. Ni perdu. Des millions de fantômes déformés m'accompagnent.

Je tressaille en entendant jouer la serrure et s'ouvrir la porte. Reeve-Ellis, seul, cette fois, s'assied en face de moi.

« J'ai été l'amant de John Arthur. » J'avale une gorgée de vomi en me retenant de toutes mes forces de tousser. « Je parie que ça, vous ne le saviez pas ? J'ai été son *amant*... »

Les yeux fixés sur moi, il fronce les sourcils. La chair de ma main se fend largement, brisant une croûte fragile — sensation assez répugnante. Un filet de sang frais tombe goutte à goutte sur le sol.

« On m'a demandé de vous montrer ceci... »

Le politicien produit une enveloppe de papier bulle brun.

« Je ne crois vraiment pas qu'il existe quoi que ce soit... » J'ai un hoquet. « ... de suffisamment compromettant... »

Pour un peu j'en rirais — si la seule idée de rire n'était pas intolérable.

« Ce n'est pas *ça* », répond Reeve-Ellis, presque fâché.

Je fais de mon mieux pour focaliser, pendant qu'il ouvre l'enveloppe et en tire quatre photographies, qu'il retourne puis aligne sur le bureau devant moi comme des cartes à jouer — agrandissements granuleux de quatre visages et torses, nus, me semble-t-il. Trois des sujets ont été pris sur fond de tissu blanc, éclairés par une vive lumière blanche ; le quatrième — un homme, je m'en aperçois en distinguant les détails approximatifs de ces silhouettes émaciées, presque chauves, marbrées et virtuellement asexuées — se tient devant un mur. Leurs mains d'une maigreur arachnéenne tournent vers l'objectif le genre de rectangles numérotés qu'on glisse dans des encoches, à l'église, au moment des cantiques, mais les leurs sont plus longs, entrecoupés de crochets et de subdivisions : tribut payé à une bureaucratie toute-puissante. Ma vision se brouille. Une grande partie de moi se refuse à reconnaître ces gens.

« Comment puis-je être sûr qu'ils sont toujours vivants ? demandé-je.

— Vous ne pouvez pas. »

Mon regard se repose sur les photographies. Les yeux des quatre sujets fixent l'appareil sans le voir, débordant de tant d'images qu'ils ne peuvent plus absorber la lumière. Ma relation a l'air plus jeune, plus vieille, sans âge avec ses pommettes aiguës, l'arête mince de son nez, sa peau aussi tendue que celle d'un tambour, ses abcès. Sa femme et ses enfants... des elfes, des fées rejetées au néant par l'éclat qui se déverse sur elles. C'est tout juste si elles sont là...

« Ces gens...

— On m'a juste demandé de vous les montrer, Brook. Je ne sais ni qui ils sont ni ce qu'ils représentent pour vous. Leur nom... »

La serrure de la porte joue. Les deux policiers se plantent devant le mur sans un mot, les yeux fixés sur Reeve-Ellis et sur moi.

« Vous êtes fiers de vous ? leur demandé-je à tous. C'est ce que vous vouliez voir dans les îles du Soleil ?

— Les *quoi* ? »

Le sous-secrétaire a l'air fatigué, frustré, sur la défensive. Malgré ce qui m'arrive, l'impression fiévreuse persiste qu'une partie de l'équation m'échappe encore.

« De toute manière, ils sont morts, hein ? La famille entière y est passée ? continué-je. Je ne vous comprends vraiment pas. Même s'il m'était possible de les sauver, où iraient-ils, de quoi vivraient-ils... quel genre de vie ? »

Reeve-Ellis secoue la tête.

« Concentrez-vous juste pour tout nous dire, Brook. Vous ne savez ni ce qui se passera, après, ni qui il vous sera possible d'aider. N'allez surtout pas vous imaginer que vous pouvez protéger quelqu'un. Ou que vous êtes un traître. Tout ça, c'est du passé, croyez-moi. Vos projets, vos complots, la vie banale que vous pensiez sans doute mener... Vous croyez vraiment que vous seriez arrivé aussi *près* de John Arthur avec un revolver sans personne pour vous aider ? Enfin, vous vous êtes sans doute bien amusé, tant que votre petit jeu idiot a duré. »

Il ramasse les photos, les réunit en les tapotant puis les range dans l'enveloppe. Les deux policiers s'approchent de moi, m'attrapent par les aisselles, m'emportent une fois de plus vers le classeur.

Au bout du compte, il ne reste que la souffrance. À la fin des fins, le corps est une créature égoïste qui contrôle l'esprit. Disparu, l'amour. Disparus, la loyauté, l'espoir, le rêve. Reste la souffrance.

Quand je leur en ai dit plus que je n'ai jamais pensé en savoir ; quand je leur ai tout avoué sur Walter et Ursula Bracken ; quand je leur ai parlé, mais oui, de Francis Eveleigh, de ma relation, du pauvre Larry Black du Crown and Cushion, d'Ernie Svendsen, qui de toute manière le mérite, des enfants dont j'ai été le professeur au lycée de Lichfield, adultes à présent, coupables comme le sont tous les Britanniques — comme nous le sommes tous —, mais aussi d'une parfaite innocence ; quand je leur ai raconté ma vision de

Francis Eveleigh au Cottage Spring dans les années vingt, même si, à l'époque, il s'agissait bel et bien de John Arthur, puis que je leur ai expliqué par quelle plaisanterie tellement, tellement idiote, ce sera demain le quinzième anniversaire de cette rencontre ; quand je leur ai tout dit, je prends soudain conscience des grincements collants de la chaise sur laquelle je suis tassé et du néant patient dont le flot m'enveloppe. Il fait toujours trop chaud, mais je tremble de froid. Les tuyaux bourdonnent. Je vole à travers ce qui m'arrive, je plonge vers le centre de la Terre et le cœur de l'Histoire, le grand engrenage qui broie sans trêve.

« Bon... » lâche enfin Reeve-Ellis, les bras croisés, les jambes étendues, installé à l'écart du bureau et du gâchis que j'ai provoqué. « Je suppose qu'il fallait bien finir par en arriver là. » Coup d'œil à K2910. « Vous avez noté l'essentiel ? »

Le policier acquiesce, plus pâle que jamais, les taches de rousseur semblables à des gouttelettes de sang.

« Alors donnez-moi ce calepin. »

Il obtempère. À la manière dont le politicien fourre le carnet dans sa poche, je sais qu'il va le détruire aussitôt après en avoir terminé avec moi.

« Bien... Vous savez ce qu'il vous reste à faire. »

K2910 se débat avec ses clés. T3308 me regarde, une cigarette à moitié fumée coincée derrière l'oreille. Il a l'air d'un bon père de famille. Je l'imagine parfaitement, assis sur sa propre chaise, tout près du téléviseur mais aussi du feu, dans un charmant commissariat d'Ealing ; ou emmenant son fils aîné voir jouer les Spurs quand ils se produisent près de chez eux. Je suis navré pour lui. Pour eux tous.

Les policiers contournent le bureau par ses deux extrémités. Cette fois, ils se montrent prévenants en m'empoignant puis me soulèvent presque gentiment. Reeve-Ellis sort dans le corridor pendant qu'ils m'y portent.

« Feriez mieux d'essayer de vous servir de vos jambes, monsieur. Ce sera plus facile, vous verrez. »

À ma grande surprise, mes membres fonctionnent bel et bien tandis qu'on m'entraîne, titubant, dans le couloir, à l'opposé de la direction par laquelle nous sommes arrivés. Toutefois, c'était il y a une éternité : je ne suis plus sûr de rien. Arrivé à l'escalier, mon corps se montre étonnamment obéissant, puisqu'il le grimpe marche à marche. Nous nous heurtons enfin à des portes ACCÈS RÉSERVÉ AU PERSONNEL DE L'ENTRETIEN dont K2910 tripote le verrou, avant de les ouvrir en grand sur une bouffée brutale d'air londonien nocturne. T3308 me harponne par le bras droit pour m'entraîner dans l'obscurité, au doux murmure de la circulation, ronflement lointain que tiennent de tous côtés en respect la brique, le verre et le béton. Nous nous trouvons dans une de ces cours intérieures hideuses, semblables à des puits, conçues par les architectes pour laisser pénétrer la lumière au cœur des plus grands immeubles. Le coin de ciel inaccessible a la forme et la teinte d'un écran de télévision en train de refroidir — et jusqu'au point brillant de l'étoile centrale. Moi qui m'étais toujours imaginé que ma vie s'achèverait en un endroit agréable — une clairière reculée d'une forêt du Centre, avec le cri d'un renard, l'odeur des feuilles et de la mousse...

Je jette un coup d'œil en arrière. Reeve-Ellis se tient sur le seuil éclairé, les mains enfoncées dans les poches de son vieux gilet, appuyé au mur. Le quartier est vraiment très calme, quoiqu'il soit sans doute plus de minuit, à présent. La veille de Trafalgar Day, les célébrations auxquelles j'étais censé assister à l'abbaye de Westminster, tout cela m'a échappé. Une faible puanteur s'élève du caniveau central vers lequel s'abaisse le béton.

T3308 me lâche. Je m'effondre à genoux, sans renoncer à protéger le précieux fardeau de ma main droite. Il hoche la tête à l'adresse de son collègue en ouvrant le rabat de son holster. Le cuir grince légèrement. Quelque part au cœur des bureaux, étouffée, brouillée, s'élève une sonnerie de téléphone. Le souffle de T3308 s'accélère.

« Je suis vraiment désolé, monsieur. Si j'avais mon mot à dire... »

K2910 recule. Le téléphone sonne toujours.

« Attendez ! » crie Reeve-Ellis, au bout de la cour.

Les deux policiers se figent, plantés près de moi, à genoux. Il disparaît. La nuit tombe en pièces, palpite, se recompose. Au loin, résonnent le cri d'un sifflet, le ferraillement d'un train. Enfin, la sonnerie s'interrompt. Je baisse les yeux vers les taches au bas de la pente, j'aspire la fétidité du caniveau et de mon propre corps, j'essaie de m'éloigner de cet instant, de cette souffrance. Le sifflet du train pousse un nouveau cri. J'évoque un wagon-lit oscillant. Des bras autour de moi, des lèvres contre les miennes. La merveilleuse, l'effrontée candeur...

Les pas du sous-secrétaire. Ses contours anguleux sur fond de lumière.

« Il y a un petit changement de dernière minute... »

Reeve-Ellis possède une Triumph Imperial, imposante vieille voiture prémoderniste du début des années trente aux ailes rouillées, aux sièges en cuir craquelé dont émane un parfum végétal. Elle grince, elle ferraille, elle envoie des signaux capricieux en zigzaguant brutalement à travers les rues de Londres vidées par la nuit. Son propriétaire a trouvé une vieille veste à me jeter sur les épaules, une couverture écossaise pleine de poils de chien à me poser sur les jambes. Les deux policiers ont été chargés de me nettoyer dans les toilettes des bureaux déserts, avant d'être renvoyés chez eux, mais je ne suis toujours guère présentable.

« De qui était ce coup de téléphone ?

— Après ce que vous avez subi, mon cher... » Reeve-Ellis écrase le frein, car un taxi vient de surgir à un carrefour, droit devant nous. « ... vous n'avez aucune envie de le savoir. Croyez-moi. Vous pouvez vous vanter d'avoir eu une sacrée chance... »

Mon reflet m'apparaît par instants dans le pare-brise. Les yeux rouges, la peau luisante d'une sueur froide à la lumière des vitrines des grands magasins, alignés le long d'Oxford Street. Le politicien prend un virage trop rapide ; les pneus couinent, je m'effondre contre la portière, la douleur me submerge, et Londres pâlit.

Enfin, Reeve-Ellis se gare derrière un ensemble de grands immeubles aux fenêtres Régence dont la peinture s'écaille, descend de voiture, vient m'ouvrir de mon côté puis attend que je parvienne à sortir. De toute évidence, son nouveau rôle de chauffeur l'exaspère. Des nids de vipère en tuyauterie s'enroulent au-dessus de nos têtes. Beaucoup de poubelles. De réservoirs en acier. L'odeur desséchée des incinérateurs.

Mon guide me fait franchir des portes battantes caoutchoutées donnant dans un long corridor où des gens galopent, blanc sur blanc, enveloppés des odeurs d'amidon et de désinfectant charriées par les courants d'air. Il aboie quelque chose à une infirmière visiblement très occupée qui pivote brusquement vers lui, la riposte aux lèvres, avant de voir la carte d'identité dorée qu'il vient de sortir. Ensuite, on déniche un fauteuil roulant pour me conduire auprès d'un médecin du complexe — sans doute un des hôpitaux universitaires de Londres. Le praticien, aussi brusque et agacé que sa subordonnée, m'examine cependant. Il palpe ma main et mon bras sans se donner la peine de rencontrer mon regard puis écoute mon cœur et mes poumons, avant de me demander si je ne suis pas déjà sous traitement. Reeve-Ellis attend, assis sur une table, dans un coin, parmi des haricots. Dans le couloir, résonnent le roulement des chariots, le bavardage des infirmières, des voix fortes, coléreuses. Après tout, la vie continue.

« Nous sommes tellement occupés, voyez-vous, marmonne le médecin. La moitié des ivrognes de Londres ont célébré Trafalgar Day avec vingt-quatre heures d'avance.

— Faites votre travail, c'est tout ce qu'on vous demande », répond le politicien en consultant sa montre. « Voilà, très bien. Nous sommes pressés. Gardez vos idioties d'Hippocrate pour quelqu'un d'autre. »

Le praticien appelle deux infirmières pour me tenir, pendant qu'il déroule une bande de gaze et se prépare à remettre mes doigts en place. L'une d'elles claque de la langue lorsque, hoquetant et sanglotant, je m'effondre à terre, où je cherche à ramper hors d'atteinte.

« Ah, les hommes ! » s'amuse-t-elle en me ramassant aussi aisément qu'un paquet de linge sale. « Tous les mêmes ! Vous avez une tolérance à la douleur tellement basse... »

De minuscules poils noirs pointent sur la verrue qui lui dépare la joue. Je fais de mon mieux pour les compter, avant que les bandages ne se froissent et que la lumière des plafonniers ne me traverse de part en part.

Quand le sous-secrétaire me ramène de l'hôpital, l'aube ne va pas tarder à poindre. Les réverbères ne brillent presque plus, les chariots des laitiers quittent la laiterie, les camionnettes et les charrettes à bras convergent vers Covent Garden, Smithfield et Billingsgate. Quelques derniers fêtards rentrent chez eux, traînant dans leur sillage une brume soyeuse de fumée de cigarettes et de rires. Le ciel s'éclaircit, d'un gris-rose luisant, au-dessus de la Tamise que nous traversons sur le pont de Westminster. J'avale un des nouveaux cachets, plus gros, qu'on vient de me donner. Ils sont amers. Suaves.

Au New Dorchester, subsistent les reliquats d'un bal costumé. Un chevalier noir cliquette dans les restes de son armure, pendant que Robin des Bois critique sans agressivité le service à la réception. Dans l'escalier, une lady Godiva en combinaison dort sur l'épaule d'un Henri VIII. On nous regarde sans le moindre étonnement gagner l'ascenseur, Reeve-Ellis et moi. Nous sommes parfaitement à notre place — mon compagnon tel qu'en lui-même, moi en ancien combattant ou symbole du NHS, avec mon bras en écharpe, mon visage émacié, ma blouse d'hôpital. Peut-être même en dernier invité du *Masque de la Mort rouge*.

Le politicien frappe le bouton d'appel. La cabine s'ouvre instantanément.

« Le message », déclare Reeve-Ellis pendant que s'enflent les chiffres lumineux, « dit que vous fassiez comme si de rien n'était.

— Hein ?

— Aujourd'hui, mon cher, vous allez toujours voir John Arthur... »

À mon étage, il me suit jusqu'à ma chambre, où les lumières s'allument — beaucoup trop vives — pendant qu'il referme la porte. Le lit est impeccable, la bouteille de Bells à moitié vide rangée dans le placard, mais à part cela, rien n'a changé depuis mon départ, vingt-quatre heures plus tôt. Les nymphes batifolent toujours au plafond. Saint Georges prie dans la forêt.

« Reposez-vous un peu », reprend le sous-secrétaire, planté juste devant la porte, tandis que le monde tournoie et que je me demande si je ne devrais pas lui cracher au visage ou lui arracher les yeux. « Regardez les défilés à la télévision. Quelqu'un vous aidera à vous préparer à temps, j'y veillerai.

— Ces gens... Les photographies que vous m'avez montrées...

— Je ne sais pas.

— Et vous ?

— Moi ?

— Vous n'avez pas peur ?

— De quoi, mon cher ? »

J'englobe tout ce qui m'entoure d'un grand geste, manquant tomber.

« L'Enfer.

— Si l'Enfer existe », répond Reeve-Ellis en reposant la main sur la poignée de porte, « nous ne verrons sans doute même pas la différence, vous et moi. »

Et le voilà reparti. Je reste seul, une fois de plus, dans ma chambre luxueuse du New Dorchester. Ma montre, posée sur la table de nuit, s'est arrêtée, mais la pendule électrique du mur indique qu'il est à peine plus de six heures du matin. Je presse le bouton correspondant aux rideaux de la baie vitrée afin de les ouvrir. La lumière de l'aube arrive de la Tamise par vagues étincelantes.

Faire coulisser les portes de la garde-robe pour en tirer ma valise me demande un effort colossal. L'odeur de mon appartement oxfordien monte à mes narines. Tout est si bien rangé que la disparition du revolver m'étonne presque. Après avoir gobé un nouveau cachet, j'examine l'étiquette du flacon pour la comparer à celle de mon médicament précédent. Le griffonnage s'avère indéchiffrable. Comment réagirait mon corps, si je mélangeais les deux substances ? Six comprimés de chaque, peut-être, voire dix ? Une douzaine des anciens, les moins gros... à condition d'arriver à dévisser le couvercle... Cela suffirait-il ? Plus les petits anti-inflammatoires... une poignée. D'après l'étiquette, il faut les prendre après manger, ce qui signifie sans doute qu'ils sont mauvais pour l'estomac. D'un autre côté, l'idée de souffrir encore m'est vraiment insupportable...

Je contemple la frise en verre coloré de saint Georges. Ses mains gantées de fer, jointes pour la prière, sont maculées de sang de dragon, je le remarque enfin. Puisqu'on m'a laissé seul, peut-être est-ce ce qu'on attend de moi ; une tentative de suicide. Peut-être est-ce pourquoi on m'a donné les cachets. Peut-être me surveille-t-on pour vérifier que je fais les choses correctement. Mais ne m'aurait-on pas plutôt tué ? Me préfère-t-on mort, vivant, ou empaillé et encadré tel un horrible trophée de chasse, lors de la présentation à John Arthur ? Puisque je tiens toujours le nouveau flacon — dans la main gauche —, je le lance maladroitement à travers la chambre. Il décrit un grand arc de cercle, accompagné d'une pluie de comprimés, avant de s'abattre comme prévu sur la frise colorée... où il rebondit avec un choc sourd. Pas le moindre bris de verre, mais le brusque excès de mouvement abat sur ma main droite une souffrance digne d'un énorme marteau.

Je m'empresse de ramasser les cachets, en pleurant, puis je m'allonge bien à plat sur le lit — la seule position possible avec le bras en écharpe. Derrière mes fenêtres, retentit la corne d'une péniche. Des losanges lumineux se froissent en dansant avec les nymphes du plafond. Big Ben sonne la fin d'une heure de plus. Si le bouton correspondant à la baie vitrée ne se trouvait pas hors d'atteinte, je le presserais. J'aimerais respirer l'odeur de la Tamise par ce qui m'apparaît comme le tout dernier jour ; j'aimerais entendre le clapotis innocent de l'eau.

J'imagine les nuages, au-dessus des collines piquetées de moutons des Cotswolds, se dissolvant en pluie dont naissent des fontaines et des ruisseaux, puis des rivières aux noms magiques telles que Windrush — la ruée du vent — ou Evenlode — le bon filon — qui enflent avant de se rencontrer ; jusqu'à ce que, large flot brun trempant les branches des saules, les perches des bateaux et le bec des oiseaux altérés, faisant tournoyer les bouteilles de bière, les feuilles mortes et les fleurs, sifflant au-dessus des barrages à la gueule des usines, la Tamise atteigne enfin Oxford. Là — référence à un jeu de mots latin aujourd'hui oublié —, on l'appelle brièvement l'Isis, sous le pont d'Osney ou à Aldgates, avant qu'elle ne poursuive sa course. Ici, à Londres, elle a été synonyme de commerce, de choléra, de prospérité, de muse pour un millier de poètes. Pendant le règne d'Elizabeth, elle a gelé si fort qu'on y a allumé des feux de joie...

Je me vois en train de prononcer ces mots mêmes devant une classe. Francis Eveleigh est là — petit garçon de dix ans, maximum, au bras en écharpe, je ne sais pourquoi. Cumbernald, Christlow, Reeve-Ellis, Walter et Ursula Bracken, ma relation et tous les autres visages ayant peuplé ma vie sont là aussi. Je souris à ces enfants assis derrière leur pupitre, des croûtes aux coudes et aux genoux, à ces chérubins malpropres qui ont toute la vie devant eux — immensité vierge. Ils écoutent. Oubliées, leur envie de s'amuser et la récréation toute proche. Pour une fois, mon récit nous emporte tous. Je suis un *enseignant*, ai-je envie de leur dire à travers les larmes qui menacent de m'engloutir. Je n'ai jamais été autre chose. Voilà mes seuls instants de grandeur. Alors écoutez, écoutez bien. Je veux juste vous raconter une dernière histoire...

XVII

Lundi 21 octobre 1940. Trafalgar Day. Cinquantième anniversaire de John Arthur — jubilé d'argent. Jour férié. Anniversaire de Samuel Taylor Coleridge, aussi, un des nombreux poètes déconsidérés pour qui le peuple britannique s'est pris d'affection après leur mort rassurante.

À neuf heures, sous un ciel de plus en plus dégagé, quoique la météo reste prudente, les cloches des églises s'ébranlent à travers tout le pays. Il paraît que la mer du Nord a envoyé la pluie à Londres, en passant par le Lincolnshire et les Fens, qu'elle nous a dépêché la traîne nuageuse d'une affreuse dépression, repérée pour la première fois voilà deux semaines par le navire météorologique *HMS Steerpike*, dans les eaux arctiques jonchées d'icebergs. Simple plaisanterie, cependant. Après un été fabuleux de travail forcené et de célébrations quasi ininterrompues, personne n'a jamais douté de vivre ce lundi une journée d'automne parfaite.

À dix heures, alors que je tente une fois de plus de me retourner dans ma somnolence à demi artificielle, on dresse de Mablethorpe à Montgomery et de Treviscoe à Nairn des tables à tréteaux dans les salles des fêtes ou, avec plus d'optimisme, sur l'herbe emperlée de rosée. On gonfle des ballons, on démoule des gelées, pendant que le soleil qui a déjà chauffé les festivités de Bendigo, de Porbandar et des îles de Noël dissipe les derniers nuages. Les gardes polissent les boucles et blanchissent les courroies de leur uniforme ; les palefreniers nourrissent et brossent les chevaux éblouissants. Les Britanniques sont toujours les meilleurs dans ces domaines.

L'infirmière du New Dorchester arrive, accompagnée d'un maître d'hôtel, pour m'assister dans la tâche difficile consistant à me baigner et m'habiller. La mort doit ressembler à cela. Plus de sommeil, plus de soucis. Mes deux aides dérivent, d'une blancheur angélique, visages asexués interchangeables, voix s'enflant et s'apaisant avec le soupir du fleuve et le bourdonnement de l'air conditionné. Leurs doigts me frôlent, ailes frémissantes. Ils me soulèvent, me savonnent, me talquent, me changent. Enfin, ils m'entraînent, tout emmailloté, sur le balcon, dans la clarté de miel et la chaleur rafraîchie de l'été indien, avant de m'apporter sur un plateau un petit déjeuner tardif. Les bateaux de tourisme glissent lentement sur la Tamise. Leurs occupants me montrent du doigt, me saluent, minuscule aperçu de vieillesse et de mortalité perdu parmi le verre et l'acier du New Dorchester, à la statuaire ailée musclée. Mes œufs brouillés sont assez cuits pour former de petits agrégats solides ; mon bacon a été coupé en morceaux faciles à poignarder d'une fourchette maladroite ; mes toasts sont constitués de ces bandes grasses que toutes les mères de l'Empire appellent des *Marmite Soldiers*. À ma grande surprise et à mon vague dégoût, je me découvre salivant, possédé d'une faim vorace.

Chasseurs et bombardiers se rassemblent tels des vols d'oies à partir des grands aéroports neufs du Kent et du Sussex, comme pour donner un peu de réalité au raid aérien d'hier matin, puis ils déferlent sur Londres par vagues bourdonnantes. Les visiteurs de Guildford, Luton, Stevenage et Chelmsford lèvent sans doute les yeux au ciel en quittant l'abri des voûtes en fonte des grandes gares londoniennes. Le pont de Westminster est engorgé, lorsque Big Ben sonne midi et que la première longue canonnade débute dans Hyde Park. Les *boums* — il n'y en a pas vingt et un, aujourd'hui, mais cinquante — résonnent par toute la ville, à travers les imposants immeubles administratifs et l'air frais de la Tamise, s'enfonçant dans l'affreuse douleur sourde de ma main droite et l'ouate douce dont l'entourent les cachets, dans ma faim et mon écœurement. Le vent joue sur mon visage ; les anges me parlent à l'oreille — ceux qui veillent sur moi et me reprennent mon plateau, mais aussi les géants de pierre du New Dorchester au rugissement écrasant qui soutiennent les balcons, penchés vers les flots, prêts au suicide ou à l'envol. *Boum, boum, boum...* Les canons. On dirait les échos de la bataille de la Somme ; la rumeur de la guerre.

Une poigne secourable m'aide à regagner la chambre, où la télévision à l'écran brillant diffuse une odeur de bakélite chaude et d'électricité. Le fauteuil qui m'attend devant l'appareil offre un support à ma tête et à mon bras. J'avale quelques cachets supplémentaires, puis j'écarte les jambes pour uriner faiblement dans un pot médical ; la chaleur de mon corps traverse brusquement le verre, surprenante. Oui, je suis vivant — pendant que les fantômes de l'Empire s'agitent dans un grand placard, derrière l'écran. Une procession infinie part du Horse Guards Parade, dépasse l'Amirauté puis parcourt le Mall. La caméra danse un moment en altitude dans la nacelle d'un aéronef, réduisant cette grande démonstration de pouvoir aux mouvements saccadés de simples jouets, puis je me retrouve parmi les sièges disposés à l'angle ouest de l'ancien St James's Park. En contrebas, des deux côtés de la voie triomphale qui mène à présent aux ruines remarquables de l'ancien palais de Buckingham — le nouveau brille au nord, à l'écart, gros diamant étincelant —, s'étend une mer houleuse de couvre-chefs. Les enfants qu'aucun adulte n'a hissé sur son dos au-dessus des melons, des chapeaux mous, des casquettes, des bibis et des turbans chéris de la reine Wallis, se signalent par des télescopes en carton, des drapeaux, des ballons.

L'interminable défilé, tout en nuances de gris mêlées, sort en pétillant de l'écran, fait demi-tour aux jardins du palais puis revient par l'autre côté du Mall, tambours battants, trompettes sonnantes, sabots claquants, étendards flasques brandis. Le Quatrième d'Infanterie. Les Gourkhas. La Jeunesse de l'Alliance Impériale du Northamptonshire. Les anciens combattants en chapeau melon. Les jeunes gens au visage enfantin exécutant torse nu des prouesses de gymnastes. La police métropolitaine. Les Chevaliers de saint Georges. Tout le monde défile devant les rangs quasi figés des dignitaires, telle une flotte devant une colonie de mouettes. Le *Lilliburlero* de la Marine royale heurte de front le *Rule Britannia* de la Brigade des Enfants. La voix de John Snagge couvre l'ensemble, litanie davantage que commentaire. Je cherche en vain Christlow, T3308 et K2910, le chef de gare du Leicestershire estival ou ma relation. Pourtant, tout l'Empire est là ou participe à la fête à ma manière, par l'intermédiaire des fils étourdissants, des lampes bourdonnantes, des lignes dansantes. Tout le monde est invité.

À côté de la reine, le roi paraît flou, quoique clairement visible dans son uniforme blanc assorti à ses gants blancs. Une place inoccupée bée entre lui et Arkwright, l'adjoint au Premier ministre, qui tire sur sa pipe. C'est bien de notre homme d'attendre pour faire son entrée, même si, ce jour entre tous, son retard évoque davantage l'arrogance que sa sempiternelle humilité. Pourtant, d'après John Snagge, John Arthur a été retenu par son travail, comme toujours. Personne ne s'inquiète, parce que personne ne doute qu'il apparaisse bientôt. À vrai dire, j'imagine très bien le luxe délicieux qu'il s'offre en ce moment : installé au calme, dans son bureau tapissé de livres de Downing Street, il parcourt tranquillement des papiers qu'il annote au passage, pendant que le rugissement océanique avide d'une nation, d'un Empire tout entiers, s'engouffre par les fenêtres à guillotine. Un dernier regard à la pendule, qui tictaque doucement, une application de buvard, le coup d'œil suppliant d'un assistant de confiance, à la porte. Dehors, la Rover ronronne ; le chauffeur écrase une ultime cigarette. Difficile de concevoir instant de plus grand pouvoir. Et après, Francis ? Oh, *Francis*... Malgré tout, il me semble presque comprendre...

Alors il arrive. Les caméras, surprises, zooment, se

brouillent, s'emplissent de lumière. Quand l'éblouissement solaire s'évanouit, quand les silhouettes s'assombrissent en reprenant forme à l'écran, il est là — John Arthur, en costume gris tout simple, chemise blanche et fine cravate sombre, s'avançant avec précaution parmi un groupe de gouverneurs coloniaux et de duchesses aux chapeaux emplumés, puis dans le cercle intérieur de l'AI — Smith, Mosley, Toller, Arkwright. Légèrement voûté, comme n'importe quel retardataire au Gaumont du quartier, il prend place près du roi en échangeant quelques mots rapides, en souriant, en consultant son programme. John Snagge en reste muet, et je ne peux m'empêcher de plaindre le Women's Royal Volontary Service qui défile dans l'indifférence générale à l'extrémité du Mall, poitrines tressautantes sous les cardigans, puis les retraités de Chelsea qui le suivent. Même ici, à l'hôtel, un kilomètre cinq plus loin, l'atmosphère est devenue électrique, pétillante, malgré le silence qu'on devine sous le vacarme de la procession. Dix mille chapeaux se sont tournés du même côté, comme dans un ballet chorégraphié. Le moindre œil, la moindre caméra, et avec eux l'attention du monde entier, se sont déplacés. J'entends ma propre gorge émettre un sanglot. Un murmure se propage — *Il est là. Là... Enfin...* — nous emplissant tous de la suave pesanteur des larmes et du désir.

Le reste du défilé s'avère plus militaire. Il est difficile de ne pas se laisser impressionner par les chars gris-noir, d'une masse luisante telle qu'ils impriment à l'écran des marques brûlantes dans leur sillage, par l'artillerie, par la profusion d'aéroplanes, tous des bombardiers, cette fois, descendus très bas ; peut-être les appareils que j'ai vus à Penrhos Park, recouverts de bâches. Le bruit de leurs moteurs me parvient d'abord d'en haut, agitant l'air chaud à travers les vitres de ma porte-fenêtre, puis il s'affaiblit jusqu'au bourdonnement avant de rejaillir brutalement des haut-parleurs de la télévision. Quoi qu'il en soit, malgré les longues minutes où elle reste invisible, mes pensées ne quittent pas un instant une silhouette bien précise, tête d'épingle humaine qu'on dissimulerait d'un doigt tendu ou que cacherait une mouche en promenade sur l'écran. Elle paraît si fragile, si minuscule. Je me demande toujours comment un homme seul peut changer les choses. L'aurais-je tué ? Je l'ignore. Déjà, ce rêve-là me semble aussi perdu, aussi inaccessible que les îles du Soleil.

Enfin, à quatre heures et demie, le défilé s'achève par un dernier *boum* retentissant, des égouttements de cordite et la fumée des chars, traversée de banderoles. Des fusées éclairantes explosent au-dessus de Hyde Park, prémices au barrage de feux d'artifice vespéral. Leur bruit déferle sur la ville, fondu comme la fumée en un brouillard compact — sonore, celui-là. Ma chambre s'est rafraîchie. Déjà, le ciel s'assombrit derrière ma porte-fenêtre. Les employés du New Dorchester réapparaissent pour me dorloter ; leurs voix et leurs doigts pâles semblent sortir de l'écran. Je les combats un instant afin d'obtenir un dernier aperçu de John Arthur, vers qui la caméra se dirige une fois de plus. Il se lève, se fraye un passage parmi une masse floue de dignitaires puis s'arrête une seconde, le temps de lever la main en direction des téléspectateurs et de la foule en un bref salut. Enfin, il disparaît, pour aller prononcer le discours que la

BBC diffusera en direct à travers tout l'Empire, à travers le monde entier, qui l'écoutera craintivement. Un cri m'échappe : ma main droite a remué par mimétisme.

« Il faut vous préparer, monsieur. C'est ce costume-là, n'est-ce pas... ? »

On m'entraîne dans la salle de bains. On me brillantine, on me coiffe, on me lave le visage, on me rase, on me tamponne les aisselles. M'habiller revient un peu à introduire dans son armure un chevalier d'autrefois ; treuils et poulies faciliteraient les choses. Pourtant, nous venons à bout de la tâche, les employés de l'hôtel et moi, progressant à travers des avenues mouvantes de douleur, à la lumière dansante de la télévision. Mon bras gauche se retrouve dans la manche appropriée, mon bras droit en écharpe installé à l'intérieur de la veste. Deux ou trois coups de ciseaux, quelques points de couture, et le tissu tombe comme si le costume avait été fait pour un invalide.

À présent, un chauffeur en uniforme se tient dans l'encadrement de la porte.

« Il est temps d'y aller, monsieur », annonce-t-il, une planchette porte-papiers au creux du coude.

L'obscurité descend. La télévision flamboie, jetant des ombres sur les murs et les tapis. Saint Georges brille de toutes ses couleurs, en prière dans une forêt d'un blanc de givre, pendant que la musique se déploie — un arrangement triomphal de Coates ou d'Elgar — et que l'écran s'emplit d'un drapeau britannique frémissant. J'acquiesce. Je suis prêt. Lorsque je traverse la chambre pour sortir, l'extérieur semble m'aspirer. On dirait que l'Histoire m'attend toujours. À cet instant, la musique télévisée s'interrompt brusquement. La lumière change. Je me retourne.

John Arthur est installé à son bureau de Downing Street. Un court instant, avant que les électrons dansants se disciplinent dans la caméra, ses yeux forment deux flaques noires ; sa chevelure argentée paraît aussi éblouissante que le sable mouillé ; son teint d'un blanc cadavéreux. Un curieux martèlement prémonitoire résonne sous mon crâne, puis l'image disparaît. Notre dirigeant redevient l'homme que nous sommes tous persuadés de connaître.

« La plupart d'entre vous le savent sans doute déjà », commence-t-il, légèrement penché en avant, les coudes sur le bureau, la petite liasse de feuilles qu'il ne consultera pas posée devant lui, « nous vivons un jour extraordinaire... presque *triste*... en ce qui me concerne personnellement. Il ne s'agit pas seulement de célébrer la victoire de l'amiral Nelson à Trafalgar avec toute la majesté dont est capable notre nation, mais aussi, pour moi, de fêter mon cinquantième anniversaire. Ceux d'entre vous qui ont franchi le cap en connaissent la signification. Aux autres, je dirai juste qu'à ce moment-là, il est temps de regarder en arrière autant qu'en avant. D'évaluer les progrès accomplis, en ce siècle remarquable quoique difficile... »

Une note à la fois nostalgique et personnelle, pour commencer. Il faut cependant bien avouer que John Arthur ne fait pas cinquante ans. Il ne fait aucun âge. Il a l'air à sa place sur les écrans, à l'intérieur des téléviseurs, dans les câbles où il bourdonne, sur les ondes qu'il chevauche en murmurant. Il y restera à jamais, semble-t-il.

Le chauffeur touche mon bras intact, mon épaule intacte. *Je crois vraiment qu'il faut y aller...* murmure-t-il, souffle de menthe et de nicotine. Mes yeux restent rivés à l'appareil, pendant qu'il m'entraîne gentiment dans le couloir ; comme tout le monde, je m'obstine à essayer de capturer, de retenir un peu de la lumière de John Arthur. Sa voix m'accompagne le long du corridor, crachotante à cause des haut-parleurs intégrés aux plafonds du New Dorchester, s'affaiblit dans la cabine, tonne à travers l'atrium principal, désert. Elle parle à présent d'événements récents :

« ... mais l'Inde ne doit pas relâcher sa vigilance. La Grande-Bretagne et l'Europe non plus... »

Les déclarations bourdonnent autour de moi, turbulentes, étranges. John Arthur veut-il dire que l'Europe et l'Angleterre doivent se méfier l'une de l'autre ou surveiller, ensemble, le reste du monde ? Un employé solitaire nous salue, le chauffeur et moi, en nous tenant les portes de verre étincelantes qui nous libèrent dans le crépuscule extérieur. Une voiture nous y attend, longue et noire, radiateur souriant derrière le B volant des Bentley.

Je m'enfonce dans le cuir moelleux pendant que le New Dorchester disparaît derrière moi. En dépit de tout, une excitation croissante m'envahit, tandis que la voix chaleureuse de John Arthur murmure à la radio :

« Il est visible à certains signes — des signes alarmants, pour être franc — qu'en Grande-Bretagne même, sur notre île, les ennuis ne vont pas tarder. J'ai appris ce matin que les Présidents De Gaulle et Von Papen avaient signé un traité qui non seulement resserre encore les liens économiques entre la France, l'Allemagne et les Pays-Bas, mais qui unit aussi leurs forces militaires en ce qu'il faut bien appeler une immense armée européenne... »

La presse populaire fait ses choux gras de la menace franco-allemande, mais voilà que le Grand Homme marque le danger du sceau de son approbation en lui donnant un nom : *l'Europe*. Les yeux fixés sur la nuque rasée du chauffeur, qui me fait traverser en silence ou presque l'étendue déserte du pont de Westminster, je me demande s'il entend les canons — la machinerie de l'Histoire broyeuse qui s'ébranle. Quant à moi, je la sens vibrer dans mes os, jusqu'au fond de cette matrice capitonnée. Les Britanniques aiment les menaces de guerre, puis les victoires rapides ou les dégringolades internationales qui suivent forcément, mais se découvrir un nouvel ennemi donne toujours à notre peuple l'étrange impression de changer de valeurs. Cette fois, qui plus est, notre principale alliée sera fatalement la Russie stalinienne, à laquelle s'associeront peut-être l'Espagne, voire l'Italie...

J'essaie de me représenter la nouvelle Europe, avec les tracés des poussées et des retraites qui, peut-être, seront un jour portées sur une carte. Ridicule. On ne saurait jouer avec cette idée qu'en oubliant le massacre par lequel tout commencerait, puisqu'un conflit de cet ordre signifierait l'implication de l'Amérique, des colonies, de la Chine et du Japon expansionniste. Ce serait une guerre mondiale, plus encore que celle de 14-18.

Nous longeons Whitehall, lorsque le discours s'achève par un final typiquement calme et désenchanté. En dépassant les grandes façades maussades des immeubles administratifs où, pour une fois, ne brille aucune lumière, il me semble presque avoir rêvé ces histoires de guerre. Les rues adjacentes que j'entrevois par instants sont curieusement désertes. Enfin, nous atteignons Downing Street, où la Bentley s'engage sans s'arrêter entre les grilles d'acier coulissantes. Le chauffeur coupe la radio, puis le moteur. Ma portière s'ouvre, une main ferme attrape la mienne pour m'aider à descendre de voiture. Le 10, Downing Street, donne d'un côté sur l'énorme masse néoclassique du ministère des Affaires étrangères, de l'autre sur une maison attenante en brique grise, haute mais démodée, à laquelle nul ne prêterait la moindre attention dans n'importe quelle autre rue. Les anciens bureaux du Whip — le numéro 12 — sont devenus le quartier général national de l'Alliance Impériale, le portail d'acier tient à l'écart circulation et touristes, mais à part cela, l'avènement du Modernisme n'a guère transformé le quartier. Un agent de la police métropolitaine monte toujours la garde à la porte noire polie du numéro 10, comme il est d'usage depuis que Peel en a lancé la coutume.

C'est un certain D4528, je le constate en m'immobilisant sur le perron, pendant que la fameuse porte s'ouvre. Il n'est même pas armé. À l'intérieur, règne une odeur décevante d'administration municipale qui me rappelle vaguement Oxford : cire d'abeille, produits d'entretien, pain grillé et cigare froid, voire humidité. Une entrée étonnamment spacieuse, avec son impressionnante cheminée de style Adam, mène à un vestibule plus vaste encore, centré sur un escalier en spirale, où sont accrochés divers portraits de Premiers ministres. En tant qu'historien, je repère Gladstone, Disraeli, les Pitt, le Premier et le Second, et bien d'autres encore. John Arthur en personne fait partie de la galerie, quasi insignifiant, peint à l'huile. La caméra lui rend beaucoup mieux justice.

Des voix résonnent. Des visiteurs errent, çà et là. Presque paniqué, je regarde autour de moi. La tête grisonnante du père Phelan m'apparaît, ainsi que celle d'un ou deux Messieurs Tout-le-Monde que j'en suis venu à reconnaître pendant mon séjour au New Dorchester. On m'a remis sur les rails de l'itinéraire prévu pour moi dès le début — *Six heures du soir. Au 10, Downing Street, le Premier ministre accueille...* Je suis là. Rien n'a changé. Comme si le revolver, ma main — tout cela n'était jamais arrivé. En fait, je suis presque reconnaissant à la douleur de me rappeler que les choses auraient pu se passer différemment. Avalant un des cachets glissés dans ma petite poche par le maître d'hôtel, je gagne sans hâte une pièce élégante, toute de lambris et de miroirs, puis un corridor doré où des chérubins folâtrent parmi des nuages luisants jusqu'à des doubles portes ouvrant sur les jardins.

De l'arrière, avec ses hautes fenêtres, ses colonnes, son fer forgé et ses coupoles, le numéro 10 ressemble davantage à ce qu'il est : un petit manoir hautain, retranché dans une rue tranquille du cœur de Londres. Le contraste avec la façade principale est tellement typique des trompe-l'œil modernistes que j'en oublierais presque l'immuabilité de la demeure depuis son réaménagement par Walpole, dans les années 1730. Pas étonnant que John Arthur s'y sente bien. Que personne n'ait jamais voulu en partir.

Le ciel présente cette obscurité granuleuse qui semble souvent se rassembler au-dessus de la capitale. Les saules s'affaissent mollement, gris pâle, les rosiers évoquent des poings de papier froissé. Les domestiques sortent des lampes à paraffine, qu'ils disposent de-ci, de-là ; elles illuminent les invités circulant entre les urnes et les statues moussues, brillent sur les eaux noires miroitantes de la fontaine ornementale. Autour de moi, on s'agite en discutant à voix basse, comme durant la visite d'un monument consacré. Je m'avance sur l'allée de gravier qui sépare les pelouses, menant à l'obscurité plus profonde qu'entretient à son pied l'enceinte du jardin.

Une certaine agitation survient, suivie par les affreuses explosions lumineuses des flashes, avant que le soir d'automne reprenne ses droits. Un homme grisonnant, un peu moins grand que la moyenne, se promène parmi ses fidèles, passe des uns aux autres en serrant des mains. De là où je me tiens à présent, leurs voix me parviennent, inarticulées ; cris, murmures, exclamations.

L'odeur du gazon humide et de la brique ancienne m'enveloppe, à mon poste caché ; les étoiles scintillent au-dessus de Londres. Lorsque ma main droite commence à palpiter, j'avale d'autres comprimés, après les avoir mâchés pour en tirer le goût de craie amère, l'âpre réalité. Je suis seul. Personne ne me prête attention. La chemise de John Arthur paraît d'une blancheur inouïe tandis qu'il se déplace, sourit, salue, toujours empli de l'éclat lunaire qu'il diffuse à la télévision. Les lanternes et les rares fleurs subsistantes semblent rayonner davantage, quand il les dépasse pour aller saluer ses fidèles les plus timides.

Je m'imagine mon dernier instant d'histoire : je sors de l'ombre profonde, je m'avance vers lui, il me sourit chaleureusement car il me reconnaît, en bon politicien. La sensation et le bruit du revolver. *Bang Bang*. Je m'imagine aussi l'odeur, grise dans l'air gris, lumineuse, dérivant à la clarté des lampes, brodée de halètements, de cris, de hurlements. Le sang, fleur sombre sur la chemise immaculée. Les yeux rivés aux miens, emplis de compréhension et d'incompréhension. Ma victime basculant en arrière, à jamais inchangée.

Le Premier ministre jette un coup d'œil dans ma direction, mais la masse sombre de l'ilex me dérobe à la vue. D'ailleurs, il reste un évêque tropical avec qui échanger quelques plaisanteries. Puis le père Phelan, sans doute remonté au whisky, prend la pose, les bras levés, comme sur les vieilles affiches de boxe. John Arthur, tout en hésitation rieuse, l'imite un instant ; un flash leur blanchit le visage. La foule alentour s'épanouit. Un rire irlandais stertoreux éclate brièvement — chose sans doute fort rare de nos jours au 10, Downing Street.

Déjà, des CSG entraînent discrètement les invités à l'intérieur, après leur instant de gloire fugace. Le jardin se vide peu à peu, les voix se raréfient, s'assourdissent, l'obscurité humide s'épaissit. Très loin, très haut, un avion marmonne. J'ai vu presque tout ce que je voulais voir. Les derniers retardataires se rassemblent dans le carré de lumière découpé par l'embrasure de la porte, pendant que leur hôte se prépare à les suivre, un peu las, les mains dans le dos, ses manchettes blanches bien visibles.

Toutefois, il se retourne pour jeter un regard en arrière. Il fait un pas vers les recoins les plus obscurs de la propriété. Un autre. Poussé par une force nocturne irrésistible, j'en fais un également. Un autre. Vers lui, vers John Arthur, au chuintement marin de mes semelles sur le gravier, au ronflement qui enfle dans ma tête. Presque comme si une force historique s'obstinait à me propulser vers cet instant.

Nous nous rejoignons au centre du jardin, à l'extrême limite de ce qu'il subsiste de lumière.

« C'est *vraiment* toi, hein ? » Il secoue la tête. Sa voix, son attitude tout entière, sont celles d'un bien plus jeune homme. Sa main s'agite, blanche, pendant que l'étrange rugissement s'affaiblit dans mes oreilles. Plus que jamais, je m'avance sur des chemins de rêve. « Je suis désolé, pour ton nom... J'ai écrit mon discours d'intronisation après minuit, tu sais. Je n'en pouvais plus, mais il me semblait que tu méritais d'y figurer. Je suis sincèrement navré de la faute d'orthographe.

— La plupart des gens n'utilisent plus que mon nom de famille, maintenant. C'est comme ça, à Oxford... Personne ne m'appellerait plus Griff, même si mon prénom m'était resté. Je suis devenu Brook, ni plus ni moins. »

Il sourit, avec cependant une certaine tristesse, puis il parcourt du regard le jardin obscur, peut-être pour vérifier que nous sommes seuls. Un garde en costume se tient sur le seuil de la maison. Un autre s'est avancé jusqu'à mi-chemin de nous. Les yeux de John Arthur descendent se poser sur mon bras en écharpe.

« Ça date d'hier », dis-je d'une voix moins ferme que je ne l'escomptais. « Ce sont tes hommes qui m'ont fait ça, quand ils m'ont pris le revolver.

— *Non.* » Il secoue la tête, le regard si fermement

rivé au mien qu'un frisson me traverse, les iris emplis de vie et de lumière. « Ce n'étaient pas *mes* hommes, Griff. On t'a arrêté sans me consulter. Tu n'es pas obligé de me croire, mais je ne suis pour rien dans ce qui t'est arrivé. Je ne voulais pas... »

Griff. Il cherche ses mots. *Griff*. Un merle chante brièvement dans un massif, mais pour le reste, tout n'est qu'obscurité terreuse, implacable impression de silence.

« Je ne voulais pas te tendre un piège. Simplement, j'ai appris que tu étais malade, et j'ai voulu te revoir. J'ai toujours voulu te revoir, mais là, ça me semblait enfin être le bon moment. C'est tout. Personne ne m'a parlé de... » Il déglutit bruyamment en passant la main dans ses cheveux gris luisants, l'air bouleversé. Jamais je n'ai cru davantage à la sincérité de John Arthur. « Personne ne m'a parlé du revolver avant que j'apprenne ton arrestation, hier soir. Dès que j'en ai été informé, j'ai donné l'ordre qu'on te relâche immédiatement. »

Je l'examine. Que suis-je censé dire ? Après tout, il y a eu le coup de téléphone qui a appelé Reeve-Ellis au moment où T3308 allait lever son arme — quelque chose a donc bien dû arriver. À moins que ç'ait juste été un autre mouvement de jeu. Ou un autre jeu.

« Je n'ai pas le temps de discuter maintenant. » Mouvement du pouce en direction de la maison. « Il va bientôt falloir que je rentre.

— Je croyais que c'était toi qui décidais. »

La réplique le fait rire. Avec légèreté, amertume, insouciance.

« Qui a bien pu te raconter une chose pareille ? » Il hausse les épaules et fourre les mains dans les poches de sa veste. Une de ses manies ; tout le monde l'a vu faire ce geste un million de fois. « Je ne m'appartiens pas. Mais écoute, j'ai pensé à toi ces derniers mois. Je suppose que je regrette ma vie privée et ce que... »

Il détourne les yeux. Une fois de plus, une sorte de tristesse se répand sur son visage. Quoique nous nous tenions à moins d'un mètre l'un de l'autre, je ne l'entends pas respirer. Nous ne nous sommes pas touchés. Car, malgré la proximité idiote provoquée par le père Phelan, il est de notoriété publique que John Arthur fuit le contact physique. Il sent vaguement les produits chimiques, sans doute à cause du maquillage nécessité par la télévision. Je le trouve grisâtre, granuleux, avec la grande demeure à présent illuminée en arrière-plan. Toujours un peu irréel.

« Dans quelques minutes, il va falloir que j'aille parler à cette mégère hurlante... Comment s'appelle-t-elle, déjà ?

— Gracie Fields.

— Je vais devoir rester assis là une demi-heure, à l'écouter me présenter les vœux de bonne santé de toute la nation et m'offrir une plaque en porcelaine de Burslem. Ensuite... Ensuite... » Ses sourcils se froncent, comme si évoquer sa soirée lui demandait une grande force de réflexion. « Ensuite, j'aimerais discuter avec toi en prenant un verre. Il suffirait d'aller je ne sais où. Juste toi et moi, Griff. Je pourrais laisser tomber tout ça un moment... »

Sur ce, il me tourne le dos et regagne la maison. On dirait qu'il m'oublie, pendant que l'obscurité de plus en plus profonde se divise pour l'accueillir. Les étoiles se sont multipliées. La nuit va être froide et claire. Des ombres que je n'avais pas remarquées se détachent des arbres et des vieux murs, convergent vers John Arthur. Une cigarette brille, lorsqu'elles se rassemblent autour de lui puis que s'élèvent des murmures rapides, déférents. L'une d'elles finit par s'approcher de moi, peut-être suivie d'autres, plus floues. Pour un peu, je me mettrais à courir.

Celle qui me rejoint porte l'uniforme des Chevaliers de saint Georges, quoique je ne discerne pas son visage. Ce pourrait être n'importe qui, n'importe quoi. Ici, nous ne sommes tous que des zéros. La tête me tourne, tandis qu'on m'entraîne sur le gazon moelleux du jardin de Downing Street en direction de la maison.

« Il semblerait que vous deviez passer la soirée avec le Premier ministre, M. Brook », dit la voix de l'ombre.

Les lampes s'éteignent. Les fenêtres chaleureuses nous appellent.

Je murmure un vague assentiment.

Je ne crois plus à rien.

XVIII

John Arthur, muet, conduit à toute vitesse le long du Horse Guards Parade puis dans les rues adjacentes interdites à la circulation, dépassant les barrages de police et les traînards de la foule qui se rassemble sur l'Embankment en prévision du grand feu d'artifice. Personne ne nous prête la moindre attention. La voiture pressée aux vitres indéchiffrables fait partie intégrante de la Très-Grande-Bretagne moderniste.

« Le spectacle t'a plu ?

— Le *spectacle* ? »

Je me tourne vers lui.

Il secoue la tête. Les lumières composent et recomposent son visage.

« Je veux parler de l'ensemble. Ces derniers jours...

— Je n'y faisais pas vraiment attention.

— Évidemment. » Il accélère. « Tu étais là pour me tuer... »

Nous dépassons Trafalgar Square. Des soldats ivres, accroupis le long des grilles, échangent gaiement de grands cris avec leurs camarades, qui se soulagent ou jouent à s'asperger dans les fontaines. Partout, on agite des drapeaux, on se penche dangereusement aux fenêtres, des couples s'embrassent avec fougue devant les portes des magasins, des gamins grimpent aux réverbères. Il y aura des morts, cette nuit. Des conceptions.

« Écoute... » Comment l'appeler ? John ? Francis ? Monsieur ? M. Arthur ? Rien de tout cela ne convient. « Je ne vais pas te supplier. J'en ai déjà trop supporté. Et je ne parle pas seulement... » Geste vague en direction de la vitre. « ... de ce genre de choses... »

Nous traversons Covent Garden, le Strand, puis nous dépassons les quatre Écoles de droit. À Fleet Street, où s'écrivent et se composent les unes, le calme règne — les nouvelles de Trafalgar Day sont déjà tombées —, mais un problème de circulation nous oblige à nous arrêter près de la cathédrale St Paul, parmi les drapeaux et les ordures, les garde-fous tordus, un homme qui vomit sur le trottoir. Un taxi s'immobilise à notre niveau, pendant que nous faisons la queue pour nous engager dans Cheapside. À l'arrière, deux femmes en robe du soir discutent avec animation.

« Dis-moi juste une chose, Griff », reprend mon chauffeur, crispant et décrispant les doigts sur le cuir cousu du volant. « Qu'est-ce qui a bien pu te faire croire que le monde changerait, si John Arthur n'existait pas ?

— Qui te remplacerait ? »

Nous avançons de quelques centimètres. Devant nous, vibre l'arrière d'un bus. JE N'EN AI PAS POUR LONGTEMPS — MA MÈRE UTILISE LA LESSIVE SUNLIGHT.

« À toi de me le dire.

— Jim Toller est trop jeune — personne ne lui fait confiance. Les gens comme Smith et Mosley sont des politiciens de deuxième catégorie — quel que soit le chef. Il y avait Harrison, j'imagine, mais il a été exécuté pour trahison. C'est bien pratique. Tout le monde se moque de William Arkwright depuis des années...

— Ne le sous-estime pas. Je le garde parmi mes proches parce que c'est la personne en qui j'ai le moins confiance. Tu te trompes complètement, Griff, tu sais. L'armée, la haute société... ces gens-là veulent tous se débarrasser de moi. Tant qu'ils pensaient que je leur permettrais de s'offrir quelques voitures, quelques putains, quelques médailles supplémentaires, ça allait, mais sans John Arthur... » Il secoue la tête. L'air fatigué. La voix atone — presque dépourvue de son fameux petit accent du Yorkshire. « Le fait est que John Arthur est *nécessaire*. Il ne servirait à rien de le détruire. C'est quelque chose qui m'a été donné — tu comprends ? Je veux que tu comprennes, Griff. Il y a un vide appelé John Arthur dans lequel le monde m'a poussé. Une destinée m'a été assignée. Je n'avais pas vraiment le choix...

— Tu pourrais t'en débarrasser. »

Cette fois, le rire est plus amer.

« Je suis *obligé* de continuer. À ton avis, que signifie mon discours de ce soir ? Pourquoi le pays doit-il se battre ? Parce qu'il a peur, Griff. La Très-Grande-Bretagne tout entière a peur... »

La circulation s'est fluidifiée pendant notre progression : nous nous éloignons du tourbillon affairé centré sur le fleuve. Un coup d'œil en arrière me révèle le grand dôme de la cathédrale St Paul au-dessus des toits. Des projecteurs festifs commencent à promener leur rayon autour de la coupole, éteignant les étoiles, rayant les cieux ; on dirait qu'elle s'élève, luisante, suspendue aux nuages. Puis les lumières flambent, la vision disparaît, la route devient plus étroite, plus négligée. Nous ne tardons pas à atteindre Whitechapel. Depuis l'époque de l'Éventreur, depuis mes tristes errances, les bagarres, les incendies, les intimidations des années vingt, l'East End n'a guère changé, malgré l'urbanisation envahissante de Beacontree.

« Au moins, toi, tu es toujours franc avec moi », lance mon compagnon, en me regardant trop longtemps pour que je me sente à l'aise, pendant que nous filons dans les ruelles étroites. « C'est tellement rare... »

Un virage. Les pneus couinent, glissent sur les pavés humides puis grondent contre le bord du trottoir d'une impasse, près d'un terrain vague. Le moteur se tait. John Arthur tire le frein à main.

« Tu peux marcher un moment, Griff ? »

Cramponné à ma dignité, me refusant à attendre de l'aide, je descends lentement de voiture. Il fait sombre et froid. Les pavés sont collants de crasse. J'inspire une vague odeur évocatrice du bord de mer — fumée de charbon et vase. Même au niveau des maisons, les réverbères à la terne clarté sont plutôt rares. Mon compagnon ouvre la portière arrière pour prendre sur la banquette un banal chapeau mou et un pardessus foncé, qu'il enfile avant d'en relever le col.

« Et voilà », lance-t-il en faisant mine de tourner sur lui-même au beau milieu de la chaussée déserte, les bras écartés. « Qui pourrait bien me reconnaître, maintenant ? »

Nous nous rapprochons des constructions, d'une démarche lente et laborieuse en ce qui me concerne. John Arthur m'aide en me glissant un bras dans le dos pour m'attraper par l'épaule, afin de supporter une partie de mon poids. Au moment de franchir un nid-de-poule puis de grimper sur l'extrémité endommagée d'un trottoir, il me soulève un peu. Par instants, son contact me rappelle étrangement celui de Francis — même si je pensais avoir complètement oublié le contact de Francis. Son souffle, sa démarche sont quasi semblables ; sa peau, par-dessous ses vêtements, par-dessous tout, sent légèrement le citron brûlé.

Quelque chose de gris, de trop bas et trop rapide pour être un chat, se rue dans une allée qui, par un jour plus chaud, serait encombrée de linge. Pour l'instant, cependant, la venelle est déserte, et seule brille aux fenêtres des maisons attenantes la lumière grise de la télévision. Les tambours et les fifres de la matinée ont disparu depuis longtemps, les dînettes sont terminées, les lambeaux de rubans et de bannières pendent mollement, les drapeaux britanniques en papier confectionnés à l'école par les enfants gisent, déchirés, dans les flaques.

Bientôt, nous arrivons aux voies de chargement, aux allées et aux façades en brique abruptes des entrepôts des quais. Le calme règne, cette nuit, mais dans ma tête retentissent des claquements métalliques, s'élèvent des nuages de vapeur, atterrissent et s'entassent des sacs gonflés en provenance de tout l'Empire, pivotent et s'inclinent des grues géantes manifestant une approbation divine. Le bruit a repris, le roulement sourd qui vibre derrière mes dents et dans le vide dont se remplira mon crâne, lorsque enfin mon cerveau s'évaporera. Il est là, sous le tonnerre des canons, le grondement des chars, le bourdonnement des avions, les soupirs et les craquements de la maçonnerie, les cris des enfants, la pulsation des énormes machines, le rugissement gris d'une mer en furie...

« Je t'ai cru mort », dis-je pendant que John Arthur m'aide à avancer dans la rue pavée de briques et que le ciel de Londres explose brusquement en lumière. « Des années durant. Ça a anéanti tes parents... Tu le savais ? Il ne suffit pas de faire poser une pierre tombale au bout de je ne sais combien de temps...

— N'essaie pas de me dire à *moi* ce qui s'est passé, Griff. Comme si tu en savais plus que moi sur ma vie. »

Au bord des larmes, soudain, je bats bêtement des paupières. Les feux d'artifice rugissent, les ombres se colorent et se modifient.

« Je t'aimais... »

Son visage est tout proche du mien. Son bras me serre la taille.

« Ça aussi, je le sais. »

Nous n'allons pas tarder à retrouver l'humanité. Les habitants du quartier se sont rassemblés derrière les quais, à un endroit d'où l'on voit la Tamise scintiller et le ciel pétiller, bouillonner, exploser. Les mères en chaussons, un foulard noué sur les bigoudis, portent leur cadet aussi longtemps que leurs bras en sont capables. Les hommes, une cigarette artisanale derrière l'oreille, ont le menton piqueté du chaume de la journée. Débarrassés de leur col, en gilet pour la plupart, ils exhibent les tatouages de leurs bras flasques. MAMAN. IRIS. WEST HAM. Tout le monde pousse des Hooo et des Haaa, quand la nuit se fissure, quand les couleurs brillent dans les caniveaux et incendient les innombrables fenêtres à petits carreaux des entrepôts. Personne ne nous remarque, John Arthur et moi, lorsque nous nous glissons dans la foule. Ce n'est qu'un homme mince d'âge moyen, aidant son père invalide.

Un peu plus loin, hors de vue du fleuve, quelques coffres à thé sont empilés près d'un mur sur lequel des affiches décollées, grises et granuleuses, battent telles des ailes de chauves-souris. LONDRES, CAPITALE DE L'EMPIRE. LA LIGNE DE L'ORIENT. VISITEZ LA JAMAÏQUE. Je m'effondre sur les malles, malgré la puanteur âcre des excréments canins qui imprègne toujours ce genre d'endroits et l'humidité du bois. John Arthur s'assied à côté de moi. Dans l'ombre, il se risque à ôter son chapeau, qu'il agite en direction de la foule.

« Ils ont tous l'air tellement heureux, observe-t-il. Deux ou trois verres, un lit, de quoi manger, un autre corps à toucher, ces saletés de feux d'artifice...

— Ils t'adorent.

— Vraiment ? C'est toi qui le dis, Griff. C'est toi, l'historien. Pourquoi qui que ce soit adorerait-il John Arthur ?

— Parce que tu leur offres des certitudes. » Je fais bien attention à mon bras. Une moitié de moi a envie de se rapprocher de mon compagnon ; l'autre aimerait être loin, très loin d'ici. « Parce que tu leur dis qui aimer et qui haïr.

— C'est tout ce qu'ils veulent de lui, à ton avis ? »

Il pose sur moi un regard de défi, cet ancien amant qui autrefois se répandait en moi, hoquetant — John Arthur. Un frisson glacé, terrible, me descend la colonne vertébrale. Un choc. L'opposé exact ou presque de ce qu'on éprouve à l'instant de la reconnaissance. À présent, totalement impuissant, je ne doute plus d'avoir eu raison de vouloir le tuer.

« Tu ne comprends pas ce que c'était, reprend-il. Tu n'as pas fait la guerre.

— J'ai cru avoir perdu un ami.

— Nous avons *tous* perdu des amis. Tu t'imagines vraiment que ce n'est pas mon cas ? Mais ça ne suffit pas, hein ? Après ce que nous avions subi, je pensais que si, ça suffirait peut-être, la première fois que j'ai visité Dublin vaincu. Et puis quand j'ai appris, pour la Rhodésie. » Il secoue la tête. Des panaches de fumée sulfureuse dérivent au-dessus de Londres. « Tu ne sais pas ce qu'a été cette guerre, Griff. Personne ne le sait, sauf ceux qui l'ont faite... »

Il se penche en avant, maintenant, les yeux perdus dans le vide. Les éclairs colorés s'attachent puis meurent sur les méplats de son visage et l'argent de ses cheveux. Les coudes sur les genoux, il fait tourner son chapeau entre ses mains crispées.

« Les choses semblaient si simples, quand je me suis enrôlé. Tout le monde bavardait, dans le train qui nous emmenait au grand parc près de Birmingham. D'un seul coup, nous étions tous égaux — que nous soyons patrons ou hommes de peine...

» Nous partions tels quels. Avec les vêtements que nous portions en arrivant à la gare. Nous pensions qu'on allait nous donner des uniformes... » Il ricane.

Les feux d'artifice crachent et sifflent. « Ces saletés d'uniformes se sont fait attendre des semaines. Certains d'entre nous s'entraînaient à la baïonnette avec des manches à balai, en costume du dimanche ou en bleu de travail. Nous dormions dans des tentes qui dataient de la guerre de Crimée. Mais nous étions fiers d'être là. Nous nous fichions de ce que pouvait bien penser le reste du monde, parce que nous étions sûrs d'avoir raison... »

Il secoue la tête.

« Moi, j'étais fusilier. Troisième de tout le bataillon, quand les Lee Enfield sont enfin arrivés. Je me suis aussi aperçu que je n'étais pas mauvais à la boxe. Je participais aux compétitions organisées pour nous occuper, et je me suis retrouvé bon second sans même le vouloir. C'était peut-être ça, le truc.

» Nous sommes partis pour la France en décembre, dans la Première armée de Kitchener. Les soldats de métier nous trouvaient ridicules. Ils nous appelaient les gris, parce que le kaki de nos uniformes n'était pas de la bonne nuance. Le tissu grattait affreusement dès qu'il était humide — il aurait dû servir à confectionner des couvertures pour les chevaux. On nous voyait venir à des kilomètres. Staffordshire du Sud. Compagnie C. Quatre-vingt-neuvième bataillon. Je me rappelle la première fois que j'ai entendu les canons. Boum, boum. Même de loin, c'est un bruit plus imposant, plus profond que tu ne pourras jamais l'imaginer, Griff. J'ignorais si c'étaient les nôtres ou les leurs, mais ça avait quelque chose de rassurant. J'étais enfin soldat. J'étais *là*...

» Ne va pas croire les âneries qu'on raconte sur le roi, le régiment, le pays. Ce qui comptait, ce n'était pas l'identité de l'ennemi. Ç'aurait aussi bien pu être les Français ou les Belges, plutôt que les Huns — on les détestait tous. On les détestait même presque autant que la cavalerie, qui attendait derrière nos lignes, l'état-major ou l'armée de métier. Chacun se bat pour son voisin de tranchée. C'est pour lui que le moindre soldat supporte la boue, la vermine, les officiers, les conneries militaires. Peut-être aussi pour quelqu'un resté au pays, s'il a de la chance, mais ça n'a jamais été mon cas. Je regrette, Griff, mais c'est vrai, et j'ai fini par en être reconnaissant en voyant ce qui arrivait aux autres. Les lettres de la petite copine qui avait rencontré un autre type devenaient de plus en plus courtes, puis elles finissaient par s'interrompre complètement. Après ça, comment aurions-nous pu vous dire ce que c'était... à vous, les civils ? Comment auriez-vous pu savoir ?

— Ç'a dû être terrible.

— Absolument pas. Jamais de toute ma vie je n'ai autant ri, jamais je ne me suis senti aussi nécessaire, aussi à ma place. La pluie. Les rats. La boue. On aurait dit une blague idiote. Et puis la plupart du temps, le calme régnait, il y avait de grands champs déserts où le blé poussait comme il voulait et où on pouvait s'allonger, le soir, pour regarder un ciel parfait. Après, on allait en ville, déjà à moitié saouls, en général. Les grosses *mademoiselles* blêmes crachaient dans leurs mains en nous disant *Lavez-vous*. Mais oui, Griff, à moi aussi. Et en plus, j'ai eu des amis, des compagnons, des rencontres. On avait nos endroits à nous — derrière les cuisines et dans des coins bizarres. Tout le monde s'en fichait. Chacun faisait ce qu'il voulait, du moment que ce n'était pas sous le nez des officiers et qu'il ne négligeait pas son boulot. Mais en ce qui me concerne, l'amour... le sexe... appelle-le comme tu voudras, a tout simplement disparu. Il n'avait peut-être même jamais existé... »

Il baisse sa tête argentée, tandis que les fusées sifflantes gribouillent au ciel en tournoyant.

« On nous a envoyés sur la Somme en juin 1916, soi-disant pour la grande avancée qui nous permettrait de gagner la guerre, mais le moindre d'entre nous savait pertinemment qu'en fait, on allait juste couvrir une boulette des Français. Je me rappelle le bruit des canons, pendant qu'on marchait derrière les chariots de farine. J'avais passé plus d'un an à me battre, à entendre tomber les obus, à me faire tirer dessus, mais là, pour la première fois, j'ai eu peur.

» C'est terrible d'avoir peur, Griff, surtout quand on sait que c'est parfaitement logique. Être sur les nerfs, pas de problème : tous les soldats connaissent ça, avant l'action. Mais la peur, la vraie... ce qu'on appelait la trouille... ça paralyse. Ça veut dire qu'on ne pense plus au type à côté.

» Je n'ai pas fermé l'œil de la nuit. On savait que le lendemain matin, on monterait en première ligne. Personne ne nous l'avait dit, évidemment, mais les canons étaient révélateurs. Je n'arrivais pas à dormir. Boum, boum, et la puanteur des tranchées. Boum, boum, boum. Cette grosse voix d'acier. Le sergent est passé avant l'aube, avec des losanges en feutre à coudre au tissu des casques pour que le reste du régiment nous reconnaisse. On était une vingtaine à se partager l'aiguille et le fil. Moi, je n'arrivais plus à me servir de mes mains. Il a fallu que quelqu'un d'autre s'occupe de mon casque. J'avais du mal à respirer, mais tout le monde s'est dit que Frannie avait juste les nerfs, normal, de la même manière que ses petits camarades. Ils n'avaient pas peur, eux. Pas comme Frannie Eveleigh. Ils n'avaient pas la trouille. Ils riaient, ils plaisantaient, ils fredonnaient une chanson idiote, quand le capitaine est venu nous dire qu'on avait une occasion d'attaquer les Huns et de faire plaisir au roi, à Lloyd George, à tout ce satané pays. J'étais désolé pour lui aussi. Les fusiliers et les mitrailleurs cherchaient toujours à abattre les officiers d'abord.

» Les canons se sont tus. Le silence, c'était le pire. J'avais l'impression de me regarder de l'extérieur. Paralysé. Je n'étais pas sûr de pouvoir y aller, même si je savais qu'autrement, je passerais en cour martiale et que je serais fusillé. Ça ne suffisait pas — la menace d'une autre sorte de mort, quelques semaines plus tard.

» Alors les canons ont repris. Boum, boum. Le bruit nous enveloppait comme une couverture. Et puis il y a eu un dernier *boum* massif qui a fait trembler la terre : les sapeurs avaient caché une mine terrestre sous les tranchées allemandes. On nous a envoyés en première ligne. Des milliers et des milliers de soldats. Le silence régnait. On n'entendait que notre respiration, nos pieds qui bougeaient légèrement sur les planches, les grincements et les tintements de notre paquetage. On regardait les derniers sacs de sable empilés devant nous et les échelles dressées tout contre. On attendait. Fini de plaisanter. Il était trop tard, maintenant. Trop tard pour tout. Les officiers consultaient leur montre. Il y a eu un coup de sifflet, à plus d'un kilomètre. Puis un autre, plus près. Le son progressait vers nous à la manière d'un train.

» Les hommes se sont mis à grimper aux échelles pour sortir des tranchées. Moi, je les regardais. Certains criaient, comme on était censés le faire, d'autres restaient muets, il y en avait même qui priaient. Beaucoup retombaient aussitôt. Je pensais qu'ils étaient carrément maladroits, jusqu'au moment où je me suis rendu compte qu'ils avaient déjà été blessés. Les canons tiraient sans arrêt, et je savais au bruit que ce n'étaient pas les nôtres. Les Allemands nous canardaient dès qu'on passait nos putains de têtes là-haut. Et moi, je restais planté là. C'était le pire moment de ma vie, mais il n'y avait pas moyen de revenir en arrière, alors je suis monté sur une échelle pour sortir à découvert. J'ai émergé dans le matin, avec brusquement un grand ciel au-dessus de moi. Mes copains contournaient déjà la mare d'un gros obus, des kilomètres plus loin. Leurs voix me parvenaient tout juste, portées par le vent. Boum, boum. Rat-a-tat-tat-a. Ils tombaient l'un après l'autre. J'arrivais dans un cauchemar. Je ne courais pas. Je n'étais même pas sûr d'avancer...

» Je ne sais pas quand j'ai été touché. Je ne sais pas combien de temps ça a pris. C'était comme si quelqu'un m'avait foncé dessus. J'ai senti la chaleur contre mon flanc, pendant que je glissais dans un grand trou. La boue s'est refermée autour de ma taille. Alors j'ai compris que j'avais été blessé, parce que je voyais les ruisselets de sang se déployer en éventail à travers les algues. Mais j'avais parfaitement conscience que ce n'était pas trop grave. Lorsque je me touchais à cet endroit-là, ça ne faisait presque pas mal. J'aurais dû continuer, Griff. J'aurais dû sortir du fossé et continuer. Je ne l'ai pas fait. Je suis juste resté blotti là toute la journée. Je tremblais. Je pleurais. Boum, boum. Les obus me survolaient en sifflant. Les balles crépitaient. Moi, j'étais seul avec ma peur. Tout seul.

» La nuit est venue. Les fusées se sont élevées. Les armes crachaient et tonnaient toujours, mais on savait que les Allemands tiraient la plupart du temps en l'air pour donner une chance aux secouristes. Quand j'ai voulu me lever, je me suis aperçu que les parois du fossé glissaient et que j'avais le côté gauche comme gelé. Et puis j'ai entendu des voix, pas loin, alors j'ai appelé. Des brancardiers m'ont trouvé. Ils m'ont tiré de mon trou. J'étais boueux, plein de sang, j'avais l'air assez mal en point pour être convaincant. Ils m'ont emmené à l'infirmerie de campagne.

» Là, ça sentait la merde, la boue, la teinture d'iode et l'agonie. Le type sur la civière d'à côté essayait de dire quelque chose, mais même quand je suis arrivé à me tourner vers lui pour mieux le voir, je n'y ai rien compris. Ça commençait par un A, il y avait un M, aussi, seulement on aurait cru que quelque chose lui était resté coincé dans la gorge. Son uniforme n'était pas mouillé — tout juste un peu taché de sang. En fait, il avait l'air intact, lui. Et puis je me suis soulevé autant que possible pour le voir en entier, et je me suis aperçu que du côté droit, son crâne avait été décalotté à la manière d'un œuf. L'œil était posé au fond de son orbite comme dans un dessin d'anatomie, la mâchoire en miettes, la langue incrustée de morceaux de dents. C'était aberrant que ce type soit encore en vie. Ce qui expliquait sans doute qu'on l'ait tout bonnement laissé là — on attendait qu'il meure.

» Les deux yeux, le normal et l'autre, restaient fixés sur moi. Je me suis rendu compte que le pauvre gars essayait de me toucher la main. J'ai baissé le regard. En fait, il s'efforçait de me montrer le revolver accroché à sa ceinture. Alors j'ai compris ce qu'il essayait de me dire. Achève-moi. C'était le genre de faveur à faire à n'importe quel camarade dans une situation pareille... en espérant que quelqu'un aurait les couilles de vous la faire, à vous. Personne n'aurait remarqué un coup de feu isolé, pas au milieu de tout ce cirque, avec l'artillerie qui n'arrêtait pas. Mais j'en étais incapable, je le savais.

» Je me suis contenté de me rallonger, les yeux fixés sur la lanterne, pendant que le type étouffait, gémissait. J'avais peur, j'avais la trouille, je ne valais rien comme soldat. Quand on m'a étiqueté puis examiné, dans la tente des médecins, j'avais la fièvre. On m'a donné à boire, on m'a fait une piqûre de morphine et de quinine, puis on m'a transporté à travers nos positions jusqu'à une grande péniche. L'aube arrivait. Les blessés qu'on emmenait à l'hôpital derrière nos lignes étaient censés mieux supporter le trajet par le fleuve, mais ça n'en finissait pas, et il n'y avait pas de hublot dans la cale. Malgré la puanteur, on sentait encore l'odeur du charbon d'avant. Quand le bateau s'est éloigné de la jetée, on a entendu l'eau rire le long de ses flancs.

» Certains hommes pleuraient, gémissaient. Beaucoup étaient dans le coma ou dormaient, tout simplement. Mais on savait tous qu'on partait — ceux d'entre nous en état de savoir quelque chose. Qu'on revenait à la vie, je suppose. Ou qu'on allait à la mort. Le type à la tête à moitié soufflée se trouvait sur la paillasse voisine. Il est resté silencieux un moment. Je me suis dit qu'il avait renoncé à crachoter, à geindre, que peut-être, il était enfin mort, mais brusquement, un spasme l'a secoué tout entier, et ça a recommencé. Cette fois, c'était terrible. Il n'essayait même plus de parler. Ses membres tressautaient, et il faisait ce bruit... un bruit sorti tout droit de l'Enfer.

» Seulement, il était trop tard pour se servir de son revolver. J'ai réussi à déboucler les courroies de ma paillasse et à me lever, malgré ma tête qui tournait. Il s'est calmé un instant, il m'a regardé de son œil intact. Ce regard-là m'a donné de la force. On aurait presque dit que sa force à lui me permettait de prendre la couverture posée à ses pieds, de la rouler en boule, de la lui presser sur la figure et de tenir bon. Au bout d'un moment, il s'est mis à se débattre et à gigoter, forcément... C'est comme ça, quand on meurt, on n'y peut rien. Et tuer quelqu'un, blessé ou non, demande plus de temps qu'on ne l'imagine. Mais il a fini par arrêter de bouger. Quand j'ai enlevé la couverture de sa tête, je tremblais, j'étais en larmes. J'étais content, aussi, d'avoir au moins été capable de me conduire en soldat une dernière fois, même si j'avais trop attendu. Je savais que ce type... ce soldat... cet ami inconnu... était mort en héros.

» Le bateau se balançait. La fièvre me reprenait. C'est peut-être ça, ou peut-être les drogues qu'on m'avait données, qui m'ont fait faire ce que j'ai fait. Je n'en sais rien. Je me rappelle m'être dit que le pauvre gars avait les cheveux noirs, comme moi, les yeux bleus, la mâchoire carrée — avant d'être démolie par une balle. Un visage plus long, bon. J'ai cherché à tâtons l'enveloppe cirée qu'on lui avait attachée à la tunique, à l'infirmerie. Il s'appelait John Arthur. C'était un homme du rang — un fusilier, lui aussi — du régiment du Staffordshire, mais d'un bataillon différent. Une pensée m'a frappé. John Arthur, ça sonnait bien pour un soldat. Pour un homme. J'avais toujours détesté être Francis Eveleigh — un nom qui exprimait toutes les prétentions de mes parents mais absolument rien de moi. Peut-être me suis-je dit que la peur, la frousse disparaîtrait si je m'appelais John Arthur. Mais au moment où je me suis débarrassé de mon enveloppe à moi avant de l'accrocher sur lui, où j'ai cherché son livret de paye pour l'échanger avec le mien, où j'ai réussi à faire passer ses plaques d'identité au-dessus de sa tête, je ne sais vraiment pas à quoi je pensais. J'agissais dans l'instant, enveloppé du rire tout proche de l'eau et de l'atmosphère viciée de la péniche, juste pour voir quel effet ça me ferait de devenir lui. Et tu sais, quand je me suis rallongé sur ma paillasse, quand la fièvre a resserré sa prise, je me sentais déjà mieux...

» À mon réveil, dans un château réquisitionné pour servir d'hôpital, les infirmières qui passaient, qui tiraient mes couvertures et qui me lavaient m'appelaient John. Ça m'a paru normal. Être John était la chose la plus naturelle du monde... »

John Arthur reste un moment muet, sous l'écume lumineuse qui a pris possession du ciel de Londres. Le feu d'artifice, à son apogée, scintille sur les briques, nous pousse à la manière du vent, pose des têtes d'épingle rubis et émeraude dans les yeux et sur la lèvre inférieure humide de mon compagnon.

« Ce n'est pas étonnant de changer, d'une manière ou d'une autre, quand on a côtoyé la mort, dis-je.

— Non, il faut voir les choses de l'intérieur, Griff. J'étais *vraiment* différent. Je m'étais *vraiment* transformé. Francis Eveleigh est bel et bien mort ce jour-là, sur la Somme.

— Personne ne s'est jamais douté de rien ?

— Le reste de ma section avait été balayé. Celle de John Arthur aussi. Ensuite, figure-toi que j'ai attrapé une pneumonie, alors on m'a rapatrié en Angleterre, dans un sanatorium. Quand j'ai enfin été prêt à reprendre du service, six mois plus tard, j'aurais pu être n'importe qui sans que ça y change rien. John Arthur ne recevait jamais de lettre, et j'ai découvert dans son dossier qu'il n'était ni marié ni fiancé, qu'il n'avait pas de famille. Personne pour s'occuper de lui, à part moi.

» J'ai donc regagné le front en tant que soldat S4538 Arthur, compagnie D, septième bataillon, brigade des fusiliers. Dès que j'ai entendu l'artillerie, j'ai compris que cette fois, tout irait bien ; que je n'aurais pas peur. J'ai même été promu caporal, ce qui ne serait jamais arrivé à Francis Eveleigh. J'ai gagné la George Cross... Mais tout le monde sait ça, non ?

— Que s'est-il passé, à la fin de la guerre ?

— Ç'a été la fin de tout. Ici, en Angleterre, les gens détournaient les yeux de nous, dans la rue. Ils nous reprochaient d'avoir été vaincus, et je crois qu'au fond, on se le reprochait aussi. En tout cas, moi, je me reprochais d'avoir sali le nom de ce type, John Arthur. Il méritait mieux que ce que je lui avais donné. Un pays creux, une guerre perdue.

» Je suis allé à Raughton, sa dernière adresse avant

qu'il s'engage. Là, je me suis aperçu que mon accent du Yorkshire était lamentable — je m'étais inspiré de celui d'un cuisinier. Enfin... ça n'avait aucune importance. On était de vrais fantômes. À l'époque, personne, nulle part, n'avait l'air chez lui. Raughton était un village de mineurs, rien d'autre, et l'adresse celle d'une pension bon marché. J'y ai passé quelques semaines pour en apprendre un peu plus sur John Arthur. Une ou deux personnes ont prétendu se souvenir de lui, mais je n'ai jamais été vraiment sûr que c'était vrai. Malgré son âge — il était plus vieux que moi —, il n'avait pas marqué les mémoires. On aurait presque dit qu'il avait attendu la guerre. Son père, un itinérant des comtés ouest, était mort dans un accident de la mine. Un jour, je suis allé à la fonderie de la vallée voisine chercher du travail...

» J'aurais pu me trouver n'importe où. L'usine était aussi décrépite que le reste du pays, une fois les commandes de guerre taries. L'employée de bureau qui a vu mon nom m'a dit qu'elle se souvenait de moi. Il n'y avait pas de travail, mais elle m'a proposé de m'héberger un moment, et j'ai accepté. De toute manière, je n'avais plus de quoi payer très longtemps la pension.

— C'était Mme Framley ?

— Enid Framley, oui. Elle prenait des locataires dans sa chambre d'amis, et John Arthur avait habité chez elle quelques semaines avant de s'enrôler. Dès l'instant où elle m'a vu, elle a considéré que j'étais lui. Elle m'a dit que John était devenu l'ami de son fils, Billy. Billy s'était engagé aussi, évidemment, et il avait été tué à Ypres. J'ai donc logé chez Enid Framley, elle m'a nourri et aidé à trouver du travail, quand il y en avait. Le soir, devant la cheminée, on discutait du passé, de l'âge d'or de l'avant-guerre, lorsque Billy et moi étions là tous les deux. Elle aimait bien que je l'appelle tantine. Je suis persuadé qu'elle croyait aux histoires qu'on inventait — Billy et moi faisant du vélo dans les collines ou allant pêcher à l'étang, les soirs d'été.

» Seulement, je devais faire autre chose de la vie nouvelle que m'avait offerte John Arthur, tu comprends, Griff ? À l'époque, l'Angleterre était un véritable cauchemar, et moi, je n'avais en tout et pour tout que mon nom. Alors j'ai sauté à bord d'un camion à bestiaux, puis j'ai pris le train pour Londres. Je n'y avais jamais mis les pieds, avant, mais des milliers d'hommes dans ma situation s'y rendaient, parce qu'ils n'avaient nulle part ailleurs où aller. La plupart finissaient par mourir de faim. Il faisait froid, cet hiver-là. Il y avait une épidémie de grippe. Tous les matins, sous les ponts et devant les magasins, certains sans-abri ne se réveillaient pas. Des hommes en costume et des femmes chapeautées qui n'avaient rien fait que se plaindre du rationnement les enjambaient en fronçant le nez. J'ai eu de la chance. J'avais fait de la boxe, à l'armée, en tant que Francis, et il y avait toujours des gens prêts à payer pour voir deux inconnus échanger des coups. Des types dans ton genre, Griff, qui se cachaient le visage en hoquetant, comme s'ils ne supportaient pas de regarder. Des gros bonnets. Des juifs. Des femmes en étole qui s'installaient près du ring puis se plaignaient si la moindre goutte de sang leur tombait dessus. Des jeunes intelligents. Des colonels revenus de la guerre sans une égratignure, mais avec une pension coquette, couverts de médailles tintinnabulantes. Des crétins socialistes qui voulaient tous nous sauver en nous affublant des blouses des paysans. Dans les années vingt, l'Angleterre était malade. C'était un pays fantôme qui ne savait plus où il en était.

» Mais je n'oubliais pas que j'étais John Arthur. Il existait des gens conscients qu'il ne restait rien des mensonges grâce auxquels la Grande-Bretagne d'autrefois avait prospéré, qu'il fallait recommencer à se battre pour changer les choses. J'ai fini par faire leur connaissance. La guerre n'était pas finie. Ce que les civils comme toi avaient craint s'était produit : les soldats comme moi l'avaient rapportée dans leurs bagages. Ils la portaient toujours... Boum, boum, le bruit des canons... Il suffisait d'être attentif pour distinguer les lignes qui s'étiraient à travers notre île. Au bout d'un moment, j'ai découvert que les gens m'écoutaient, quand j'exprimais mes opinions. Qu'ils se taisaient, quand je criais. Qu'ils partaient dans la direction que je montrais du doigt. Tu l'as vu de tes yeux, Griff... cette nuit-là, il y a quinze ans. Tu as vu que c'était facile d'*être* John Arthur. Il avait toujours attendu là. Toujours. Ses contours. Maintenant encore, c'est lui qui mène... »

Mon compagnon secoue la tête. Le spectacle a atteint son apogée. Les gros nuages créés par l'homme dérivent au sein de forêts vert et rouge de lumière déchiquetée, éteignant les étoiles. Même ici, à peut-être trois kilomètres, l'odeur douce-amère de la poudre souligne l'épanouissement des fusées dans le ciel. John Arthur remet son chapeau mou bien droit, vérifie que le col de son manteau est relevé puis me tend la main.

« Viens, Griff, je t'offre un verre. On n'est pas loin... »

Je le laisse m'aider. À ce moment-là, perdue dans la foule, une femme âgée en robe de chambre, aux cheveux retenus par un filet, se tourne vers nous. Sa main vole vers sa bouche ; un instant, une stupeur émerveillée lui donne quelque chose d'enfantin. Est-ce que vraiment ce serait *lui*, là-bas ? Mais non... Impossible, voyons. Soulagée, elle lève de nouveau les yeux au ciel tonitruant.

John Arthur et moi longeons les quais puis empruntons une rue adjacente, où un chien aboie dans une maison, terrifié par les éclairs et le vacarme. Mon compagnon, nullement essoufflé, me soutient pendant que je m'interroge : que dire ? quelles horreurs raconter qu'il ne connaisse déjà ? quelles questions poser ? La sensation évoque toutes les lettres que je ne lui ai jamais écrites, tous les mots que j'ai sentis s'évanouir sur mes lèvres au réveil. Elle évoque l'obscurité verdoyante de Penrhos Park, où j'ai dit aux Cumbernald que oui, oui, j'ai connu John Arthur. Les promesses de l'amour, trahies même durant les quelques jours fabuleux dans la maisonnette rustique du bord de mer. Mon livre inexistant. Ma vie entière.

À présent, le ciel est en feu. Les craquements, détonations et explosions se sont fondus en un vaste rugissement. Les maisons paraissent éclairées par la foudre, réduites à leur simple squelette. Je trébuche : les cachets s'évanouissent dans mon sang, et une douleur renouvelée fuse en moi. Deux ombres enlacées bondissent, brûlures glacées sur la chaussée. On dirait que John Arthur et moi nous tenons juste devant une vague immense qui ne va pas tarder à s'abattre, à tout ensevelir, tout dissoudre, tout détruire. Enfin, dans un dernier beuglement, le spectacle s'achève. Nous poursuivons notre chemin à travers l'East End ordinaire de la nuit du vingt et un octobre 1940, sous un ciel meurtri, dans une obscurité marbrée, défigurée.

Deux rues se rejoignent en face de Mudchute et de l'île des Chiens. Le pub qui occupe la pointe du triangle ainsi délimité est aussi sinistre et vieillot que les maisons attenantes, quoique plus haut. BIÈRES FULLERS, lit-on sur ses briques, dans une peinture fanée. L'enseigne foncée accrochée sous cette publicité n'est même pas éclairée. Si je ne connaissais pas déjà l'établissement, sans doute n'y distinguerais-je pas son nom : COTTAGE SPRING.

Mon compagnon soulève le loquet puis me tient la porte. La salle où je pénètre me semble plus petite que celle où je suis entré il y a très exactement quinze ans, chancelant, après mon rendez-vous galant brutal dans le terrain vague. Toutefois, le comptoir sur lequel a bondi John Arthur et la bordure du miroir, maintenant craquelé, accroché derrière me sont familiers. De même que les vitres givrées, gravées d'un BIÈRES FINES, BLONDES ET BRUNES, ou le gros pilier en retrait derrière lequel je me suis caché. C'est toujours le Cottage Spring. Simplement, mes souvenirs se sont distordus.

Suit un instant de curieuse normalité, pendant que John Arthur ôte son chapeau, rabaisse le col de son pardessus, gagne le bar, s'y s'accoude puis se retourne pour me demander ce que je veux boire. Le barman essuie un verre ; deux hommes coiffés d'un bonnet jouent aux fléchettes, dans un coin enfumé ; un ivrogne dort, allongé sur un banc ; trois gamins trop jeunes pour être ici dorlotent leur pinte ; un vieillard contemple d'un œil fixe sa bière forte du soir. Voilà un échantillonnage des rares personnes qui ne tenaient pas à voir le feu d'artifice, en réalité ni à la télévision. J'observe avec intérêt leurs réactions lorsqu'ils comprennent qui vient d'arriver. Incertitude, doute — comme la vieille femme en robe de chambre, près des quais — puis répugnance à admettre qu'il se produit quelque chose d'inhabituel. Une attitude toute britannique ; on ne se met pas en avant, on ne fait pas de vagues.

« J'offre une tournée générale », lance notre Premier ministre avec son doux accent du Yorkshire, en parcourant la salle du regard. Silence de stupeur respectueuse : il est l'image même de son personnage. « Vous n'êtes pas *tellement* nombreux. Je pense que je peux me le permettre... Qu'est-ce que ce sera ? »

En un clin d'œil, tout le monde se rassemble autour de lui — tous ces hommes haletants, aussi avides que des enfants devant le père Noël qui arrive à une fête. Ils y croient, ils n'y croient pas, ils veulent se rapprocher, mais ils sont encore trop surpris pour oser le toucher. Et le besoin, le besoin en eux est tellement fort. Quant à lui, il signe des dessous de verre avec le moignon de crayon qui sert à noter les scores au cribbage, il rit, il plaisante. Le voilà vraiment John Arthur, à présent, parmi ses fidèles. Même ceux qui n'auraient jamais, jamais voté pour lui ne peuvent s'empêcher de vouloir partager le rêve, lorsqu'il est tellement proche. Le vieillard finit sa bière brune, dont il renverse l'essentiel sur sa chemise, puis annonce d'une voix chevrotante qu'il en boirait bien une autre. Les gamins demandent des demis de soda, que le Grand Homme transforme gaiement en pintes de Fuller — ce qu'ils buvaient à notre arrivée. L'ivrogne dort toujours sur le banc, dans son coin ; le monde entier rira de *lui* demain matin...

Sans doute la nouvelle s'est-elle répandue ; dehors, s'élèvent des voix d'enfants et de femmes. Des ombres de têtes et de mains levées courent le long des vitres givrées. Des doigts implorants glissent sur le verre. Moi, je reste planté là, fatigué, douloureux. Sans plus d'espoir. Sans plus de colère. Je me rapproche péniblement du pilier, à l'extrémité du comptoir, anxieux de retrouver l'anonymat rassurant qu'il peut m'offrir. Si j'arrive à passer derrière... Il n'est pas très loin de la porte. Même par une nuit comme celle-là, il y aura bien des bus ou des taxis pour me ramener au centre de Londres. Je pourrai m'échapper. De toute manière, John Arthur m'a oublié. Ces gens-*là* sont ses fidèles. *Ici*, il est à sa place. Je ne suis qu'un nom du passé dont il n'a même pas réussi à se souvenir correctement, au moment de prononcer son premier discours devant le Parlement qu'il a ensuite dissous. Un téléphone se met à sonner au fond du pub, je ne sais où, sans que personne réponde. Un moteur de voiture rugit, à l'extérieur.

Peut-être a-t-il raison. Peut-être un John Arthur était-il nécessaire et perdais-je mon temps en m'imaginant capable d'y changer quelque chose. Peut-être, si la balle avait été mieux ajustée et si Francis Eveleigh s'était réellement vidé de son sang au bord de la Somme, un autre soldat se serait-il élevé jusqu'à susciter en ces lieux une adoration craintive, inspirant à un idiot tel que moi trop de peur et d'égarement pour laisser fleurir un amour ou une haine véritables.

Les voix sont plus détendues, à présent. Les attitudes aussi. Tout le monde se rend compte que oui, John Arthur est bel et bien comme on le dit : un type très ordinaire avec qui boire un verre. Ses invités raconteront ça à leurs petits-enfants, au fil des longs jours à venir où le gazon deviendra de plus en plus vert, où les routes s'enchevêtreront, où les banlieues se rejoindront, terrains de jeux et rues immaculés d'où la laideur aura été bannie.

Lorsque le rugissement d'une voiture de plus en plus proche monte de la rue, John Arthur détourne le regard du petit groupe rassemblé autour de lui. Il me remarque à cet instant presque comme il l'a fait voilà tellement longtemps, quand je me tenais parmi des hommes en colère. Rien n'a changé, dirait-on. Cette fois, pourtant, c'est en souriant franchement qu'il s'avance, les bras légèrement écartés.

« Mon Dieu, Griff, qu'est-ce qui me *prend* ? Je ne t'ai même pas commandé un verre... »

Je ne peux m'empêcher de lui rendre son sourire.

Un claquement brutal retentit. Une pensée fugitive, trop rapide pour être réellement formulée, me dit que les feux d'artifice ont repris ou que des gamins lancent des pétards, dehors. Puis les fenêtres en verre givré dégringolent une à une, explosent en voiles scintillants et en fragments de bois, pendant que la salle se change en un geyser réfléchissant de bouteilles et de miroirs brisés. Le raz-de-marée s'abat de gauche à droite dans ma direction, réduisant le monde en miettes. Les hommes rassemblés au bar virevoltent, tressautent, partent en arrière, soulevés de terre. Le verre évoque une vague d'une immensité inouïe qui s'enfle en roulant. Lorsque la dernière vitre explose,

John Arthur pirouette. Sa main tournoie. Le scintillement s'épanouit autour de lui, rouge et argent, puis la pluie solide continue sa progression, éclaboussant le pilier près duquel je me tiens, ruisselant jusqu'au sol. Alors tout s'arrête. Le silence tombe, soudain, terrible. Lentement, il s'emplit d'un brouillard de poussière humide, d'une puanteur de bière et de whisky répandus, du tintement musical des ultimes éclats de verre.

Je contemple le pub détruit et les poupées brisées étendues sur le linoléum cramoisi, quand un craquement soudain marque la chute du dernier grand miroir. À l'extrême périphérie du monde, trop faibles, trop fragiles encore pour que j'y croie vraiment, s'élèvent des pleurs, des gémissements, des sanglots, des bruits maladroits. Puis, de nouveau, le rugissement de la voiture. Le raclement des vitesses marquant un demi-tour. Enveloppé des tourbillons de l'atmosphère turbulente, j'attends les balles, mais quelque chose de plus gros franchit les fenêtres béantes. Une épaisse boîte en métal, aux coins arrondis, dont dépasse un unique fil de fer. Elle frappe avec un craquement une table renversée puis glisse en sifflant à travers les débris mouillés scintillants, pour venir s'arrêter juste à côté de Francis.

Les pneus de la voiture hurlent quand elle redémarre, avant que tout se désintègre dans la nuit.

XIX

Le matin, au réveil, je ne sais ni qui ni où je suis. Une vague sensation d'impuissance horrifiée me tenaille. J'ignore même si je suis humain ou si je possède une identité propre. Voilà comment doit se sentir un fantôme, me dis-je... comment on doit se sentir lorsqu'on hante ou lorsqu'on est hanté. Mais un fantôme n'aurait pas les membres tors. Il n'aurait pas un goût de terre dans la bouche. Il ne souffrirait pas.

Un instant, je me retrouve sous les ruines, à côté de Francis. Sa main palpite tel un insecte dans la mienne, à l'instant de sa mort. À partir de là, ma vie s'écoule dans les deux directions. Il me semble déballer un cadeau compliqué ; tirer sur les rubans argentés de l'avenir et du passé tout en sachant qu'il s'agit d'un simple gag, d'une farce, et que je vais brusquement me retrouver sans rien d'autre entre les mains que du papier froissé, du néant.

Décollant les paupières, je contemple le monde. Je finis par accepter la curieuse réalité de mon existence obstinée. Le processus reste lent, malgré le plafond aux poutres familières, car lesté par l'impression que des répercussions déplaisantes — une autre découverte terrible — m'attendent encore parmi l'emballage voyant de ma vie. Je suis M. Brook, oui, Geoffrey Brook. Conférencier, enseignant — professeur d'histoire en titre, à présent. Oxford. Je vis à Oxford, dans les appartements de mon collège, exactement comme je l'ai fait durant des années. Autrefois, mes goûts me portaient à aimer les hommes. À présent, il ne me semble plus aimer personne, quoique la chaleur du lit et la lumière dansante des flammes au plafond me révèlent enchâssé dans un épais coton d'assistance, de bonne volonté, d'argent. Des tours et des détours que mon esprit peine encore à vraiment comprendre m'ont mené tout près de la mort. Je m'y trouve toujours. Elle s'obstine à traîner là, dans l'odeur du feu de cheminée, de la vieille pierre, de la cire à bois et des fleurs. Elle murmure à mon oreille, au cœur de l'obscurité déclinante. Sans doute s'agit-il de l'ultime message amer dissimulé dans le paquet défait par mes soins.

Je cherche à tâtons mon verre et mes cachets, qui me semblent bien loin, derrière les faisans chinois gambadant sur mon édredon. Le voyage accompli, beaucoup d'eau renversée et quelques blanches miettes d'oubli perdues sous la courtepointe, j'attends, allongé, que quelque chose se produise. Je sens qu'il est très tôt et qu'il fait encore nuit derrière mes fenêtres, malgré la lumière étrange qui semble déferler de la cour et le froid glacial masqué par la chaleur crépitante du feu. Une pendule tictaque ; une poutre craque en rythme. Par-delà les tours et les toits, une cloche se met à sonner l'heure, d'une voix lointaine mais parfaitement nette. Pendant que s'élève son chant coupant, aussi éclatant que le métal tout juste fondu, je m'efforce de compter les coups, mais le temps se perd dans le labyrinthe bouillonnant de mon souffle et de mon pouls, les souvenirs accumulés, le flux et le reflux de la douleur. Le silence et l'équilibre revenus, je me déplace centimètre par centimètre sous le poids des couvertures où je suis engoncé, jusqu'à ce que mes pieds glissent du lit, obligeant par compensation mon torse à se redresser. Je suis vieux, me dis-je. Vieux. Voilà peut-être le dernier choc que j'attendais.

Titubant sur mes pieds nus affligés d'oignons, je m'approche de la fenêtre dans la lumière dansante des flammes, en m'efforçant d'éviter la toux et les nausées qui m'épuiseraient, mais aussi en prenant garde à ma main droite arthritique. Le froid des carreaux tend vers moi ses doigts trempés de condensation, pendant que j'essuie la vitre avec la manche de mon pyjama pour contempler l'étrange blancheur luisante encadrée par les boiseries. Il a de nouveau neigé, cette nuit. Bien sûr. Je suis à Oxford, et il a de nouveau neigé, cette nuit. Allées à déblayer. Boue froide. Gargouilles au nez et aux doigts chargés de glaçons évoquant la rosée... Un pincement de douleur à la main droite et une irritation de la gorge me rappellent un autre souvenir affreux, qui me contraint à fermer les yeux...

Je me souviens de tout, maintenant. Je suis là. Vivant. En ce dernier jour de 1940. John Arthur est mort.

Toujours appuyé au mur, je regarde par la fenêtre de mon collège, plongé dans une demi-somnolence de drogué, lorsque le chariot du petit déjeuner arrive en grondant à ma porte. Malgré le toc-toc hésitant, mal minuté, j'attends l'apparition de Christlow en regardant tourner la poignée, avant que l'air extérieur glacé touche ma peau. C'est Allenby qui entre. Bien sûr. Allenby.

« Bonjour, professeur. Il a terriblement neigé, cette nuit, vous avez dû vous en rendre compte. Je vous ai préparé un bon feu, pendant que vous dormiez encore. Vous aimeriez peut-être vous installer à la petite table, puisque vous êtes debout ? »

Il s'attarde, le plateau à la main. Des voiles de vapeur s'élèvent des saucisses et des tomates grillées ; des diamants de graisse brillent sur le pain frit. Allenby est jeune, beau garçon. Il dit exactement ce qu'il faut dire. Son bacon est moins gras que celui de Christlow. Il ne porte pas l'insigne de l'AI. Pourtant, il ressemble à un comédien médiocre, s'efforçant toujours sans jamais y parvenir de percer la signification essentielle de son rôle.

J'ouvre la bouche, mais je rumine un instant les glaires qui l'encombrent.

« Sur la petite table, ce sera parfait », couine enfin ma voix.

Le jeune homme fait glisser ma robe de chambre en soie matelassée de la patère où elle chauffait, près du feu. Son souffle frais me joue dans le cou, pendant qu'il m'aide à l'enfiler ; on dirait l'air venu du couloir ou la sensation dispensée par la neige. Allenby se penche pour loger mes pieds dans des chaussons en agneau puis noue ma ceinture. Un instant, j'ai de nouveau cinq ans ; je m'attends presque à ce qu'il brandisse un mouchoir en me disant d'y cracher, avant de me frotter la figure. Plus que jamais, Christlow me manque. Et ma mère. Tant de gens me manquent.

« N'oubliez pas que vous avez rendez-vous.

— Rendez-vous ?

— À midi, au George Hotel. Avec Mlle Flood, de votre maison d'édition londonienne. »

Allenby tire mon fauteuil et m'y installe. Il déploie une serviette d'une secousse, me la coince sous le menton puis entreprend de couper ma nourriture. L'œil sanglant de la tomate me regarde. Le domestique me tapote gentiment le dos lorsque je me mets à tousser, me verse le thé puis le porte à mes lèvres — sucré, au lait, tiède.

« Pas la peine de vous presser, professeur. »

Malgré ces bonnes paroles, il plane au-dessus de moi, veillant à ce que je mange tout, comme P. Wiseman le lui a ordonné. Ensuite, pendant qu'il m'essuie le menton puis écarte le chariot, je me le représente avec un pot en verre, tenant mon sexe de ses doigts neigeux pour le glisser dans le récipient ; le massant même jusqu'à l'érection. Rien ne saurait être trop problématique pour Allenby. Enfin, il étale les journaux du matin devant moi. Le *New Cross*. Le *Daily Sketch*. L'*Express*. L'*Oxford Chronicle*. Le *Times*. Couches successives de feuilles chaudes froufroutantes, à l'odeur d'encre et de bois vert tellement nette que je me demande s'il ne les repasse pas à mon intention, comme les maîtres d'hôtel de grande maison.

Les nouvelles emplissent et brouillent mon champ de vision. Tous ces mots, toute cette histoire en train de se faire. Je suis tenté de demander au jeune homme de remporter les quotidiens, mais je ne voudrais pas avoir l'air ingrat. Et puis — je m'en souviens, maintenant — quelque chose s'obstine à piquer mon intérêt, même si je ne me rappelle pas encore quoi au juste. Après tout, comme je me le dis et me le répète, je suis toujours là. Vivant. Il doit donc bien y avoir une *raison*...

Utilisant ma dextre à la manière d'une épuisette, j'amène le *Times* dans l'étreinte plus ferme de ma senestre. Allenby, en bon serviteur, me regarde m'agiter afin de déplier le journal : il ne doit pas trop aider son maître affaibli, il en est conscient. La une du *Times* me paraît bizarre, maintenant que les petites annonces en ont disparu. Le gros titre me semble encore plus gros que d'habitude.

LE PREMIER MINISTRE ANNONCE UNE ENQUÊTE IMMÉDIATE SUR LA PATRIE JUIVE. AVEC L'AIDE DE LA RAF. La photographie en dessous montre quelques malheureux blottis dans une hutte grossière. Ils sont d'une maigreur squelettique, en loques — image hors de l'Histoire, hors du temps. Je la rapproche assez de mes yeux pour que les visages se fondent en contours brouillés, puis en myriade de points imprimés. L'espoir subsiste que je reconnaisse...

La Rover du collège roule dans la boue neigeuse de High, Cattle, Broad Streets. Le gel bleuit l'atmosphère, les cyclistes vacillent, le Radcliffe Hospital et le Sheldonian Theatre ressemblent à des gâteaux de Noël glacés au sucre. Après avoir garé la voiture au coin de George Street et du marché au grain, mon chauffeur m'aide à prendre pied sur la glace couleur d'huître du trottoir, puis à gagner le pied du perron à balustrade de cuivre.

Mlle Flood m'attend, déjà perchée sur un tabouret devant le bar extérieur de l'Ivy Restaurant. Les couleurs chassées d'Oxford par la neige et le froid semblent toutes s'être réfugiées ici. Plafonds roses, murs dissimulés par des miroirs dorés, tables chargées de fleurs. La rumeur de mon arrivée s'est répandue, j'en ai l'habitude, à présent ; je dois attendre, souriant, saluant d'une main tremblante, que se calment les applaudissements qui ont explosé dans la grande salle à manger. Toutefois, l'instant ne se prolonge pas outre mesure ; la clientèle, britannique de A à Z, essentiellement composée de représentants de la classe moyenne supérieure, ne tarde pas à retourner à ses déjeuners et à ses conversations. Accompagné de Mlle Flood, je m'avance péniblement vers la meilleure table — près de la fenêtre —, où le serveur en chef attend de se mettre à notre disposition.

Je prends place. Ma compagne aussi, en face de moi. Sa chevelure noire très courte lui dégage le front, encadrant tel un écran de télévision son visage pâle aux lèvres rouges. Ses bracelets tintent, pendant qu'elle sirote un peu de vin. Ses doigts s'agitent sans trêve, tiraillant un petit pain, perdus sans l'enchaînement de cigarettes auquel elle a renoncé en ma présence, depuis la quinte de toux que j'ai endurée lors d'un de nos premiers rendez-vous.

« Hier encore, je discutais avec les publicitaires, me dit-elle. Ce printemps, vous êtes vraiment notre vaisseau-amiral, Geoffrey.

— J'en suis ravi, soufflé-je. Je n'ai reçu votre lettre et son, euh, son placard, qu'avant-hier.

— Essayez de ne pas voir ça comme un *placard* ou une *épreuve*, Geoffrey. Plutôt comme... » Elle agite la main, les doigts serrés sur une cigarette imaginaire. « ... de la lecture, fournie à titre gracieux. » Sourire. « Nous nous chargerons du sale boulot. Les vérifications. Les rares corrections mineures. D'ailleurs, à l'heure qu'il est, c'est presque terminé. Nous sommes parfaitement dans les temps pour livrer le manuscrit à l'imprimeur fin janvier. Vous voyez que vous n'avez aucune raison de vous inquiéter... »

J'acquiesce. Son petit discours signifie qu'elle préfère me tenir à l'écart du processus délicat consistant à corriger mes inexactitudes savantes, mes circonlocutions inutiles, mes tournures de phrase incorrectes.

L'entrée arrive. Je joue avec les crevettes, les feuilles de laitue et les fines herbes sans manger ; Mlle Flood fait de même, toute mince qu'elle soit. Ensuite, elle plonge dans son porte-documents pour me montrer une maquette pelliculée de la jaquette. Le premier tirage va être de trente mille exemplaires, l'imprimeur se tenant prêt à en fournir trente mille autres aussitôt après. Ces gens-là visent un gros marché. Ils ont déjà suscité pour notre produit coup de cœur un intérêt bien plus intense que l'Oxford University Press n'aurait jamais réussi à le faire. À ma grande surprise, ma proposition de couverture a été retenue : un paysage imprécis, quoique indéniablement anglais, de champs, de bois, de fermes et de clochers lointains, avec à l'horizon une mer semée d'îles. Le rabat porte ma photo : assis dans mon appartement du collège — on distingue tout juste, derrière moi, mon Stubbs et mon Tort sur mes étagères — j'ai l'air d'un Geoffrey Brook en bonne santé ou presque, aussi érudit qu'il se doit. À voir une jaquette pareille, on ne croirait pas que les autres grands auteurs de Mlle Flood écrivent des manuels sur l'art de faire soi-même ceci ou cela et des livres expliquant qui est responsable de quoi. Je ne peux vraiment pas me plaindre.

« Pour le titre », déclare-elle en tapotant le Celluloïd d'un ongle écarlate, « vous voyez que nous nous en sommes tenus à notre proposition originale... »

Elle attend un instant, jaugeant ma réaction.

LES ROIS DE L'HISTOIRE
GEOFFREY BROOK

« Votre... euh, suggestion... si bonne soit-elle... J'ai peur que mes collègues de la commercialisation n'aient pas vraiment *apprécié*. Les *doigts* de l'Histoire, c'était trop proche, si vous voyez ce que je veux dire. Des tas de gens se rappellent vos articles du *Daily Sketch* et aimeraient avoir un exemplaire relié des meilleurs.

» Oh, je suis aussi venue à bout du problème de copyright. Étant donné que vous êtes qui vous êtes, Geoffrey, je n'imaginais vraiment pas ces messieurs très portés à résister. »

L'aspect de la bouteille, mon verre vide et la chaleur rosée qui s'est répandue sur ma peau tendent à prouver que j'ai bu. Un goût de métal — cuivre, étain ou autre alliage terni — plutôt que de terre m'a envahi la bouche.

« Il va falloir vous dépêcher », reprend Mlle Flood plus bas, à un moment où elle me croit distrait, car je regarde par la fenêtre les aiguilles, les coupoles, les tours de la cité adoucies par la neige. Balliol, All Souls, Queens et autres collèges... La litanie de mes rêves. « Si vous voulez ajouter un chapitre, comme vous me l'avez dit.

— J'ai décidé de quoi je voulais traiter, couiné-je.

— Ah ? Bon... Parfait. »

Elle hoche la tête, à moitié intéressée, le menton en équilibre dans la main.

« C'est en relation avec mes recherches sur les juifs. »

Les juifs... Ma voix me paraît plus légère que jamais sur la fin de la phrase, mais au dernier mot, les iris bleus se contractent et les conversations environnantes s'interrompent dans un silence choqué, j'en suis persuadé.

« Avec tout ce qu'ont publié les journaux ces derniers jours sur la manière dont ils ont été maltraités en Écosse... » Quelque chose dans ma gorge se coince et craque. « Il me semble... » Un mouchoir devant la bouche, je tousse délicatement, prudemment, pour me débarrasser de cette gêne. « Il me semble que l'heure est venue de se souvenir...

— Ça m'a l'air *fascinant*, Geoffrey. » Pause. « Quoique tout le monde ait envie d'en savoir plus sur votre relation avec John Arthur.

— Bien sûr.

— Mais je ne veux pas vous influencer.

— Il n'y aurait donc pas de problème de censure, si je parlais du sort subi par les juifs ? »

Mlle Flood me sourit.

« Quel problème pourrait-il y avoir, alors que c'est en première page des journaux ?

— À vous de me le dire.

— D'après mon expérience, Geoffrey, la seule barrière à laquelle vous risquez de vous heurter, c'est la limite de ce que les gens sont disposés à savoir. Quant aux recommandations gouvernementales, aux directives, au bureau de la Censure... ce ne sont que... »

Ses bracelets tintent à nouveau lorsqu'elle agite les doigts pour montrer que tout cela est bien loin, quasi intangible, au-delà du domaine de l'expérience normale.

« Et les livres pilonnés, brûlés, introuvables ? Sans doute certains venaient-ils de chez vous. »

Les ongles de Mlle Flood dansent parmi l'argenterie, aussi éclatants que le sang.

« Je crains qu'il ne passe toujours des livres au pilon et à l'incinérateur, Geoffrey. Ceux qui ne se vendent pas. Mais je suis sûre que nous n'aurons pas ce problème avec *Les Rois de l'Histoire*. »

Mes yeux s'embuent. Mon nez commence à couler. Lorsque je me mets à tousser, je cherche maladroitement un endroit propre dans mon mouchoir. Le tintement des cloches, le choc des couverts, le murmure de la serveuse, le goût du vin et l'odeur de la nourriture, le vacarme des cuisines, les murmures des antiques corridors, le parfum de la vieille pierre et de la neige fraîche, les tours rêveuses des appartements de lapin — tout ce qui fait Oxford — tombe en morceaux autour de moi.

Geoffrey Brook est né dans le Staffordshire, à Lichfield, en 1875. Il a consacré la majeure partie de son existence à enseigner l'histoire, d'abord dans la région où il a vu le jour, exerçant ainsi son influence sur le jeune John Arthur, ensuite en tant que membre d'un des plus distingués, des plus vénérables collèges d'Oxford...

Après avoir promené mon crayon sur *vénérables* et jeté un point d'interrogation sur *distingués*, je referme le dossier publicitaire. La Rover du collège progresse lentement dans High Street avec un léger sifflement. Déjà, l'obscurité descend sur les vitrines illuminées des magasins. Ces derniers temps, les prix se sont envolés, les impôts également. On pourrait croire les gens fatigués de courir les boutiques, maintenant que la frénésie de l'avent est retombée, mais ils sont là, à patauger dans la neige fondue et les congères sales, à glisser dangereusement sur le verglas avec leurs sacs, leurs affaires, leurs enfants fatigués. Les magasins vantent LES PLUS GROS RABAIS DU MONDE et d'ÉNORMES SOLDES APRÈS NOËL, même s'il n'est pas encore minuit et si leurs vitrines sont toujours ornées de guirlandes.

Rapetissé par la tour de mon collège, frissonnant à la morsure de l'air glacé, je renvoie mon chauffeur puis m'enfonce sans aide dans la cour, à travers les nuages d'un étourdissement et de mon propre souffle. Mme Cunningham, l'infirmière qui me rend une visite quotidienne, m'attend dans mon appartement. Son sac ouvert, ses joues roses, ses bras nus, ses aiguilles et ses fioles, le tout luit de manière accueillante à la lumière du feu. Quand elle commence à me dévêtir, je la repousse.

« Il y a un *problème*, professeur Brook ? » Son souffle a un parfum d'oignon. « Vous voulez *quelque chose* ? »

La respiration sifflante, je me laisse tomber dans un des fauteuils en cuir disposés devant la cheminée, où j'attends qu'elle m'apporte mon téléphone — un privilège tout récent. Il pèse lourd sur mes genoux, pendant que je pique du doigt puis tourne, encore et encore, afin de composer le numéro donné en dernière page du *Times*. Des relais cliquettent, l'électricité palpite dans le nouveau standard automatique de la ville. Quelque part à Londres, un téléphone sonne. Le regard fixé sur le fauteuil inoccupé qui me fait face, je prie de tout mon cœur les fantômes brumeux de l'Oxford d'antan de me donner l'espoir, la force. Je cherche à me représenter une salle de rédaction animée, emplie du même parfum de propreté obstinée que les journaux d'Allenby. Un reporter passionné, les manches relevées, maintenues par des bandes de métal élastiquées, s'arrache à une conversation pour attraper l'écouteur. Oui, oui, il est au fait du lamentable gâchis écossais. Il vient juste de rentrer par le train de nuit. Quant à une liste de noms... des juifs survivants ? Il en a un exemplaire. Ce genre d'information n'est pas destinée au public, bien sûr, mais étant donné que je suis qui je suis, il va jeter un coup d'œil tout de suite, pendant que nous y sommes...

Hélas, c'est aujourd'hui le 31 décembre. Il n'y aura pas de journaux demain. Le téléphone sonne interminablement.

Mme Cunningham remplit son devoir d'infirmière. Elle prend des notes. Elle me pique avec des aiguilles dégoulinantes. Il arrive aussi qu'elle emploie des enroulements de caoutchouc brun et des instruments d'acier médical immaculé. Toutefois, après les aiguilles, il me devient difficile de savoir exactement ce qui se passe.

« Je vais répéter à M. Allenby de venir vous voir à six heures, que vous ayez bien le temps de vous habiller. » Elle me regarde de haut, car je suis de nouveau bordé dans mon lit, paralysé par mes couvertures. « Ah oui, et voilà l'*Evening News.* »

L'odeur des nouvelles, une fois de plus. Avec, en arrière-plan — presque masqués par l'arôme d'oignon et de propreté de l'infirmière penchée vers moi, par le parfum de la fumée, la puanteur du désinfectant et les effluves complexes des vies d'autrefois passées au creux de la pierre vénérable —, les relents légers d'une pourriture envahissante.

« Dommage pour le contournement, hein, professeur ?

— Le quoi ? »

Mais déjà, Mme Cunningham a disparu. Je reste seul avec mon appartement, mon corps, mon lit, mes douleurs, mes médicaments. Ma main gauche en bon état lutte contre le journal puis parvient à le soulever un instant, pendant que je décolle la tête de l'oreiller.

NON AU NOUVEAU
CONTOURNEMENT D'OXFORD
LE GOUVERNEMENT RÉDUIT
LES CRÉDITS D'AMÉNAGEMENT ROUTIER

L'*Evening News* me glisse des mains ; ma tête retombe en arrière, légère. Ursula Bracken... L'Amérique l'a-t-elle accueillie, saine et sauve ? Dans des moments pareils, lorsque le monde entier me semble fluide, soumis à ma volonté, il m'arrive encore de faire de beaux rêves, de m'imaginer par exemple que je vais recevoir une carte postale de la jeune femme — un paysage vierge, magnifique, perdu au milieu de nulle part, où chevaucher des journées entières sans que disparaissent les montagnes lointaines et où l'Histoire n'existe pas. J'aurais aimé lui dire que finalement, Oxford échappera quelques années au contournement — ce qui, bien sûr, se traduira par une congestion aggravée du centre-ville. Vous voyez, Ursula. Il arrive que nos efforts ne soient pas vains.

Enlacé par les tentacules douillets de l'oubli, je souris aux pétillements du feu. Puis quelque chose se contracte dans ma poitrine, et la panique creuse qui m'envahit au réveil se déverse en moi. Ma sueur se glace. Mon cœur semble se recroqueviller. De nouveau, les fenêtres explosent, une voiture rugit.

Le monde entier se désintègre.

Lorsqu'on me tira du Cottage Spring, la mort de John Arthur était déjà de notoriété publique. Les hurlements sanglotants de la foule et les grosses voix rageuses des pompiers me le révélèrent aussitôt, mêlés aux glissements et aux effondrements de la maçonnerie.

Un des jeunes amateurs de bière survécut deux nuits à l'hôpital, dans un poumon d'acier. Un autre vit toujours, invalide privé de raison. L'attentat fit aussi de nombreux morts et infirmes parmi les passants rassemblés à l'extérieur, devant le pub. Moi seul, protégé par le pilier — et peut-être, étrangement, par le fait d'être déjà tout près de ma fin —, en réchappai réellement. Une coupure à la joue, quasi invisible à présent, me valut cinq points de suture, je souffris d'une épaule déboîtée, et il fallut vider mes poumons, emplis d'une pâte septique. Bien sûr, ma main droite était de toute manière abîmée, mais je l'oublie aussi souvent que le reste du monde.

Alors qu'on m'emportait vers l'ambulance, les flashes se déchaînaient, les projecteurs de la télévision brillaient, aveuglants. Trois jours plus tard, assis dans mon lit d'hôpital, calmé, toiletté, agréablement drogué, l'oreille tendue à ce qu'on me soufflait quand les mots me manquaient, je donnais ma première conférence de presse. La nation l'attendait avec une telle avidité que je fus applaudi même par les reporters endurcis. Car oui, en effet, j'avais connu John Arthur. Ç'avait été un vieil ami. Nous n'avions pas gardé le contact, mais nos vies s'étaient croisées puis mêlées au fil des années. Lorsque l'heure était venue de célébrer Trafalgar Day, il m'avait semblé normal d'être invité, et après les défilés, nous étions partis pour l'East End. J'étais là, avec lui, pendant qu'il regardait le feu d'artifice, sans que son peuple adorateur le remarquât ; nous avions parlé de notre vie, des étranges tours et détours de la destinée qui nous avaient portés, lui au pouvoir, moi à Oxford. Ensuite, nous étions allés boire un verre dans un pub, le Cottage Spring, où nous nous étions vus brièvement des années plus tôt...

Les journalistes revinrent lors de la visite de William Arkwright, quelques jours plus tard, mais cette fois, ce fut le Premier ministre qui fit le discours. Il me serra la main gauche, souriant autour du tuyau de sa pipe, figé par la vague blanche crachotante. Ensuite, la porte du couloir se referma, et nous restâmes seuls un court instant. Il me sembla déjà plus grand que pendant notre conversation dans les jardins du nouveau palais de Buckingham. Après une si longue, une si patiente attente, le pouvoir lui était enfin tombé entre les mains. Lorsque je le considérai, en costume et cravate noirs, l'oraison funèbre destinée à l'inhumation officielle de John Arthur déjà logée dans la poche supérieure, je me sentis perdu, effrayé. Toutefois, il se contenta de sourire en tapotant ma main intacte, fit disparaître sa pipe éteinte puis ramassa son sempiternel chapeau mou, posé près de moi de manière à figurer sur les photographies. À ce moment-là, une dernière pensée parut le frapper.

« À partir de maintenant, c'est professeur Brook, annonça-t-il. Je vous l'ai déjà dit, non ? Enfin, peu importe... Ce sera dans les journaux de demain. »

La mort de John Arthur fait déjà autant partie du mythe que le moindre événement de sa vie. Cette fois, contrairement à ce qui s'est passé après l'incendie de l'ancien palais de Buckingham, il va même y avoir procès ; mais les meules de la justice broient si lentement, dans ce qu'on commence déjà à appeler la Grande-Bretagne postmoderniste, qu'il se déroulera au printemps. En attendant, Jim Toller et plusieurs officiers supérieurs des CSG se languissent dans la prison de Pentonville. Aucun d'eux ne s'y est encore suicidé.

L'ambiance est pour l'essentiel à la tristesse désillusionnée, mais aussi à un réalisme tout neuf. John Arthur disparu, le monde semble plus morne. Les insignes de l'AI se raréfient. Les CSG gradés ne suscitent plus la crainte respectueuse d'antan ; certains ont peut-être même du mal à se faire servir par les commerçants, à moins que les enfants ne se moquent d'eux dans la rue, associés qu'ils sont à la mort de leur grand dirigeant. Apparemment, l'économie britannique est beaucoup moins forte que nous ne l'imaginions, car minée par dix ans de dépenses inconsidérées. En ces circonstances, il importe de se serrer la ceinture : la conscription va être éliminée progressivement, et les négociations en faveur d'un désarmement mutuel vont commencer en février avec la France et l'Allemagne. On parle même — indirectement, pour l'instant — de donner à l'Inde et à l'Irlande un semblant d'indépendance, mais aussi d'organiser des élections pour former une nouvelle assemblée populaire qui remplacerait la Chambre des communes, cette sinistre farce.

Quant au reste, à notre dernier été glorieux d'espoir et d'expansion, où rien ne nous semblait impossible du moment que nous conservions la foi, tout cela ressemble déjà à un rêve. Le monde est de plus en plus dangereux — le Japon a attaqué la Chine, Staline a annexé l'Est de la Pologne. De toute évidence, les pays occidentaux doivent s'unir, sous peine d'être balayés par le communisme et par l'Amérique, très agressive commercialement. Les menaces formulées par John Arthur à l'encontre de la France et de l'Allemagne, son alliance habile avec Staline, les recherches dans le désert perdu de l'Australie occidentale, où les scientifiques britanniques ont récemment déclenché une « réaction contrôlée », nous vaudront simplement le siège le plus important à la table des négociations à venir.

J'ai fait il y a peu une visite d'adieu aux toilettes pour hommes de Christ Church Meadow. La photographie de John Arthur avait disparu. Seuls restaient pour la rappeler les trous des chevilles et un rectangle de peinture à peine plus sombre. Disparu aussi, à notre époque de remise à plat, l'ancien combattant amateur de *John Bull.* En revanche, les marques d'ongle laissées sur le mur du troisième box par ma relation et moi n'avaient pas encore été effacées. Puissent-elles subsister longtemps. J'en ai touché les douces dépressions ; elles n'ont évoqué pour moi qu'espoir et décence.

La demeure des Cumbernald rutile au milieu des éclaboussures des phares, évocatrices de Noël. D'autres lumières montent et descendent telles des montagnes russes sur les grands sapins du jardin de façade ou clignotent autour du porche.

« C'est terriblement kitsch, je sais », m'assure mon principal lorsque je rentre chez lui, échappant au froid brutal — mon chauffeur attend, afin de vérifier qu'il me laisse bien aux bons soins d'une personne de confiance. « Mais Noël, c'est pour les enfants, non ? Les enfants en nous tous... Résister n'aurait aucun sens. »

Cumbernald me débarrasse de mon manteau, qu'il remet à la bonne plantée derrière lui. Sa veste de velours rouge s'accompagne d'une grosse ceinture bleue brillante et d'un nœud papillon irisé. Une paillette de Noël égarée scintille dans un de ses sourcils.

« Tout le monde vous attend... »

La foule rassemblée sous les banderoles colorées de la grande salle de réception ne pourrait se déchaîner en applaudissements sans impolitesse, mais l'atmosphère n'en change pas moins de manière palpable à mon apparition. Un instant plus tard, on m'entoure, on me touche, on me sourit, on me rappelle les rencontres précédentes et les promesses de déjeuner, on me renifle, on me caresse, on me palpe. Heureux de l'armure fabriquée de toutes pièces par les injections de Mme Cunningham et les cachets, traînant les curieux derrière moi telle une comète sa queue, je m'avance à petits pas sur les tapis en direction du fauteuil le plus imposant, le plus chaud, le plus accueillant. Persuadé d'être guidé, je me contente ensuite de m'effondrer dans sa direction générale.

Les tableaux qui ornent la salle représentent de charmants paysages britanniques citadins ou campagnards. Ils ne sont pas légendés, il s'agit sans doute d'originaux coûteux, mais ils ressemblent fort aux images qu'on trouve dans n'importe quel lieu public, n'importe quelle gare, et dont un échantillon ornera bientôt la couverture des *Rois de l'Histoire*. Mers d'un bleu glacé et collines couvertes de bruyère, clochers à girouette et marchés blottis sous des bâches, marbrures ensoleillées, petits nuages, lacs et fermes, parfois même un aperçu de voiture ou de tracteur. Peu d'êtres humains, cependant, dans ce rêve perdu de la Grande-Bretagne, et encore ceux qu'on y voit disparaissent-ils sous des foulards, des chapeaux, des imperméables. En contemplant ces vues d'un pays désert, fade et ravissant, je m'aperçois qu'il m'écœure affreusement. Je brûle d'en être débarrassé.

Cumbernald m'apporte un verre de xérès et une assiette en porcelaine de Spode contenant un œuf dur, une feuille de laitue et un roulé à la saucisse ; ce que, en Angleterre, on appelle une salade. La foule qui m'entoure s'éclaircit en comprenant que je ne vais pas répondre à ses questions. Je passe du statut de lien vivant avec John Arthur à celui de vieille relique, de porte-bonheur qu'on oublie aussitôt après l'avoir touché. Mlle Flood va devoir se dépêcher de capitaliser sur ma célébrité. La musique s'écoule. Le feu danse. Le sapin de Noël étincelle. Les décorations se balancent. Il reste des heures avant minuit et 1941.

Eileen Cumbernald passe un moment assise sur le bras de mon fauteuil, bronzée, bien sûr, en robe dos nu, à papoter de choses rassurantes. Eileen est comme elle est ; elle ne veut être acceptée qu'en tant qu'être humain féminin, d'âge moyen, mère de famille. D'ici peu, son mari va être promu au rang de vice-chancelier de l'université d'Oxford, mais la nouvelle ne l'a changée en rien.

« J'ai *tellement* aimé nos vacances communes à Penrhos Park », me dit-elle, le sang au visage. « Les petites vous adorent, vous et vos drôles d'histoires. Cette nuit, elles restent debout... » Les perles de son collier lui collent au menton, pendant qu'elle examine la foule. « Elles doivent être quelque part par là. Il faut *absolument* que vous y retourniez avec nous l'an prochain... »

Je ne peux retenir un sourire. Bizarrement, les gens s'obstinent à ignorer mon déclin physique, pourtant évident. Ma déchéance doit leur sembler toute naturelle. Exhiber une trop grande robustesse, après avoir survécu aux mitrailleuses et à l'explosion qui ont tué John Arthur, me ferait sans doute paraître suspect, voire franchement blasphématoire.

Lorsque Eileen s'éloigne, P. Wiseman la remplace. Même un membre de Magdalene College tel que lui ne peut se permettre de se laisser oublier, maintenant que Cumbernald a été élu vice-chancelier. Pour ce que j'en sais, le praticien a fort bien pu décrocher son invitation de ce soir en se servant de notre relation. Pendant qu'il se livre à ses habituels et-comment-allez-vous-en-ce-moment — s'il y a bien quelqu'un qui le sait, c'est lui —, je vois avec soulagement arriver dans son dos Christine et Barbara Cumbernald, en robes du soir.

« Dites, vous ressemblez *de plus en plus* à tonton Freddie dans son cercueil ! » déclare Barbara, ravie, en m'étreignant de ses bras brûlants.

Des rubans lui pendent dans les cheveux, elle est livide, à l'exception d'une tache rose éblouissante sur chaque joue, et elle sent le vin, la sueur et le caramel.

« Qu'est-ce que vous avez eu pour Noël, toutes les deux ? »

Barbara roule les yeux — par *où* commencer ? —, pendant que Christine reste un peu en retrait, aussi pâle et échauffée que sa sœur mais plus nettement son aînée, à présent, corps et visage dérivant vers une première approximation grossière de la féminité. Je me demande s'il faut l'en plaindre ou l'en féliciter.

« Vous savez quoi ? » lance la cadette en tordant la pointe de ses souliers vernis. « On va vous *montrer*. Venez... »

Hurlements de rire d'elfe, aperçu fugitif de dessous en coton douteux. Suivre les deux filles m'oblige à me frayer en hâte un passage parmi la chaleur âcre envahissante des corps puis dans des couloirs moins encombrés, à faire des tours et des détours, à dépasser les toilettes du rez-de-chaussée, la salle de billard obscure, les petites alcôves où les manteaux pendus évoquent des carcasses et où des servantes attentives, au visage à la Bellini, se recroquevillent sur leur cigarette. Barbara et Christine me précèdent en gambadant dans un espace que la nuit envahit par cent plaques de verre cintrées.

« C'est la nouvelle serre de papa », m'explique Christine, murmure ennuagé. Elle ressemble plus que jamais à la femme ravissante qu'elle va sans doute devenir. « Il l'a fait construire en partie comme cadeau de Noël, mais ce n'était pas vraiment une surprise.

— Il ne cultive pas non plus de fleurs, parce qu'il n'a pas le temps », ajoute Barbara en faisant une glissade sur le carrelage, pendant que je cherche des yeux un fauteuil en osier capable d'absorber la douleur et le poids croissants de mon corps. « *Ça...* » Elle agite la main en direction d'un tas de trésors. « ... c'est nos cadeaux. » Dans l'obscurité, sous les étoiles, je distingue tout juste le visage sans vie des poupées, les éclats anguleux des jeux de plateau, ce qui ressemble à une voiture à moteur, petite mais utilisable. « On les a mis là, parce qu'on ne savait pas où les fourrer.

— Vous n'avez pas envie de jouer avec ? »

Elles haussent les épaules en échangeant un coup d'œil.

« Vous voulez bien nous raconter une de vos drôles d'histoires ?

— Vous voulez dire, une histoire d'autrefois ? »

Elles acquiescent gravement. Mais ici, je suis perdu. La clarté des étoiles peine à traverser le verre pour atteindre mes yeux.

« Pourquoi ne me raconteriez-vous pas plutôt une histoire, à vous deux ? proposé-je. Dites-moi ce que vous savez de John Arthur.

— John Arthur est mort en héros, pendant que

toute notre nation célébrait Trafalgar Day, psalmodie Barbara. Des méchants qui voulaient... »

À ce moment-là, Christine commence à la chatouiller. Elles s'effondrent en une masse couinante.

Lorsqu'elles ont presque retrouvé leur calme, je m'efforce de leur narrer la prise de Jérusalem par Saladin, mais le sujet est mal choisi : Christine se met à dessiner des bonshommes sur les vitres couvertes de givre, pendant que Barbara s'entraîne à faire l'équilibre. Elles ne sont visiblement pas d'humeur. Au bout d'un moment, je ferme à demi les yeux pour feindre le sommeil, dans mon fauteuil en osier. Les deux filles repartent discrètement, un doigt sur les lèvres, m'abandonnant à mes rêves de vieillard, aux étoiles, à la nuit vide.

Le fauteuil grince. Les fenêtres de la maison rayent de leur lumière la neige qui couvre le jardin. Je me demande si les Cumbernald continueront à vivre ici, après la promotion d'Eric et l'élévation au rang de chevalier qui suivra presque certainement, ou s'ils emménageront dans une demeure plus prestigieuse, une sorte de manoir. Entre la salle de billard, la serre et la cuisine immensément coûteuse que j'ai entraperçue, il est évident qu'ici, ils ont exactement ce qu'ils voulaient. Mais ils quitteront Raglan Street, bien sûr. Ils continueront à nager dans les courants chauds, jusqu'à ce que la fragilité de la vieillesse les rattrape enfin. Sans doute accepteront-ils même la mort de bonne grâce — après tout, ils auront eu de la chance. Ils n'auront aucune raison de se plaindre — pas plus que moi.

Je suis maintenant un véritable professeur en titre. Maître d'Histoire moderne de mon collège. Cumbernald m'a expliqué avec beaucoup de soin que mon master's pouvait être considéré soit comme honoraire, soit comme de facto, suivant la manière dont on voyait les choses. Il oscille d'ailleurs entre les deux dans mon esprit confus — prisonnier d'un état d'existence étrange que les scientifiques d'Australie auxquels Walter Bracken a refusé de se joindre reconnaîtraient sans doute, eux qui ont étudié les maigres traces et lueurs dont se compose apparemment notre univers. Il semblerait que, si on y regarde de près, nous soyons tout juste là, simples particules et énergies ne dépendant réellement ni d'une époque ni d'un lieu déterminés. Regardez le monde de trop près, soufflez dessus du mauvais côté, et il tombe en pièces. Il explose. Il se désintègre.

Le lendemain du Cottage Spring, Christlow a été découvert au matin, noyé, sur la rive boueuse de la Tamise, près de l'île des Chiens. On a conclu au suicide. À Oxford, la rumeur a circulé qu'on avait trouvé dans ses appartements les preuves de goûts qu'un homme s'offrant à travailler avec les enfants ne devrait jamais entretenir.

À vrai dire, je ne doute pas qu'il m'ait filé. Je ne saurai jamais où et comment avait débuté son espionnage, s'il avait toujours eu conscience de mes errements sexuels ou si ses soupçons s'étaient formés plus récemment, mais je suis persuadé qu'il avait trouvé le revolver dans la valise, derrière mon lit. Sans doute estimait-il faire son devoir de patriote, rien de plus, en rapportant mes faits et gestes. À partir de là, cependant, l'image se brouille, devient moins scientifique, moins historique...

Mes pensées reviennent immanquablement à l'homme qui a le plus profité de la mort de John Arthur. Jamais encore il n'avait été aussi évident que nous avons tous sous-estimé William Arkwright. C'est un survivant accompli, un marchand et un combinard, un créateur et un destructeur d'hommes : un *politicien*, dans tous les sens du terme, ce que John Arthur n'a jamais été. Malgré ses défauts, il obéissait à son cœur et à ses tripes, il vivait par le fer et par le feu. Sans doute Arkwright a-t-il compris bon premier que le Modernisme était en crise, fasciné par son propre mythe, prêt à se lancer dans une catastrophe économique et une guerre européenne désastreuse. Alors peut-être a-t-il fini par persuader les généraux que trop, c'était trop. Car la vieille garde ressurgit, à présent ; les reliques d'une élite passéiste censément disparue lui apportent leur soutien. Comme le prouve l'arrestation de Jim Toller et des autres dirigeants des CSG, l'assassinat de John Arthur a été exécuté avec trop de professionnalisme pour être l'œuvre de simples fanatiques.

À partir de là, je ne tarde pas à m'envoler dans des développements échevelés que jamais, auparavant, je n'eusse songé à suivre, même quand je m'égarais à travers les pages les plus dangereusement spéculatives du livre auquel je pensais depuis si longtemps. L'Histoire — du moins le genre d'Histoire qui intéresse les gens — est forcément réductible à des faits avérés que les étudiants apprennent pendant leurs longues heures de cours puis régurgitent aux examens, dont on se sert pour rehausser les dramatiques télévisées ou pour broder les romans distrayants. Il me semble cependant que plusieurs hauts dignitaires du gouvernement ont été informés dès le départ de mon projet d'assassinat, voire qu'ils l'ont encouragé, mais que John Arthur, lui, a été tenu dans l'ignorance la plus complète. Ces gens-là souhaitaient sa mort. Quoi de plus pratique que de laisser un agonisant l'abattre ? On m'a donc dégagé le chemin. Peut-être même le pauvre Walter Bracken a-t-il été éliminé dans un faux suicide, après m'avoir donné ce que je lui demandais. Toutefois, je n'étais qu'une possibilité parmi d'autres. Une idée à considérer — ou, en tout cas, à ne pas écarter avant le dernier moment. Pendant mes errances dans les jardins du nouveau palais de Buckingham, à deux jours des célébrations, il se pouvait encore qu'on me laissât accéder à John Arthur muni de mes balles humaines et de mon Bulldog. À la réflexion, je m'étais plutôt bien débrouillé, jusque-là. Il n'y avait pas de raison que j'échoue, sinon le point d'interrogation suspendu au-dessus de ma propre tête. Et qui ai-je rencontré, alors, parmi les fontaines étagées ? William Arkwright en personne.

À mon avis, c'est à ce moment-là qu'on m'a enfin posé dans la balance et estimé trop léger. J'ai donc cessé de faire partie des possibilités. Arkwright a ordonné à ses subordonnés de m'arrêter, de m'interroger puis de m'abattre, pendant qu'il s'occupait des candidats plus fiables. Il se trouve que le bureau de John Arthur a demandé de mes nouvelles — le coup de téléphone de minuit, la sonnerie résonnant dans le puits entre les bâtiments. Cela seul m'a sauvé.

John Arthur s'attendait-il à une tentative de meurtre ? En était-il heureux ? M'a-t-il envoyé une invitation, quasi persuadé que je représentais le dernier maillon de la chaîne qui le briserait ? Est-ce moi qui les ai menés au Cottage Spring, ses assassins et lui ? Non. Toute cette histoire est trop fantastique — pire que les épouvantables livres modernistes dont je me suis infligé la lecture. Maintenant encore, je me laisse emporter par le mythe.

Le fait est que je ne saurai jamais. Peut-être, dans l'avenir, lorsque la vérité aura perdu son pouvoir, un érudit ou un tâcheron quelconques produiront-ils une théorie sur le rôle des CSG de Jim Toller dans la mort de John Arthur. Peut-être même découvriront-ils que, étrangement, un obscur universitaire populiste du nom de Brook a été arrêté en possession d'un revolver peu de temps avant le meurtre. Que, plus curieux encore, ce même Brook a ensuite été relâché. Qu'il se trouvait avec le Premier ministre au moment de l'assassinat. Qu'il a même survécu à l'explosion. Je n'arrive pas à imaginer ce que les chercheurs déduiront de ces bizarreries. Les véritables conspirations sont par nature les moins susceptibles d'être exposées dans l'avenir. Au bout du compte, la vérité reste à jamais muette. Il ne subsiste que l'Histoire.

« Ah, vous voilà, Brook ! » Cumbernald, surgi des lumières du vestibule, vient me poser la main sur l'épaule. Le reste s'évanouit totalement. « Vous ne pouvez pas vous esquiver comme ça, vous savez. Il y a un coup de téléphone pour vous. Une certaine Mlle *Flood*. Elle avait l'air tout excitée.

— C'est mon éditrice.

— *Ah !* »

Il hoche la tête, à croire que ma réponse explique tout, puis il m'aide à me lever. Mes genoux craquent en tressautant tels de minuscules feux d'artifice.

Appuyé à son bras droit, je me laisse entraîner le long du corridor.

« Prenez donc l'appel dans mon bureau », propose-t-il en poussant une porte.

Il me tend l'écouteur posé sur sa table de travail puis bat en retraite, pendant que je m'installe sous ses yeux dans un fauteuil au parfum de cuir, affligé d'oscillations inquiétantes.

Je porte le téléphone à mon oreille.

« Allô ?

— Ah, *Geoffrey*, vous voilà ! » Mlle Flood a en effet l'air tout excitée. Derrière elle, s'élèvent des voix rieuses et le *pop* d'une bouteille qu'on débouche. « J'ai appris où vous joindre par le drôle de type qui travaille pour vous au collège.

— *Christlow ?*

— Je ne sais pas, peu importe. J'ai d'excellentes nouvelles, Geoffrey. Il fallait absolument que je vous en informe. Le plus surprenant, c'est que nous n'avions *rien* demandé. Je veux dire, jamais je n'aurais *osé...* »

Je profite des inepties qu'elle débite pour examiner les grandes bibliothèques tapissant les murs (surtout des manuels sur l'art de faire soi-même ceci ou cela et des livres expliquant qui est responsable de quoi, plus quelques biographies et ouvrages d'histoire peu épais ; un petit espace où le mien tiendra sans problème). Il m'est difficile d'écarter les prémonitions sinistres qui m'envahissent encore quand on m'annonce qu'on a des nouvelles pour moi. Bien sûr, je n'ai aucune délinquance sexuelle de fraîche date à me reprocher, mais l'impression m'en accompagne toujours ; mains, bras, bouches fantomatiques, soupir et éclat de la chair durant les courts instants où s'élance une réalité brûlante ; puis l'*après*, où tout semble tellement loin, enchâssé dans un sentiment de culpabilité vitreux, une glace dépassionnée...

« ... alors le secrétaire particulier de M. Arkwright en personne nous a demandé s'il n'était pas trop présomptueux de sa part de nous poser la question. Comme si on risquait vraiment de ne pas être *contents*. C'est merveilleux, hein, Geoffrey ? Vous vous êtes *vus*... Il vous *connaît*... Il constitue un lien avec l'avenir, mais aussi avec John Arthur et le passé. Ça résume absolument *tout* ce dont nous avons discuté ce midi, au déjeuner. Évidemment, il va falloir refaire la jaquette pour mettre son nom en bonne place, mais du coup, le livre couvre vraiment tous les points de vue imaginables...

— Vous voulez dire qu'Arkwright va...

— Oui. Il va écrire votre préface ! Je sais, je sais. Je n'en reviens pas non plus.

— Est-ce qu'il ne suffirait pas de dire...

— De dire *quoi* ?

— Oh, rien.

— Je n'ai même pas encore commencé à *imaginer* ce que ça va représenter en termes de tirage ! En tout cas, ça veut aussi dire que vous pouvez vous détendre, Geoffrey. Vous n'aurez pas à écrire un *mot* de plus... »

Quelque chose de moi disparaît pendant que je regarde l'écouteur. Il y a me semble-t-il deux manières d'obtenir le silence et la complicité de quelqu'un. Ou on lui prend sa vie, on le prive de son identité, ou on lui donne tout.

« Alors voilà ?

— Exactement, Geoffrey. J'espère que ça ne vous dérange pas trop de perdre votre nouveau chapitre, mais maintenant, il serait impossible de l'inclure en respectant la même pagination...

— Bien sûr.

— Merveilleux ! Et bonne année !

— À vous aussi, mademoiselle Flood. »

Je vais raccrocher, lorsque le chuintement bourdonnant de sa voix m'en empêche.

« Oh, Geoffrey... Ça n'a plus d'importance, en ce qui concerne le livre, mais j'ai un numéro, un contact pour les recherches dont vous m'avez parlé. Il s'agit de quelqu'un du gouvernement qui coordonne l'assistance aux juifs.

— Oui ? »

Je me coince le téléphone entre l'épaule et le menton, cherchant des yeux sur la vastitude de cuir et frêne du bureau quelque chose qui ressemble à un papier et à un crayon ou un stylo. Il s'y trouve des photos de famille dans des cadres en cuivre, un presse-papiers plaqué or au cercle et à la croix modernistes, quelques boîtes en coquillages, plus une sorte de trophée de golf. Je me mets alors à ouvrir les tiroirs, jusqu'à tomber sur un bloc-notes, où je couche de la main gauche le numéro de téléphone et le nom que me donne Mlle Flood.

Puis je raccroche sans lui dire au revoir.

« Ça va, là-dedans ? » demande Cumbernald. Ses yeux se posent sur le calepin. « Si vous voulez appeler où que ce soit...

— Je vous remercie. Je ne crois pas que ça en vaille la peine.

– Dans ce cas... » Il fait coulisser la façade d'un

placard, dévoilant un écran de télévision logé dans un nid d'équipement compliqué. « J'aimerais vraiment vous montrer quelque chose. Je crois qu'il nous reste juste le temps, avant minuit... »

Il fait jouer des interrupteurs, tourne des boutons. L'odeur réconfortante des lampes en train de chauffer envahit peu à peu la pièce, pendant que je déchire en menus morceaux la feuille supérieure du bloc-notes. Le politicien du ministère de l'Intérieur chargé de coordonner l'aide aux juifs — nourriture, soins médicaux et abri — n'est autre que Hugh Reeve-Ellis.

L'écran du téléviseur s'enneige, puis des silhouettes fantomatiques s'y dessinent — telles ma relation et sa famille, blotties dans leur hutte grossière ou sous une couverture, au cœur de contrées sauvages balayées par la tempête, en cet instant même ou par d'autres nuits d'hiver. Bien sûr, le gouvernement vient de se porter à leur secours. Le ministère de l'Information a dévoilé la terrible réalité, sur laquelle les médias se sont jetés sans poser de question. Bientôt, on entreprendra de régler le problème ; les Britanniques — un peu plus tristes, un peu plus avisés, un peu moins confiants — suivront l'intervention au journal de neuf heures ou dans les cinémas Pathé, car les caméras ne sauraient mentir. Le scandale est arrivé juste au bon moment. Il montre qu'Arkwright est un homme honnête, prêt à mettre fin aux aberrations qui ont tellement terni la réputation du Modernisme aux yeux du reste du monde. Peut-être même réintégrerons-nous la Société des Nations, grâce à lui. D'ici quelques mois — voire quelques années — un projecteur au rayon également précis se posera sur les centres de soins dont on a doté l'île de Man. Mais quand bien même ma relation et sa famille auraient survécu, l'ange de la mort que je suis ne cherchera pas à les contacter.

Cumbernald produit un grand disque noir, qu'il place sur la platine d'une sorte de tourne-disque géant.

« J'ai fait retranscrire sur vinyle l'enregistrement de ma caméra », m'explique-t-il tandis que des étincelles crachotantes traversent l'écran du téléviseur. L'aiguille de la platine monte et descend. « Évidemment, ce n'est pas encore *bon marché*, mais croyez-moi, pour se détendre chez soi, c'est vraiment l'avenir... »

Les contours blancs tressautants d'Eileen, de Christine, de Barbara et de ma propre personne apparaissent, devant le pavillon d'été de Penrhos Park. Eileen et moi levons nos verres en souriant à la caméra, pendant que les filles bondissent de-ci, de-là puis se muent en formes floues tournoyantes, comme si elles recelaient plus de vie et d'énergie que n'en peut maîtriser n'importe quelle technologie. En fond sonore, roule un grondement crachotant. *Œufs au bacon, œufs au bacon, pomme à la crème...*

« À propos », reprend Cumbernald en admirant son œuvre, appuyé à une bibliothèque, « j'ai cherché qui pourrait bien me remplacer à la tête du collège. Nous avons besoin d'un homme qui ait une *réputation* — vous ne croyez pas ? —, un passé solide, les bonnes relations, du *poids*, un esprit agile... Pour être honnête, c'est un poste difficile mais gratifiant. Vous ne serez sans doute pas surpris d'apprendre que votre nom a été le premier à me venir à l'esprit, Brook.

— Je suis beaucoup trop vieux », marmonné-je, sans quitter des yeux l'écran sur lequel Christine et Barbara courent vers moi en tirant la langue telles des gargouilles magnifiques, tout l'avenir devant elles. « Beaucoup trop malade.

— Quel dommage ! » Cumbernald recroise les bras avec juste ce qu'il faut de regret. « Quand bien même vous auriez raison... »

Toutefois, il n'insiste pas. J'irais jusqu'à dire que je lui trouve l'air plutôt soulagé.

« Quoi qu'il en soit... » Il se penche vers le disque. Les formes s'agitent à l'écran, petits bâtonnets dansants, gris sur fond blanc. Je ne me rappelle pas s'il avait emporté sa caméra au *Coin Soleil*, mais nul ne saurait plus dire à présent si les gens filmés sont nus ou habillés, jeunes ou vieux, affamés ou bien nourris. « ... il est temps de rejoindre les autres. » Il soulève l'aiguille. Les silhouettes se dissolvent dans un éclair éblouissant, qui se recroqueville jusqu'à devenir simple tête d'épingle au cœur du noir. À la fin du jour, tout le monde se ressemble. « Il est presque minuit. »

L'obscurité règne dans la salle de réception. Le sapin de Noël étincelle, scintille. Des mains me frôlent, s'attardent sur moi, pendant que les invités s'écartent afin de me laisser approcher d'un autre téléviseur imposant. Ils cherchent toujours à absorber les restes de mon éclat talismanique. Après tout, ç'a été une sacrée année.

L'écran montre Big Ben, dont l'aiguille des minutes grimpe à travers les derniers instants de 1940. Avec ce qui ressemble fort à un ultime frisson mécontent, elle se débarrasse de cette année. Les cloches entament leur célèbre carillon. *Dong* — et voilà.

Dong — une nouvelle année commence. Des lèvres et des mains humides se pressent contre les miennes, accompagnées du froufroutement du tweed et de la rayonne, du tintement des bijoux, de bouffées de parfum où perce l'odeur de la sueur. Déjà, les servantes attendent de proposer les flûtes de mousseux du Sussex, mais il faut d'abord former la chaîne en se prenant par la main pour chanter la célèbre chanson de Burns[1] — rituel auquel même ma célébrité et mon évidente fragilité ne me permettent pas d'échapper.

Ensuite, pendant que je sirote le suave pétillement en envisageant de m'échapper — d'aller retrouver mes cachets et mon appartement —, la sonnette retentit dans le vestibule. Je m'avance vers la porte en espérant rejoindre mon chauffeur, quand je m'aperçois que des mains empressées me soutiennent, des voix empressées m'encouragent. Nouveau coup de sonnette. De toute évidence, un voisin attend sur le seuil, bon premier, un sablé et un morceau de charbon à la main[2]. Qui pourrait l'accueillir mieux que moi, Geoffrey Brook ? Après tout, nous sommes en 1941. L'hiver va bientôt s'achever, le printemps et l'été nous attendent, les jours vont redevenir longs et délicieux, sous un soleil de feu ; sombres, éclatants et

1. « Auld Lang Syne ». En fait, traditionnel écossais, remanié par Robert Burns au XVIIIe siècle, devenu un incontournable pour fêter le nouvel an dans tout le Royaume-Uni.

2. La légende veut que le premier visiteur de l'année soit un grand et beau brun, censé apporter la chance dans la maison. Il doit poser un biscuit sur la table, ajouter un morceau de charbon au feu, servir un whisky au maître de maison, et il faut éviter de lui adresser la parole avant qu'il n'ait dit « Bonne année ». Ses hôtes doivent en outre le faire ressortir par la porte de service.

joyeux, alors même que les souvenirs les ensevelissent telle une marée précipitée.

La grande porte d'entrée s'ouvre vers moi. Je m'attends à découvrir sur le seuil une forme, une silhouette, une ombre, voire le bel inconnu en noir de la tradition. Mais c'est le néant que je traverse, poussé en avant, avant de plonger dans la nuit et le froid terrible, désertique.

XX

J'ai lu — ou relu, je n'en suis plus vraiment sûr — l'exemplaire taché des *Nouvelles de nulle part*, de William Morris, hérité de John Arthur — de *Francis*. Les pages gondolées, cassantes, à l'odeur d'humidité et d'ancienneté, râpeuses de sable, de boue et de poussière accumulée en près d'un demi-siècle, presque aussi vieilles et fatiguées que la valise où je les ai abritées, n'évoquent en rien la vision de la Très-Grande-Bretagne qui a fini par s'imposer. Morris détestait l'industrie lourde ; il détestait tout ce qui était lourd, la terreur et l'injustice. Alors, comment a-t-on bien pu le plonger si profond dans le courant du Modernisme que les éditions Blackwell s'efforcent à présent de se débarrasser des piles d'invendus du *Well at the World's End, The Sundering Flood The Waters of the Wondrous Isles* ? La seule chose qu'il ait jamais partagée avec le Modernisme, c'est une propension au rêve et l'amour d'un passé lumineux, immaculé, fabuleux qui n'a jamais existé. Peut-être cela suffit-il : peut-être le rêve, quel qu'il soit, sème-t-il toujours la graine du cauchemar.

John Arthur lui-même s'estompe dans le jour grisaillant d'un monde différent. Son souvenir sans vie se laisse tirailler, déformer pour s'adapter à la volonté des vivants aussi facilement que les œuvres négligées de Morris. On dirait presque que je reste seul dans toute la nation à le pleurer et à désirer comprendre. La nuit fatale où nous nous sommes promenés ensemble me hante encore ; une silhouette sombre emplie de reproches, d'amour et de colère se cramponne à mon épaule, me glace la nuque de son souffle. Toutes les questions que j'aurais dû poser, les défis que j'aurais dû lancer. Soit j'ai aimé l'incarnation d'un certain mal, soit John Arthur n'était qu'une marionnette, comme moi, agitée et métamorphosée au fil des années de notre séparation par le caprice de quelque volonté supérieure incompréhensible. Entre ces deux horreurs, je m'obstine à chercher une voie médiane, un chemin décent sur lequel n'importe qui pourrait s'engager, un jour, puis se perdre totalement, irrévocablement. Francis n'était pas un monstre, même s'il m'a utilisé bien plus qu'il ne m'a aimé, le peu de temps que nous avons réellement passé ensemble. Malgré ses défauts, l'injustice, les préjugés et la bêtise le révoltaient ; il aurait été horrifié d'apprendre qu'on pouvait arracher leur vie à des êtres humains sous prétexte que le hasard les avait fait naître dans telle ou telle famille.

Alors je pense à Mme Stevens, la voisine de ma relation qui m'a offert du thé et la chaleur de sa cuisine sans me poser de question ; à Cumbernald ; à la guichetière de la poste ; au contrôleur de bus, sur la route d'Adderly ; aux infirmières ; aux policiers ; à Christlow aussi, oui ; à Reeve-Ellis, même ; aux visages qu'on voit derrière les vitres des trains ; aux enfants qui jouent dans la rue. Mon visage à moi est là, dans le miroir, hagard comme la mort, comme le cadavre inconnu qui bientôt sera tout ce qu'il restera de moi. Francis a sa place ici, avec nous. Ce n'est pas lui qui a fermé les grilles des cellules, tiré sur les cordes, arrangé les fils électriques, repoussé d'un coup de pied le tiroir du classeur ni même signé les papiers autorisant les contrats destinés à évincer tant de vies de l'Histoire. Nous l'avons fait pour lui.

Nous sommes tous innocents.

Tous coupables.

Les derniers jours de nos vacances écossaises, avant le retour imprévu au sud, Francis et moi les vécûmes dans la parfaite solitude d'une maisonnette en pierre délabrée. Son pavage d'ardoise grossière paraissait avoir été apporté par la marée, ses murs épais étaient incrustés de fenêtres minuscules, donnant sur la plage et sur le sable argenté, incroyablement lisse, qui se fondait sans la moindre modification dans la surface plane scintillante des flots. Ses vitres embrumées, fissurées, bouchées par de vieux journaux, se voilaient même de toiles d'araignée, lorsque la vieillarde de la ferme du cap nous y introduisit. Pendant les orages, en hiver, le mince toit de tourbe devait laisser entrer la mer, le vent et la pluie, mais le temps fut de miel durant notre séjour. Les flots de vin. Seuls, à des kilomètres du monde une fois la vieille femme repartie, nous nous baignions nus, nous attrapions des crevettes translucides dans les flaques, derrière les dunes, nous nous allongions sur le sable pour contempler un ciel d'une clarté de gin, d'une profondeur marine. Puis, le soir, nous cuisions les crevettes jusqu'à rosissement dans un chaudron de sorcière, sur un feu de bois flotté, et nous les mangions avec les doigts.

Le temps s'était arrêté, la Terre immobilisée sur son axe. L'Univers tout entier gravitait autour de nous. La mer et le soleil délavaient en marques de dentelle la peau bronzée de Francis. Il avait le même goût que les crevettes, suave et iodé. À minuit, l'aurore boréale emplissait le ciel de lumières multicolores que des voiles mouvants libéraient sur nous dans un léger sifflement.

Une nuit, alors que je reposais parmi les couvertures emmêlées sur notre couche grossière, l'épiderme durci par le soleil, la plante des pieds granuleuse, une brusque impression de vide me fit tendre le bras et ouvrir les yeux. Francis s'était levé pour se planter, nu, à la porte ouverte de la maisonnette, la main sur l'encadrement, tourné vers la mer pâle, le sable blanc, le ciel noir semé d'étoiles.

« Tu vois, là-bas... ? » lança-t-il, averti de mon réveil par le changement de mon souffle. « Juste là, Griff, à l'horizon... »

Je m'assis pour suivre son regard le long du chemin de bardeaux blancs, par-dessus la murette, au-delà des dunes claires qui s'étiraient jusqu'aux ondulations brillantes des vagues. Peut-être avait-il raison. Peut-être y avait-il bel et bien quelque chose, là-bas, les dos gris luisants d'un banc d'îles, invisibles à la trop vive lumière du jour.

« On devrait y aller, Griff », reprit-il, les épaules et les membres ourlés de la clarté des étoiles. « Tu te rappelles ? Ce nom adorable...

— Il n'y aura rien à voir », dis-je en me rallongeant

parmi les couvertures, sous la traction du sommeil. « Ni aucun moyen de traverser. Pas de bateau... »

Pourtant, je discernais mieux les îles, à présent que je fermais les yeux et que l'obscurité m'emportait. Des collines couvertes de bruyère descendant par vagues jusqu'à des bosquets de pins vert sombre. Des basses terres piquetées de moutons. La frange estivale étincelante de la mer. Je sentais même une odeur laiteuse exceptionnelle d'herbe et de fleurs d'été, portée par la douce brise de l'Atlantique. Oui, pensai-je, on va y aller.

Mais au matin, le temps avait changé. Les nuages gris appesantis sur les dunes se fondaient avec la mer. Des perles d'humidité ornaient les murs de la maisonnette, argentaient nos couvertures, imprégnaient l'atmosphère telle une fumée. Frissonnants, nous prîmes le petit déjeuner penchés sur nos cartes, puis nous décidâmes de repartir vers le sud, peut-être en passant par le golfe de Corryvreckan — encore un des noms magiques de mon compagnon.

Nous ne visitâmes donc pas les îles du Soleil. Francis s'engagea à toute allure sur la piste, abandonnant notre maisonnette sous un ciel annonciateur de pluie, pédalant à sa vitesse habituelle, fonçant, comme toujours. Moi qui vacillais avec mes jambes plus âgées, qui tressautais, ma lourde valise attachée à l'arrière, je craignis même de ne jamais le rattraper. Ce fut alors, je crois, quand il atteignit le sommet de la première colline puis disparut de ma vue, quand il partit avec feu en roue libre vers la ferme du promontoire où nous rendrions les clés ; ce fut alors que je perdis mon Francis. Que l'Histoire l'engloutit, et que tout ce qui devait arriver commença.

XXI

Bien arrimé dans mon fauteuil roulant, sur le pont instable du vapeur, ganté, chapeauté, emmitouflé, solitaire, je contemple les célèbres falaises blanches, aussi grises en cette matinée de fin janvier que la mer, le ciel ou les mouettes tournoyantes. Le froid amer est empli du grondement des moteurs, de la fumée et du sel qu'ils brassent dans leur sillage. Il n'y aura pas de dernière vision de l'Angleterre, je le comprends enfin, juste cette disparition progressive.

Comme tout ce que j'ai entrepris dans ma vie, ou presque, mon départ s'est révélé étonnamment facile. Je n'ai remarqué aucune résistance, lorsque mon chauffeur m'a promené à travers Oxford afin que je retire mon argent puis prenne mes dispositions pour le voyage — de toute manière, quitter le pays nécessite maintenant beaucoup moins de tampons et de laissez-passer. Nul bruit de pas ne s'est élevé derrière moi. Puis, quand je suis monté pour la dernière fois dans le train de Londres, quand j'ai pris ma correspondance à Kings Cross et quand j'ai gagné les quais de Douvres, personne n'a accordé à mes billets ou à mes papiers davantage qu'une attention superficielle.

Je ne crois pas avoir vu un seul CSG, tant il est vrai que leur ordre est à présent diminué, ni même un policier. Lorsque enfin, on m'a transporté par la passerelle jusque sur mon bateau à destination de Calais, le *SS Tynwald*, nulle voix ne m'a rappelé.

Celles que j'ai entendues — l'équipage, les stewards, les autres passagers — parlaient français, espagnol, hollandais, allemand, américain. Maintenant que le navire laboure la mince étendue d'eau séparant l'Angleterre du reste du monde, nous sommes des étrangers, tous tant que nous sommes. À Oxford, sans doute Allenby a-t-il trouvé mon message puis l'a-t-il transmis à Cumbernald, qui range son bureau en prévision de son départ du collège. La lettre postée hier de Londres attend certainement Mlle Flood dans un casier. Bien sûr, ma disparition un tantinet mystérieuse va susciter une certaine inquiétude, vite suivie cependant de hochements de tête à la fois las et amusés, à la pensée qu'il me restait assez d'énergie pour cette dernière pirouette.

Ainsi donc, je voyage, malade, riche et solitaire. Cartes et possibilités se déploient dans mon esprit, car je n'ai aucun plan bien arrêté. Les longs trajets ne m'effraient plus ; lorsqu'on a assez d'argent, on trouve toujours ceux dont on a besoin. Je n'ai qu'une certitude : je veux couler mes derniers jours loin de l'Angleterre, sous un climat chaud et sec, en un lieu où des lézards courent sur les murs et où les étoiles sont différentes. De Calais, je pousserai plus au sud-est, aussi loin que mon corps voudra bien me porter. En première classe, par le train. Les wagons-lits, de préférence.

Composition IGS,
Impression Société Nouvelle Firmin-Didot
à Mesnil-sur-l'Estrée, le 2 septembre 2005.
Dépôt légal : septembre 2005.
Numéro d'imprimeur : 75140.

ISBN 2-07-031369-7/Imprimé en France.

27773